Alexander Kent · Donner unter der Kimm

'ictory

lshabers in Portsmouth

25 Besanachterstag
26 (Vor-) Marswanten
27 Unterwanten mit Webeleinen
28 Rüsten mit Rüsteisen
29 Fock-Achterstage m. Pardunen
30 Groß-Achterstage m. Pardunen
31 Fußpferde

Große Buchstaben: Rahen und Spieren

A Klüverbaum
B Vor-Bramrah
C Vor-Marsrah
D Fockrah
E Groß-Bramrah
F Groß-Marsrah
G Großrah
H Kreuz-Bramrah
I Kreuz-Marsrah
J Bagienrah
K Besangaffel
L Besanbaum
M Rah der Außenblinde
N Rah der Blinde
O Vor-Bramsaling
P Vor-Marssaling m. Püttingswanten
Q Groß-Bramsaling
R Groß-Marssaling m. Püttingswanten
S Kreuz-Marssaling

Kleine Buchstaben: Segel

a Außenklüver/Jager
a1 Klüver
b Vor-Bramsegel
c Vor-Marssegel m. Reffbahnen
d Fock (Breitfock)
e Groß-Bramsegel
f Groß-Marssegel
g Großsegel
h Kreuz-Bramsegel
i Kreuz-Marssegel
j –
k Besan
l Fink-/Hängematts-netze
m Außenblinde (selten benutzt)
n Blinde (selten benutzt)

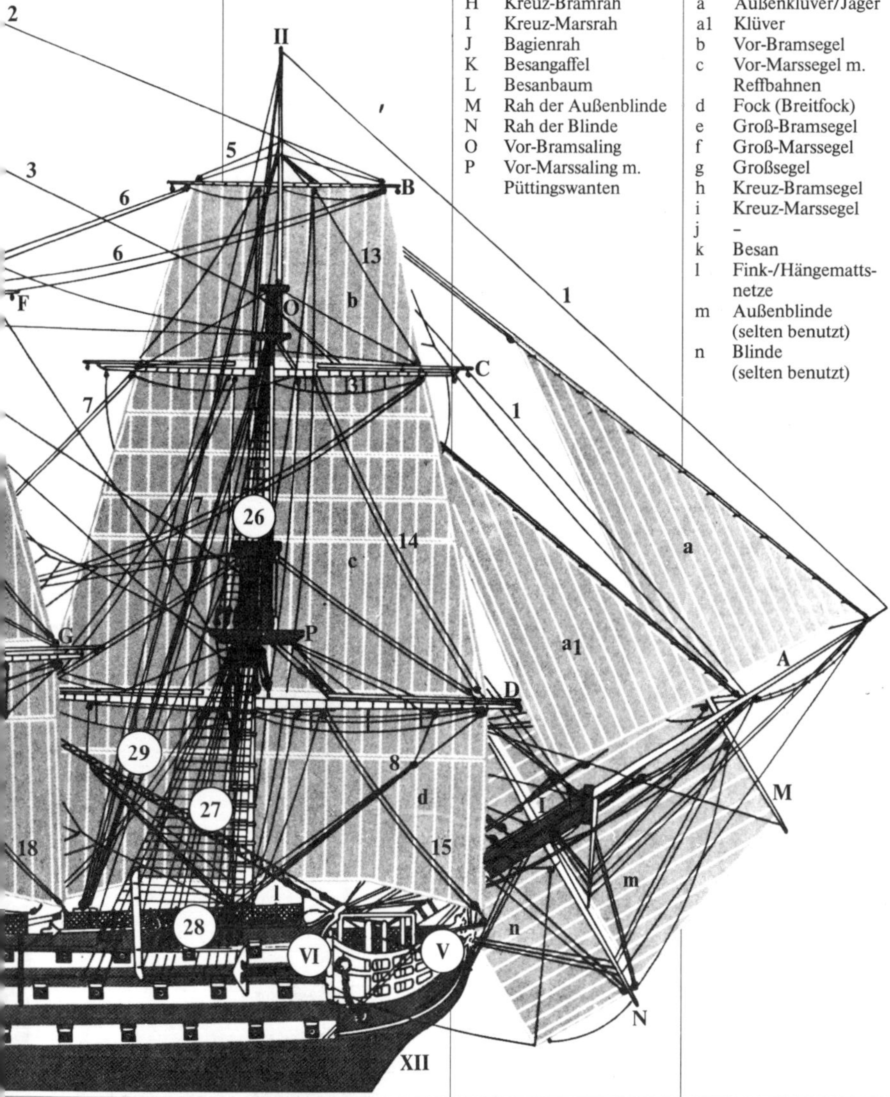

Alexander Kent

Donner unter der Kimm

Admiral Bolitho
und das Tribunal von Malta

Roman

Aus dem Englischen von Hardo Wichmann

Ullstein

Inhalt

I Zeit der Ebbe

Es war ungewöhnlich kalt für Mitte September, und die gepflasterten Straßen von Portsmouth schimmerten vom Regen der vergangenen Nacht wie Metall.

Vizeadmiral Sir Richard Bolitho hielt an einer Ecke inne und starrte zurück zum George Inn, in dem er die beiden Tage seit seinem Eintreffen aus Falmouth verbracht hatte. Dort stand auch der alte Blue Posts Inn, eine Erinnerung an längst vergangene Zeiten, als er, ein bescheidener Midshipman*, auf Fahrt gegangen war.

Er seufzte und wandte sich seinem Begleiter zu, der auf ihn wartete; als sie um die Ecke gingen, spürte Bolitho den kalten Wind vom Solent wie eine Herausforderung.

Es war Morgen, aber die Straßen waren praktisch menschenleer, denn man schrieb 1803, und den labilen Frieden hatte im Mai die erste Breitseite hinweggefegt. Angst vor den gefürchteten Preßpatrouillen bewirkte, daß sich kein junger Mann auf den Straßen herumtrieb; Bolitho dachte daran, wie sich die Lektionen wiederholten. Er sah, daß sein Neffe ihn mit besorgtem Blick beobachtete, und entsann sich einer Bemerkung an diesem Vormittag im George Inn, als er mit Adam über einer letzten Tasse Kaffee gesessen hatte. Gemacht hatte sie ein Reisender, der die beiden Seeoffiziere im Gespräch beobachtete und anschließend bekannte, daß er sie ursprünglich für Brüder gehalten hätte.

Bolitho wandte sich seinem Neffen zu und haßte den Augenblick des Abschieds, wußte aber zugleich, daß es egoistisch war, Adam noch länger aufzuhalten. Adam Bolitho war dreiundzwanzig und hatte sich in den Augen seines

* Kadett bzw. Fähnrich: Offiziersanwärter

Onkels seit dem Tag, an dem er als Midshipman auf sein Schiff gekommen war, kaum verändert.

Einen Unterschied gab es jedoch. Adam hatte Gefahr und Schmerzen durchgestanden, manchmal an seiner Seite, manchmal anderswo. Sein Mund und sein festes Kinn verrieten, daß er viel daraus gelernt hatte, und die goldene Epaulette auf seiner linken Schulter sagte den Rest. Er war mit dreiundzwanzig Jahren Kapitän, nun sogar auf seinem eigenen Schiff. Die kleine Brigg *Firefly* lag jenseits der Hafenmauer, verloren auf der weiten Reede mit ihren Kriegsschiffen, Truppentransportern und der ganzen Geschäftigkeit eines Marinehafens im Krieg.

Bolitho schaute ihn wohlmeinend an. »Dein Vater wäre heute stolz auf dich«, sagte er.

Adam starrte ihn halb besorgt, halb erfreut an. »Das war sehr großmütig von dir. Wie kann ich dir nur danken?«

Bolitho zupfte an seinem goldbestickten Hut, um seine Verlegenheit zu überspielen. »Mein Lohn, wenn ich ihn überhaupt suchte, wäre die Tatsache, daß du im Begriff bist, mit deinem eigenen Schiff in See zu stechen.« Ungestüm ergriff er Adams Arm. »Du wirst mir fehlen.«

Adam lächelte, doch seine Augen blieben traurig. »Kam dir eben eine Erinnerung, Onkel?«

»Aye.« Sie fielen wieder in Gleichschritt, und Bolitho versuchte, sich die Niedergeschlagenheit, die seit Falmouth sein Schatten gewesen war, nicht anmerken zu lassen. War dies nun das letzte Mal? Der Anlaß für seine Unruhe? Würde er wie so viele andere auf einem zerfetzten, blutigen Deck enden und nie hierher zurückkehren?

»Er hielt uns für Brüder«, sagte Adam. »Ich faßte das als Kompliment auf.«

Als er lachte, sah Bolitho in ihm wieder den Midshipman.

Er zog seinen Umhang zurecht. Auch ihn erwartete ein Schiff, sein Flaggschiff. Vielleicht würde die Last der Verantwortung, die seine Befehle mit sich brachten, seine Zweifel zerstreuen, sie so weit achteraus zurücklassen wie das Land. Draußen wartete sein Geschwader auf ihn. Zum Glück war es ihm gelungen, Valentine Keen als Flaggkapitän zu behalten. Aber sonst werde ich diesmal nicht viele vertraute Gesichter sehen, dachte er.

Der Frieden von Amiens hatte zwar nur ein knappes Jahr gedauert, doch während dieses Zeitraums hatten es die Seelords und eine selbstgefällige Regierung für richtig gehalten, die Flotte unsinnig zu demobilisieren. Sechzig von hundert Linienschiffen waren außer Dienst gestellt, vierzigtausend Matrosen und Seesoldaten an Land geworfen. Bolitho war zu seinem Glück im Dienst geblieben. Seltsam, daß sein letztes Flaggschiff, die *Achates,* die erste richtige Schlacht nach dem Frieden geschlagen und wider Erwarten gewonnen hatte; und das zu einem Zeitpunkt, da die Kriegsmarine einer Siegesnachricht dringend bedurfte. Eine weitere Laune des Schicksals war die Tatsache, daß *Argonaute,* das Schiff des französischen Admirals, das sie nach einem der heftigsten Nahgefechte, deren sich Bolitho entsinnen konnte, aufgebracht hatten, nun kurz davorstand, am Vormast seine Flagge zu tragen. *Achates* war ein altes Schiff gewesen und würde nun viele Monate in der Werft bleiben. Von den früheren Gefechten in der Karibik hatte sie sich nie so recht erholt. *Argonaute* dagegen war vergleichsweise neu und auf ihrer Jungfernfahrt gewesen, als sie von ihnen zur Kapitulation gezwungen worden war.

Er fragte sich vage, ob erbeutete Schiffe etwas gegen ihre neuen Herren und ehemaligen Feinde hatten. Er war einmal Flaggkapitän auf einer Prise gewesen, konnte sich jedoch an seltsame Vorkommnisse dort nicht entsinnen.

Er hatte ohnehin keine andere Wahl. Jedes Schiff, jeder erfahrene Seemann wurde gebraucht, denn während England seine Kraft erlahmen ließ, hatte der alte Feind jenseits des Kanals aufgerüstet. Neue Schiffe, eifrige junge Kapitäne und eine riesige, auf Sieg erpichte Armee zeichneten ein düsteres Bild für Englands Zukunft.

Einige Seesoldaten, die an der Hafenmauer Schutz gesucht hatten, nahmen Haltung an, als sich die beiden Offiziere näherten.

Auch Allday würde ihm fehlen, dachte Bolitho. Diesmal sollte Hogg, Keens Bootsführer, mit der Barkasse an den Stufen warten. Allday hatte Urlaub erbeten, um jemanden zu besuchen. Das war an sich schon merkwürdig. Denn Allday bat sonst nie um Vergünstigungen oder sprach über Privatangelegenheiten, und Bolitho fragte sich, ob er wohl sein Angebot annehmen werde, an Land zu bleiben. Abgesehen von einem kurzen Zwischenspiel als Schäfer war Allday sein ganzes Leben auf See gewesen und hatte sich seinen Abschied von der Marine tausendmal verdient. Und auf der *Achates* hatte sein Leben fast ein Ende gefunden. Bolitho dachte oft an den Tag, an dem sein Bootsführer einen Säbelhieb in die Brust erhalten hatte, der ihn eigentlich auf der Stelle hätte töten müssen. Nun war er zwar auf seine heitere, unverwüstliche Art der Alte, doch man merkte ihm die Wunde an. Aufrechtes Gehen fiel ihm schwer, und Bolitho wußte genau, wie sehr das seinen Stolz verletzte. Oft hatte man Allday mit einer Eiche oder einem treuen Hund verglichen. Doch Allday war nichts dergleichen, sondern ein Freund, auf den er sich verlassen konnte, der Bolitho besser kannte als jeder andere.

Sie kamen an die Stufen, und Bolitho erblickte unter sich die schaukelnde Barkasse. Hogg und ein junger Leutnant warteten mit erhobenen Gesichtern barhäuptig im Boot. Die hochgestellten Riemen bildeten zwei perfekte weiße Linien, die geteerten Hüte und karierten Hemden der Mannschaft verrieten deutlich, was Keen bereits aus der Besatzung gemacht hatte.

Vermutlich beobachtete Keen ihn nun durch sein Fernrohr, neben sich Bolithos neuen Flaggleutnant Hector Stayt. Die Väter von Stayt und Bolitho, beide aus Cornwall, hatten zusammen gedient. Stayt kam mit guten Empfehlungen, sah aber eher wie ein Abenteurer aus als wie jemand, der diplomatisch zwischen Admiral und Untergebenen vermitteln sollte.

Tausend Sorgen und mögliche Irrtümer gingen Bolitho durch den Sinn, doch sein Gesicht war gefaßt, als er sich zum letzten Mal seinem Neffen zuwandte. Aus dem Augenwinkel hatte er gesehen, daß Adams kleine Gig von ihrer Crew, die den jungen Kommandanten schon erwartete, klargehalten wurde.

Es war Ebbe, und er sah einen alten Mann am Kiesstrand Treibholz sammeln. Der Mann schaute auf und die beiden Offiziere direkt an. Sie hätten in der Tat Brüder sein können mit ihrem schwarzen Haar und dem festen Blick ihrer grauen Augen. Adam trug die Haare nach neuer Mode kurz, Bolitho hatte den Zopf beibehalten.

Der Mann am Strand deutete einen Salut an, und Bolitho nickte. Ein letztes Lebewohl.

»Tu jeden Schritt mit Bedacht, Adam«, sagte er. »Wenn du diesmal nicht in Schwierigkeiten kommst, gibt man dir als nächstes eine Fregatte.«

Adam lächelte. »Ich segle mit deinen Depeschen nach Gibraltar, Onkel. Danach hänge ich sowieso an den Schürzenbändern der Flotte.«

Bolitho erwiderte sein Lächeln. Ihm war, als sähe er sich selbst als jungen Draufgänger. »Schürzenbänder sind dehnbar.« Er drückte ihn an sich, ohne sich um die strammstehenden Seesoldaten und zusehenden Bootsgasten zu kümmern. Wie zu sich selbst sagte er: »Gott sei mit dir.«

Und dann, als Adam seinen neuen, goldbetreßten Hut abnahm und sich das rabenschwarze Haar vom Wind zausen ließ, hastete Bolitho die Stufen hinunter. Er nickte dem Leutnant im Boot zu. Das war ein Gesicht aus der jüngeren Vergangenheit, früher Midshipman auf der *Achates.*

»Guten Tag, Mr. Valancey. Bei diesem Wind werden sich die Männer tüchtig in die Riemen legen müssen.«

Er sah den jungen Mann vor Freude erröten, weil er seinen Namen nicht vergessen hatte. Jedes Bindeglied war nützlich.

Noch einmal winkte er Adam zu, als seine elegante grüne Barkasse, deren Riemen sich hoben und senkten wie Flügel, vom Ufer ablegte.

Mit ungebührlicher Hast hielt nun die kleine Gig auf die Stufen zu; als sie um das Heck eines verankerten Truppentransporters bogen, kam der Kai außer Sicht.

Draußen lagen viele Schiffe vor Anker, deren schwarze, gelbbraun abgesetzte Rümpfe in Regen und Gischt stumpf schimmerten. Die Isle of Wight jenseits von ihnen war kaum mehr als ein dunstiger Höcker.

Der Leutnant hustete nervös. »Die Fregatte dort drüben ist die *Barracouta,* Sir.« Er zuckte zusammen, als Bolithos Blick ihn streifte. Die Fregatte mußte erst morgens vor Anker gegangen sein, denn man hatte ihn über ihr Eintreffen noch nicht informiert. Sie sollte unter Jeremy Lapish zu seinem neuen Geschwader gehören. Es war vernünftig von dem Leutnant, ihn darauf aufmerksam zu machen.

»Ihre Dienststellung?« fragte Bolitho.

»Sechster Offizier, Sir.« Also gerade eine Stufe über dem Kadettenlogis.

Hogg stieß einen unterdrückten Fluch aus und fauchte: »Halt!« Die Ruderblätter schwebten triefend über dem Wasser, während Hogg sich gegen die Pinne stemmte. Eine Barkasse lief ihnen direkt vor den Bug, so mit Menschen überladen, daß sie fast überspült wurde.

Hogg sah den jungen Leutnant an und legte, als der

stumm blieb, die Hände um den Mund und brüllte: »Platz da für einen Offizier des Königs!«

Jemand winkte, und die Barkasse drehte in Richtung einiger Truppentransporter ab.

Bolitho fiel unter den Passagieren eine junge Frau auf, deren Kopf und Schultern Wind und Gischt ungeschützt ausgesetzt waren. Sie drehte sich nach dem Rufer um, und Bolithos Blick traf den ihren über fünfzehn Meter aufgewühltes Wasser hinweg. Dann fiel sein Blick auf ihre Hand, die das Dollbord packte. Sie war angekettet.

»Wer sind diese Leute?« fragte er leise.

Hogg gab behutsam dem Druck der Pinne nach, noch immer aufgebracht, daß so etwas unter den Augen seines Admirals geschehen konnte.

»Sträflinge, Sir«, erwiderte er rauh.

Bolitho sah weg. Vermutlich auf dem Weg zur Strafkolonie Botany Bay in Australien. Was hatte sie wohl verbrochen?

»Klar zum Einhaken, Buggast!« Hogg schätzte die letzte Kabellänge sehr sorgfältig ab.

Als die Barkasse um einen Zweidecker bog, erblickte Bolitho endlich die hohen Masten der *Argonaute.* Ein schönes Schiff, das mußte er zugeben, mit glänzendem neuem Anstrich und einer riesigen Kriegsflagge, die ihm zum Willkomm an der Poop flatterte. Sie hatte elegante, anmutige Linien und war, wie Bolitho aus eigener schlimmer Erfahrung wußte, ein vorzüglicher Segler. Ihr Hüttendeck war länger als bei den englischen Linienschiffen, doch sonst unterschied sie sich kaum von den anderen Zweideckern mit vierundsiebzig Geschützen, die das Rückgrat der Flotte bildeten.

Doch als sie näherkamen, entdeckte Bolitho kleine Unterschiede: Der vollere Bug mit dem steilen Spriet, die fast extravagant wirkende vergoldete Heckgalerie. Es fiel schwer, sich ihr Deck voller Blutlachen vorzustellen, und doch waren viele gute Leute damals und auch noch auf der Rückfahrt nach Plymouth gestorben. Die Werft hatte an ihr wahre Wunder bewirkt. Mehrere Male war Bolitho versucht gewesen, sich sein neues Flaggschiff während der Neuausrüstung und Reparatur anzusehen, hatte sich aber ferngehalten. Keen hätte sich wohl kaum gefreut, seinen Admiral inmitten des Wirrwarrs an Bord begrüßen zu müssen.

Bolitho warf sich den Umhang von den Schultern, wodurch die schimmernden Epauletten mit je zwei silbernen Sternen sichtbar wurden: Vice-Admiral-of-the-Red*, abgesehen von Nelson der jüngste der Navy. Noch hatte er sich daran nicht gewöhnt – auch nicht an den Adelstitel, über den sich alle so gefreut hatten, der ihm aber eher peinlich war. Weitere Bilder glitten vor seinem inneren Auge vorbei, als er das Schiff beobachtete und den alten Degen zwischen die Knie klemmte: London mit seinen bunten Livreen und dienernden Lakaien. Das plötzliche Schweigen, als er vor Seiner Britannischen Majestät niederkniete, die federleichte Berührung des Schwerts auf seiner Schulter: Sir Richard Bolitho of Falmouth. Gewiß doch ein stolzer Augenblick? Belinda hatte so glücklich ausgesehen. Adam und Allday strahlten wie Schulkinder. Und doch ...

Er sah eine Gruppe von Gestalten an der Pforte warten, das Blau und Weiß der Offiziere, das Scharlachrot der Seesoldaten. Seine Welt. Man würde genau auf jede seiner Bewegungen achten. Normalerweise wäre Allday zur Hand gewesen, um dafür zu sorgen, daß er nicht das Gleichgewicht verlor oder über seinen Degen stolperte. Nach allem, was sie gemeinsam durchgestanden hatten, war der Gedanke, jemals ohne Allday fahren zu müssen, unvorstellbar. Aber er würde an Bord sein, ehe das Schiff Anker lichtete.

* Abteilung der alten britischen Kriegsmarine, mit roter Nationalflagge

Leutnant Valancey trat zur Seite, als Bolitho abwartete, bis die Barkasse an der bauchigen Flanke der *Argonaute* aufwärtsschwang. Dann sprang er hinüber und stieg die Jakobsleiter zur Pforte hoch; Musketen wurden präsentiert, Trommeln ratterten, und die Pfeifen stimmten das »Hearts of Oak«* an.

Da stand der blonde Keen und nahm seinen Hut genau in dem Augenblick ab, als Bolithos Flagge im Vormasttopp gesetzt wurde.

»Willkommen, Sir Richard.« Keen lächelte und merkte nicht, daß die Begrüßung Bolitho unvorbereitet getroffen hatte. Dem Admiral klang es, als sei jemand anderer angeredet worden.

Bolitho nickte den versammelten Offizieren und der Wache zu. Wenn er erwartet hatte, noch Spuren des Gefechts zu sehen, wurde er nun enttäuscht: frisch gestrichene Planken, geteerte Takelage, säuberlich aufgetuchte Segel, und die Ketten und Taljen der Achtzehnpfünder des Oberdecks so perfekt ausgerichtet wie zur Parade.

Er schaute das Deck entlang und durch das Kreuzmuster aus stehendem und laufendem Gut in die Höhe. Er sah die weiße Schulter der Galionsfigur, die einen Knaben aus der Mannschaft von Jasons mythischer *Argo* darstellen sollte. Erst vor knapp drei Jahren war *Argonaute* in Brest von Stapel gelaufen; ein vergleichsweise neues Schiff also, mit einer Sollbesatzung von sechshundertzwanzig Offizieren, Matrosen und Seesoldaten. Bolitho bezweifelte indes, daß es selbst dem einfallsreichen Keen gelungen war, so viele Männer zusammenzubringen.

Sie gingen unter dem Hüttendeck nach achtern. Die Erbauer hatten es länger als auf vergleichbaren englischen Schiffen gehalten und den Offizieren dadurch geräumigere

* »Herzen aus Eiche«, alte Marineweise

Unterkünfte gegeben. Vorm Gefecht jedoch machte man wie auf jedem anderen Kriegsschiff die Decks vom Bug bis zum Heck von Zwischenwänden frei, damit jedes Geschütz, groß oder klein, ungehindert bedient werden konnte.

Sie bückten sich unter den Decksbalken, und Bolitho sah einen Seesoldaten an der Tür zu seiner Kajüte Wache stehen.

»Wenn Allday an Bord kommt, Val, möchte ich . . .«

Keen blickte ihn an. »Er ist schon da, Sir Richard.«

Bolithos Erleichterung war so groß, daß es ihn selbst überraschte.

Es war recht dunkel unter Deck, und Bolitho ließ seine Füße vom Instinkt leiten. Die Gerüche waren wie alte Freunde: Teer, Werg, Farbe, feuchte Leinwand. Ein großer Eßtisch aus Falmouth, der Weinschrank, den er von Schiff zu Schiff mitnahm, und hinten in der großen Tageskajüte ein wertvoller Teppich auf der schwarz-weiß karierten Leinwand, welche die Planken bedeckte.

Von nebenan kam der an einen Maulwurf erinnernde Ozzard, der schon seit mehreren Tagen an Bord war, aus dem Schlafraum geeilt und sah zu, wie Bolitho langsam auf seinen Sessel zuging. Er hatte ihn in Falmouth anfertigen lassen. Belinda hatte Widerspruch eingelegt und gemeint, er hätte etwas Eleganteres, seiner Position Angemesseneres wählen sollen. Nun berührte er die hohe Rückenlehne, die wie der Rest des Sessels mit weichem, dunkelgrünem Leder bezogen war.

Er reichte Ozzard seinen Degen und setzte sich in den Sessel, der so wichtig war, wenn ihn Sorgen und Zweifel beschäftigten, die er mit keinem seiner Untergebenen teilen konnte. Er hatte massive Armstützen und eine hohe Lehne, die, falls erforderlich, den Blick auf Gegenstände oder Menschen versperren konnte.

Keen grinste. »Der Sessel kam eine Stunde, bevor wir aus dem Plymouth-Sund ausliefen, an Bord.«

Über ihnen erklangen Schritte. Keen wandte sich zur Tür.

Bolitho lächelte. »Gehen Sie nur, Val. Sie haben noch viel zu tun. Wir unterhalten uns später.«

Die Tür schloß sich, und Bolitho sah seinen Steward mit einem Tablett zum Tisch treten. Verließ Ozzard das sichere Falmouth nur ungern? Wenn ja, ließ er sich das nicht anmerken. Bolitho wartete, bis Ozzard ihm ein Glas Rotwein hingestellt und sich dann in seine Pantry zurückgezogen hatte. Ein vorzüglicher Diener, auch wenn er unweigerlich in Panik geriet, sobald das Schiff klar zum Gefecht gemacht wurde. Ozzard war sehr belesen und früher Schreiber bei einem Anwalt gewesen; es hieß, er sei zur See gegangen, um dem Gefängnis oder Ärgerem zu entkommen. Doch wie Allday war auch er völlig zuverlässig.

Bolitho schaute sich in der großen Tageskajüte um. Konteradmiral Jobert mußte hier oft gesessen haben. Auch als aus dem Ausguck der Ruf erscholl, die *Achates* sei gesichtet worden?

Die andere Tür ging auf, und herein kam Yovell mit dem üblichen Stapel Post. Er lächelte zufrieden, denn seit Bolithos Erhebung in den Ritterstand war Yovell vom schlichten Schreiber zum Sekretär aufgestiegen. Mit seinen Hängeschultern und der kleinen, goldgerahmten Brille sah er wie ein wohlhabender Kaufmann aus.

Yovell hatte zu seiner Unterstützung einen neuen Schreiber gefunden, einen rotwangigen Jungen namens John Pinkney, dessen Familie schon seit vielen Generationen in Falmouth lebte. Auch Ozzard hatte einen Helfer bekommen; er hieß Twigg, aber Bolitho hatte ihn nur einmal, als er sich in Falmouth vorstellte, zu Gesicht bekommen.

Er merkte, daß er auf den Beinen war und wie ein Gefangener in der Kajüte auf- und abging.

Soviel hätte er Belinda noch sagen wollen. Seit dem Besuch in London war es zu einer Entfremdung zwischen ihnen gekommen. Sie liebte ihn zwar, doch wegen Elizabeths schwieriger Geburt verschanzte sie sich wie hinter einer Barriere. Er konnte nicht mit Sicherheit sagen, ob ihre Kühle ... Ärgerlich sah er auf, als der Wachtposten die Muskete aufs Deck stieß und rief: »Ihr Bootsführer, Sir!«

Der Seesoldat würde bald lernen, daß Allday kam und ging, wie es ihm beliebte.

Der Alte trat ein und blieb mitten auf dem Teppich stehen. Sein Kopf reichte bis knapp unters Skylight.

Er sieht fast unverändert aus, dachte Bolitho. Das lag auch an seiner blauen Jacke mit den Goldknöpfen und den Nankinghosen, die ihn als Bootsführer des Admirals kennzeichneten.

»Alles erledigt, Allday?«

Allday blickte sich in der Kajüte um, musterte den neuen Sessel und sah schließlich Bolitho an.

»Die Sache ist die, Sir.« Er zupfte an seiner Jacke. »Ich habe was zu melden.«

Bolitho setzte sich. »Raus damit, Mann.«

»Ich habe einen Sohn, Sir.«

»Wie bitte?« rief Bolitho.

Allday grinste verlegen. »Jemand hat mir geschrieben, Sir. Ferguson las mir den Brief vor, denn ich kann ja nicht ...«

Bolitho nickte. Ferguson, sein Diener in Falmouth, wußte ein Geheimnis zu hüten. Er und Allday waren dicke Freunde.

Allday sprach weiter. »Ich kannte mal ein Mädchen, früher auf dem Dorf. Hübsches kleines Ding, aufgeweckt dazu. Wie's scheint, ist sie vor ein paar Wochen gestorben.« Er schaute Bolitho in jäher Verzweiflung an. »Tja, Sir, und da konnte ich doch nicht einfach die Hände in den Schoß legen, nicht?«

Bolitho lehnte sich zurück und beobachtete die Emotionen, die sich in Alldays schlichtem Gesicht spiegelten.

»Bist du da auch ganz sicher?«

»Aye, Sir. Ich wollte Sie bitten, mit ihm zu reden, wenn das nicht zuviel verlangt ist.«

Von oben erklangen Schritte, und eine Bootsmannspfeife trillerte weitere Matrosen herbei, um beim Beladen zu helfen. In der Achterkajüte schien das alles weit entfernt zu sein.

»Du hast ihn also mit an Bord gebracht?«

»Er meldete sich freiwillig, Sir. Hat schon früher den Rock des Königs getragen.« Alldays Stimme verriet nun Stolz. »Ich wollte nur . . .« Er schwieg und starrte auf seine Schuhe. »Ich hätte nicht fragen sollen . . .«

Bolitho trat zu ihm und nahm seinen Arm. »Bring ihn zu mir, wenn er soweit ist. Herrgott noch mal, Mann, du hast das *Recht* zu fragen, was du willst!«

Sie starrten einander an. Dann sagte Allday schlicht: »Das mache ich, Sir.«

Die Tür ging auf, und Keen schaute herein. »Ich wollte Ihnen nur melden, Sir Richard, daß *Firefly* gerade den Anker gelichtet hat und nun die Marssegel setzt.«

Bolitho lächelte. »Danke.« Er schaute Allday an. »Komm mit, wir sehen ihm beim Auslaufen zu.«

Allday nahm den alten Degen vom Halter und hielt sich bereit, ihn an Bolithos Gürtel zu hängen. Leise sagte er: »Der braucht bald selbst einen guten Bootsführer, und das ist kein Scherz.«

Sie schauten einander an und verstanden sich.

Keen beobachtete sie und vergaß die drängende Arbeit. Bolitho und Allday waren der Fels, der nicht wankte, wenn alles andere fiel. Zu seiner Überraschung merkte er, daß diese Erkenntnis ihn noch immer zutiefst rührte.

Mehrere Matrosen, die auf dem Achterdeck gearbeitet hatten, wichen zurück, als Bolitho und ihr Kommandant an die Finknetze traten. Bolitho spürte ihre Blicke im Rücken. Gewiß dachten sie nun über den Ruf nach, der ihm vorauseilte.

Adams kleine Brigg legte sich in den Wind und zeigte

beim Kreuzen zwischen zwei verankerten Linienschiffen, was sie wert war. Bolitho nahm einem Signalgast das Fernrohr ab, verfolgte die *Firefly* und sah einen Augenblick lang ihren Kommandanten zum Anfassen nahe vor sich. Adam schwenkte langsam seinen Hut und kam dann hinter einem anderen Schiff außer Sicht. Bolitho ließ das Fernrohr sinken und gab es dem Midshipman zurück. »Danke, Mr. . . .«

»Sheaffe, Sir Richard.«

Bolitho betrachtete ihn neugierig. Natürlich, wie hatte er vergessen können, daß Admiral Sir Hayward Sheaffe ihm einen seiner Söhne auf die *Argonaute* gesetzt hatte! Uncharakteristisch, daß ihm so etwas entfiel; jetzt erinnerte er sich auch an Keens Kommentar: »Und wenn uns der Rotzjunge über Bord geht, bin ich obendrein mein Kommando los!«

Seit seiner Rückkehr hatte er Sir Hayward mehrere Male in der Admiralität aufgesucht. Nur eine Rangstufe trennte sie, aber es hätte genausogut ein Ozean sein können.

Keen beobachtete Bolitho, und als er zur gegenüberliegenden Seite ging, folgte er ihm. »Es ist nicht unbedingt nötig, daß Sie schon jetzt an Bord kommen, Sir«, meinte er. »Es kann noch eine Woche dauern, bis das Geschwader vollständig versammelt ist.«

Er fragt sich, ob ich genug vom Land habe, dachte Bolitho. »Und ein recht kleines Geschwader wird es werden, Val«, sagte er. »Vier Linienschiffe, die Fregatte *Barracouta* und die kleine Brigg *Rapid*.«

Keen grinste. »Nicht zu vergessen die *Suprème,* Sir.«

Bolitho lächelte wehmütig. »Kaum mehr als ein Kutter, zu dem der grandiose Name schlecht paßt.« Er nahm die drei anderen Linienschiffe in Augenschein. Nur einen Bekannten hatte er auf ihnen: Kapitän Francis Inch. Er fuhr herum, und seine Stimme klang beschwörend. »Was ist aus uns geworden, Val? Wissen Sie noch, wir ›Happy Few‹?«

»Daran denke ich oft«, meinte Keen. »Wir ›wenigen

Auserwählten‹.« Bolithos Stimmung beunruhigte ihn. Den Grund hatte er zumindest teilweise erfahren: Bolithos schöne Frau sah seine Karriere in Gefahr, obwohl für die meisten Seeleute ein Vizeadmiral, ob adlig oder nicht, gleich nach dem Allmächtigen kam. Belinda wollte, daß er Falmouth verließ, um sich in London, wo er bemerkt und befördert werden würde, ein prächtiges Haus zu kaufen.

Aber Falmouth verlassen? Keen war schon zu Bolithos Hochzeit dort gewesen und kannte das Haus unterhalb von Pendennis Castle besser als die meisten anderen. Die Bolithos hatten immer dort gewohnt; es gehörte zu ihnen wie die See.

Bolitho schaute hinüber zu seiner einzige Fregatte *Barracouta.* Lapish, ihr junger Kommandant, war erst vor drei Jahren aufgerückt und bisher noch nicht zum Vollkapitän ernannt worden. Der Anblick der verankerten Fregatte, deren Rahen und Decks vor Matrosen wimmelten, weckte in ihm die Erinnerung an den Augenblick, als er zum ersten Mal scharfe Worte an Belinda gerichtet hatte. Von Nelson hatte sie gesprochen, was praktisch jeder in London tat, aber nicht von seinem Mut und seinen Siegen, sondern von seiner unerhörten und unakzeptablen Affäre mit »dieser Frau«.

»Du bist ranggleich mit Nelson«, hatte Belinda gesagt. »Aber ihm gibt man eine Flotte und dir nur ein Geschwader!«

»Eine Flotte bekommt man nicht durch Günstlingswirtschaft!« hatte Bolitho versetzt.

Seltsamerweise standen Nelson trotz seines Ruhms und seiner Stellung nur zwei Fregatten zur Verfügung. Der kleine Admiral hatte seine Flagge auf der alten, geachteten *Victory* gesetzt und war ins Mittelmeer gesegelt, um die Franzosen in Toulon zu blockieren, damit sie dort ebenso eingeschlossen blieben wie in ihren Häfen am Ärmelkanal und Atlantik.

Belinda war bei seinem scharfen Ton zurückgewichen. Sie hatten einander angestarrt wie Fremde.

»Ich rede und handle so, weil du mir wichtig bist«, hatte sie leise geantwortet.

»Weil du meinst, daß du es besser weißt als ich!« hatte er erwidert. »Wir sind *hier* zu Hause, nicht in London!«

Nun, da er die Schiffe betrachtete und an die Toten dachte, die er gekannt hatte, fragte er sich, was ihn in Wirklichkeit so aufgebracht hatte, daß er zu früh an Bord gegangen war.

»So viele Männer, manche kaum mehr als kleine Jungen«, sagte er leise. »Farquhar, Keverne, Veitch.« Er wandte den Blick ab. »Erinnern Sie sich noch an den kleinen Neale? Und die anderen – wo sind sie? Tot, verstümmelt, oder sie fristen ihr Leben in pockenverseuchten Spitälern. Und wofür?«

Keen hatte ihn noch nie so erlebt. »Damit wir die Franzmänner besiegen, Sir.«

Bolitho packte ihn am Arm. »Gewiß! Aber noch viele gute Männer werden für die Selbstgefälligkeit und Dummheit anderer bezahlen müssen.« Er bezähmte sich und sagte gelassener: »Ich gehe jetzt meine Depeschen lesen. Speisen Sie heute abend mit mir, Val.«

Keen tippte bestätigend an seinen Hut und sah Bolitho nach. Als sein Blick dabei auf Stayt fiel, den neuen Flaggleutnant, fragte er sich, wie dieser wohl Bolithos Neffen oder den früheren Adjutanten Browne ersetzen würde.

Keen schritt zur Querreling und stützte sich darauf. Bald würde das Schiff wieder lebendig sein, ein gutfunktionierendes Wesen, angetrieben von seinen drei Segelpyramiden. Er schaute auf zu Bolithos Flagge am Vormast. Unter keinem Mann diente er lieber, keinen respektierte, verehrte er mehr. Jeden Tag, seit er als Midshipman Bolithos Schiff betreten hatte, war seine Zuneigung gewachsen. Trotz Tod und Gefahr in der Südsee, wo Bolitho beinahe dem Fieber erlegen war, hatte er noch die Kraft gefunden, ihn über seinen Verlust hinwegzutrösten. Keen dachte an die liebliche Malua, die dieses Fieber nicht überlebt hatte. Anders als die meisten Seeoffiziere war er danach unverheiratet geblieben, hatte ihren Tod nie ganz verschmerzt.

Er musterte sein Schiff und war mit dem, was in so kurzer Zeit erreicht worden war, recht zufrieden. Wieder entsann er sich der pausenlosen Breitseiten, des Gemetzels auf und unter Deck während ihres letzten Gefechts. Er berührte seine linke Schulter, wo ihn ein Splitter getroffen und zu Boden geschleudert hatte. Manchmal schmerzte die Stelle noch. Doch er lebte, das war entscheidend. Er sah auf zu den Männern hoch über Deck, die mit Spleißen und anderen Arbeiten beschäftigt waren.

Zu seinem Glück hatte er einige der älteren, erfahrenen Männer von *Achates* behalten: Big Harry Rooke, den Bootsmann; den Zimmermann Grace, der bei der Reparatur in Plymouth Gold wert gewesen war. Selbst Black Joe Lantry, der furchteinflößende Schiffsprofos, war auf die *Argonaute* gekommen. Doch fehlten noch Matrosen. Keen rieb sich das Kinn, wie Bolitho es tat, wenn er über ein Problem nachsann. Der Hafenadmiral und ein Amtsrichter taten ihr Bestes, aber Keen wollte erstklassige Seeleute, keine Verbrecher. Bei diesem Gedanken schaute er hinüber zu den beiden Truppentransportern, die Sträflinge in die neue Kolonie Australien bringen sollten. War das die rechte Art, ein Territorium zu bevölkern?

Paget, der Erste Offizier, kam übers Deck und grüßte. »Bitte um Genehmigung, die Männer während der Nachmittagswache an der unteren Batterie üben zu lassen.«

Keen sah ihn nach achtern zur Poop schielen und lächelte. »Keine Angst, Mr. Paget, unser Admiral weiß ordentliche Schießkunst sehr zu schätzen. Und ich auch.«

Paget entfernte sich. Ein guter Offizier und etwas älter als die anderen, hatte er während des Friedens von Amiens bei der Handelsmarine gedient. Eigentlich stand ihm nun ein Kommando zu, wenn auch nur ein kleines Schiff. Der neue Kommandant der kleinen *Suprème,* Hallowes, war bis vor dem Gefecht Keens Vierter Offizier gewesen. Keen sah sie noch vor sich: Adam Bolitho und Hallowes bei ihrer tollkühnen Attacke über das Heck der *Argonaute.* Mit einer Handvoll Männer hatten sie Sprengladungen am Großmast angebracht und ihn gefällt. Der Feind hatte fast sofort die Flagge gestrichen. Warum also nicht auch Paget? Sein Zeugnis war gut, und er schien ihm tüchtig genug.

Keen begann mit gesenktem Kopf auf- und abzugehen, vergaß für den Augenblick das Rasseln der Flaschenzüge und die heiseren Rufe seiner Decksoffiziere, die das Einnehmen von Proviant beaufsichtigten. Fest stand nur, dachte er, daß dies ein härterer Krieg werden würde. Das Gefühl, nach einem so kurzen Frieden betrogen, ja verraten worden zu sein, mußte Jähzorn wecken.

Er freute sich auf das Wiedersehen mit Inch, der bei Bolithos Anblick über sein ganzes langes Pferdegesicht strahlen würde. Ernüchternd war der Gedanke, daß Inch und er die einzigen Vollkapitäne des ganzen Geschwaders waren. Inchs Zweidecker *Helicon* mußte nun jeden Augenblick von der Nore hier eintreffen. Danach ging es unter neuer Order hinaus auf See, wo jedes gesichtete Schiff wahrscheinlich ein Feind war. Nach Gibraltar zuerst - und dann?

Während Keen gedankenversunken an Deck auf- und abging, machte Bolitho sich mit seinem noch fremden Quartier vertraut. Der alte Degen hing an seinem Halter über der prächtigen neuen Waffe, für die in Falmouth gesammelt worden war. Er konnte sich noch deutlich an den Tag erinnern, als ihm sein Vater die alte Klinge im grauen Haus der Bolithos geschenkt hatte. Die Schande seines älteren Bruders Hugh, der zu den aufständischen amerikanischen Kolonisten desertiert war, hatte der Alte nie verwunden. Eigentlich hätte Hugh den Degen bekommen sollen. Nun würde Adam ihn eines Tages tragen.

Bolitho trat in die Schlafkammer und schaute in den Spiegel. Nächsten Monat wurde er siebenundvierzig. Wo waren die Jahre geblieben? Er sah zwar zehn Jahre jünger aus, aber der Gedanke an die so schnell verstrichene Zeit bedrückte ihn. Er dachte an Belinda in Falmouth. Würde er bei seiner Rückkehr weitere Veränderungen vorfinden? Mit einer Grimasse wandte er sich vom Spiegel ab. »Falls ich zurückkomme.«

Ozzard fuhr zusammen. »Sir?«

Bolitho lächelte. »Nichts. Ich war nur zu lange an Land.«

Ozzard verstaute Kleider in einem schönen alten Kleiderschrank. Bei einer seiner Schubladen zögerte er und begann die Hemden erneut glattzustreichen. Dabei berührte er die Miniatur einer jungen Frau mit langem, kastanienfarbenem Haar und grünen Augen. Wie schön sie ist, dachte er.

Twigg, sein neuer Helfer, lugte ihm über die Schulter. »Hängen wir das Bild auf, Tom? Wenn ich so eine Frau hätte, täte ich das.«

»Zurück an die Arbeit!« Ozzard schloß die Schublade sorgfältig. Es war nicht Twiggs Schuld, daß er das Bild mit einem von Lady Belinda verwechselt hatte. Ozzard aber wußte es besser: Er hatte Bolitho ihren Namen rufen hören, als er schwer verwundet gewesen war: *Cheney*... Warum hatte sie sterben müssen? Er hob ein Paar Schuhe auf und starrte es blicklos an.

Das Deck schwankte leicht. Ozzard seufzte.

Dies war ein Leben, das er verstand. Und es war besser als das auf den Sträflingsschiffen.

Drei Tage später segelte das kleine, von *Argonaute* geführte Geschwader bei kräftigem Nordwind mit Westkurs den Ärmelkanal hinunter.

Für den Admiral war kein Brief mehr eingetroffen. Bolitho verschloß seinen in der Kassette und sah zu, wie das Land in der Abenddämmerung hinter ihm versank. *Mein England, wann sehe ich dich wieder?*

Gleichgültig wie immer, verweigerte die See ihm jede Antwort.

II In Seenot

Bolitho schritt übers Poopdeck und beobachtete die drei Linienschiffe in ihrem Kielwasser. Zwei lange Tage waren vergangen, seit sie vor Spithead Anker gelichtet hatten, und abgesehen vom Exerzieren mit Segeln und Geschützen hatte nur wenig das Einerlei unterbrochen.

Inchs *Helicon* lag direkt achteraus, in Kiellinie folgten *Dispatch* und *Icarus,* die dazu allerdings erst ein paar unverblümte Rüffel vom Flaggschiff hatten erhalten müssen. Sie mußten jetzt lernen, auf Station zu bleiben und jedes Signal ohne Verzögerung zu beantworten. Später hatten sie für so etwas keine Zeit.

Weit an Steuerbord stand in Luv die einsame Fregatte *Barracouta,* bereit, vorm Wind heranzueilen, ein gesichtetes Schiff zu überprüfen oder ihre größeren Begleiter zu unterstützen. Bolitho konnte sich alle Schiffe mit ihren Kommandanten vorstellen, obwohl er letztere vor dem Auslaufen nur kurz gesprochen hatte. Die Brigg *Rapid* und der verwegene kleine Kutter *Suprème* liefen dem Flaggschiff weit voraus und fungierten als seine Augen und Aufklärer.

Bolitho hatte die Lagebesprechung Keen überlassen, als sich die Kommandanten in der Messe der *Argonaute* versammelten. Ansprachen, die nur einen Selbstzweck erfüllten, haßte er. Wenn sie erst Gibraltar erreicht hatten, würde er genauer wissen, was von ihnen erwartet wurde; dann konnte er den anderen seine Absichten darlegen.

Inchs Gesicht war vor Freude ganz zerknittert, als er von Bolitho an Bord willkommen geheißen wurde. Verändert hatte er sich nicht. Er war immer noch so eifrig und vertrauensselig, daß Bolitho seine Zweifel nie mit ihm hätte teilen können. Inch würde allem zustimmen, was er tat, und ihm selbst bis an die Pforten der Hölle folgen.

Bolitho wandte sich um und sah den Matrosen bei der Arbeit auf dem Batteriedeck zu. Ihm waren mehrere Gesichter aufgefallen, die er noch von *Achates* her kannte. Zu Keen hatte er bemerkt, es ehre den Kommandanten, daß sie sich freiwillig zum Dienst unter ihm gemeldet hatten. Daß Keen in sich hineingelächelt hatte, war ihm entgangen. Und der Gedanke, die Männer könnten sich vielleicht ihres Admirals wegen gemeldet haben, kam Bolitho überhaupt nicht.

Er hatte den leichtfüßigen, verwachsenen Stückmeister Crocker wiedergesehen, der damals den Großmast weggesprengt und so das Gefecht beendet hatte. Auch er war unverändert, abgesehen von einer neuen Uniform. Er war nun Maat und selten weit entfernt, wenn an den Stücken exerziert wurde.

Auf dem Backbord-Seitendeck sah er Allday mit einem Jungen, den er für den neuentdeckten Sohn hielt. Unglaublich! Er fragte sich, wann Allday sich dazu durchringen würde, ihn in der Achterkajüte zu präsentieren. Allday kannte besser als jeder andere Bolithos Widerwillen gegen Vetternwirtschaft und würde bestimmt den richtigen Zeitpunkt wählen.

Vom Vorschiff schlug es zwei Glasen, und Bolitho bewegte sich unruhig. Er fühlte sich von diesem Schiff und den anderen, die seiner Flagge folgten, seltsam distanziert. Keen und seine Offiziere kümmerten sich um alles; Tag für Tag wurde die Besatzung der *Argonaute* dazu ermuntert und angetrieben, ein gutes Team zu bilden. Die Zeit, die das Klarmachen zum Gefecht, das Reffen oder Setzen der Segel in Anspruch nahm, wurde minutenweise verkürzt, aber Bolitho konnte an alledem nur aus der Ferne teilhaben.

Die Stunden zogen sich träge dahin, und er beneidete Keen und die anderen Kommandanten, die ihre Tage mit Arbeit ausfüllen konnten.

Er ging zur anderen Seite und starrte auf die stumpfe graue See und die anrollenden Wellenkämme hinunter. Hundert Meilen querab lag Lorient. Brest, wo dieses Schiff gebaut worden war, hatten sie in der Nacht passiert. Ob *Argonaute* das wohl gespürt hatte?

Seltsamerweise war auch Inchs *Helicon* eine französische Prise, hatte aber einen neuen Namen erhalten, wie es Sitte war, wenn der Feind schlecht gefochten hatte.

Bolitho berührte die Finknetze. Von *Argonaute* konnte das niemand behaupten. Sie hatte von Anfang bis Ende tapfer gekämpft. Nelson mußte die Beherrschung des Mittelmeers schwerfallen, wenn der Feind über mehr Admirale von Joberts Schlag verfügte.

»An Deck! *Rapid* signalisiert, Sir!«

Bolitho schaute hoch zum Ausguck in seinem schwankenden Krähennest. Der Wind war umgesprungen und kam nun direkt von achtern. Er öffnete den Mund, doch Keen war schon zur Stelle. »Aufentern, Mr. Sheaffe, aber flott!«

Bolitho sah den schlanken Midshipman rasch die Wanten erklimmen. Er war sechzehn, sah aber älter aus und alberte in seiner Freizeit oder auf Hundewache nur selten mit den anderen »jungen Gentlemen« herum.

Bolitho fragte sich kurz, ob sich auch Adam so ernst verhalten hätte, wenn er sein Sohn gewesen wäre.

Endlich war Sheaffe in der Lage, sein großes Signalfernrohr auszurichten, und rief hinunter: »Von *Suprème,* wiederholt von *Rapid,* Sir!« Aller Augen ruhten auf seiner verkürzten Silhouette. Die Wolken schienen dicht überm Masttopp dahinzujagen. »Im Süden Segel gesichtet!«

Keen schaute Bolitho an. »Franzosen, Sir?«

»Das möchte ich bezweifeln«, meinte Bolitho. »Gestern sahen wir Teile unseres Blockadegeschwaders. An dem müßte sich der Feind erst vorbeigestohlen haben.« Er lächelte über Keens Miene. Der Mann war enttäuscht.

»*Suprème* soll nachsehen«, befahl Bolitho. »Sie trägt zwar nur Spielzeugkanonen, läuft aber jedem anderen Schiff davon.«

Entsprechende Signalflaggen wurden gehißt und flatterten steif im Wind. *Rapid* gab das Signal an den Kutter weiter, der außer Sicht des Flaggschiffs stand. Bolitho wußte, daß Hallowes zum Leichtsinn neigte, und hoffte, daß er sich vorsah. Wenn nicht, würde sein neues Kommando nur kurzlebig sein.

Da hörte er neben sich Schritte und sah seinen Flaggleutnant die Signalgasten kritisch mustern. Als Sheaffe wieder an Deck rutschte, sagte Stayt: »Immer langsam. Das muß noch besser klappen, Mr. Sheaffe, oder Sie bekommen es mit mir zu tun.«

Bolitho schwieg. Immerhin fand Stayt nichts dabei, den Sohn eines Admirals zurechtzuweisen.

»Wer das auch sein mag, er wird abdrehen und fliehen, Sir«, bemerkte Stayt jetzt.

Bolitho nickte. Falls es ein Handelsschiff gleich welcher Nationalität war, würde der Kapitän seine besten Seeleute nicht an ein Kriegsschiff verlieren wollen.

Er dachte über Stayt nach, dessen kranker Vater die Seefahrt aufgegeben hatte und Land beim Flecken Zennor bewirtschaftete. Stayts Brüder waren Geistliche, aber der Leutnant hätte in eine Soutane nicht gepaßt. Er war dunkelhäutig und hatte braune, ruhelose Augen wie ein Zigeuner. Zwar sah er nicht so gut aus wie Keen, hatte aber die markanten Züge, die Frauen anziehend fanden. Bolitho wußte, daß Stayt immer eine Pistole unter der Jacke trug, und hätte ihn gern nach dem Grund gefragt. Seltsam, als rechne er ständig mit Ärger.

Sheaffe sprach eindringlich mit seinem Helfer und erkletterte dann rasch die Wanten zum Besanmast. Die meisten Fähnriche hätten Stayts Bemerkung einfach hingenommen, aber Sheaffe war gekränkt. Ein Midshipman war weder Fleisch noch Fisch, er stand zwischen den Offizieren und Matrosen und genoß von keiner Seite viel Respekt. Seltsam nur, daß sie das sofort vergessen, sobald sie Leutnants werden, dachte Bolitho.

»Von *Suprème,* Sir!« Sheaffes Stimme klang scharf. »Es ist die *Orontes!*«

»Eines der Sträflingsschiffe«, meinte Keen. »Sie lief zwei Tage vor uns aus.« Er sah Bolitho fragend an. »Merkwürdig.«

»Von *Suprème,* Sir: Schiff bittet um Beistand.«

»Signal an *Suprème.*« Keen hatte Bolitho nicken gesehen. »›Beidrehen und auf Flaggschiff warten.‹« Er wartete ab, bis das Signal gesetzt worden war, dann ließ er an alle signalisieren: »›*Mehr Segel setzen.*‹«

Stayt schob sein Teleskop mit einem vernehmlichen Schnappen zusammen. »Geschwader hat bestätigt, Sir.«

Bolitho sah zu, wie die Matrosen rasch in die Wanten stiegen und auf den Rahen auslegten, um mehr Segel zu setzen. Die anderen Schiffe folgten *Argonautes* Beispiel. Zwar drohte keine offenkundige Gefahr, aber das Geschwader mußte seine Formation halten. Bolitho kannte sich mit tückischen Fallen aus, seinen eigenen und denen des Feindes. Er riskierte nichts.

Das Deck vibrierte, und Gischt sprühte über die Bugreling, als *Argonaute* auf den zusätzlichen Segeldruck reagierte.

»Wir erreichen sie um die Mittagszeit, Sir.« Keen überwachte das Setzen jedes einzelnen Segels; er rief: »Fockbrasse in Luv dichter holen, Mr. Chaytor! Ihre Gang ist heute konfus!« Er setzte den Schalltrichter ab. Am Trupp des Leutnants gab es nicht viel auszusetzen, doch es konnte nicht schaden, ihn ein wenig schärfer anzufassen. Bolithos Lächeln verriet Keen, daß er durchschaut worden war.

Luke Fallowfield, der Sailing Master*, sah in die prallen Segel und stellte einen weiteren Mann an das große Doppelruder. Er war schon auf anderen Flaggschiffen Master gewesen, aber nirgends war es zugegangen wie auf dem Bolithos. Die meisten Admirale blieben in ihren Kajüten, dieser aber nicht. Fallowfield war kleinwüchsig und gebaut wie ein Faß, sein Kopf saß direkt auf den Schultern wie ein großer roter Kürbis. Er war ein schlampiger Klotz von Mann, der meist eine Rumfahne hinter sich herzog, doch seine Kenntnisse in Navigation waren unerreicht.

Bolitho begann sich an ihre Gesichter und die Art, wie sie mit Vorgesetzten und Untergebenen umgingen, zu gewöhnen. Ohne diese Kontakte hätte er sich in sein abgeschirmtes Quartier verbannt gefühlt. Insgeheim mußte er zugeben, daß er mit seinen Gedanken nicht allein sein wollte.

Mit jeder Stunde wurde *Orontes* größer, ragte höher aus dem grauen Wasser. Die in der Nähe beigedreht liegende *Suprème* blieb Zuschauerin.

Sobald *Argonaute* auf Signaldistanz herangekommen war, bemerkte Keen: »Die haben ihr Ruder verloren, verflucht!«

»Der andere Transporter war ein ehemaliger Indienfahrer und in gutem Zustand.« Stayt verzog verächtlich den Mund. »Aber der da ist eine Hulk. Zum Glück meint es die Biskaya gut mit ihnen.«

Bolitho griff nach einem Fernrohr und beobachtete den langsamen Signalaustausch. Stayt hatte mit seinem Urteil

* Segelmeister, Skipper: zuständig für Navigation und Seemannschaft

recht: Die *Orontes* sah aus wie ein Sklavenschiff, nicht wie ein Transporter der Regierung.

»Wenn wir sie in Schlepp nehmen, Val, reduzieren wir unsere Stärke und verzögern unser Vorankommen.« Bolitho sah Keens Bestürzung. »Aber aufgeben können wir sie auch nicht.«

»Wir kriegen Sturm, Sir.« Fallowfield starrte die Offiziere ausdruckslos an. »Da bin ich ganz sicher.«

»Das entscheidet den Fall.« Bolitho verschränkte die Arme. »Schicken Sie ein Boot hinüber und stellen Sie fest, was aus ihrem Begleitschiff, der *Philomela,* geworden ist.« Er sah Big Harry Rooke, den Bootsführer, seine Mannschaft heranwinken. Pech, aber es blieb ihnen nichts anderes übrig. »Wir eskortieren sie nach Gibraltar.«

»Mit ihr im Schlepp brauchen wir aber Tage länger, Sir«, wandte Keen ein.

Das war typisch Keen; er konnte es nicht abwarten, an den Feind heranzukommen.

Der Erste Offizier kletterte hinunter in das wartende Boot, das bald rasch auf das treibende Schiff zuhielt.

Was für ein schlechter Anfang der Reise, dachte Bolitho, versuchte aber, den Gedanken zu verdrängen und sich auf Wichtigeres zu konzentrieren. Wenn er das Geschwader verließ und mit *Barracouta* oder *Rapid* vorausfuhr, konnte es während seiner Abwesenheit bei einem Überraschungsangriff unterliegen. Ein kaum ausgebildetes Geschwader ohne Admiral würde die Franzosen gewiß anlocken, wenn sie davon erfuhren.

Er kam zu einem Entschluß. »Signal an *Barracouta*: ›zu Flaggschiff aufschließen, erwarte Kommandant an Bord‹.« Schon hatte er das jungenhafte Gesicht von Lapish vor Augen, der dankbar sein würde, seine schwerfälligen Gefährten loszuwerden.

»Und jetzt Signal an *Helicon*«, fuhr Bolitho fort. »Sie soll sich bereitmachen, *Orontes* in Schlepp zu nehmen.« Inch war der bei weitem erfahrenste Kommandant des Geschwaders, aber selbst dieser loyale Mann würde ihm für den Auftrag nicht danken.

Den Rest des Tages nahm die Herstellung einer Schleppverbindung zu dem steuerlosen Schiff in Anspruch, und Inchs Matrosen mußten hart zupacken. Als die Schiffe wieder einigermaßen in Formation segelten, war *Barracouta* schon weit entfernt und kam bald außer Sicht. Lapish brachte Depeschen von Bolitho zum Gouverneur und Oberbefehlshaber von Gibraltar, damit man dort wenigstens erfuhr, warum das Geschwader verspätet eintreffen würde.

Die Nacht senkte sich herab. Als Bolitho in seine Kajüte ging, sah er, daß der Tisch liebevoll gedeckt war, Decksbalken und Mahagonipaneele schimmerten im Schein der schaukelnden Laternen und neuen Kerzen.

Die Arbeit mit *Orontes* hatte Bolitho Appetit gemacht. Er hatte es genossen, seinem Geschwader einmal bei einer anderen Beschäftigung als nur dem Exerzieren an Kanonen und Segeln zuzuschauen.

Ozzard betrachtete ihn zufrieden. Schön, daß Bolitho wieder besserer Stimmung war. Er wollte mit dem Kommandant und dem neuen Flaggleutnant speisen. Was letzteren betraf, hielt Ozzard sein Urteil noch zurück. An Leutnant Stayt war etwas Falsches, entschied er, wie an dem Anwalt, für den er früher gearbeitet hatte.

»Ihr Bootsführer wartet, Sir Richard«, sagte Ozzard.

Bolitho lächelte. »Gut.«

Allday stand achtern an den großen, schrägen Heckfenstern. Jetzt drehte er sich zu Bolitho um und legte grüßend die Hand an die Stirn. Selbst diese Geste führte er mit Würde aus, dachte Bolitho, weder unterwürfig noch gleichgültig.

»Wie geht's voran?« Bolitho ließ sich in den neuen Sessel

fallen und streckte die Beine aus. »Wann bekomme ich deinen Sohn zu sehen?«

»Morgen vormittag, wenn's recht ist, Sir Richard«, erwiderte Allday. Selbst der Titel kam ihm leicht über die Lippen. Allday schien stolzer auf ihn zu sein als sein Träger. »Er ist ein guter Junge, Sir.« Das klang etwas besorgt. »Ich habe mich nur gefragt . . .«

Ah, nun kam er zum Kern der Sache. »Raus damit, alter Freund«, meinte Bolitho ermunternd.

»Danke, Sir.« Allday setzte noch einmal an. »Ab und zu tut mir die Wunde noch weh, Sir.«

»Aha.« Bolitho schenkte zwei Gläser Rotwein ein. »Rum ist leider keiner in Reichweite.« Ein Grinsen erhellte Alldays gebräuntes Gesicht. Bolitho rührte nie Rum an. Aber er wußte, daß Allday ihn bevorzugte.

»Ich will meine Pflicht tun, Sir, wie immer. Aber irgendwie . . .«

»Irgendwie glaubst du, ich bräuchte einen zweiten Bootsführer?« fragte Bolitho sanft.

Allday starrte ihn ehrfürchtig, erstaunt, dankbar an. »Der Herrgott segne Sie, Sir. Damit wäre dem Jungen geholfen, und ich könnte ihn im Auge behalten.«

Keen trat ein und blieb an der Tür stehen. »Verzeihung, Sir.« Er fand es ganz natürlich, daß der vierschrötige Bootsführer ein Glas mit seinem Admiral trank. Keen hatte guten Grund, Allday zu respektieren. Als er unter Bolitho als Midshipman an einem Gefecht teilgenommen hatte, war er durch einen großen Holzsplitter im Unterleib verwundet worden. Der Schiffsarzt der Fregatte war ein Säufer gewesen, also hatte Allday den halb bewußtlosen Midshipman unter Deck geschleppt und ihm den Splitter selbst herausgeschnitten. Das hatte Keen das Leben gerettet. Nein, vergessen konnte er das nie, besonders, da der Respekt nun auf Gegenseitigkeit beruhte.

Bolitho lächelte. »Wir sind schon fertig, Val. Mit Ihrer Einwilligung würde ich gern, äh . . .« Er warf Allday einen Blick zu. »Wie heißt er?«

Allday starrte auf seine Füße. »John, Sir, wie ich. Und mit Nachnamen Bankart, so wie seine Mutter.«

Keen nickte, ohne eine Miene zu verziehen. Hogg, sein Bootsführer, hatte ihn bereits informiert.

»Ein zweiter Bootsführer für mich«, sagte Bolitho. »Gute Idee, nicht?«

»Vorzüglich«, erwiderte Keen ernst.

Sie blickten Allday nach, als dieser ging. »Mein Gott, er sieht sogar aus wie ein Vater!« meinte Keen.

»Kennen Sie diesen Bankart?« fragte Bolitho.

Keen nahm von Ozzard ein Glas entgegen und hielt es ans Licht. »Ich sah ihn bei der Vereidigung, Sir. Er ist ungefähr zwanzig und diente vor dem Frieden auf der *Superb*. Führte sich ganz ordentlich.«

Bolitho schaute beiseite. Keen hatte Bankart also schon überprüft. Um sich selbst zu decken oder Allday?

»Die *Orontes* treibt mich zur Verzweiflung, Sir«, wechselte Keen das Thema. »Ihr Kapitän kümmert sich nicht um Inchs Anweisungen, und mir platzt bald der Kragen.« Er betrachtete Bolitho nachdenklich. »Ich hätte gut Lust, morgen an Bord zu gehen.«

Bolitho lächelte. »Ja, ich glaube auch, daß mein Flaggkapitän mehr ausrichten kann als Inchs Offiziere.«

Stayt betrat die Kajüte und gab Ozzard seinen Hut. Auch er hatte sich anscheinend mit der *Orontes* befaßt.

»Ich weiß jetzt, weshalb der andere Transporter ohne *Orontes* weitersegelte, Sir.« Als er sich vorbeugte, um einen Stuhl heranzuziehen, wurde kurz die blanke Pistole unter seinem Rock sichtbar. »*Philomela* transportiert nicht nur Menschen, sondern auch Gold. Der Zahlmeister für New South Wales ist an Bord.«

Bolitho rieb sich das Kinn. Merkwürdig, das war bisher nicht erwähnt worden.

»Hat wohl Angst, sein Geld auf einem Kriegsschiff zu überführen, was?« fragte Keen bitter. »Der Feigling fürchtet ein Gefecht.«

Ozzard drückte sich an der anderen Tür herum. Er hatte alles mitangehört, würde es aber für sich behalten. Über das Gold wußte er wie der Rest des Geschwaders längst Bescheid. Komisch, daß die Offiziere so etwas immer als letzte erfuhren.

»Dinner ist serviert, Sir«, verkündete er lammfromm.

Als Bolitho am folgenden Morgen an Deck kam, sah er sofort, wie sehr der Sturm der vergangenen Nacht sein Geschwader gebeutelt hatte. Nun, da jeder Kommandant bemüht war, sein Schiff wieder auf Station zu bringen, flaute der Wind ebenso boshaft zu einer leichten Brise ab, so daß die schweren Schiffe mit killenden Segeln hilflos in den Wellentälern rollten. Keen schaute finster hinüber zur *Orontes*. Er hatte in der Nacht die Schlepptrosse loswerfen lassen, um eine Kollision zu vermeiden. Nun mußte die ganze Arbeit noch einmal bewältigt werden.

Der Flaggkapitän war verärgert. »Lassen Sie meine Gig aussetzen. Ich fahre hinüber.« Er nahm dem Midshipman der Wache das Teleskop ab und richtete es auf den treibenden Transporter. »Ich habe bereits mit meinem Zimmermann gesprochen, Sir Richard. Mit seiner Hilfe hoffe ich, den Kapitän der *Orontes* zur Anfertigung eines Notruders überreden zu können.«

Auch Bolitho studierte das andere Schiff. An Deck schien es von Menschen zu wimmeln; ob das Matrosen oder Sträflinge waren, ließ sich nicht beurteilen. Da aber drüben niemand zu arbeiten schien, sagte er leise: »Nehmen Sie ein paar Seesoldaten mit, Val.«

Keen setzte sein Fernrohr ab und schaute ihn an. »Aye, Sir.« Die Sache schien ihm unangenehm zu sein. »Da drüben wird sogar getrunken, Sir. Um diese Tageszeit!«

Die Gig und ein Kutter wurden zu Wasser gelassen, während das Flaggschiff in den Wind ging und beidrehte. Seine aufgegeiten Segel schlugen.

Keen eilte schon zur Schanzkleidpforte. »Gehen Sie mit ihm, Mr. Stayt«, befahl Bolitho. »Mag sein, daß Sie heute mehr als nur Seemannschaft lernen.«

Keen wartete ungeduldig, bis ein Trupp Seesoldaten unter Leutnant Ord geräuschvoll in den Kutter geklettert war. Ord war ein hochmütiger junger Mann, den es offensichtlich störte, daß sein makelloser roter Rock bei der Überfahrt naß werden würde.

Keen salutierte zum Achterdeck und kletterte dann rasch an der Bordwand hinunter zu Hogg in seiner Gig. Während der Überfahrt warf er einen Blick achteraus und sah sein Schiff sich sanft in der Dünung wiegen. Bolitho stand kerzengerade an der Heckreling. Die *Argonaute* wird ihm treu dienen, dachte Keen. Das bin ich ihm schuldig.

Sein Bootsführer stieß einen unterdrückten Fluch aus, als die Gig an *Orontes'* Bordwand entlangschrammte, und streckte den Bootshaken nach einem Rüsteisen aus. Der Kutter, von einer jähen Welle erfaßt, wurde vorbeigetragen. Die Seesoldaten sahen amüsiert zu, wie die Rudergasten sich bemühten, ihn wieder unter Kontrolle zu bekommen.

Stayt trat zur Seite, um Keen als ersten das Fallreep erklimmen zu lassen. Nach der lebhaften Bewegung und der überkommenden Gischt wirkte das breite Deck der *Orontes* fast träge und windstill.

Überall lungerten Menschen herum, an Deck und in der Takelage. Einige trugen Waffen, aber der Rest wirkte, als sei ein Gefängnis geleert worden.

Doch Keen sah nur das Drama, das sich unter der Poop

abspielte: die schräg aufgeriggte Gräting und den riesigen, brutalen Bootsmannsgehilfen mit der langen Peitsche, der auf den Delinquenten hinabstarrte.

Keen haßte dieses grausame Ritual und seine Notwendigkeit noch mehr. Seit er als junger Midshipman seiner ersten Bestrafung beigewohnt hatte, war er wie die meisten Offiziere bemüht gewesen, der Disziplin zuliebe seine Abscheu zu unterdrücken. Doch dieser Fall lag anders. Als er die mit ausgestreckten Armen und Beinen an die Gräting gefesselte Gestalt betrachtete, lief ihm ein kalter Schauer über den Rücken.

»Mein Gott, Sir, das ist ja ein Mädchen!« rief ein Matrose hinter ihm.

Sie war bis fast zu den Hinterbacken entkleidet. Gesicht und Schultern verhüllte ihr Haar, und die Arme hatte sie ausgestreckt wie gekreuzigt.

Keen trat vor, doch ehe er intervenieren konnte, hob der Bootsmannsgehilfe den Arm und ließ mit einem Knall, der an einen Pistolenschuß erinnerte, die neunschwänzige Katze auf den Rücken des Mädchens niedersausen.

Keen sah, wie sich ihr Rücken wölbte, wie ihre zerrissene Kleidung noch tiefer rutschte. Sie schrie jedoch nicht, denn die Wucht des Schlages hatte ihr den Atem genommen. Dann trat langsam eine hellrote Linie auf der Haut hervor, die sich von einer nackten Schulter bis zur anderen Hüfte hinzog, und Blut sickerte ihr über den Rücken. Als der Mann wieder den Arm hob, begann sie, sich in ihren Fesseln zu winden.

»*Aufhören*!« rief Keen scharf. Er spürte Stayt neben sich, wandte aber den Blick nicht von der Szene. Um sich herum und über sich hörte er Protest, der wie Gebell klang. Das Publikum war wütend und enttäuscht, es hatte sich auf die Auspeitschung gefreut.

»Mr. Stayt!« sagte Keen in die plötzliche Stille hinein.

»Wenn dieser Mann die Peitsche auch nur hebt, erschießen Sie ihn!«

Stayt, der die Pistole bereits gespannt in der Hand hatte, trat vor. Er hob den Arm, aber nicht wie ein Mann, der in die Schlacht geht, sondern wie ein Duellant, der seine Waffe für den einzigen, entscheidenden Schuß ausrichtet.

Ein korpulenter Mann in blauem Rock drängte sich mit vor Empörung bibbernden Hängebacken zu Keen durch. Keen musterte ihn gelassen, obwohl ihn die kalte Wut für alles andere blind machte - abgesehen von dem Wunsch, diesem Kapitän ins Gesicht zu schlagen.

»Verdammt, was machen Sie da?« Der Mann konnte sich vor Wut und Trunkenheit kaum artikulieren.

Keen erwiderte seinen zornigen Blick. »Ich bin der Flaggkapitän des Admirals. Sie mißbrauchen Ihre Macht, Sir.« Zu seiner Erleichterung hörte er die Seesoldaten an Bord klettern - endlich! Inch hatte seine Männer offenbar vor dem Sturm abgezogen. Einen Augenblick später, und er, Stayt und die anderen wären überwältigt worden.

Leutnant Ord schien unfähig, auf die Lage zu reagieren, doch Blackburn, sein stämmiger Wachtmeister, schnarrte: »Bajonett pflanzt auf! Wer sich rührt, wird niedergestochen!« Blackburn traute keinem, der nicht den roten Rock der Royal Marines trug.

Der klirrende Stahl schien den häßlichen Kapitän zu schockieren.

»Sie ist eine verdammte Diebin«, sagte er beschwichtigend. »Nichts als eine gewöhnliche Hure. Auf meinem Schiff herrscht Ordnung und Disziplin! Wenn es nach mir ginge . . .«

Er verstummte, als Keen befahl: »Schneidet sie los und deckt sie zu.«

»Sie ist ohnmächtig, Sir«, rief ein Matrose.

Keen zwang sich, zur Gräting hinüberzugehen. Er sah,

wie sie in ihren Fesseln hing, wie das Blut ihr Rückgrat entlangrann. Ihre Brüste waren gegen das Gitter gepreßt, und er konnte ihr Herz schlagen sehen. Sie war ohnmächtig geworden, aber der Schmerz würde geduldig auf sie warten.

Hogg erschien an Deck, und Keen hörte, wie er sein Entermesser in die Scheide steckte. Er mußte mit dem Schlimmsten gerechnet haben, um die Gig im Stich zu lassen und ungebeten an Bord zu kommen. Jetzt schnitt er die Fesseln durch und fing die Frau auf. Die Fetzen ihrer blutgetränkten Kleider verfingen sich an seinen Armen, als er ihren Körper dem Blick der stummen Zuschauer verbarg.

»Ich habe einen Arzt an Bord«, sagte der Kapitän gepreßt.

Keen musterte ihn. »Den kann ich mir vorstellen.« Auf Keens Blick hin wich der Mann zurück, als hätte er darin gesehen, in welcher Gefahr er schwebte.

»Bringen Sie die Frau in die Gig und rudern Sie zurück zum Schiff, Hogg. Sie begleiten ihn, Mr. Stayt.« Er entdeckte Groll in den dunklen Augen des Leutnants. Stayt wollte den Mann mit der Peitsche wohl erschießen, wollte irgend jemanden töten. Keen kannte diesen Blick. Habe ich ihn vielleicht auch? fragte er sich.

»Also, Kapitän Latimer.« Keen war selbst überrascht, daß er sich an den Namen dieses Mannes erinnerte, den er eben noch hatte niederschlagen wollen. »Sie werden nun Ihre besten Leute ein Notruder bauen lassen. Falls erforderlich, stelle ich Ihnen weitere Männer zur Verfügung, aber ab sofort wird keine Zeit mehr vergeudet, ist das klar?«

»Und das Mädchen?« Wieder schimmerte bei Latimer die Wut durch. »Ich bin für alle Seelen an Bord verantwortlich.«

Keen musterte ihn kalt. »Dann sei Gott ihnen gnädig. Kapitän Inch hat die Ehefrauen von Garnisonsoffizieren in Gibraltar an Bord. Sie werden sich um die Kleine kümmern, nachdem mein Schiffsarzt sie untersucht hat.«

Der andere Mann wußte, daß seine Autorität von Sekunde zu Sekunde schwand. »Dafür werden Sie noch von mir hören, Kapitän.«

Keen hob die Hand und sah, wie der andere zusammenzuckte. Doch er faßte sich nur an den blauen Aufschlag und antwortete: »Und Sie von mir, verlassen Sie sich drauf.«

Ein weiteres Boot kam längsseits, und er hörte den Zimmermann der *Argonaute* mit seiner Gang an Bord klettern. Da wandte er sich ab. Er wurde an Bord des Flaggschiffs für ein Dutzend Aufgaben gebraucht, doch ein letzter Einfall bewog ihn, sich umzudrehen.

»Falls Sie sich einbilden, Kapitän Latimer, daß es bis Australien ein langer Weg ist, dann möchte ich Ihnen doch versichern, daß Sie noch nicht mal Gibraltar zu sehen bekommen, wenn Sie Ihre Macht noch einmal mißbrauchen.«

Schweratmend kletterte er hinunter in seine Gig und vermutete, daß seine Hände zitterten. Der Midshipman starrte ihn an. Er mußte fast alles beobachtet haben.

»Sie sind ja heute ganz Auge, Mr. Hext«, meinte Keen.

Hext, der erst dreizehn war, nickte und schluckte. »Verzeihung, Sir - aber ich, ich . . .«

»Heraus damit, Mr. Hext.«

Hext wurde knallrot, weil er wußte, daß die Rudergasten ihn beim Pullen anschauten.

»Als ich das sah, Sir, wollte ich Ihnen beistehen.«

Keen, der die Aufrichtigkeit des Jungen rührend fand, lächelte. Wie es hieß, schrieb Hext oft an seine Eltern, obwohl sich nur selten Gelegenheit zum Postaufgeben bot.

»Haben Sie nie Angst, den Hilflosen zu helfen, Mr. Hext. Merken Sie sich das gut.«

Der Midshipman umklammerte die Pinne und starrte zu den turmhohen Masten des Flaggschiffs auf.

»Riemen hoch!« rief er mit heller Stimme.

Diesen Augenblick würde er nie vergessen.

III Kein tödlicherer Feind

Bolitho beugte sich aus einem der großen Heckfenster, als Keen mit der Mütze unterm Arm die Kajüte betrat.

Achteraus lagen die anderen Schiffe mit rundgebraßten Mars- und Bramsegeln auf Backbordbug. Etwas abseits, wenngleich noch mit ihrer Eskorte, kam die *Orontes* dank des Notruders nun besser voran, aber die Geschwindigkeit des Geschwaders war noch immer stark reduziert.

An Bord war es kalt und feucht. Bolitho dachte sehnsüchtig an das Mittelmeer und die Wärme, die sie dort antreffen würden.

Erst ein Tag war seit dem Zwischenfall auf der *Orontes* vergangen, und Bolitho konnte sich vorstellen, in welchen Spekulationen man sich an und unter Deck über das Mädchen im Krankenrevier erging.

Keen räusperte sich. »Sie wollten mich sprechen, Sir Richard?«

Es konnte Keen nicht entgangen sein, daß Ozzard und die anderen abwesend waren. Das Gespräch sollte unter vier Augen stattfinden.

»Ja. *Orontes'* Kapitän hat mir einen Brief geschickt.«

Keen nickte. »Mein Bootsführer nahm ihn entgegen, Sir.«

»Darin beschwert er sich über Ihr Verhalten, auch über unser Verhalten, da Sie unter meinem Kommando stehen, und droht, es an höhere Stelle weiterzumelden.«

»Das tut mir leid«, sagte Keen leise. »Ich wollte Sie nicht hineinziehen . . .«

»Ich hätte von Ihnen kein anderes Verhalten erwartet, Val«, sagte Bolitho. »Die Drohungen dieses Dummkopfs stören mich nicht. Wenn ich bei seinen Vorgesetzten Entschädigung fürs Abschleppen und seine Rettung verlangte, säße er ein für allemal auf der Straße. Er und seinesgleichen sind Abschaum, sie arbeiten für Blutgeld wie Sklavenfahrer.«

Keen wartete ab; fast überraschte es ihn, daß Bolitho ihn wegen seiner Einmischung nicht zurechtgewiesen hatte.

Bolitho fragte: »Haben Sie mit diesem Mädchen gesprochen?«

Keen zuckte die Achseln. »Nein, Sir. Ich hielt es für besser, sie dem Arzt zu überlassen, bis sie sich erholt hat. Sie hätten die Peitsche sehen sollen und den Riesen, der sie schwang . . .«

Bolitho dachte laut. »Eine Frau sollte sich um sie kümmern. Auf Ihren Vorschlag hin erwog ich Inchs Schiff, bin mir aber inzwischen nicht mehr so sicher. Offiziersfrauen und ein Sträfling, der in die Verbannung geschickt wird – für welches Verbrechen auch immer –, das paßt nicht zusammen. Ich werde Latimer bitten, mich über den Grund ihrer Verurteilung zu informieren.«

»Sehr entgegenkommend von Ihnen«, meinte Keen. »Wenn ich nur gewußt hätte . . .«

Bolitho lächelte ernst. »Sie hätten trotzdem so gehandelt.«

An Deck stampften viele Füße, und Taljen quietschten, als der Wachoffizier die Männer an die Brassen rief.

Auf einem überfüllten Kriegsschiff konnte eine einzige Frau vieles bedeuten, nicht zuletzt Unglück. Landratten mochten über solchen Aberglauben spotten, aber wer zur See fuhr, wurde bald eines besseren belehrt.

»Suchen Sie die junge Frau auf, Val, und sagen Sie mir dann, was Sie von ihr halten. In Gibraltar können wir sie auf die *Philomela* verlegen. Andernfalls würde sich Latimer wahrscheinlich an ihr rächen.«

Keen machte Anstalten, sich zurückzuziehen. Er hatte ohnehin vorgehabt, das Mädchen zu besuchen und sich beim Arzt nach ihm zu erkundigen. Ganz gleich, was es in seinem jungen Leben getan hatte, die Qual und Erniedrigung einer Auspeitschung verdiente es nicht.

Bolitho wartete, bis die Tür sich geschlossen hatte, und nahm dann wieder unter den Heckfenstern Platz. Erneut dachte er an Falmouth, seine frohe Heimkehr, und wie er seine einzige, neugeborene Tochter Elizabeth so ungeschickt im Arm gehalten hatte, daß er von Belinda ausgelacht worden war.

Bolitho hatte immer verstanden, daß es für jede Frau schwer sein mußte, über die Schwelle seines Hauses zu treten. Es barg zu viele Schatten und Erinnerungen, zu hohe Erwartungen. Belinda war nur in Cheneys Fußspuren getreten, oder so mußte es ihr zumindest vorgekommen sein.

Am härtesten hatte Bolitho die Entdeckung getroffen, daß Cheneys Porträt - das Gegenstück zu dem, das sie von ihm hatte anfertigen lassen - aus dem Raum, in dem die beiden Bilder nebeneinander hingen, entfernt worden war. Cheney vor dem Hintergrund der Landzunge, mit Augen so grün wie die See, und er in seinem Rock mit den weißen Aufschlägen als der junge Kapitän, den sie so sehr geliebt hatte. Sein Porträt hing nun bei den anderen neben dem seines Vaters, Kapitän James Bolitho.

Er hatte geschwiegen, weil er Belinda nicht verletzen wollte, aber gestört hatte ihn der Vorfall doch. Er kam ihm wie Verrat vor.

Immer wieder sagte er sich, daß Belinda ihm nur helfen, anderen zu verstehen geben wollte, wie wertvoll er für sein Land war. Doch er war in Falmouth zu Hause, nicht in London.

Seufzend wandte er seine Gedanken Allday zu. Der hatte vermutlich die gespannte Atmosphäre in Falmouth gespürt. Doch zeigte er nicht, was er davon hielt. Oder vielleicht war er so mit der Entdeckung seines Sohnes beschäftigt gewesen, daß ihm keine Zeit für Spekulationen blieb.

Bolitho stellte sich die beiden vor, wie sie hier in der Kajüte vor ihm gestanden hatten: Allday kraftvoll und stolz in seiner blauen Jacke mit den Goldknöpfen, den Kopf lauschend geneigt, als Bolitho zu dem jungen Matrosen John Bankart sprach.

Bolitho entsann sich, wie Allday vor zwanzig Jahren als Opfer einer Preßpatrouille an Bord seiner Fregatte *Phalarope* gebracht worden war. Damals war er wie dieser junge Matrose gewesen: klare Augen und ein ehrliches Gesicht mit einer Andeutung von Aufsässigkeit. Ohne großes Zögern hatte er sich von der Preßpatrouille verpflichten lassen. Das Leben auf dem Bauernhof gefiel ihm nicht, und zudem wußte er, daß es ihm als Freiwilligem auf einem Kriegsschiff besser gehen würde als einem Zwangsverpflichteten.

Seine Mutter war ledig gewesen. Allday hatte angedeutet, der Bauer habe seine Mutter oft unter der Drohung, sie und ihr Kind andernfalls vor die Tür zu setzen, mit ins Bett genommen. Das hatte in Bolitho einen Nerv berührt: Die Erinnerung an Adams Eintreffen auf dem Schiff, als er nach dem Tod seiner ledigen Mutter den ganzen Weg von Penzance zu Fuß zurückgelegt hatte. Die Parallele war zu offensichtlich.

Alldays Sohn hatte sich bereits als guter Seemann entpuppt, der reffen, spleißen und steuern konnte, und zwar ebensogut wie andere von höherem Rang und längerer Dienstzeit. Als zweiter Bootsführer würde er nur wenig Kontakt mit dem Admiral haben, sondern sich mehr um die Instandhaltung der Barkasse und Botengänge kümmern und Allday allgemein zur Hand gehen. Fürs erste fand Bolitho diese Lösung brauchbar.

Er stand auf und ging in seine Schlafkammer, wo er nach kurzem Zögern eine Schublade aufzog und die hübsche ovale Miniatur Cheneys herausnahm. Der Künstler hatte ihren Ausdruck perfekt getroffen. Bolitho legte das Bild zurück unter seine Hemden. Was ist nur mit mir los? dachte er. Ich bin glücklich verheiratet, habe eine zehn Jahre jüngere Frau und nun eine reizende Tochter. Und trotzdem ... Er wandte sich um und ging zurück in die Tageskajüte.

Wenn sie erst zur Flotte gestoßen waren, würde sich alles ändern. Dann erwarteten ihn Gefechte, Gefahren und die Früchte des Sieges. Er versuchte, seine Gedanken auf die kommenden Monate zu konzentrieren, und fragte sich, wie Lapish reagieren würde, wenn seine Fregatte zum ersten Mal kämpfen mußte. Doch statt dessen dachte er an das Porträt, das aus dem Salon verschwunden war, und wünschte sich plötzlich, er hätte es mitgenommen.

Tief unter Bolithos geräumigem Quartier mit der vergoldeten Heckgalerie lag das stickige Krankenrevier im fensterlosen Orlopdeck unter der Wasserlinie. Schwankende Laternen ließen dunkle Schatten über die Wände huschen, und die mächtigen Deckenbalken waren so niedrig, daß man nicht aufrecht stehen konnte. Seit das Schiff erbaut worden war, hatte das Orlopdeck kein Tageslicht mehr gesehen.

Winzige Kammern säumten den großen Raum in der Mitte, in denen die Decksoffiziere fast ohne Bewegungsfreiheit ihre Privatsphäre zu wahren versuchten. Nicht weit davon führten die Midshipmen, von denen erwartet wurde, daß sie sich beim Schein eines in ölgefüllten Muscheln oder alten Dosen schwimmenden Dochts auf die Offiziersprüfung vorbereiteten, ihr chaotisches Leben. Sie alle teilten das Deck mit dem Pulvermagazin, wo schon ein einziger Funke katastrophal wirken mußte. Unter ihnen enthielten die großen Frachträume alles, was zum Betrieb des Schiffes notwendig war und es auf Monate hinaus unabhängig machte.

Das Krankenrevier ganz hinten am Fuß des Niedergangs wirkte mit seinem weißen Anstrich und den Regalen voller Gläser und Flaschen vergleichsweise licht. Keen schritt darauf zu und senkte automatisch den Kopf, um sich nicht an den Balken zu stoßen; seine Epauletten glitzerten, als er eine Laterne nach der anderen passierte. Dunkle Umrisse und verschwommene Gesichter tauchten in der Düsternis auf, dieser von See und Himmel so weit entfernten Welt, und verblaßten wieder.

Keen sah James Tuson, den Schiffsarzt, mit seinem Assistenten sprechen, einem großen blassen Mann von den Kanalinseln, der Carcaud hieß. Letzterer war mehr Bretone als Engländer, aber intelligent und des Lesens und Schreibens mächtig. Keen wußte, daß sich Tuson, der schon Arzt auf der *Achates* gewesen war, sehr um seinen schlaksigen Helfer bemühte und ihm alles beigebracht hatte, was er selbst wußte. Die beiden spielten sogar Schach.

Keen mochte den silberhaarigen Tuson, obwohl er ihn auch jetzt nicht genauer kannte als auf dem vorigen Schiff. Er war ein guter Chirurg, zwanzigmal besser als die meisten seiner Kollegen. Doch er blieb für sich, was in dieser wimmelnden Welt zwischen den Decks nicht einfach war, und kam nur zu den Mahlzeiten in die Messe.

Ein Seesoldat, dessen Kreuzbandelier im schwachen Licht sehr weiß wirkte, nahm Haltung an und bedeutete Tuson, daß der Kommandant gekommen war. Es war eine kluge Vorsichtsmaßnahme, an der Tür einen Posten aufzustellen, dachte Keen. Die Besatzung war nun schon seit Monaten fast ohne Unterbrechung auf See. Da schwebte jede Frau in Gefahr, und eine, die als Gesetzesbrecherin abgestempelt war, ganz besonders.

Tuson murmelte etwas, und sein Assistent verschmolz mit dem Schatten.

»Wie geht's ihr?« fragte Keen.

Tuson rollte sich die Hemdsärmel herunter und dachte über die Frage nach.

»Sie sagt keinen Ton, jedenfalls nicht zu mir. Sie ist jung, unter zwanzig, hat reine Haut und ihren Händen nach zu urteilen keine Feldarbeit verrichtet.« Er senkte die Stimme.

»Sie hat mehrere Blutergüsse. Ich fürchte, sie ist vergewaltigt oder sexuell schwer mißhandelt worden.« Er seufzte. »Unter den gegebenen Umständen möchte ich eine genauere Untersuchung nicht riskieren.«

Keen nickte. Das Mädchen war plötzlich zu einer Person geworden, mehr als nur ein Opfer.

Der Arzt beobachtete ihn aufmerksam. »Hier kann sie nicht bleiben, Sir.«

Keen wich aus. »Ich werde mit ihr reden. Es sei denn, Sie raten mir davon ab?«

»Keineswegs.« Der Arzt ging voran zum Krankenrevier. »Sie weiß, wo sie ist. Aber haben Sie bitte Geduld mit ihr.«

Keen trat ein und sah die junge Frau bäuchlings unter einem Laken liegen. Sie schien zu schlafen, aber Keen merkte an ihren raschen Atemzügen, daß sie nur so tat. Als der Arzt das Laken wegzog, sah er, wie sich ihre Rückenmuskulatur spannte.

Tuson meinte leise: »Die Wunde heilt, aber . . .« Er hob den losen Verband an, und Keen sah den tiefen Einschnitt, den die Peitsche hinterlassen hatte. Im Schein der Laterne wirkte die Narbe schwarz.

Tuson wies auf ihr langes, dunkelbraunes Haar; es war wirr und verfilzt, und als der Arzt es berührte, versteifte sie sich wieder. »Sie braucht ein Bad und frische Kleider«, sagte er.

»Sobald wir vor Anker gehen, schicke ich einen Leutnant hinüber zur *Orontes*. Irgendwelche Habseligkeiten muß sie dort noch haben«, erwiderte Keen.

Seine Worte schienen sie wie ein Peitschenhieb zu treffen, denn sie drehte sich ruckartig um, bedeckte ihre Brüste mit dem Laken und schien die Blutstropfen, die unter dem Wundschorf hervortraten, nicht zu gewahren.

»Nein, bitte nicht! Bitte, bitte, nicht zurück auf dieses Schiff!«

Keen reagierte verdutzt auf den Ausbruch. Diese junge

Frau war trotz der Blutergüsse und ihres zotteligen Haars fast eine Schönheit. Sie hatte kleine, wohlgeformte Hände und große Augen, aus denen sie ihn flehend ansah.

»Nur ruhig, Kleine«, sagte er und streckte die Hand nach ihr aus, aber Tuson schüttelte rasch den Kopf.

»Das ist der Kapitän«, sagte der Arzt. »Er hat Sie vor der Auspeitschung bewahrt.«

Sie schaute in Keens besorgtes Gesicht und fragte: »Sie, Sir?« Es war kaum mehr als ein Flüstern. »Sie waren das?«

Sie sprach mit weichem westenglischem Akzent. Keen konnte sich nicht vorstellen, weshalb sie vor Gericht gestellt und dann auf diesem schmutzigen Schiff mit anderen Sträflingen in die Verbannung geschickt worden war.

»Ja.« Um ihn herum ächzte und stöhnte das Schiff, gelegentlich unterbrochen von einem lauten Krachen, wenn der Kiel in ein Wellental tauchte. Doch Keen war sich nur ihres Schweigens bewußt, als stünde plötzlich die Zeit still.

Er hörte sich fragen: »Wie heißen Sie?«

Sie warf dem Arzt einen raschen Blick zu. Er nickte ermunternd.

»Carwithen.« Sie zog das Laken enger um sich, als Tuson den Verband wieder auflegte.

»Woher stammen Sie?«

»Aus Lyme, Sir, in Dorset.« Sie hob das zierliche Kinn; Keen sah, daß es zitterte. »Aber geboren wurde ich in Cornwall.«

»Dacht' ich mir's doch«, grunzte Tuson. Er richtete sich auf. »So, jetzt liegen Sie still, damit die Wunde nicht wieder aufplatzt. Ich lasse Ihnen was zu essen bringen.« Er wandte sich zur Tür und gab seinem wartenden Assistenten einen Wink.

Das Mädchen schaute immer noch Keen an und flüsterte heiser: »Sind Sie wirklich der Kapitän, Sir?«

Keen merkte, daß sie im Begriff war, die Beherrschung zu

verlieren. Er war mit zwei jüngeren Schwestern aufgewachsen und kannte die Anzeichen. Bei Gott, sie hatte ja auch genug gelitten.

»Ja.« Er ging zur Tür und blieb stehen, als der Rumpf wegsackte und dann widerwillig seine achtzehnhundert Tonnen der nächsten Welle entgegenhob.

Das Mädchen wandte den Blick nicht von seinem Gesicht. »Was werden Sie mit mir machen, Sir?« Ihre Augen glänzten. Wenn sie in Tränen ausbrach, durfte er nicht mehr da sein.

So fragte er rundheraus: »Wie heißen Sie mit Vornamen?«

Das schien sie abzulenken. »Zenoria.«

Er wich zurück. »Gut, Zenoria, folgen Sie den Anweisungen des Arztes. Ich werde dafür sorgen, daß Ihnen kein Leid geschieht.«

Er ging an dem Posten vorbei, ohne ihn eines Blickes zu würdigen. Was hatte er da getan? Wie kam er dazu, ihr Versprechungen zu machen? Er kannte sie doch nicht einmal!

Als er die Stufen des ersten Niedergangs hocheilte, wußte er die Antwort auf die beiden Fragen bereits: Es war der reine Wahnsinn. Ich bin wohl nicht bei Trost, dachte er.

Plötzlich war er froh, wieder den Himmel zu sehen.

Leutnant Hector Stayt beugte sich über den Tisch und legte Bolitho eine weitere Ausfertigung seiner Befehle zur Unterschrift vor. Wenn sie endlich auf der Reede von Gibraltar vor Anker gingen, würden die Dokumente an alle anderen Kommandanten weitergereicht werden. Das mochte noch zwei Tage dauern, wenn der Wind günstig blieb, oder auch länger. Seit dem Vorfall auf der *Orontes* war eine lange, ereignislose Woche vergangen, doch nun steuerte das Geschwader nach Südosten, und die spanische Küste zwischen Cadiz und Algeciras war für die scharfäugigsten Ausguckposten gerade noch sichtbar.

Bolitho überflog Yovells runde Handschrift, ehe er seinen Namen daruntersetzte. Es waren gleichlautende Befehle, aber jeder Kommandant würde sie bei der Lektüre anders interpretieren.

Er dachte an Keen und ihren unerwarteten Passagier. Die französischen Schiffbauer hatten hinter der Kapitänskajüte Platz für einen zusätzlichen Kartenraum gelassen, der nun für Zenoria Carwithen so behaglich wie möglich eingerichtet worden war. Eine Koje, ein Spiegel und saubere Laken aus der Messe hatten ihn verwandelt. Ozzard hatte sogar eine Kommode im Laderaum entdeckt und für Zenoria aufgestellt. Wir dürfen uns nicht zu sehr an ihre Anwesenheit gewöhnen, dachte Bolitho. In Gibraltar muß sie von Bord.

»Ich habe etwas über dieses Mädchen erfahren, Sir Richard«, sagte Stayt.

Es hatte nicht zum ersten Mal den Anschein, als habe der Flaggleutnant Bolithos Gedanken gelesen. Bolitho fand das enervierend.

»Ja?« Er schaute vom Kartentisch auf.

»Sie war an Krawallen beteiligt, die sich nicht weit vom Besitz meines Vaters ereigneten. Jemand wurde ermordet, ehe das Militär eintraf.« Er lächelte dünn. »Wie üblich zu spät.«

Bolitho schaute an ihm vorbei auf die beiden Degen am Schott. Einer so schimmernd und glänzend, der andere im Vergleich fast schäbig.

Stayt interpretierte sein Schweigen als Interesse. »Ihr Vater wurde gehängt.«

Bolitho zog seine Taschenuhr hervor und klappte sie auf. »Zeit für die Signalübung, Mr. Stayt. Ich komme gleich an Deck.«

Stayt ging. Er hatte einen federnden Gang, der großes Selbstvertrauen verriet.

Bolitho runzelte die Stirn. Eingebildeter Fatzke.

Yovell trat an den Tisch und sammelte die Papiere ein. Dabei warf er Bolitho über seine kleine Goldbrille hinweg einen Blick zu und sagte: »Ganz so hat es sich aber nicht ereignet, Sir Richard.«

Bolitho schaute ihn an. »Dann sagen Sie mir, wie es war.«

Yovell lächelte betrübt. »Carwithen war Drucker, Sir, ein guter sogar, wie ich hörte. Einige Landarbeiter ließen ihn Flugblätter drucken, Protestaufrufe gegen zwei Gutsbesitzer, die ihnen vorenthielten, was ihnen an Geld und Naturalien zustand. Dem Vernehmen nach war Carwithen ein Feuerkopf, der seine Meinung frei heraussagte, besonders wenn anderen Unrecht geschah.« Er wurde rot, aber Bolitho nickte.

»Keine Angst, Mann, sprechen Sie.«

Seltsam, daß ausgerechnet Yovell Bescheid wußte. Wenn er an Land war, wohnte er in Bolithos Haus, aber da er aus Devon stammte, galt er bei den Einheimischen als Zugereister. Trotzdem schien er immer zu wissen, was vorging.

»Da Carwithens Frau kurz zuvor gestorben war, schickte man das Mädchen nach seinem Tod aus der Grafschaft weg.«

»Nach Dorset?«

»Jawohl, Sir.«

Es mußte sich also nach den Krawallen, wie Stayt sie nannte, noch etwas abgespielt haben.

Bolitho kam zu einem Entschluß und sagte: »Holen Sie Allday.«

Allday schaute den Sekretär fragend an, als er eintrat, doch Yovell zuckte nur die hängenden Schultern.

»Sir?«

»Geh mit Yovell das Mädchen holen.« Er sah ihre Überraschung. »Und zwar sofort, wenn ich bitten darf.«

Allday schob trotzig den Unterkiefer vor.

»Wenn Sie das für klug halten, Sir . . .«

Bolitho sah ihn fest an. »Das tue ich.«

Ozzard reichte ihm seinen Rock, aber er schüttelte den Kopf. Sie mochte eingeschüchtert verstummen, wenn sie sich einem Vizeadmiral gegenüberfand. Nach Keens und Tuson Aussagen schien sie intelligent zu sein; unter dem Einfluß ihres Vaters hatte sie offenbar auch einiges an Bildung mitbekommen.

Er mischte sich ein, weil er Keens Miene gesehen hatte, wenn er das Mädchen erwähnte. Bolitho hatte nicht vergessen, was es hieß, verliebt zu sein. Doch auf das, was nun geschah, war er völlig unvorbereitet.

Yovell öffnete die Tür, und Zenoria betrat zögernd die Achterkajüte. Neben Alldays kraftvoller Figur wirkte sie zerbrechlich, trug aber den Kopf hoch, und als sie unter dem Skylight stehenblieb, bewegten sich nur ihre Augen.

Gekleidet war sie in ein weißes Hemd und die Hose eines Fähnrichs; das lange braune Haar trug sie zurückgekämmt und im Nacken mit einer Schleife gebunden, so daß sie aussah, als gehöre sie ins Batteriedeck. Ihre zierlichen Füße jedoch waren bloß, und Yovell erklärte hastig: »Selbst die jungen Gentlemen hatten keine Schuhe, die klein genug für sie gewesen wären.«

»Setzen Sie sich. Ich möchte mit Ihnen reden«, sagte Bolitho.

Er sah, wie steif sie die Schultern hielt. Laut Tuson würde sie die Narbe auf dem Rücken ihr Leben lang tragen. Und das war nur *ein* Schlag gewesen . . .

»Ich hätte gern gewußt . . .« Sie richtete den Blick auf ihn; ihre Augen waren dunkelbraun und feucht. Kein Wunder, daß Keen in ihren Bann geraten war. »Was Sie in diese Lage gebracht hat.«

Sie schwieg.

»Sagen Sie es Sir Richard, er wird Sie schon nicht auffressen«, murmelte Yovell.

Sie fuhr entsetzt zusammen und rief: »*Sir* Richard!«

Bolitho wollte Yovell einen wütenden Blick zuwerfen, bat aber nur: »Sagen Sie es mir einfach. Bitte.«

Doch sie starrte ihn verwirrt an. »Aber – aber den Kapitän kenne ich doch schon!«

Yovell erklärte geduldig: »Der Admiral hier befehligt alle Schiffe, alle Kapitäne, Miss, und dazu gut zweitausend Seeleute und Seesoldaten.« Er musterte sie ernst. »Er hat also viel zu tun. Heraus mit der Sprache, stehlen Sie ihm nicht die Zeit.«

Bolitho lächelte. »Er meint es nur gut, Zenoria.«

Sie schaute auf ihre Hände im Schoß und sagte: »Sie holten meinen Vater ab, Sir. Er war ein guter, kluger Mann, der an die Menschenrechte glaubte.«

Bolitho hielt den Atem an. Schon allein der Klang ihrer Stimme versetzte ihn zurück nach Cornwall.

»Ich sah, wie er gehängt wurde, Sir.«

»Und warum wurde er gehängt?«

»Schuld daran war der Gutsherr, Sir. Er kam mit seinen Leuten zu unserem Haus, sie wollten die Druckerpresse zerschlagen. Aber mein Vater hat es ihnen gezeigt.« Stolz hob sie das Kinn, sah dadurch aber nur noch verletzlicher aus. »Er zerrte den Gutsherrn vom Pferd, und Nachbarn aus dem Dorf halfen ihm. Einer kam dabei ums Leben. Und dann holten ihn die Dragoner ab.«

»Wie alt waren Sie damals?«

»Siebzehn, Sir. Es war vor zwei Jahren. Man schickte mich nach Dorset in einen großen Haushalt, wo ich helfen und die Kinder unterrichten sollte.«

Es fiel ihm schwer, in Yovells und Alldays Gegenwart frei zu sprechen. Er mußte jedoch sicher sein, daß sie nicht log und keine Hure war, wie der Kapitän der *Orontes* behauptet hatte, und ein Gespräch mit ihr allein hätte gefährlich werden können.

»Erzählen Sie mir, was in Lyme geschah.«

»Ihr Urteil kommt an Bord, Mädchen«, sagte Yovell streng. »Lügen ist also sinnlos.«

»Halten Sie Ihre Zunge in Zaum, Mann!« Bolitho sah das Mädchen zusammenzucken, als gälte sein Zorn auch ihr. Er sagte: »Hol ihr ein Glas Wein, Allday.« Er versuchte, seine Verwirrung zu kaschieren. »Ich muß Bescheid wissen.«

Sie senkte den Blick. »Alle in Lyme wußten, was aus meinem Vater geworden war. Der Herr betatschte mich immer, machte anzügliche Bemerkungen und meinte, ich könne von Glück sagen, daß ich überhaupt ein Dach über dem Kopf hatte. Dann kam er eines Tages in mein Zimmer.« Sie begann zu zittern. »Er versuchte . . .« Sie nahm das Glas von Allday an, trank aber nicht. »Er zwang mich zu scheußlichen . . .« Als sie aufschaute, war ihr Blick flehend. »Ich flickte gerade Kinderkleider.« Sie brachte die Worte kaum heraus. »Da nahm ich die Schere und stach nach ihm.«

Bolitho stand auf und trat langsam hinter ihren Stuhl. Das alles klang so überzeugend, daß er die Szene fast vor Augen hatte. »Und dann?«

»Gestorben ist er nicht, Sir, aber ich kam vors Schwurgericht. Den Rest kennen Sie, Sir.«

Lebenslange Verbannung.

»Gehen Sie jetzt zurück in Ihre Kabine, Zenoria.« Bolitho schaute in ihr emporgewandtes Gesicht. Sie war neunzehn, wirkte aber in Hemd und Hose und mit dem zurückgebundenen Haar wie ein Kind.

Sie stand auf und gab Allday das volle Glas zurück. »Und auch dieser Kapitän Latimer hatte es auf mich abgesehen.« Mehr brauchte sie nicht zu sagen.

»Morgen wird Ihnen mein Sekretär helfen, das alles aufzuschreiben. Ich kann, ich *darf* nicht so tun, als könnte ich Ihnen in dieser Angelegenheit helfen.« Er berührte sie an der Schulter, und diesmal zuckte sie nicht zurück. »Aber ich will es versuchen. Das verspreche ich Ihnen.«

Er wandte sich zu den Heckfenstern um und wartete, bis die Tür geschlossen wurde.

Als Allday zurückkam, sagte er schlicht: »Das war anständig von Ihnen, Sir. Jetzt heult sie, aber es wird ihr gut tun.«

»Meinen Sie?« Bolitho beobachtete, wie die Flaggen zur Signalrah der *Helicon* hochglitten, sah aber nur die Augen des Mädchens, ihren tiefen Schmerz. *Ich sah, wie er gehängt wurde.* Er dachte an den anderen Gutsherrn, der in Falmouth seine Schwester Nancy geheiratet hatte: ein reicher Landbesitzer, der schon immer das Haus der Bolithos im Auge gehabt hatte. Die Einheimischen nannten ihn den König von Cornwall. Aber er behandelte Nancy anständig, auch wenn er ein Angeber war, der es sich in Friedens- und Kriegszeiten zu gut gehen ließ. Außerdem war er Richter. Hätte er in Zenorias Fall Gnade statt Verbannung empfohlen? Bolitho wußte es nicht.

Draußen schrillten die Trillerpfeifen, das Exerzieren war für heute beendet. Bolitho schaute zur Tür und hörte, wie der Wachtposten die Hacken zusammenschlug. Keen trat ein. »Darf ich Sie sprechen, Sir Richard?«

Allday und Yovell verließen die Kajüte, und Keen sagte: »Ich habe gerade von Ihrem Verhör erfahren, Sir. Bedauerlich, daß Sie sich nicht an mich wandten . . .«

»Setzen Sie sich, Val«, erwiderte Bolitho leise. »Wir wollen nicht streiten. Ich habe in Ihrem Interesse mit dem Mädchen gesprochen.«

Keen starrte ihn an. »In *meinem*?«

Bolitho wies auf einen Stuhl. »Dort hat sie gesessen. Nun tun Sie das bitte auch.« Er hatte Keen selten zornig gesehen, aber nun war sein Beschützerinstinkt geweckt.

Er sagte: »Wenn wir vor Anker gehen, werden wir sie an Land schicken müssen. Ihrem Bericht nach zu urteilen und auch nach dem, was sie ungesagt ließ, glaube ich aber, daß Hoffnung besteht.«

»Ich werde an meinen Vetter in der City of London schreiben«, brach es aus Keen hervor. »Wir können bestimmt . . .« Er wandte sich um und schaute Bolitho fest an. »Das war anständig von Ihnen, Sir. Ich hätte es nicht mißverstehen dürfen.«

Bolitho schenkte zwei Gläser Brandy ein; er vermutete, daß Ozzard an der Pantrytür lauschte.

»Sie ist brutal mißbraucht worden, Val.« Seine Worte fielen wie ein Stein in einen stillen Teich. »Vergewaltigt, wie es den Anschein hat, und das ist noch nicht alles.« Er sah die Qual in Keens blauen Augen und wußte nicht, ob ihn das mit Befriedigung oder Trauer erfüllte.

»Ich habe sie sehr gern, Sir«, sagte Keen leise. Er schaute trotzig auf, als erwarte er eine Explosion.

»Das weiß ich, Val, schon seit dem Tag, an dem Sie sie im Krankenrevier besuchten, vielleicht auch früher.« Er nickte. »Das wäre also geregelt.«

Keen stellte sein leeres Glas ab. Er hatte getrunken, ohne es überhaupt zu merken.

»Aber es ist unmöglich! Schon der Gedanke ist Wahnsinn!«

»Wie alt sind Sie, Val?« fragte Bolitho. »Fünfunddreißig oder sechsunddreißig?«

»Ein Jahr älter, Sir. Und Zenoria ist ein junges Mädchen.«

»Eine *Frau*, Val, merken Sie sich das. Und mit den Jahren macht der Altersunterschied nicht mehr so viel aus.« Er legte den Kopf schief und mußte über Keens Ausdruck lächeln.

Vielleicht hatte er den beiden einen Bärendienst geleistet. Denn es war auch denkbar, daß der Gouverneur von Gibraltar ihr den Aufenthalt versagte. Dann wurde sie doch noch nach Australien transportiert.

Doch wenigstens war jetzt die Wahrheit heraus, was Bolitho überraschend erleichternd fand.

»Ich mache mir doch nur was vor, Sir«, sagte Keen.

Bolitho berührte seinen Arm. »Wir werden sehen.« Er schaute zum Skylight auf, als draußen ein Ruf des Ausgucks erklang. Eine Minute später stand der Midshipman der Wache atemlos in der Tür.

»Verzeihung, Sir.« Er schaute erst Keen, dann seinen Admiral an. »Empfehlung von Mr. Paget, wir haben gerade ein Segel gesichtet, Sir.«

Es war Midshipman Hext, der sich in der großen Kajüte neugierig umsah und zweifellos Einzelheiten für seinen nächsten Brief sammelte.

Bolitho lächelte. »Und werden wir auch noch erfahren, wo dieses Segel steht?«

Der Junge wurde rot. »Tut mir leid, Sir Richard - im Südosten.«

»Mein Kompliment an den Ersten Offizier, und ich komme gleich an Deck.« Keen schien noch immer nur mit halbem Herzen bei der Sache.

»Signal an *Rapid*: Sie soll erkunden«, sagte Bolitho. »Mag sein, daß wir etwas von den Franzosen hören.«

Keens Augen wurden klar. »Aye, Sir.« Dann war er verschwunden.

Doch was sie hörten, war ernster als erwartet.

Als das andere Schiff sich näherte, wurde es bald als die *Barracouta* identifiziert. Bolitho nahm sich ein Fernrohr und trat zu Keen an die Querreling, wo er zusah, wie Lapish sich nach Luv kämpfte, um näher an das Geschwader heranzukommen.

Auf den Rahen arbeiteten Männer, mehrere Segel trugen Flicken. Unter Bolithos Augen wurde Ersatztauwerk nach oben gehievt, und die Reparaturen wurden selbst beim Wenden nicht unterbrochen.

»Sie war im Gefecht.« Keen nickte seinem Ersten Offizier zu. »Klar zum Beidrehen.«

Bolithos Miene blieb ausdruckslos, aber die Männer auf dem Achterdeck starrten ihn erschreckt an. Es ging also schon los. Mit der trügerischen Ruhe war es vorbei.

»Sie haben recht, Val. Kapitän Lapish soll sofort an Bord kommen.«

Eine Stunde später saß Lapish in Bolithos Kajüte. Er schien gealtert zu sein, seit er das Geschwader verlassen hatte, um Depeschen nach Gibraltar zu bringen.

»Ich sichtete in Küstennähe einen Schoner und wollte ihn überprüfen.« Lapish nahm dankbar von Ozzard einen Becher Wein entgegen. »Aber ehe ich mich's versah, kamen zwei französische Fregatten vorm Wind um die Landzunge.«

Bolitho sah Verzweiflung und Kummer im Gesicht des jungen Kommandanten. Der Schoner war nur ein Köder gewesen, und die beiden Feindschiffe hatten Lapish fast auf eine Leeküste getrieben.

»Ich sehe mir Ihren Bericht später an.« Bolitho musterte ihn streng. »Haben Sie Leute verloren?«

Lapish nickte, seine Augen waren stumpf. »Zwei, Sir.«

Dabei hatte er recht daran getan, vor den Angreifern zu fliehen; angesichts der schnelleren und besser bewaffneten Übermacht blieb ihm keine andere Wahl.

Aber hätte auch ich so gehandelt? Bolitho schaute ihn an. »Und wie sieht es in Gibraltar aus?«

Lapish riß sich zusammen.

»Gibraltar ist geschlossen, Sir«, sagte er. Er legte einen dicken Umschlag auf den Tisch und fügte hinzu: »Wegen Fieber. Die halbe Garnison ist erkrankt.«

Bolitho schritt durch die Kajüte und wieder zurück. Gibraltar war für seine Fieberausbrüche berüchtigt, aber mußte das ausgerechnet jetzt passieren?

»Es gibt keinen tödlicheren Feind.« Er schaute Keen an. »Wir werden also vor der Küste ankern müssen, bis wir Näheres erfahren.« Zu Lapish sagte er: »Sie kehren zurück auf Ihr Schiff.« Gern hätte er seinen Schmerz geteilt, ihm sein Mitgefühl ausgesprochen, aber die Lektion mußte wirken. Also sagte er scharf: »Sie können von Glück reden, daß Sie überhaupt noch eins haben.«

Keen begleitete den geknickten Lapish zur Reling.

Fieber ... Bolitho schauerte. Allein schon das Wort rief den Alptraum zurück, dem er beinahe erlegen wäre. Er schüttelte sich und versuchte zu erwägen, in welchem Ausmaß ihre Pläne von der Nachricht betroffen wurden. Da ihnen Gibraltar nun verschlossen war, lag die Entscheidung über Zenorias Schicksal allein bei ihm.

Er lächelte grimmig. Nun war er kein unbeteiligter Zuschauer mehr.

IV Der Köder

Unter dem Donner des verhallenden Saluts drehte das kleine Geschwader in den Wind, und die Schiffe gingen nacheinander vor Anker.

Bolitho stand an den Finknetzen und sah die Erleichterung in Keens Gesicht. Obwohl auf allen Schiffen so viele Neulinge waren, hatte das Manöver ordentlich geklappt.

Er wandte sich um und sah zu dem mächtigen Felsen von Gibraltar auf. In der Vergangenheit war er immer ein Zufluchtsort, ein sicherer Ankerplatz gewesen; nun wirkte er bedrohlich.

Es lagen nur wenige Kriegsschiffe da, alle in der Nähe des zweiten Sträflingstransporters *Philomela* und einiger einheimischer Schiffe. Mehrere Wachboote kreuzten dazwischen. Bolitho sah, daß sie Seesoldaten an Bord hatten und mit mindestens einer Drehbasse bestückt waren. So ernst war die Lage also.

»Wir rufen heute die Kommandanten zusammen, Val.«

Er sah, wie Keen sein Fernrohr auf ein Boot richtete, das aufs Flaggschiff zuhielt. »Aye, Sir. Ich glaube, wir bekommen Besuch.«

Das Boot stoppte, die Riemen hielten das Wasser, während die Mannschaft den Zweidecker anstarrte, als gehöre er zu einer anderen Welt. Im Heck stand ein Kapitän, der zu *Argonautes* Achterdeck hochblinzelte.

»Ich darf nicht an Bord, Sir Richard. Im Hafen und auf Reede hat der Gouverneur den Befehl übernommen, denn der Admiral ist krank.« Er sprach langsam und gelassen, als sei er sich der zahllosen Augen und Ohren bewußt.

Bolitho ging zur Schanzkleidpforte und sah auf das Boot hinab. Die Männer darin hätten vermutlich alles darum geben, an Bord gelassen zu werden.

Der sonnverbrannte Kapitän fuhr fort: »Ich habe die Brigg *Firefly* als Kurier zu Lord Nelson geschickt.«

Seltsamerweise war bisher nur Inch dem kleinen Admiral begegnet und erzählte immer wieder von dem Erlebnis. Nun mochte Adam ihn treffen.

»Wie ich höre, haben Sie Offiziersfrauen mitgebracht, Sir Richard. Wenn sie an Land gehen wollen, müssen sie das jetzt tun. Es ist ihr gutes Recht, bei ihren Männern zu sein. Aber verlassen können sie die Kolonie erst, wenn dieses Fieber vorbei ist.«

Bolitho sah die *Orontes* vor Anker schwojen. In ihrer Nähe hielt sich ein Wachboot auf, das verhindern sollte, daß jemand an Land schwamm.

So viele Pläne mußten gemacht werden. Wasser, Proviant, Reparaturen – das Geschwader brauchte all dies und noch mehr.

»Ich habe für Sie Depeschen vom Gouverneur, Sir Richard.« Eine Mappe wurde an einem Bootshaken zu den Rüsten emporgereicht. Bolitho sah, wie Carcaud, der schlaksige Gehilfe des Schiffsarztes, sich vorbeugte und sie mit einem Beutel aus Baumwolle ergriff. Tuson ging kein Risiko ein.

Bolitho spürte Keens Blick auf sich ruhen, als er rief: »Alle Offiziersfrauen befinden sich auf der *Helicon*. Ich habe nur eine Frau an Bord.«

Der Kapitän zuckte bedauernd die Achseln. »Wenn sie nicht zur Garnison gehört, Sir Richard, darf sie leider nicht an Land.«

Die Riemen begannen sich zu bewegen, das Boot nahm Fahrt auf. Der Kapitän lüftete grüßend den Hut. »Ich hole die Damen jetzt, Sir.« Damit war der Kontakt unterbrochen.

Keen senkte die Stimme. »Sie haben ihm nicht verraten, daß es eine Strafgefangene ist, Sir.«

Bolitho sah zu, wie der Beutel nach achtern getragen wurde. »Ich kann mich nicht entsinnen, danach gefragt worden zu sein, Val.« Er trat aus dem Schatten und starrte zum Felsen von Gibraltar hoch, dessen uralte maurische Burg der Hitzedunst verhüllte. »Der Gouverneur hätte sie in eine Zelle gesteckt, Val. Da er den Belagerungszustand verhängt hat, käme es auf ein Unrecht mehr oder weniger nicht an.«

Keen starrte ihm erstaunt nach. Bolitho mußte die Depeschen durchgehen und mit seinen Instruktionen von der Admiralität vergleichen; schwere Verantwortung lastete auf ihm. Dennoch hatte er sich Gedanken um das Mädchen Zenoria gemacht. Das brachte Keen aus der Ruhe.

Er drehte sich um und musterte seine Offiziere. »Nun, Mr. Paget, wo fangen wir an?« Er war nun wieder ganz gelassen. Aber wenn auch nur eine Andeutung über diese Affäre nach oben drang, war es um Bolithos Ruf geschehen. Trotzdem hatte er nicht gezögert.

Bei den Booten starrte Allday stirnrunzelnd die grüne Admiralsbarkasse an. Hier vor Gibraltar würde sie also nicht zu Wasser gelassen werden. Er kletterte hinauf, um einen Blick in den schlanken Rumpf zu werfen, und biß sich dabei auf die Lippen, als erwarte er wieder den brennenden Schmerz in der Brust. Das Boot war halb mit Wasser gefüllt, damit sich die Fugen in der Sonne nicht öffneten. Er warf einen Blick hinunter zu Bankart und grinste.

»Das hast du gut gemacht, Junge.« Er war erfreut über die plötzliche Wendung, die ihm einen Sohn beschert hatte, aber noch immer etwas verwirrt. Die beiden unterhielten sich zwar viel, hatten aber nichts gemeinsam außer der Marine. Bankart war ein angenehmer junger Mann, der seinen Posten als Zweiter Bootsführer nicht mißbrauchte.

Allday ließ sich wieder aufs Deck fallen. »Zeit für einen Schluck. Hier werden wir im Augenblick nicht gebraucht.« Er schaute nach achtern. »Der Admiral ist beschäftigt.«

Bankart zog unterm Seitendeck den Kopf ein und fragte: »Wie ist er eigentlich? Ich habe gehört, du bist schon lange bei ihm.«

Allday musterte ihn voller Zuneigung. »Seit deiner Geburt. Ein großartiger Mann. Er ist tapfer und steht zu seinen Kameraden.« Er dachte an das Mädchen in Männerkleidern. Wenn Keen sich nicht vorsah, mußte es bald kritisch werden. Die Matrosen hatten schon begonnen, Wetten abzuschließen, ob der Admiral mit ihr schlief oder der Kommandant: »Offiziere können sich alles leisten, was, Jungs? Und wir armen Teerjacken haben das Nachsehen!« Diesen vorwitzigen Gesellen hatte Allday mit der Faust zum Schweigen gebracht, aber es gab noch viele andere, die so dachten.

»Wenn wir wieder daheim sind«, sagte er, »nehme ich dich mit in sein Haus. Es ist ein richtiger Palast, aber sie haben mich trotzdem dort untergebracht, als gehörte ich dazu.«

Beim Gedanken an Falmouth wurde ihm unbehaglich. Er wußte nur zu gut, daß etwas, das Lady Belinda gesagt oder getan hatte, Bolitho tief verärgert hatte. Allday war bereit, sich auch in aussichtsloser Lage ganz für Bolitho einzusetzen, empfand aber auch Mitgefühl für seine schöne Frau. Es mußte schwer sein, in Cheneys Schatten zu stehen.

Er riß sich mit einem Ruck aus dieser Stimmung, als ihm der Duft nach Rum in die Nase stieg.

»Recht so, einen kräftigen Schluck können wir jetzt vertragen.«

Der Schiffsarzt stand gleich hinter der Tür der improvisierten Kabine und wischte sich die kräftigen Finger an einem Tuch ab, als Keen erschien. Die Luft war trotz der Sonnensegel heiß und stickig.

»Wie geht es ihr?«

Tuson musterte ihn einige Sekunden lang. »Ich habe den Verband abgenommen, Sir.«

Keen trat an ihm vorbei und sah das Mädchen mit gelöstem Haar, das seine Schultern bedeckte, auf einem Hocker sitzen. »Tut es noch sehr weh?« fragte er.

Sie schaute zu ihm auf. »Es ist erträglich, Sir.« Vorsichtig bewegte sie die Schultern unterm Hemd und verzog schmerzlich das Gesicht. »Ich bin noch etwas steif.« Sie schien zu merken, daß sich das geborgte Hemd geöffnet hatte, und zog es rasch zusammen.

»Ich habe gehört, was heute vorgefallen ist«, sagte sie dann. »Mich betreffend.« Er sah die nackte Angst in ihren Augen. »Will man mich zurück auf dieses Schiff schicken, Sir? Lieber bringe ich mich um!«

»Nein. Reden Sie nicht so«, sagte Keen.

Tuson schaute von der Tür aus zu. Den großen, eleganten Kapitän und das langhaarige Mädchen auf dem Hocker trennten Welten, dennoch schien sie etwas zu verbinden. Er räusperte sich. »Ich hole Salbe für die Narbe.« Mit einem Blick auf Keen fügte er leise hinzu: »Bin in zehn Minuten zurück, Sir.« Dann war er verschwunden.

»Wollen Sie sich nicht setzen, Sir?« Sie wies auf eine große Truhe und lächelte. Keen sah zum ersten Mal, wie sich ihr Gesicht dabei erhellte. Er senkte den Blick auf ihre Hände im Schoß und hätte sie am liebsten ergriffen.

»Ich wollte, ich könnte es Ihnen bequemer machen.«

Sie schaute ihn fest an.

»Was wollen Sie von mir?« Das klang weder zornig noch verängstigt. Offenbar erwartete sie, daß er rundheraus von ihr verlangte, was ihr schon mit brutaler Gewalt abgerungen worden war.

»Ich möchte für Sie sorgen.« Keen starrte zu Boden. Würde sie nun nach dem Posten rufen oder - schlimmer - ihn wegen seiner Tölpelhaftigkeit auslachen?

Wortlos erhob sie sich vom Hocker, kniete vor ihm nieder und legte ihren Kopf auf seine Knie.

Keen merkte, daß er ihr langes Haar streichelte, daß er unzusammenhängende Dinge sagte und alles tat, um diesen unglaublichen Augenblick zu verlängern.

Schritte auf dem Niedergang. Vor der Tür ließ der Posten den Kolben seiner Muskete auf die Planken knallen. Tuson kam zurück.

Da schaute sie zu ihm auf, und er sah, daß ihr Gesicht tränennaß war. Jetzt spürte er auch die Feuchtigkeit durch den Stoff seiner weißen Hose.

»Meinen Sie das ernst?« flüsterte sie.

Keen stand auf und zog sie hoch. Ohne Schuhe reichte sie ihm kaum bis an die Brust.

Er berührte ihr Gesicht und hob dann ganz behutsam ihr Kinn an. »Bitte glaub mir. Nie ist mir etwas so ernst gewesen.«

Dann, als Tusons Schatten zwischen sie fiel, trat er durch die Tür.

Tuson hatte sie beobachtet und war überrascht, daß er nach allem, was ihm sein Beruf zugefügt hatte, noch so gerührt sein konnte. Ihm war, als teile er ein Geheimnis. Aber eins, das nicht lange geheim bleiben würde.

Ozzard und seine Helfer hatten zusätzliche Laternen in die Achterkajüte gebracht, so daß die Fenster vergleichsweise schwarz wirkten. Zum ersten Mal waren alle Kommandanten von Bolithos Geschwader hier versammelt. Die Atmosphäre war locker, und es herrschte sogar Erleichterung, weil man dem Fieber fernblieb.

Keen wartete ab, bis alle Gläser gefüllt waren, und sagte dann: »Ich bitte um Ihre Aufmerksamkeit, Gentlemen.«

Bolitho stand am Fenster, die Hände auf dem Rücken unterm Rockschoß gefaltet. Eine Landratte wäre beeindruckt, dachte er, denn diese kleine Gruppe bot unter den langsam kreisenden Laternen ein prächtiges Bild.

Francis Inch, dessen langes Gesicht weder Angst noch Sorge verriet, war der Dienstälteste. Keen, der einzige andere Vollkapitän, wirkte gespannt, als er seine Kameraden musterte. Er schien in Gedanken noch immer bei Zenoria, wirkte aber erleichtert. Auch Bolitho hatte inzwischen von der günstigen Wendung erfahren: Eine junge Jamaikanerin auf *Helicon*, die als Dienstmädchen mit einer Offiziersfrau gereist war, wollte nicht mit ihrer Herrin an Land. Sie schien eine angemessene Gefährtin für Zenoria Carwithen. Das würde zwar dem Klatsch noch kein Ende setzen, ihn aber um die Hälfte verringern.

Philip Montresor von der *Dispatch*, ein junger, eifriger Mann, ließ sich von der einsamen Epaulette auf seiner rechten Schulter nicht im geringsten entmutigen. Tobias Houston von der *Icarus* sah zu alt aus für seinen Rang, aber er war auf Umwegen über die Ostindische Handelskompanie und später den Zoll dazu gekommen. Er hatte ein rundes braunes Gesicht, das an eine verwitterte Nuß erinnerte, und einen Mund, so schmal wie ein Schlitz.

Commander Marcus Quarrell sagte gerade etwas zu Lapish, der vor ihm die Brigg *Rapid* befehligt hatte. Quarrell war ein lebhafter, freundlicher Mann von der Isle of Man, doch sein Humor blieb bei Lapish, der noch immer in Schwermut versunken war, wirkungslos.

Auch Leutnant Hallowes vom Kutter *Suprème* war anwesend, und das zu Recht, denn der Funktion nach war er ebenso Kommandant wie alle anderen.

Ein zusammengewürfelter Haufen, dachte Bolitho. So mußte es bei der ganzen Flotte zugehen, weil die Seelords versuchten, nun eilends Schiffe und Männer für den neuen Krieg aufzutreiben, den jeder Schwachkopf hätte voraussehen können.

Er studierte ihre erwartungsvollen Gesichter, den zuversichtlichen Ton ihrer Stimmen.

»Gentlemen«, begann er, »ich beabsichtige, so bald wie möglich wieder Segel zu setzen. In seinen Depeschen hat mich der Gouverneur davon in Kenntnis gesetzt, daß jeden Augenblick ein Ostindienfahrer hier eintreffen wird, der danach weiter ums Kap der Guten Hoffnung segelt. Mit seinen schweren Geschützen und seiner ausgebildeten Mannschaft würde er den beiden Sträflingsschiffen ausreichend Geleitschutz bieten können. Ich bin sicher, daß der Gouverneur den Kapitän zu dieser Geste überreden kann.«

Alle lachten. Die Ostindische Kompanie war dafür bekannt, daß sie sich bei ihren raschen Überfahrten ungern aufhalten ließ.

Bolitho verbarg seine Erleichterung. Er hatte befürchtet, der Gouverneur würde ihm eins seiner Schiffe für diese Aufgabe abverlangen; dabei war das Geschwader ohnehin schon zu klein.

Er fuhr fort: »Die Lage ist hier anders als bei der Blockade von Brest und den Biskayahäfen. Dort haben es unsere Einheiten zwar schwer, aber sie können wenigstens abgelöst und zur Reparatur oder Proviantaufnahme zurück nach England geschickt werden. Im Mittelmeer dagegen gibt es keine Ablösung. Hauptgrund zur Sorge ist uns Toulon; zur Überwachung des Feindes und Enthüllung seiner Absichten ist stete Wachsamkeit vonnöten. Woher aber bekommen wir Proviant und, wichtiger noch, unser Trinkwasser? Gibraltar ist achthundert Meilen von Toulon entfernt, und Malta liegt auch nicht näher. Ein von Malta ausgesandtes Schiff mag seinem Admiral über zwei Monate lang fehlen.« Er lächelte schief. »Das ist vielleicht angenehm für den Kommandanten -«, er sah sie grinsen, »- aber der Feind kann sich mittlerweile davongemacht haben. Ich bezweifle nicht, daß Vizeadmiral Nelson bereits eine Lösung gefunden hat. Andernfalls beabsichtige ich, unabhängig zu handeln.« Er konnte sehen, daß besonders die Kommandanten der Zweidecker über seine Worte nachdachten. Jeder hatte nur für neunzig Tage Trinkwasser an Bord, und auch das nur bei gekürzten Rationen. Vor allem mußten sie nach Gibraltars Ausfall nun ihre Wasserversorgung sichern.

»Das Geschütz- und Segelexerzieren soll trotzdem ununterbrochen weitergehen. Das macht unsere Mannschaften besser und hält sie beschäftigt.«

Es roch nach Essen. Bolitho nahm an, daß Ozzard mit dem Dinner wartete.

»Wir reden später weiter«, sagte er. »Hat jemand Fragen?«

Montresor erhob sich. Wie Keen hatte er blondes Haar und die frische Gesichtsfarbe eines Schuljungen.

»Sollen wir die Franzosen vor Toulon und den anderen Häfen blockieren, Sir Richard?« fragte er.

»Nicht nur das« erwiderte Bolitho. »Unsere Hauptaufgabe ist, sie beim Ausbrechen zu erwischen und zu vernichten. Vergessen Sie nicht, daß sie uns auf die Probe stellen, unsere Stärke und unsere Fähigkeiten testen werden.« Er sah Keen an. Nur er wußte, was sich Bolitho bis jetzt aufgespart hatte. »Es existiert ein neugebildetes französisches Geschwader, das aber bisher noch nicht vor Toulon gesichtet wurde. Befehligt wird es von Konteradmiral Jobert.« Er sah sie Blicke tauschen; manche hatten noch nicht ganz begriffen.

Er blickte sich in der Kajüte um. »Gentlemen, dies hier war früher Joberts Schiff. Wir nahmen es ihm vor fünf Monaten ab.«

Wie hatte Jobert das fertiggebracht? Vielleicht war es ihm gelungen, gegen einen britischen Gefangenen gleichen Ranges ausgetauscht zu werden, aber Bolitho hatte von einem solchen Abkommen bisher nichts gehört.

»Er dürfte unseren Kurs kennen und wissen, daß meine Flagge über dem Geschwader weht. Er ist ein tapferer, einfallsreicher Offizier und auf Rache aus.«

Inch beugte sich vor. »Aber diesmal erledigen wir ihn!«

Bolitho schaute die drei jüngeren Offiziere an. »Rekognoszieren ist von größter Wichtigkeit. Für mich steht fest, daß hinter der Falle für *Barracouta* Jobert steckte.« Das war zwar kaum mehr als eine Vermutung, paßte aber zu dem, was er über Jobert wußte. Lapishs dankbares Gesicht entschädigte ihn. Dieser Mann würde einen solchen Fehler nicht noch einmal begehen.

»Jobert mag vorhaben, kleine, von unserem Geschwader getrennte Schiffe aufzuspüren und zu vernichten, damit das Gros taub und blind wird.«

Da Joberts ehemaliges Flaggschiff *Argonaute* und die *Helicon*, auch sie eine französische Prise, in seinen Gewässern segelten, brauchte er zur Begleichung der alten Rechnung bestimmt nicht erst ermuntert zu werden.

Bolitho fragte sich, ob Admiral Sheaffe bei ihrer letzten Begegnung über all dies informiert gewesen war. Warum hatte er ihn dann nicht gewarnt? *Bin ich vielleicht der Köder*?

»Wir hätten ihm damals gleich den Garaus machen sollen!« murmelte Keen bitter. Er drückte sich nur selten so drastisch aus. Wahrscheinlich sorgte er sich um das Mädchen. Was sollte nun, da sie tiefer ins Mittelmeer hineinfuhren, aus ihr werden? Was sollten sie mit ihr anfangen? Immerhin war es möglich, daß ihr bald Gefahr drohte.

Bolitho verbannte diese Gedanken. Der Krieg hatte Vorrang.

»Nehmen wir jetzt gemeinsam unser Dinner ein, Gentlemen«, sagte er.

Inch strahlte. »Und denken dabei an unsere Lieben daheim.«

Kapitän Houston lächelte dünn. »Es gibt Leute, die haben das nicht nötig.«

Keen wurde blaß, hielt sich aber zurück.

»Kapitän Houston, sollte das vielleicht eine Kränkung sein?« fragte Bolitho. »Wenn ja, fühle ich mich persönlich davon betroffen.« Seine grauen Augen waren plötzlich hart. »Ich warte auf Ihre Erklärung.«

Das Schweigen war so drückend wie die Schwüle in der Kajüte.

Houston erwiderte Bolithos Blick und sagte zögernd: »Ich wollte niemanden kränken, Sir Richard.«

»Das höre ich gern.« Bolitho wandte sich ab. Houston war ein Dummkopf. Schlimmer noch, er mochte sich zum schwächsten Glied ihrer dünnen Kette entwickeln.

Als sich die anderen zu dem langen Tisch mit den schimmernden Kerzen begaben, flüsterte Keen: »Es fängt schon an, Sir. Ich mache mir Vorwürfe.«

Bolitho drehte sich zu ihm um und packte ihn, die anderen ignorierend, jäh am Arm.

»Reden wir nicht mehr davon. Morgen oder nächste Woche sind wir vielleicht schon bei unseren gefallenen Freunden oder wimmern uns die Seele aus dem Leib, während unsere amputierten Glieder in Tusons Abfallkübel fallen.«

Er packte noch fester zu. »Mit einem geschlossenen Gibraltar konnten Sie nicht rechnen.« Dann lächelte er und gab Keen frei. »Aber ehrlich, Val, ich beneide Sie.« Er wandte sich ab, ehe Keen antworten konnte.

Zwei Tage später, als ein majestätischer Ostindienfahrer in der Bucht vor Anker ging, lief Bolithos Geschwader bei wässrigem Sonnenschein aus. Auf allen Schiffen sorgten sich die Zahlmeister um Trinkwasser und Proviant, und jeder Kommandant stand vor der Notwendigkeit, sparsam mit Tauwerk und Segeltuch umzugehen.

Tausend Meilen östlich des Geschwaders hatte die kleine Brigg *Firefly* in Lee von Nelsons Flaggschiff beigedreht.

Adam Bolitho stand auf dem breiten Achterdeck und schaute hinüber zu den anderen Schiffen und dann empor zur Flagge des Vizeadmirals. Wie auf dem Schiff seines Onkels, aber doch ganz anders. Er war nicht der einzige Gast, und der Flaggkapitän war nur kurz stehengeblieben, um ihm zuzunicken.

Adams einzelne Epaulette zählte hier nur wenig. Doch die Herausforderung und das erste Rendezvous als Kommandant eines eigenen Schiffes faszinierten ihn. Sogar der Anblick des majestätischen Felsens von Gibraltar war ihm erregend vorgekommen. Und nun stand er hier auf der alten *Victory*, ignoriert vielleicht, aber doch dazugehörig.

Er legte die Hand über die Augen und schaute hinüber zu seiner kleinen Brigg. Sie war jung und lebendig, so wie er sich fühlte. Das alles hatte er seinem Onkel zu verdanken, obwohl der es entschieden bestritten hätte. Adam seufzte. Morgen hatte Sir Richard Geburtstag, aber wenn ihn niemand daran erinnerte, würde er den Tag achtlos verstreichen lassen. Wahrscheinlich dachte er eher an den darauffolgenden Tag, denn dann waren es genau zwei Jahre her, seit er in Falmouth mit Belinda getraut worden war. Zwei schwere Jahre waren das gewesen, größtenteils auf See verbracht, wie bei den Bolithos üblich. Nun gab es die kleine Elizabeth, aber es fehlte der Ehe trotzdem an etwas.

Der Flaggleutnant trat zu ihm. »Der Sekretär stellt gerade die Depeschen fertig, die Sie mitnehmen sollen. Es dauert nicht mehr lange.«

»Danke.«

»In der Zwischenzeit würde Lord Nelson Sie gern empfangen. Bitte folgen Sie mir.«

Als Adam nach achtern ging, schwirrte ihm der Kopf. Er war dreiundzwanzig Jahre alt und hatte geglaubt, mit *Firefly* alles erreicht zu haben.

Eine Stimme verkündete: »Commander Adam Bolitho, Mylord.«

Aber in Wirklichkeit war *Firefly* erst der Anfang gewesen.

V Nacht am Mittag

Bolitho schritt mit gelöstem Halstuch und bis zur Taille offenem Hemd langsam über die schöne Heckgalerie der *Argonaute*. Es mochte zwar Oktober sein, aber der Tag war heiß; kaum mehr als eine leichte Brise füllte die Segel.

Er mochte die Heckgalerie, einen Luxus, den er auf einem englischen Schiff nie genossen hätte. Hier auf diesem schmalen Umgang war er ganz allein, kein Auge beobachtete ihn, prüfte ihn auf Zuversicht oder Schwäche. Selbst die Geräusche waren hier gedämpfter, übertönt vom Rauschen des Wassers unter der Gillung und dem Knarren des Ruders, wenn die Steuerleute den Zweidecker auf Kurs hielten.

Ein Geräusch drang jedoch durch: der regelmäßige Trommelwirbel, die qualvolle Pause, das Klatschen der Peitsche auf dem nackten Rücken eines Mannes.

Nur eine Eintragung mehr im Strafbuch und kaum einen Kommentar von der Besatzung wert. Disziplin war Disziplin und hier oben in mancher Hinsicht weniger streng als im Zwischendeck, wenn jemand beim Kameradendiebstahl ertappt worden war.

Bolitho dachte an Zenoria und fragte sich, weshalb er Adam nichts von ihr erzählt hatte, als *Firefly* gerade lange genug zum Geschwader gestoßen war, um Depeschen zu übergeben und Briefe in die Heimat mitzunehmen. Denn *Firefly*, Nelsons Bindeglied zur fernen Admiralität, kehrte zurück nach England.

Adam hatte wehmütig gesagt: »Dabei bin ich gerade erst angekommen, Onkel.« Seine Miene hatte sich aufgehellt, als er von Bolitho einen Brief an Belinda bekam. »Aber mit etwas Glück bin ich bald wieder da.«

Bolitho ging zum Ende der Heckgalerie und stützte sich auf die vergoldete Schulter einer lebensgroßen Meerjungfrau, die auf der anderen Seite ihr Gegenstück hatte. Er lächelte. Diese Figur war in jenem mörderischen Gefecht um *Argonaute* von einer Kugel enthauptet worden. Der alte Holzschnitzer aus Plymouth, der den neuen Kopf geschaffen hatte, mußte einen besonderen Sinn für Humor gehabt haben, denn nun lächelte die Meerjungfrau spöttisch, als ergötze sie sich an einem Geheimnis.

Er hatte Adam nach seinem Eindruck von Nelson gefragt und gesehen, wie sich der junge Mann seine Antwort zurechtlegte. »Er war ganz anders, als ich erwartet hatte. Er wirkte rastlos, und sein Arm schien ihm Schmerzen zu bereiten. Doch obwohl ich größer bin als er, schien er die Kajüte auszufüllen. Und seine Verachtung für Autorität ist erstaunlich. Als Admiral Sheaffe erwähnt wurde, lachte Nelson nur und meinte, Sheaffes Ozeane bestünden aus Papier und Schlachtplänen. Er habe vergessen, daß Männer braucht, wer Kriege gewinnen will.«

»Du fandest ihn trotz dieser Offenheit vor einem Untergebenen sympathisch?«

Adam war ein wenig unsicher geworden. »Ich weiß nicht recht, Onkel. Erst fand ich ihn eitel, fast oberflächlich, und dann wieder beeindruckte mich sein totaler Überblick über den Krieg hier draußen.« Adam hatte schüchtern gegrinst. »Ich weiß nur, daß ich ihm in die Hölle und zurück folgen würde, wenn er das verlangte. Aber warum, kann ich nicht sagen. Ich weiß es eben.«

Das hatten auch viele andere gesagt. Nelson, bei seinen Vorgesetzten verhaßt, wurde von den Männern, die er führte und die ihn meist nie zu Gesicht bekamen, abgöttisch verehrt.

»Er hat sich nach dir erkundigt, Onkel, und dir alles Gute gewünscht«, hatte Adam gesagt.

Und nun jagte die *Firefly* nach Gibraltar und von dort aus weiter nach England. Ohne Mühe konnte sich Bolitho Portsmouth vorstellen: kalt und regnerisch, aber so wichtig in seinem Leben.

Er begann wieder auf- und abzugehen. Nelson hatte ihm zu verstehen gegeben, wo sich eine passende Wasserstelle für seine Schiffe befand: auf Sardinien und den kleinen Inseln am Osteingang der gefährlichen Straße von Bonifacio. Die Maddalena-Inseln, wie man sie nannte, lagen keine zweihundert Meilen von Toulon entfernt. Typisch für Nelson, daß er so etwas wußte und Leuten wie Sheaffe eine Nase drehen konnte – bis ihn das Glück verließ.

Pfeifen zwitscherten. Bolitho wußte, daß die Mannschaft nun abtrat, daß die Gräting entfernt und abgewaschen wurde. Der Gerechtigkeit war Genüge getan.

Dem Geschwader war ein zweihundert Meilen breiter Sektor westlich von Toulon bis zur spanischen Grenze zugewiesen worden. Wenn die Franzosen in voller Stärke ausbrachen, war es gut möglich, daß sie erneut versuchten, nach

Ägypten und zum Nil vorzustoßen. Schon beim letzten Mal war ihnen das fast gelungen. Wenn sie bei einem erneuten Versuch Erfolg hatten, konnte Bonaparte Indien angreifen, denn dort winkte reiche Beute, von dem taktischen Vorteil ganz zu schweigen. Doch Bolitho hielt es für ebenso wahrscheinlich, daß die französische Flotte auf die Straße von Gibraltar zusteuern würde, um sich den Weg in die Biskaya zu erzwingen und die Stärke der französischen Geschwader dort zu verdoppeln.

Wenn er Nelson richtig verstanden hatte, würde dieser den Löwenanteil des Kampfes für sich selbst beanspruchen.

Die See wirkte leer, da die Hälfte seiner Schiffe fehlte. Inchs *Dispatch* hatte er zusammen mit Lapishs Fregatte als Aufklärer und Vermittler losgeschickt. *Icarus*, deren Segel sich in der schwachen Brise kaum füllten, folgte achteraus. Ihre Stückpforten standen offen, denn Kapitän Houston ließ seine Mannschaften an den Geschützen üben. Der Kutter sah weit in Luv wie die helle Rückenflosse eines Hais aus, und *Rapid*, die ihre großen Schwestern führte wie Tiere an der Leine, war nur vom Masttopp aus sichtbar.

Weit an Steuerbord färbte sich der Horizont dunkellila: Korsika. Bolitho stützte sich auf die Reling und starrte aufs Wasser, das müde am Ruder ablief. Bei diesem schwachen Wind würde es länger als erwartet dauern, bis sie einen Ankerplatz gefunden und Trinkwasser an Bord genommen hatten. Aber die Nähe des Landes mußte bei Matrosen und Seesoldaten Wunder wirken.

Eine Tür zur Galerie ging auf, und Allday sagte: »Empfehlung von Käpt'n Keen, Sir: *Rapid* hat im Osten ein Segel gesichtet. Der Ausguck kann es gerade noch ausmachen.«

Bolitho nickte. »Ich warte hier unten.« Seltsam, er hatte den Ruf des Ausgucks nicht gehört. Er grinste sein Spiegelbild im Fenster an. Wirst wohl alt.

Keen erschien wenige Minuten später.

»Ein Schoner, Sir. Und zwar laut Mr. Paget, der mit einem Fernrohr aufenterte, ein Genuese.«

Bolitho ging in die Kajüte und trat an die Seekarte.

»Na schön, solange es kein Spanier ist. Die Dons mögen zwar noch nicht in den Krieg eingetreten sein, sind aber nach wie vor ein Feind, der uns an die Franzosen verraten würde.«

»Es wird ein Handelsschiff sein, Sir«, meinte Keen. »Ich würde gern selbst mit ihm reden, wenn wir es erreicht haben.«

Bolitho dachte an Quarrell, den Kapitän der *Rapid.* Ein guter Offizier, dem es aber wie Lapish an Erfahrung mangelte. »Gut, übernehmen Sie das. Vielleicht weiß der Kapitän etwas.« In jähem Zorn fügte er hinzu: »Ich frage mich, was er im Schilde führt.«

Keen beobachtete ihn. Er? Jobert wurde nur selten mit Namen erwähnt, war aber immer in Bolithos Gedanken.

Der Admiral sagte gerade: »Zwischen diesen Inseln gibt es allerhand Verstecke. Wir werden die Augen offenhalten müssen, ehe wir uns sicher fühlen können.« Er klopfte mit einem Zirkel auf die Karte. »Hier, dieser Hügel zum Beispiel. Von dem aus kann ein guter Mann meilenweit sehen.«

Keen wartete, denn er wußte, daß das noch nicht alles war.

Bolitho rieb sich das Kinn. »Ich würde ihn mir gern selbst ansehen. Wenn Sie sich um diesen Schoner gekümmert haben, rufen Sie *Suprème* zum Flaggschiff. Ich beabsichtige, an Bord zu gehen und mit ihr vorauszufahren.« Er sah Keens Unbehagen und fügte hinzu: »Keine Sorge, Val, ich habe nicht vor, mich ein zweites Mal gefangennehmen zu lassen.«

Keen sollte sich inzwischen an Bolithos unorthodoxe Methoden gewöhnt haben, aber dem Admiral fiel immer wieder etwas Neues ein. Auf jeden Fall würde sein Auftauchen der kleinen Besatzung des Kutters Beine machen.

Bolitho zupfte sich das Hemd von der feuchten Haut. »Wie sieht's hinten aus, Val?«

»Es geht ihr gut, Sir«, erwiderte Keen. »Wenn man ihr nur Mut machen könnte.« Er zuckte hilflos die Achseln. »Aber wir wissen selbst nicht mal . . .«

Es klopfte, und nach kurzem Zögern schaute Midshipman Sheaffe in die Kajüte.

»Empfehlung von Mr. Paget, Sir. Der Schoner hat beigedreht.«

»Wir müssen ihn vor Sonnenuntergang erreicht haben«, sagte Bolitho. »Er darf uns nicht entwischen.«

Bolitho sah Sheaffes aufmerksamen Blick und fragte sich, was der Junge wohl sagen würde, wenn er wüßte, was Nelson von seinem Vater hielt. In einer Beziehung war Sheaffe seinem Vater sehr ähnlich: er hatte keine Freundschaften geschlossen und ging engen Kontakten aus dem Weg, was auf einem überfüllten Kriegsschiff nicht einfach war.

Bolitho sagte: »Mr. Sheaffe kommt mit mir. Da kann er Erfahrungen sammeln.«

»Danke, Sir Richard.« Entweder war Sheaffe alles gleichgültig, oder er hatte an der Tür gelauscht.

Sobald die anderen gegangen waren, protestierte Allday: »Sie können aber nicht ohne mich gehen, Sir!«

»Benimm dich nicht wie ein altes Weib, Allday.« Er lächelte. »Ich habe keine Lust, die gute Arbeit des Arztes an dir zunichte zu machen, indem ich dich einen Berg hochschleppe.« Bei Alldays trotzigem Blick fügte er hinzu: »Außerdem finde ich, daß mein *Zweiter* Bootsführer auch mal eine Chance bekommen sollte.«

Allday nickte langsam, blieb aber mißtrauisch. »Wenn Sie meinen, Sir?«

Bolitho hatte richtig geschätzt. Es dämmerte schon, als sie den schäbigen Schoner in ihrem Lee erreichten, und als Keen von ihm zurückkehrte, hatte er nur wenig zu berichten. »Der spanische Kapitän sagt, er habe vor vier Tagen eine Fregatte gesichtet, könnte ein Franzose gewesen sein. Er hielt sich aber nicht lange auf und ist jetzt unterwegs nach Lissabon.«

»In dieser Nußschale?« Bolitho schüttelte den Kopf. Nicht nur Kriegsschiffe hatten ihre Probleme.

Von einer einsamen Fregatte mußte angenommen werden, daß sie feindlich war. Denn Nelson hatte lediglich zwei, und ansonsten gab es nur *Barracouta.* Oder ein neutraler Spanier? Unwahrscheinlich, daß er in diesen umstrittenen Gewässern ohne Begleitung segelte. Bolitho trug die Position, die Keen vom Kapitän des Schoners erfahren hatte, auf der Karte ein. War die Fregatte aus Toulon gekommen, oder hatte sie versucht, in diesen Hafen zurück zu gelangen?

Er faßte einen Entschluß. »Ich gehe noch vor Einbruch der Nacht auf die *Suprème.* Treffen Sie die entsprechenden Vorkehrungen, Val.«

Keen kam ohne ihn sehr gut zurecht, und Inch war durchaus in der Lage, für den Rest des Geschwaders zu sorgen, falls etwas passierte.

Er hörte die schrillen Pfiffe und das Klappern der Flaschenzüge über den Booten.

Allday tat ihm leid, aber es war sinnlos, ihn zu überbeanspruchen. Die grauenhafte Wunde war verheilt, doch nicht verschwunden.

Er wartete, während Ozzard sich umständlich mit seinem Seemantel und dem Hut mit der stumpfen Stickerei befaßte.

»Barkasse liegt längsseits, Sir Richard.«

Ein letzter Blick in die Runde. Die Kajüte schien ihn zu beobachten, vielleicht auf die Rückkehr ihres Herrn zu warten. Bolitho ließ sich von Allday den alten Degen an den Gürtel haken. Jobert wieder hier? Nie im Leben, dachte er. Dann lockerte er die Klinge in der Scheide und dachte an die Vergangenheit.

Laut sagte er: »Nur über meine Leiche.«

An der Schanzkleidpforte, wo die Ehrenwache angetreten war, nahm Bolitho Keen beiseite und sagte leise: »Wir sehen uns am Treffpunkt.« Er schaute zum Himmel. »Es kommt Sturm auf. Sorgen Sie dafür, daß *Icarus* in der Nähe bleibt.«

Keen wollte etwas sagen, überlegte es sich aber anders. Die Brise drückte die gerefften Marssegel des beigedrehten Schiffes kaum gegen die Wanten, und abgesehen von einigen Altocumulus-Wolken sah der Himmel so leer aus wie bisher. Woher nahm Bolitho sein Wissen?

Fallowfield, der alte Master, trat zu seinem Rudergänger. Selbst er war beeindruckt. Er starrte den Midshipman, der den Vizeadmiral mit offenem Mund angaffte, finster an und grollte: »Warten Sie nur, bis auch Sie das Wetter so gut vorhersagen können, Mr. Penton, aber da habe ich wenig Hoffnung!«

Keen legte die Hand an den Hut. »Aye, Sir. Ich schicke Ihnen notfalls *Rapid* hinterher.«

Bolitho schaute auf zu seiner Flagge. »Dies wäre Ihr Schiff, wenn ich mich nicht an Bord befände, Val. Benutzen Sie während meiner Abwesenheit mein Quartier.« Er drückte den Hut fester auf den Kopf und kletterte über Bord, während die Bootsmannsgehilfen Salut pfiffen. Gut, daß Keen Gelegenheit zu ein wenig Freiheit bekam. Was er mit ihr anfing, war seine Angelegenheit.

Als das Morgenlicht auf die benachbarte Insel fiel, trat Bolitho mit im Wind flatterndem Hemd auf das schräge Deck des Kutters. Es war schwer, hier noch einen Stehplatz zu finden, dachte er, denn das Deck der *Suprème* schien vor geschäftigen Menschen und Tauwerk zu wimmeln. Der Toppsegelkutter war nur einundzwanzig Meter lang, hatte aber eine sechzigköpfige Besatzung. Als Midshipman hatte Bolitho einmal vorübergehend auf einem solchen Schiff gedient, das von seinem Bruder Hugh befehligt worden war. Trotzdem konnte er sich nur schwer vorstellen, wie alle diese eifrigen Matrosen unter *Suprèmes* glattem Deck genug Platz zum Essen und Schlafen finden sollten.

Der von Bolitho vorhergesagte Sturm war nach Einbruch der Dunkelheit aufgekommen, und die schwereren Schiffe, die er zurückgelassen hatte, taten ihm leid. *Suprème* hingegen flog vor dem Wind dahin; ihr gewaltiges Großsegel mit Baum, ihr Klüver- und Focksegel blähten sich, und sie schien über die Wellen zu springen.

Ein Kriegskutter verfügte vergleichsweise über mehr Manövrierfähigkeit und Segelfläche als jedes andere Kriegsschiff und konnte bis auf fünf Strich am Wind segeln.

Er sah, wie Hallowes seinem Ersten Offizier, einem rundlichen, rotgesichtigen Mann, der dem Alter nach sein Vater hätte sein können, etwas zurief. Leutnant Okes war aus dem Mannschaftsstand befördert worden und hatte zuletzt als Gehilfe eines Masters auf den Planken gestanden. Hallowes hatte zwar bei der Eroberung der *Argonaute* Mut und Geschick bewiesen, doch *Suprème* bedurfte jener Seemannschaft, die nur auf langer Erfahrung beruhte.

Bei zunehmendem Wind und gröberer See waren die Matrosen zu beschäftigt gewesen, um sich Gedanken über die Anwesenheit ihres Admirals zu machen; doch nun, da der Wind leicht nachließ und der volle Bug in Küstennähe durch geschütztere Gewässer pflügte, hielten viele Männer inne und starrten neugierig herüber. Bolitho, dem das Haar gischtdurchnäßt am Kopf klebte, der das nicht mehr saubere Hemd am Kragen geöffnet hatte, entsprach nicht ganz den Vorstellungen, die man sich von einem Flaggoffizier machte.

Er sah, wie sich Midshipman Sheaffe verzweifelt an eine Pardune klammerte. Sein Gesicht war blaßgrün, und er hatte sich mehrere Male erbrochen. Leutnant Stayt war unter Deck, zwar nicht seekrank, aber als Passagier doch nicht ganz auf der Höhe und immer im Weg.

Hallowes kam zu Bolitho und sagte: »Mit Ihrer Erlaubnis werde ich den nächsten Landvorsprung runden und mich danach näher zur Küste vortasten, Sir.« Er mußte schreien, um sich bei dem Lärm im Rigg verständlich zu machen. Er sah sehr jung aus und schien seine Freiheit trotz Bolithos Anwesenheit zu genießen. Zwei Lotgasten standen bereits am Bug und hielten ihre Leinen bereit.

Bolitho nahm ein Teleskop und wartete, bis das Schiff halbwegs ruhig lag, ehe er es aufs Land richtete. Üppiges Dunkelgrün, dahinter Lilatöne. Das mußte der beschriebene Berg sein. Eher ein hoher, kahler Hügel.

Er trat zurück, als weitere Matrosen mit Fallen und Taljen vorbeigetaumelt kamen und nur dem Gebrüll des Bootsmanns Beachtung schenkten.

Der lange Baum des Großsegels, der bis weit übers Heck ragte, schwang gefährlich tief über die Köpfe der Rudergänger hinweg, als das Schiff halste. Gischt fegte übers Deck, und Bolitho wischte sich das Gesicht mit dem Ärmel. Er fühlte sich wieder lebendig, hatte die Ansprüche von Admiralität und Flaggschiff vorübergehend vergessen.

Die Bestückung der *Suprème* bestand aus zwölf winzigen Kanonen und zwei Drehbassen. Wenn es nicht gerade zu einem Seegefecht kam, war ihre Feuerkraft dennoch nicht zu verachten.

Das Vorland blieb hinter einem Gischtvorhang zurück.

Hallowes sah, daß Okes ihn beobachtete, und rief: »Alle Mann! Segel kürzen! Lotgasten, aufgepaßt!«

Hallowes wartete, bis man begonnen hatte, seine Befehle auszuführen und fragte dann: »Haben Sie vor, hier an Land zu gehen, Sir Richard?«

Bolitho verkniff sich ein Lächeln. Für Hallowes war es offenbar noch immer unvorstellbar, daß Bolitho selbst ausbooten wollte, obwohl andere bereitstanden, das für ihn zu tun.

»Während Ihre Männer Trinkwasser übernehmen, werde ich mich mit einem Fernrohr auf diesen Hügel begeben.« Das würde ein langer, steiler Marsch werden. Er sah Bankart in seiner blauen Jacke vor dem mächtigen Mast stehen und fragte sich, was er wirklich für seinen Vater empfand.

»Schauen Sie, Sir.« Hallowes beugte sich übers Schanzkleid und deutete nach unten ins klare Wasser.

Wo sich die Bugwelle verlief, sah Bolitho, wie der Grund stieg und fiel, als atme er. Tausende von Fischen huschten hin und her, und gelegentlich tauchte aus dem fahlen Sand bedrohlich ein Felsband auf.

»Fünf Faden!« Das Aussingen der Wassertiefe klang ermutigend. Die Boote wurden bereits klar zum Aussetzen gemacht: eine Gig und eine Jolle. Bolitho hörte Sheaffe tief Atem holen. Das Ärgste war vorbei.

»Freuen Sie sich aufs Land, Mr. Sheaffe?«

Der Midshipman zog Schulterriemen und Dolch gerade und erwiderte: »Jawohl, Sir. Gehe ich mit Ihnen, Sir?«

Bolitho grinste. »Es wird uns beiden guttun.«

Stayt kam an Deck. Anders als Bolitho trug er Uniformrock und Hut und hatte zweifellos seine feine Pistole griffbereit.

Füße klatschten über die nassen Planken, und der Anker fiel ins klare Wasser.

Hallowes legte die Hände auf den Rücken, und Bolitho sah, daß er die Finger fest verschränkt hatte. Er war nervös, aber das schadete nichts. Die Boote wurden gefiert.

»Ich schicke einen guten Ausguck auf diesen Kamm da, Sir«, sagte er. »Der Seekarte zufolge sollte er mit einem Fernglas bis hinüber zum nächsten Landvorsprung sehen können.«

Stayt gab Bankart einen Wink. »In die Gig!« Sein Ton war

scharf, und Bolitho wußte, daß er auch Allday so barsch angesprochen hätte. Aber Bankart hatte eben noch viel zu lernen.

Bolitho wartete, bis die anderen hinunter geklettert waren. Leutnant Okes übernahm die Jolle, sein wettergegerbtes Gesicht sah wie eine alte Galionsfigur aus.

Sheaffe und Stayt zwängten sich zusammen mit ihm ins Heck, und Duncannon, der einzige Midshipman der *Suprème*, ein pickliger Knabe, piepste: »Ruder an!«

Bolitho hielt seinen Degen zwischen den Knien und dachte an Cornwall, wo er mit seinem Bruder in den Buchten und Höhlen gespielt hatte. Er seufzte. Das schien tausend Jahre her zu sein. Was würde Belinda denken, wenn sie seinen Brief erhielt? Er hatte versucht, nicht an ihren Streit zu rühren.

»Die Jolle ist gelandet, Sir«, meldete Sheaffe.

Bolitho sah Okes, dessen weißbestrumpfte Beine wie mächtige, umgekehrte Flaschen wirkten, durchs seichte Wasser waten. Ein breitschultriger Seemann, der nur eine zerfetzte Hose und einen Hut trug, trennte sich bereits von den anderen. Er war einer von Okes' besten Männern und braun wie ein Eingeborener; mit einem Fernglas unterm Arm schlenderte er lässig auf die Bäume und die Anhöhe zu.

Die Gig lief auf Grund. Bolitho stieg aus und wartete auf dem festen Sand, bis die Matrosen das Boot ins Trockene zogen.

Die Bäume sahen fast tropisch aus, und ihre buschigen Kronen wiegten sich wie im Tanz in der Brise. Die Besatzung der Gig fuhr bereits zum Kutter zurück, um Wasserfässer zu holen.

Bolitho fühlte an der Stirn wieder die tiefe Narbe, die ihn fast das Leben gekostet hätte. Auch damals hatten sie auf einer Insel Wasser an Bord genommen. Sonderbar, daß die Strähne über der Narbe nun weiß war, denn der Rest seines

Haars war nach wie vor schwarz. Warum machte ihm das Kummer? Aus Eitelkeit oder wegen des Altersunterschieds zwischen ihm und Belinda?

Zwei mit Entermessern und Musketen bewaffnete Matrosen schlenderten hinter der kleinen Gruppe her, die unter Bolithos Führung den Hang zu erklimmen begann. Im Windschutz des Gebüschs war es schwül. Kein Vogel sang oder stieß einen Warnruf aus. Die Atmosphäre war fast schläfrig.

»Hier könnten gleich zwei Geschwader Unterschlupf finden, Sir«, sagte Stayt, der – erstaunlich für einen Mann seines Alters – bereits heftig schnaufte. »Nelson hatte recht.«

Bald sahen sie einen funkelnden Bach, der von einem plätschernden Wasserfall ausging. Okes war bereits zur Stelle und rief dröhnend nach Äxten, um eine Rollbahn für seine Fässer freihauen zu lassen.

Als sie in die helle Sonne hinaustraten, hielt Bolitho die Hand über die Augen und schaute hinab zu dem verankerten Kutter. Er sah mit seinen gefalteten Segeln wie ein anmutiges Spielzeug aus. Auf dem benachbarten Hügel richtete sich der Ausguck ein. Der Mann legte sein langes Teleskop auf eine Pyramide von Feldsteinen und konnte von dort aus die ganze Küste überblicken.

Bolitho merkte, daß ihm das Hemd am Leib klebte. Er war verschwitzt, aber in Hochstimmung und stellte sich vor, wie herrlich es wäre, in dem klaren, einladenden Wasser zu schwimmen.

Der Anstieg zur Kuppe dauerte länger als erwartet und hinterließ sie erschöpft und verschwitzt. Nur Bankart wirkte noch frisch. Kräfte wie einstmals Allday hatte der Junge, dachte Bolitho wehmütig.

Er schaute erneut hinab zum Kutter, auf dessen Deck winzige Gestalten wimmelten. Die Boote zogen langsam zwischen Schiff und Strand hin und her wie Wasserkäfer.

Dann richtete er das Fernrohr auf den Ausguckposten und sah die Sonne vom Glas des Mannes reflektieren. Er hatte sich als Sonnenschutz trockene Zweige über den bloßen Rücken gelegt und den Hut über das Teleskop gezogen.

Bolitho setzte sich auf den heißen Boden und entfaltete seine kleine Landkarte. Wo Jobert jetzt wohl steckte? Was war das Ziel der französischen Flotte?

Er hörte die anderen sich ausstrecken, dann das Geräusch einer Feldflasche, die geschüttelt wurde. Was hätte er jetzt für den klaren Rheinwein gegeben, den Ozzard in der Bilge kühl hielt!

Bolitho griff unter sein Hemd und berührte seine nasse Haut. Es fiel ihm nur zu leicht, sie sich in seinen Armen vorzustellen. Ihre Hände auf seiner Haut, ihr Flüstern, das lustvolle Wölben ihres Rückens, wenn er in sie eindrang ... In jäher Verzweiflung faltete er die Karte zusammen. An wen dachte er eigentlich?

»Schauen Sie sich bloß diese Masse Vögel an«, sagte Stayt.

Ein riesiger Schwarm Möwen stieß wie von Fäden zusammengehalten aufs Wasser nieder. Es mußten Tausende sein. Als sie im Sturzflug die verankerte *Suprême* passierten, sah Bolitho rasche, zuckende Bewegungen im Wasser und entsann sich der Fische. Die Möwen griffen zum richtigen Zeitpunkt an, und Bolitho konnte selbst über die weite Entfernung ihr Kreischen hören.

Auf dem Deck des Kutters war die Arbeit zum Erliegen gekommen. Die Seeleute sahen zu, wie eine Möwe nach der anderen wild flatternd und mit einem silbrigen Fisch im Schnabel an Höhe gewann.

»Unser Ausguckposten ist gut, Sir«, merkte Stayt an. »Er hat keinen Blick an die Möwen gewandt. Dabei habe ich noch nie gesehen, daß Vögel sich so ...«

»Der Ausguck?« fragte Bolitho abrupt. Er griff hastig nach

seinem Fernrohr und zog es rasch auseinander. Als er es übers helle Wasser und den Möwenschwarm schwenkte, brannte ihm der Schweiß in den Augen. Aus unerfindlichem Grund schmerzte ihn die alte Narbe. Was ist nur mit mir los? dachte er.

Dann entspannte er sich zögernd, denn der braungebrannte Ausguck war noch auf seinem Posten. »Jagen Sie eine Kugel in die Felsen unter ihm«, befahl er. »Der Kerl ist eingeschlafen.«

Stayt winkte ärgerlich einem Matrosen. Der Mann ging auf ein Knie nieder und hob die Muskete an die Schulter. Der Schuß mochte die anderen aufschrecken, aber ein schlafender Ausguck stellte eine große Gefahr dar.

Auf den Knall hin kreisten die Vögel zuerst wild und flogen dann davon. Hier und dort fiel ein Fisch zurück ins Meer.

Bolitho schob das Fernrohr zusammen und richtete sich auf. Sein Gesicht blieb ausdruckslos, obwohl er glaubte, ihm müsse das Herz im Leib bersten. Der Ausguck hatte sich nicht gerührt; die Sonne spiegelte sich noch immer in seinem Teleskop.

»Dieser Mann schläft nicht, er ist tot.« Er war bemüht, gelassen zu sprechen. »Ich fürchte, wir sind in Gefahr.« Die Männer reagierten nicht, sahen ratlos erst den treibenden Pulverdampf an und dann in sein Gesicht.

»Hier, Sir?« rief Stayt verdutzt aus.

»Mr. Sheaffe, Sie sind der Jüngste«, bellte Bolitho. »Laufen Sie hinunter zum Strand und warnen Sie Leutnant Hallowes.«

Der Midshipman starrte ihn an und sprach stumm die Worte nach, als traue er seinen Ohren nicht.

»Und Sie, Bankart, gehen mit.«

Als die beiden bergab sprangen und zwischen den Bäumen verschwanden, befahl Bolitho: »Ladet eure Waffen.«

Er machte sich Vorwürfe, weil er keine Pistole mitgebracht hatte. Aber wer hätte ausgerechnet hier mit Gefahr gerechnet?

Vorsichtig schritten sie den Hang hinunter, lauschten angestrengt in alle Richtungen, hörten aber nur das Rascheln der Bäume; es klang, als habe sich eine versteckte Armee in Bewegung gesetzt.

Am Waldrand sagte Bolitho: »Wir gehen um den Hügel herum.« Er sah den Zweifel in Stayts dunklen Augen. Die beiden bewaffneten Matrosen steckten die Köpfe zusammen.

»Nach dem Musketenschuß haben sie uns gesehen«, erklärte Bolitho. »Aber jetzt sind wir außer Sicht. Sie nehmen bestimmt an, daß wir den kürzesten Weg zum Landeplatz einschlagen.«

»Aber wer sind *sie*?« zischte Stayt.

Bolitho zog seinen Degen. »Franzosen wahrscheinlich.«

Der Feind schien ihnen immer zuvorzukommen. Niemand konnte wissen, daß er auf den Kutter umgestiegen war, aber *Suprème* gehörte zu seinem Geschwader. Und sie war vor einer Leeküste in eben jene Lage geraten, die *Barracouta* beinahe zum Verhängnis geworden wäre.

Auch Stayt hatte seinen Degen gezogen, und gemeinsam hielten sie auf den Hang zu, mieden Lichtungen, um sich nicht zu verraten. Bolitho fragte sich, ob Sheaffe den Strand schon erreicht hatte.

Er biß die Zähne zusammen, um nicht laute Verwünschungen auszustoßen. *Wo war ich mit meinen Gedanken? Ich hätte doch erkennen müssen, daß dies genau die Art Falle ist, die sich Jobert einfallen läßt.*

»Da!« Stayt ging in die Knie. Zwei Männer schlenderten gemächlich durch den Wald, offenbar Matrosen. Als sie näherkamen, hörte Bolitho sie französisch sprechen.

Sie mußten einen größeren Trupp verlassen haben, um

das Teleskop des Ausguckpostens vom Hügel zu holen. Bolitho konnte sich noch genau an ihn erinnern, er war ein guter, zuverlässiger Mann gewesen. Nun trug ein anderer sein Fernrohr, und am Futteral waren Blutspuren.

»Drauf!«

Bolitho setzte übers Gebüsch und ging auf den ersten Mann los. Der starrte ihn zunächst völlig verdutzt an und machte dann Anstalten, sein Entermesser zu ziehen; doch das Teleskop war ihm hinderlich. Bolitho hieb ihm quer ins Gesicht und stieß ihm die Klinge unter der Achselhöhle in die Seite. Der Mann stürzte lautlos zu Boden. Sein Kamerad fiel auf die Knie und streckte flehend die Hände aus. Doch der Ausguckposten mußte beliebt gewesen sein, denn einer der beiden Matrosen schwang die Muskete und schlug dem zweiten Franzosen den Schädel ein. Die Muskete wurde erneut erhoben, aber Stayt bellte: »Genug, du Narr, der rührt sich nicht mehr.«

Der Mann mit der Muskete hob das Teleskop auf und folgte Bolitho bergab. Hätten sie den Umweg nicht gemacht, wären sie in einen Hinterhalt geraten. Er hörte den dumpfen Knall einer Kanone. Endlich hatte man auf der *Suprème* erkannt, was geschah, und rief die Männer zurück.

Dann jäh eine Musketensalve, wilde Schreie, ein kurzes Aufeinanderprallen von Stahl. Bolitho fiel in Laufschritt, brach durch die letzten Büsche und erreichte den Strand. In wenigen Sekunden überblickte er alles: Die Jolle lag auf dem Trockenen, die Gig war auf halbem Weg zwischen Strand und Kutter. Leutnant Okes stand mit gezogenen Pistolen unten am Wasser. Eine hatte er gerade abgefeuert, die andere richtete er auf eine Gestalt, die mit mehreren anderen im Zickzack auf seine Handvoll Männer losstürmte. Bolitho fand die Zeit, festzustellen, daß Okes trotz des Geschreis und gelegentlichen Musketenfeuers dabei ganz still stand, eher einem Jäger vergleichbar als einem Seeoffizier. Die

Pistole knallte, die laufende Gestalt stürzte, wühlte den Sand auf wie ein Pflug und blieb reglos liegen.

Das schien die anderen abzuschrecken, zumal Bolitho und seine drei Begleiter nun auf sie losgingen. Stayt, dessen Pistole zwei Läufe haben mußte, feuerte zweimal, und jede Kugel traf ihr Ziel.

Okes fuhr sich mit dem Ärmel übers Gesicht. »Dem Himmel sei gedankt, Sir. Ich dachte schon, die Kerle hätten Ihnen den Garaus gemacht.«

Bolitho sah Bankart im Boot. Okes lud seine Pistole nach und bemerkte dabei: »Wenn dieser Junge nicht gewesen wäre, hätten sie uns überrascht.«

Bolitho schaute an ihm vorbei. »Wo ist Mr. Sheaffe?«

Okes zog seine andere Pistole. »Ich dachte, er wäre bei Ihnen, Sir.«

Bolitho winkte Bankart herbei. »Wo ist Midshipman Sheaffe?«

»Gestürzt, Sir«, erwiderte Bankart. »Da hinten war ein Loch, er stürzte und rollte einen Steilhang hinunter.«

Bolitho starrte ihn an. »Steilhang? So etwas gibt es hier doch gar nicht.«

Die anderen kletterten in die Boote; bis auf den Ausguckposten hatte es keine Verluste gegeben. Aber wo steckte Sheaffe? Vier Franzosen, deren Blut bereits im Sand versikkerte, lagen, wo sie gefallen waren.

Stayt warf seinen Degen in die Luft und fing ihn an der Klinge auf, ehe er ihn in die Scheide gleiten ließ. »Ich gehe ihn holen«, sagte er und betrachtete Bankart kalt. »Zeig mir, wo er liegt.«

Als sie das Gebüsch erreichten, sahen sie Sheaffe in die Sonne torkeln. Er hatte eine Platzwunde im Gesicht und blutete, schien aber sonst unversehrt.

»In die Boote!« rief Bolitho und legte Sheaffe eine Hand auf die Schulter. »Alles klar?«

»Ich bin hingefallen.« Sheaffe tupfte sich die Lippe. »Über zwei Baumstümpfe.« Er zog eine Grimasse. »Das verschlug mir den Atem, Sir.« Als er Bankart erblickte, wurden seine Augen schmal. »Wo warst du?«

Bankart fuhr trotzig herum. »Ich habe die anderen gewarnt, wie mir befohlen wurde.«

Bolitho ging zur Gig. Da steckte offenbar mehr dahinter, aber er war dankbar, daß die beiden überlebt hatten.

Er stieg ins Boot und schaute hinüber zur *Suprème*. Dort wurde bereits die Ankertrosse kurzgeholt, und die Segel flatterten wild, als Hallowes klar zum Auslaufen machte.

Bolitho rieb sich das Kinn und überlegte. Die Franzosen mußten einen Trupp angelandet haben, der erkunden sollte, was sie hier taten. Wären die Seevögel nicht gewesen und die scheinbare Gleichgültigkeit des Ausguckpostens, wären sie erst angegriffen worden, nachdem die Franzosen noch mehr Männer gelandet hatten. Wo waren sie also?

Wieder knallte auf *Suprème* ein Vierpfünder, und Stayt sagte heiser: »Anker ist frei!«

Hallowes hatte vom Schiff aus gesehen, was dem Ausguck entgangen war.

Es schien, als triebe jäh ein Stück der Landzunge davon. Bolitho sah ein Schiff den Vorsprung runden, dessen Vorsegel flatterten, als es scharf wendete, um den Riffen auszuweichen.

Es war eine Fregatte.

»Pullt, Jungs! Mit aller Kraft!« rief Bolitho. Sie bedurften der Aufmunterung nicht.

Hätten sie nicht gemerkt, daß der Ausguckposten tot war, wäre diese Fregatte überraschend quer durch die Bucht gesegelt und hätte *Suprème* mit ihren Kanonen in ein blutiges Chaos verwandelt.

Endlich lag die Gig längsseits, und die Männer kletterten hastig an Bord, um sich ans Segelsetzen zu machen.

Die beiden Boote trieben ab. Hallowes sah ihnen verkniffen und besorgt nach. Sie mochten sie noch brauchen, hatten aber keine Zeit, sie an Bord zu holen. Bolitho hielt sich an einem Want fest und sah zu, wie die Fregatte die Bramsegel setzte.

Was Hallowes auch tat, er würde sich niemals rechtzeitig vom Land freikreuzen können.

»Lotgasten in die Rüsten!« sagte Bolitho. »Mr. Okes, kennen Sie sich in diesen Gewässern aus?«

Okes hatte seinen Hut verloren. »Aye, einigermaßen, Sir.« Er drehte sich um, als der Lotgast die Wassertiefen auszusingen begann. »Der Franzose kann es nicht wagen, uns zu folgen. Da gerät er nämlich auf Grund.«

»Finde ich auch.« Dem Kommandant der Fregatte mußte jetzt klarwerden, daß er den Überraschungseffekt verspielt hatte. Er würde sich freihalten und vielleicht bei Einbruch der Dunkelheit versuchen, *Suprème* den Weg abzuschneiden. Aber bis dahin waren es noch sechs Stunden.

Bolitho gab Hallowes einen Wink. »Ich schlage vor, daß Sie auf flachem Wasser ankern.«

Hallowes nickte wie eine Marionette.

»Der Franzose hat leicht Kurs geändert, Sir«, meldete Okes.

Die Fregatte war eine knappe Meile entfernt und im Begriff, hinter dem nächsten Landvorsprung zu verschwinden. Zuvor aber versuchte ihr Kommandant, seine Beute aktionsunfähig zu machen.

Bolitho sah plötzlich lange orangefarbene Zungen aus ihren vorderen Rohren schießen. Die Kugeln rissen weiße Schaumspuren in den Wasserspiegel.

Ein schlechtgezielter Versuch. Der zweite jedoch war besser.

Das Meer um sie herum kochte plötzlich, neben ihnen schoß eine Wassersäule gen Himmel. Bolitho hörte den

Einschlag einiger Kugeln in den Rumpf und einen entsetzlichen Schrei, als die Splitter einen Mann zu Boden rissen.

Hallowes starrte stumm das Chaos aus zerfetztem Rigg und durchlöcherten Segeln an. Aus den Speigatten an Backbord sickerte bereits Blut.

»Werfen Sie endlich Anker, verdammt noch mal!« Bolitho packte ihn am Arm und schüttelte ihn. »*Sie* haben hier das Kommando!«

Zwei Kanonenkugeln fanden gleichzeitig ihr Ziel. Eine pflügte eine schwarze Furche quer übers Deck und tötete einen Mann auf der anderen Seite. Die zweite knallte in den wie ein Makrelenschwanz geformten Heckspiegel und ließ mehrere Pützen mit Sand zerstieben.

Es war wie ein Schlag ins Gesicht. Bolitho, von der Explosion benommen, fiel auf die Seite, und beim Aufprall durchfuhr ihn der Schmerz der alten Wunde. Männer schrien auf, und das Deck erbebte, als etwas Schweres aus der Takelage stürzte.

Er faßte sich hastig ins Gesicht und spürte Blut. Eine fremde Stimme rief: »Hier, Sir! Ich helfe Ihnen!«

»Ankern!« stieß Bolitho hervor. Nun, da das Feuer eingestellt war, klang seine Stimme plötzlich laut.

Er stolperte über einen reglosen Körper und hielt sich an baumelnden Leinen fest.

»Hier, Sir.« Der Unbekannte schwieg, als Bolitho die Hände vom Gesicht nahm, um sich umzuschauen.

Aber er sah nichts. Es war Mittag gewesen, als die Fregatte gefeuert hatte, doch nun stand er in tiefster Nacht. Hände berührten ihn, ringsum erklangen wirre Stimmen.

»Ich bin hier, Sir.« Das war Stayt.

Bolitho schlug die Hände vor die Augen, als der Schmerz stärker wurde. »Ich bin blind! Mein Gott, ich kann nichts sehen!«

Er tastete nach Stayts Arm. »Bringen Sie mich unter

Deck. Die Männer dürfen mich nicht so sehen.« Er holte scharf Luft, als die Schmerzen noch heftiger wurden. *Besser wäre ich tot,* dachte er.

VI Die *Suprême*

Kapitän Valentine Keen klammerte sich an die Finknetze, die Augen vom langen Starren gegen Wind und Gischt wund. Selbst seine Handflächen schienen von den geteerten Netzen zu brennen.

Die ganze Nacht hatte der Sturm die See zu jagenden Brechern aufgepeitscht, gewaltige Sturzbäche hatten sich kochend über die Seitendecks ergossen und Männer wie Treibgut von den Beinen gerissen. Nun, da die ersten silbergrauen Streifen am Himmel standen, arbeitete das Schiff nicht mehr ganz so heftig; doch die Morgendämmerung verhöhnte ihre schwächlichen Anstrengungen in der Nacht.

Es war sinnlos gewesen, Kontakt mit *Icarus* halten zu wollen, denn sie war wie die kleine Brigg *Rapid* während des Unwetters schnell außer Sicht geraten. *Argonaute* hatte fast die ganze Nacht unter gerefftem Großmarssegel beigedreht am Wind gelegen. Hätten die Schiffe versucht, unter Segeln abzulaufen, wären sie bei Tagesanbruch meilenweit zerstreut gewesen. Der Erste Offizier taumelte auf Keen zu. »Wir können nun wieder Fahrt aufnehmen, Sir.«

Keen warf dem Master in seiner durchnäßten Leinwandjacke einen Blick zu. Der alte Fallowfield sagte nichts, schien aber die Achseln zu zucken.

»Gut. Alle Mann an Deck. Und lösen Sie die Ausguckposten oben ab. Wir brauchen heute scharfe Augen, wenn wir das Geschwader wieder auf Formation bringen wollen.«

Paget hatte seine Sache gut gemacht, die Männer vom Einbruch der Nacht bis jetzt in Bewegung gehalten.

»Alle Mann! Aufentern zum Segelsetzen!«

Die Rufe der Deckoffiziere und hier und da das Klatschen eines Tampens trieben die erschöpften Männer zurück an Brassen, Halsen und Schoten.

Keen zupfte an seinem Halstuch, das wie der Rest seiner Kleidung durchnäßt war. Doch *Argonaute* hatte besser als erwartet reagiert und war wirklich ein vorzüglicher Segler. Er war einigermaßen mit sich zufrieden, denn er hatte das Schiff und die Männer die ganze Zeit unter Kontrolle gehabt. Das Deck erzitterte, als Vormarssegel und Klüver gesetzt wurden und *Argonaute* wieder aufs Ruder ansprach. Tuson hatte eine Menge zu tun, denn mehrere Matrosen waren verletzt worden. Schlimmer noch, ein Seemann war über Bord gespült worden: ein schrecklicher Tod, wenn man mit ansehen mußte, wie der Wind das eigene Schiff wegtrieb, wie die Freunde einen nicht vor dem Ertrinken retten konnten.

»Kurs Nordost zu Ost, Sir!«

Der Himmel klarte bereits auf; nach der ungestümen Nacht mochte es vielleicht sogar einen schönen Tag geben. Seltsames Mittelmeer, dachte Keen.

»Übernehmen Sie die Wache, Mr. Paget.« Er rieb sich die schmerzenden Augen. »Sowie in der Kombüse das Feuer brennt, schicken Sie die Mannschaft gruppenweise zum Frühstück. Und der Proviantmeister soll pro Kopf ein Glas Rum ausgeben. Die Leute haben's verdient.«

Paget grinste. »Das wird ihre Lebensgeister wieder wekken, Sir!« Er wandte sich ab, offenbar erfreut, daß Keen ihm bei noch so grober See das Deck überließ. Der Flaggkapitän beschloß, ihn in seinem Bericht lobend zu erwähnen; er brauchte zwar einen guten Ersten, aber die Flotte hatte auch Männer nötig, die kommandieren konnten.

Keen verschwand im Schatten unter dem Poopdeck und merkte erst jetzt, wie müde und angespannt er war. Aus der

Dunkelheit tauchte ein roter Rock auf: Hauptmann Bouteiller von den Royal Marines.

»Guten Morgen, Major.« Keen bewunderte die Seesoldaten zwar, verstand sie aber nie ganz. Selbst ihr Titel »Major« für den befehlshabenden Offizier kam ihm sonderbar vor.

»Ich wollte es Ihnen selbst sagen, Sir.« Bouteiller sprach abgehackt. »Die, äh, der Passagier verlangte Sie zu sprechen.«

Keen nickte. »Aha. Wann war das?«

Der Hauptmann dachte nach. »Vor zwei Stunden, Sir. Sie kamen mir aber zu beschäftigt vor.«

In der Dunkelheit war Bouteillers Gesicht nicht zu erkennen, und der Mann hätte sich ohnehin nichts anmerken lassen. Was dachte er?

»Gut. Haben Sie vielen Dank.«

Keen tastete sich zu der kleinen Tür und konnte fast hören, wie der Wachtposten gespannt den Atem anhielt.

Eine Blendlaterne schaukelte an der Decke, und in ihrem Schein sah er das Mädchen auf der Koje liegen. Ein Bein hing über den Rand und schwang mit den Bewegungen des Schiffes, als sei es der einzige lebendige Teil ihres Körpers. Keen schloß die Tür. Tuson würde seinen Besuch bestimmt mißbilligen, dachte er.

Sanft griff er nach ihrem Fußknöchel und schob das Bein wieder unter die Decke. Sie trug noch immer Hemd und Hose, und als ein Lichtstrahl ihr Gesicht streifte, fand Keen, daß sie unglaublich jung aussah.

Da öffnete sie die Augen weit, starrte ihn entsetzt an und raffte das Hemd am Hals zusammen.

Keen rührte sich nicht. Ihre Angst schwand langsam.

»Tut mir leid«, sagte er. »Ich erfuhr erst jetzt, daß Sie nach mir fragten.«

Sie setzte sich auf und schaute ihn an. Dann streckte sie die Hand aus und berührte seinen Rock und sein Hemd.

»Sie sind ja triefnaß, Kapitän Keen«, flüsterte sie.

Selbst diese schlichte Geste fand er herzbewegend.

»Der Sturm hat sich verzogen«, sagte er. Er sah ihre Finger an, wollte sie ergreifen und an die Lippen pressen. Doch er fragte nur: »Hatten Sie Angst?«

»Es war nicht so schlimm wie gestern.« Ozzard hatte berichtet, er habe sie am Vortag mit den Händen über den Ohren in einer Ecke kauernd vorgefunden, als ein Matrose wegen Ungehorsams ausgepeitscht wurde.

»Das Schiff ist so groß, und trotzdem fürchtete ich manchmal, es würde auseinanderbrechen.« Sie spielte mit gesenktem Blick an seinem Revers. »Ich dachte, Sie machen sich meinetwegen vielleicht Sorgen, und wollte Ihnen nur sagen, daß ich mich wohlfühle.«

»Das war lieb von Ihnen.« Einmal während des Sturmes hatte Keen sich vorgestellt, sie stünde neben ihm mit fliegendem Haar und trotzte lachend dem Wetter.

»Ja, ich habe mir Sorgen gemacht. An das Leben auf See sind Sie nicht gewöhnt.« Er stellte sich das Sträflingsschiff bei Sturm vor und spürte, daß sie seine Gedanken erraten hatte.

»Ich kann immer noch nicht glauben, daß ich in Sicherheit bin.« Sie schaute auf, und ihre Augen wechselten im Schein der schwankenden Laterne von hell zu dunkel. »Bin ich das wirklich?« Er ergriff ihre Hände und hielt sie fest. Sie wandte den Blick nicht von seinem Gesicht. »Bitte sagen Sie mir die Wahrheit.«

»Wie Sie wissen, hoffte ich, Sie in Gibraltar an Land zu setzen«, sagte Keen. »Aber nun hat es den Anschein, als müsse das noch warten. Ich habe mit der Brigg, die von Sir Richards Neffen kommandiert wird, eine Nachricht nach London geschickt. Sobald der Brief meinen Anwalt erreicht, gehen Schreiben heraus. Vielleicht müssen Sie an Bord bleiben, bis mein Schiff Malta erreicht. Aber auch in Malta habe ich Freunde.« Er drückte ihre Hände. »Eines aber steht fest, Zenoria: Auf ein Sträflingsschiff kommen Sie nie wieder. Dafür sorge ich.«

Leise fragte sie: »Und das tun Sie alles nur meinetwegen, Sir? Sie kennen mich doch überhaupt nicht. Als Sie mich zum erstenmal sahen, wurde ich nackt ausgepeitscht wie eine Hure.« Sie hob das Kinn. »Ich bin aber keine.«

»Das weiß ich«, erwiderte er.

Sie schaute an ihm vorbei in den Schatten. »Würden Sie sich auch so um mich kümmern, wenn wir anderswo wären? In London vielleicht, wo Ihre Frau uns sehen könnte?«

Keen schüttelte den Kopf. »Ich bin Junggeselle. Nur einmal . . .«

Ermunternd drückte sie seine Finger. »Sie haben nur einmal geliebt?«

Keen nickte. »Aye, aber sie starb. Es ist lange her.« Er sah auf. »Erklären kann ich es nicht, doch mein Gefühl für Sie ist echt. Nennen Sie es Schicksal, den Willen Gottes, meinetwegen auch Glück, aber es existiert wirklich, ist keine Einbildung. Manche mögen sagen, daß sich alles gegen uns verschworen hat . . .« Er drückte fester zu, als sie zu einer Entgegnung ansetzte. »Nein, es muß heraus. Ich bin so viel älter als Sie, ein Offizier des Königs und diesem Schiff verpflichtet, bis der verdammte Krieg gewonnen ist.« Er hob ihre Hand an die Lippen. »Lach mich nicht aus, sondern hör mir zu. Ich liebe dich, Zenoria.«

Er machte Anstalten, sich zu erheben, aber sie schlang ihm die Arme um den Hals und flüsterte: »Schau mich jetzt nicht an.« Ihre Lippen an seinem Ohr, fuhr sie fort: »Ich kann es nicht glauben. Vielleicht träume ich nur. Oder wir sind beide verhext.«

Er löste sich sanft von ihr und schaute ihr ins Gesicht, sah die hellen Tränenspuren auf ihren Wangen. Sie immer noch fest mit den Armen umschließend, küßte er sie auf beide

Wangen, schmeckte das Salz und empfand die ganze Intensität dieses kurzen, unmöglichen Glücks.

»Sag nichts. Versuch jetzt weiterzuschlafen.« Er trat zurück, hielt nur noch ihre Hände fest. »Es ist kein Traum, und was ich gesagt habe, war mein voller Ernst.« Ihm kam eine Idee. »Du kannst später mit mir frühstücken. Ich lasse dich von Ozzard abholen.« Er sprach hastig, damit sie nicht ablehnte.

Als er sich von ihr losriß, blieben ihre Arme noch eine Weile in der Luft hängen, als hielte sie sich weiter an ihm fest. Draußen vor der Tür standen jetzt zwei Wachtposten. Der Korporal, der zur Ablösung kam, zischte seinem Kameraden einen scharfen Befehl zu. Keen nickte freundlich und sagte: »Guten Morgen, Korporal Wenmouth. Den Sturm hätten wir überstanden, was?«

Er schritt nach achtern, ohne ihre verdutzten Gesichter zu bemerken. In der Achterkajüte trat er an die Heckfenster und starrte ins aufgewühlte Kielwasser. »Ich liebe dich, Zenoria«, murmelte er.

Dann erkannte er jäh, daß Ozzard ihn von der anderen Tür her mit über der Schürze gefalteten Pfötchen beobachtete.

»Frühstück, Sir?« fragte der Steward höflich.

Keen lächelte. »Vorerst noch nicht. Ich erwarte in einer Stunde, äh, Gesellschaft.«

»Sehr wohl, Sir.« Ozzard wandte sich zum Gehen. »Ich verstehe, Sir.«

Das hätte Keen noch bis vor kurzem geärgert, aber jetzt war es ihm gleichgültig.

»Alles zu Ihrer Zufriedenheit, Miss?« Ozzard stand am Tisch und griff nach einem Teller, der der Tischkante bedenklich nahe gekommen war.

Zenoria drehte sich um und schaute zu ihm auf.

»Es war köstlich.«

Keen betrachtete ihr Profil, als sie mit Ozzard sprach. Sie trug nun das Haar lose auf die Schultern fallend und sah wunderschön aus; das konnten selbst die Männerkleider nicht verbergen.

Sie merkte, daß er sie beobachtete. »Was ist?«

Er lächelte. »Nichts, nur – ich könnte Sie den ganzen Tag ansehen und fände jede Minute etwas Neues zu bewundern.«

Sie schaute auf ihren leeren Teller. »Nicht doch, Sir.« Doch sie war errötet und schien sich über das Kompliment zu freuen. »Erzählen Sie mir von Sir Richard«, sagte sie. »Kennen Sie ihn schon lange?«

Keen lauschte dieser Frauenstimme, die in seiner Männerwelt so fremd und kostbar klang.

»Ich habe mehrere Male unter ihm gedient und war bei ihm, als er fast am Fieber starb.«

Sie studierte sein Gesicht, als wolle sie es sich einprägen. »Starb damals die Frau, die Sie liebten?«

»Ja.«

Sie nickte Ozzard, der den Teller abräumte, zu. »Sie haben so viel erlebt«, seufzte sie. »Warum müssen Sie so leben?«

Keen schaute sich in der Kajüte um. »Ich kenne es nicht anders. Das ist mein Beruf.«

»Und die Heimat vermissen Sie nie?« Ihr Blick war jetzt wieder verschleiert.

»Manchmal. Wenn ich an Land bin, vermisse ich mein Schiff. Und auf See sehne ich mich nach Feldern und grünen Bäumen. Meine beiden Brüder haben Höfe in Hampshire. Hin und wieder beneide ich sie.« Er zögerte; darüber hatte er noch mit niemandem gesprochen.

»Keine Sorge«, meinte sie. »Ihre Worte sind bei mir gut aufgehoben.«

Oben stampften Füße über die nassen Planken. Am Skylight lachte ein Mann und wurde von einem anderen barsch zurechtgewiesen.

»Sie lieben dieses Schiff, nicht wahr?« sagte sie. »Ihre Männer folgen Ihnen, wohin Sie sie auch führen.«

Er langte über den Tisch, an dem er mit den anderen Kapitänen gesessen hatte. »Geben Sie mir Ihre Hand.«

Sie streckte sie aus; der Tisch war so breit, daß sie einander kaum berühren konnten.

»Eines Tages gehen wir gemeinsam an Land«, sagte er. »Ich weiß noch nicht wann und wo, aber ich verspreche es Ihnen ganz fest.«

Sie strich sich eine Haarsträhne aus den Augen und lachte, aber ihr Blick war traurig. »In meinem Aufzug? Ich bin eine schöne Begleiterin für einen Offizier des Königs.«

»Ich war kürzlich an Bord eines Frachtschiffes aus Genua«, bemerkte Keen, »und habe Ihnen ein Kleid gekauft. Ozzard wird es Ihnen nachher bringen.« Er kam sich wie ein Tolpatsch vor. »Mag sein, daß es Ihnen nicht paßt oder gefällt . . .«

»Sie sind ein herzensguter Mann«, sagte sie leise. »An so etwas zu denken, obwohl Sie alle Hände voll zu tun haben. Es wird mir bestimmt gefallen.«

»Ich habe nämlich zwei Schwestern, müssen Sie wissen«, schloß Keen lahm und schwieg. Ein Ruf des Wachtpostens vor der Tür hatte ihn aus dem Konzept gebracht.

»Der Schiffsarzt, Sir!«

Keen gab Zenorias Hand frei. »Herein!«

Tuson trat ein und musterte sie ausdruckslos. Seine Hände waren rot, als hätte er sie geschrubbt.

»Frühstück?« Keen wies auf einen Stuhl.

Der Arzt lächelte schief. »Nein, danke, Sir. Aber einen starken Kaffee könnte ich schon brauchen.« Er schaute das Mädchen an. »Wie geht es Ihnen heute?«

Sie senkte den Blick. »Gut, Sir.«

Tuson nahm von Ozzard einen Becher Kaffee entgegen. »Das kann man von Ihrer Zofe Millie nicht behaupten. Ich glaube, sie würde sich eher dem Fieber in Gibraltar aussetzen, als jemals wieder eine solche Sturmnacht mitzumachen.«

Keen schaute zum Skylight auf, als ein Ruf des Ausguckpostens erklang.

»Hört sich an, als wäre ein Schiff gesichtet worden«, meinte Tuson. »Freund oder Feind?«

Keen mußte sich beherrschen, um nicht aufzustehen und das Skylight zu öffnen. Man würde zu ihm kommen, wenn er gebraucht wurde. Auch das hatte er von Bolitho gelernt.

»Unsere beiden anderen Schiffe wurden schon vor einer Stunde gemeldet«, erwiderte er. »Es könnte ein Feind sein.«

Tuson spitzte die Ohren, zähmte aber seine Neugier.

»Der Erste Offizier, Sir!« rief der Posten.

Paget trat mit durchnäßtem Rock ein. »Der Ausguck hat im Südwesten Segel gesichtet.« Er war bemüht, das Mädchen am Tisch nicht anzusehen, was aber sein Interesse noch offenkundiger machte.

»Im Südwesten?« fragte Keen. Ohne erst auf die Seekarte zu schauen, konnte er sich die Positionen der anderen Schiffe vorstellen. *Icarus* lief fast drei Meilen querab, und *Rapid,* kaum mehr als ein Schatten am trüben Horizont, war ihnen weit voraus.

»Ich bin selbst aufgeentert, Sir«, fügte Paget hinzu. »Es ist ein Franzose, ganz sicher.«

Keen musterte ihn gespannt. Mit jedem Tag lernte er mehr über seinen Ersten.

Paget wartete und ließ dann geschickt den Knalleffekt folgen: »Er ist getakelt wie wir, Sir. Zweifellos ein Linienschiff.«

Keen war aufgesprungen und merkte nicht, daß die anderen ihn beobachteten, Paget voll Stolz über seine Entdekkung, Tuson mit Neugier. Nur der Blick des Mädchens verriet Zärtlichkeit und Sorge.

»Er wird wissen wollen, was wir vorhaben.« Keen blieb an den Heckfenstern stehen und stellte sich das andere Schiff vor. »Er folgt uns, meldet unseren Kurs vielleicht weiter.«

»Er hat aber noch keine Signale gesetzt, Sir«, sagte Paget hartnäckig. »Ich habe Mr. Chaytor mit einem Fernrohr aufentern lassen. Er würde es mir sofort melden.«

Keen trat zögernd an die Seekarte und wünschte sich auf einmal, Bolitho wäre anwesend. Die Franzosen setzten eines ihrer schweren Schiffe zur Aufklärung ein, obwohl sie den Meldungen zufolge über Fregatten verfügten. *Argonaute* konnte wenden und seine Verfolgung aufnehmen. Aber das war möglicherweise ein hoffnungsloses Unterfangen.

»Signal an *Icarus:* auf Station bleiben«, befahl er. Vor seinem inneren Auge sah er nicht das Schiff, sondern das säuerliche Gesicht seines Kommandanten. »Dann signalisieren Sie *Rapid,* zum Flaggschiff aufzuschließen.«

Paget zögerte an der Tür. »Werden wir ihn jagen, Sir? Wenn der Wind ein wenig nachläßt, schnappen wir ihn vielleicht. Unser Schiff segelt alle in Grund und Boden!«

Keen lächelte grimmig. Bei Pagets Begeisterung wurde ihm warm ums Herz. »Übermitteln Sie die Signale, rufen Sie dann alle Mann an Deck und lassen Sie Bramsegel und Royals setzen.«

Paget warf einen Blick auf das lebhaft schäumende Kielwasser, das durchs salzverkrustete Glas verschwommen und unwirklich aussah. Für mehr Segel war es eigentlich noch zu stürmisch. Doch seinen Kommandanten schienen keine Zweifel zu plagen. Die Tür schloß sich hinter dem Ersten, und Augenblicke später verkündeten schrille Pfiffe und stampfende Füße, daß das Schiff sich rüstete.

»Der Franzose wird fliehen, Sir?« fragte Tuson.

Keens Gedanken kehrten wieder in die Kajüte zurück. »Bestimmt.« Er lächelte. »Aber ich bin ein schlechter Gastgeber. Weswegen sind Sie gekommen?«

Tuson stand auf und ging mit wiegenden Schritten übers schräge Deck. »Ich wollte Ihnen über die Ausfälle der vergangenen Nacht berichten, Sir. Zehn Verletzte insgesamt, meist Knochenbrüche. Es hätte viel schlimmer kommen können.«

»Nur für den armen Teufel nicht, der über Bord ging. Aber haben Sie vielen Dank. Sie wissen, wie sehr ich Ihre Hilfe zu schätzen weiß.«

Tuson ging zur Tür. In seinem schwarzen Rock und dem weißen Haar, das ihm ordentlich gekämmt über den Kragen hing, sah er eher wie ein Geistlicher aus. Im Gegensatz zu vielen anderen Schiffsärzten betrank er sich nie. Keen hatte seinen Abscheu gesehen, wenn die Gläser gefüllt wurden. Tuson mußte in der Vergangenheit ein entsetzliches Erlebnis gehabt haben.

Als die Tür sich geschlossen hatte, sagte er leise: »Ein guter Mann.«

Sie schauten einander über den Tisch hinweg an.

Zenoria sprach zuerst. »Ich gehe jetzt.« Sie stand auf und schaute auf ihre bloßen Füße nieder, die auf dem karierten Bodenbelag sehr klein wirkten. »Was soll bloß aus uns werden?«

Er wartete, bis sie ihn erreicht hatte, und sagte dann: »Ich werde Sie lehren, mich zu lieben.«

Wieder ein Ruf des Ausguckpostens. Das mußte Chaytor sein, der Zweite Offizier.

»Er setzt mehr Segel, Sir!« Das französische Schiff wollte also die Distanz halten.

Zenoria legte ihm eine Hand an die Wange. Als er Anstalten machte, sie zu ergreifen, zog sie sie rasch zrück. Aber ihr Blick ließ ihn nicht los, und was sie sah, schien sie zu ermutigen. Zufrieden mit dem, was sie entdeckt hatte, fragte sie: »Kann Ozzard mich begleiten?«

Keen nickte. Sein Mund war trocken. »Vergiß mich nicht.«

An der Tür wandte sie sich noch einmal um und schaute ihn an. »Das könnte ich niemals.«

Ozzard öffnete die Tür, und sie war verschwunden.

Keen ging in der Kajüte umher und berührte Gegenstände, ohne sie zu sehen. Dann blieb er vor dem neuen Sessel stehen und lächelte. Was hätte Bolitho an seiner Stelle getan?

Schließlich begab er sich an Deck und sah Paget und den wachhabenden Offizier besorgt den Stand der Segel prüfen. Die mächtige Großrah krümmte sich unter dem Winddruck wie ein riesiger Bogen. Der Master warf ihm einen warnenden Blick zu.

Ein Midshipman rief: »*Rapid* hat bestätigt, Sir!« Da gewahrte er Keen und schwieg verwirrt.

Keen verschränkte die Hände unterm Rockschoß, ihn fror plötzlich.

»Der Franzmann setzt mehr Segel, Sir!« rief Leutnant Chaytor von oben.

Keen schaute Paget an. »Segel kürzen. Untersegel aufgeien.« Er sah Erleichterung in ihren Gesichtern.

Icarus folgte dem Beispiel des Flaggschiffs.

Die Minuten gingen zäh dahin. Vielleicht hatte er sich geirrt. Wenn der französische Kommandant nun rangehen und kämpfen wollte? Es stand zwei zu eins dagegen, aber ausgeschlossen war es nicht. Erleichtert atmete er aus, als es aus dem Ausguck rief: »Er kürzt ebenfalls Segel, Sir.«

Keen ging zum Fuß des Großmastes und berührte die Piken, die dort in einem runden Ständer warteten. Dieser Franzose will, daß ich ihn verfolge, dachte er. Er lockt mich. Warum? Die Erkenntnis war ein Schock.

»Sobald *Rapid* nahe genug ist, signalisieren Sie: ›alle Segel setzen und *Suprème* suchen‹. Quarrell wird den nächsten Ankerplatz auf seiner Karte verzeichnet haben.«

Paget beobachtete ihn reserviert, denn er wußte, wie scharf Keen war, wie seine Stimmung umschlagen konnte.

»Unser Admiral muß wissen, daß wir beschattet, aber nicht verfolgt werden. Und für eine schriftliche Meldung ist nicht genug Zeit.« Wieder fröstelte er. Der französische Kommandant hatte ihn zu einer Verfolgungsjagd verleiten wollen, die ihren Verband noch weiter aufgesplittert hätte. »*Rapid* soll sich beeilen. Sobald Quarrell bestätigt hat, setzen wir alle Arbeitssegel.« Er warf einen Blick auf die Masten und fügte hinzu: »Und wenn es uns die Spieren runterreißt.«

Später, in der Achterkajüte, hörte er Paget durchs Sprachrohr seine Befehle wiederholen.

Rapid würde ihrem Namen Ehre machen. Trotzdem war er plötzlich besorgt, und als er zu Bolithos Sessel hinüber schaute, fragte er sich, ob er für immer leer bleiben würde.

Bolitho saß auf einer niedrigen Koje in der winzigen Achterkajüte der *Suprème.* Unter Deck war es noch erstickend heiß, aber er wußte, daß es draußen Abend sein mußte.

Jemand zwängte sich durch die Tür und sagte: »Es wird dunkel, Sir.« Bolithos Hände verkrampften sich. Es war Hallowes, der bedrückt und entmutigt schien und offenbar gar nicht merkte, was er da gesagt hatte.

Bolitho berührte den feuchten Augenverband. Vielleicht mußte er jetzt immer im Dunkeln leben? Wieso eigentlich diese plötzliche Angst? Mit so etwas hätte er doch rechnen müssen. Bei Gott, er hatte viele gute Männer fallen sehen.

»Berichten Sie!« befahl er, um sein Selbstmitleid zu unterdrücken.

Während des Nachmittags hatte Hallowes versucht, eines der treibenden Boote zu bergen. Ein Matrose hatte sich erboten, zu ihm hin zu schwimmen. Der Mann hatte gerade zwanzig Meter zurückgelegt, als ihn eine einzelne Musketenkugel von Land her traf. Er warf die Arme hoch und versank in einem rosa Wirbel.

Der französische Landungstrupp mußte also noch an Ort und Stelle sein, den Kutter beobachten und darauf warten, daß er von seinem eigenen Schiff abgeholt wurde.

»Ich habe alle Kanonen mit Kartätschen und Schrapnell laden lassen«, erklärte Hallowes gepreßt. »Wenn diese Teufel in unsere Nähe kommen, erwartet sie ein Eisenhagel.«

Bolitho entließ Hallowes und sank zurück an die gewölbte Bordwand. Das Schreien und Stöhnen draußen war so gut wie verstummt. Sieben Mann waren bei dem kurzen Angriff ums Leben gekommen. Einer, der kleine Duncannon, war in Bolithos Schoß gestorben.

»Wo ist mein Flaggleutnant?« sagte Bolitho. »Ich möchte an Deck.«

»Hier, Sir.« Er hatte Stayts Anwesenheit nicht bemerkt, und diese Hilflosigkeit versetzte ihn jäh in Zorn. Die Männer hatten sich alle auf ihn verlassen; nun verloren sie so rasch den Mut, daß ihnen am Ende der Kampfgeist fehlen würde, ganz gleich, was der Kommandant tat.

»Hallowes soll weitere Schwimmer ausschicken«, befahl er. »Mit den Booten könnten wir *Suprème* dichter an den Landvorsprung verholen. Dort ist der Grund felsig, das hält uns diese verdammte Fregatte vom Leib.«

»Aye, Sir. Ich werde mich sofort darum kümmern.«

Bolitho erhob sich vorsichtig, um nicht mit dem Kopf an die Decksbalken zu stoßen. Bei jeder Bewegung kehrte der Schmerz in seinen Augen zurück und brannte wie Feuer.

Er nahm Stayts Arm und spürte dabei dessen Pistole.

Die Fregatte wollte offenbar bis zum Einbruch der Nacht abwarten. Es bestand auch kein Grund zur Eile, solange die Franzosen nicht wußten, daß ein englischer Admiral praktisch in ihren Händen war. Bolitho verzog schmerzlich das Gesicht. Ein nutzloser, hilfloser Admiral.

An Deck war es schwül, obwohl eine stetige Brise kleine Wellen wie Katzenpfoten gegen den Rumpf tappen ließ.

Stayt flüsterte: »Er hat alle angewiesen, hinterm Schanzkleid in Deckung zu bleiben. Sie scheinen bewaffnet zu sein.«

»Gut.« Bolitho bewegte suchend den Kopf. Er konnte das Land riechen, es sich vorstellen. Was für ein gottverlassener Platz zum Sterben, dachte er, für den jungen Midshipman, den Ausguckposten auf dem Hügel und die anderen, die er nicht einmal gekannt hatte. »Wo ist mein Bootsführer?«

Bankart stand direkt hinter ihm. »Zur Stelle, Sir.«

Wenn doch nur Allday hier gewesen wäre! Bolitho hob die Hände zu den verbundenen Augen. Nein, Allday hatte genug geleistet und gelitten.

Hallowes sagte gedämpft: »Die Schwimmer sind bereit, Sir.«

Sheaffes Stimme klang sehr nahe. »Ich bin dabei, Sir. Schwimmen habe ich schon als Kind gelernt.«

Bolitho streckte die Hand aus. »Passen Sie auf: Wenn Sie ein Boot erreichen, ganz gleich ob allein oder mit Ihren Kameraden, bleiben Sie dort. Werfen Sie den Draggen aus, es ist seicht genug. Wer schwimmt mit Ihnen?«

Der Matrose hieß Moore und stammte der Aussprache nach aus Kent. Wie Thomas Herrick, dachte Bolitho verzweifelt.

»Bleiben Sie jedenfalls zusammen.«

Bolitho hätte sich am liebsten den Verband vom Gesicht gerissen. Es war ein Alptraum. Er unterdrückte ein Aufstöhnen, als der Schmerz erneut durch seine Augen zuckte.

»Was können Sie sehen?« Er trat zum Schanzkleid und schürfte sich dabei an einer Geschützlafette das Knie auf.

Stayt berührte ihn an der linken Schulter. »In dieser Richtung liegt der Landvorsprung, Sir. Wenn Sie sich langsam nach rechts wenden, erhebt sich dort das Kliff, hinter dem die Fregatte hervorkam.«

»Ja, ja.« Bolitho klammerte sich an einen Belegnagel. Er sah es vor sich, erinnerte sich noch daran. »Die Franzosen werden hinter dem Landvorsprung auftauchen.« Er berührte Sheaffes bloßen Rücken. Die Haut fühlte sich eisig an, leichenhaft. »Dann mal los. Und paßt gut auf, ihr zwei.« Als sie sich entfernten, fügte er hinzu: »Spielt nicht die Helden. Ruft laut, wenn ihr andere Boote seht.« Er hörte sie über Bord springen und rechnete halb mit einem Schuß.

»Ist es sehr dunkel?« Er fühlte sich so hilflos wie ein kleines Kind in der Nacht.

»Aye, Sir. Der Mond ist noch nicht aufgegangen.«

»Sobald sie das erste Boot erreichen«, fast hätte er *falls* gesagt, »halten Sie sich bereit. Wir können zwar nichts ausmachen, aber wenn Sheaffe Boote kommen sieht, eröffnen wir das Feuer.«

»Einfach blind schießen, Sir?« Das war wieder Hallowes. Er stammelte: »Oh, Verzeihung, Sir, wie taktlos von mir.«

Bolitho streckte die Hand aus und berührte seinen Rock. »Schon gut. Genau das habe ich vor.«

Stayt sagte leise: »Die Franzosen werden sich zwischen uns und den Strand setzen wollen. Wenn sie erst einmal längsseits sind, könnten sie uns überwältigen.«

»Das würde ich jedenfalls machen.« Bolitho packte seinen Degen, ließ ihn aber entmutigt wieder in die Scheide gleiten. Die Waffe schien seine Hilflosigkeit nur noch zu betonen. Wie sollte er das Belinda beibringen? Der Gedanke, wieder Kriegsgefangener zu sein, war ihm unerträglich. Dann schon lieber sterben.

»Und wenn sie uns entern?« fragte Hallowes.

»Dann setzen Sie das Schiff in Brand«, erwiderte Bolitho ruhig. Er spürte, daß seine Worte den jungen Leutnant hart trafen. »Es gibt keine einfache Lösung, Leutnant. Der Feind darf *Suprème* nicht als Prise in die Hand bekommen.« Er zog ihn näher heran, damit die anderen ihn nicht hören konnten. »Streichen Sie wenn nötig die Flagge, um die Mannschaft zu retten. Aber versenken Sie das Schiff.« Er machte eine Pause, um seine Worte wirken zu lassen.

Als Hallowes endlich antwortete, klang seine Stimme fest und entschlossen. »Ich werde Sie nicht im Stich lassen, Sir.«

Bolitho wandte sich ab, um seine Qual zu verbergen. »Das wußte ich, als ich Sie für dieses Kommando empfahl.«

Ach, Belinda, was habe ich für Dummheiten gesagt und geschrieben. Jetzt ist es zu spät.

Er dachte an Keen und wußte, daß er das Geschwader kompetent führen würde. Eines Tages würde auch er eine Admiralsflagge setzen können.

»Ich hab' was gehört«, murmelte ein Mann. »Ein Poltern von Riemen.«

»Die beiden haben ein Boot«, sagte Hallowes.

Der Ruf scholl übers Wasser und schien wie ein Echo über dem sanft bewegten Deck zu hängen.

»Sheaffe hat sie gesehen!«

Ein Schuß fiel.

»Prächtig, dieser Narr hat ihre Position verraten, Sir.« Stayt schien so aufgeregt und mordlustig, wie Keen ihn auf dem Sträflingsschiff erlebt hatte. »Sie kommen näher.« Stayt mußte sich geduckt haben, um in Höhe der Schanzkleidkante die dunklen Schatten auf dem Wasser auszumachen. »Mindestens drei Boote, Sir.«

Gemurmel an Deck, und Okes knurrte: »Ruhe!«

Bolitho hörte das metallische Klicken einer Drehbasse, die gesenkt wurde, und hier und dort das Quietschen einer Handspake, als ein Vierpfünder gerichtet wurde. Jede Mündung wies blind in die Finsternis.

»Bankart, komm zu mir«, sagte Bolitho. Er spürte den

jungen Seemann neben sich wie sonst Allday. »Du sollst mir die Augen ersetzen.« An Stayt gewandt, fügte er hinzu: »Übernehmen Sie den Befehl auf dem Vorschiff. Kappen Sie die Ankertrosse, wenn es sein muß.« Er hörte, wie Stayt sich entfernte, und kam sich ohne ihn plötzlich verlassen vor.

Er dachte an das Mädchen, das Keen aufs Flaggschiff gebracht hatte, an seinen Blick, wenn er ihren Namen erwähnte. Wenn *Argonaute* ins Gefecht segelte, mochte sie noch immer an Bord sein.

Wieder der sengende Schmerz in seinen Augen, als ihn die Erinnerung überkam. Ins Gefecht segeln ... Auch Cheney war damals an Bord seines Schiffes gewesen, als der Donner der Breitseiten die Decks erzittern ließ. *Cheney.*

»Achtung, Jungs!« Hallowes zog seinen Degen. »Ziel auffassen!«

Bolitho beugte sich vor; er hatte Riemenschlag gehört.

»Feuer!«

Die Nacht explodierte.

VII Streichen oder sterben?

Das Knallen von *Suprèmes* Vierpfündern war ohrenbetäubend. Da sie von Land umgeben waren, hallte es von allen Seiten wider, als lieferten sich zwei Schiffe ein Gefecht.

Bolitho packte Bankarts Arm. »Los, rede!«

Bankart berichtete, daß die Kartätschengeschosse wie stählerne Dreschflegel in das erste französische Boot gefahren waren. Er konnte gerade noch aufsteigende weiße Gischt ausmachen und den jähen Lichtblitz einer explodierenden Laterne, ehe die Nacht alles wieder verhüllte.

»Nur ruhig Blut, Jungs!« schrie Hallowes. »Auswischen und nachladen!«

Bolitho neigte den Kopf und hörte jemanden schreien,

andere brüllend im Wasser um sich schlagen. Sie mußten mit ihrer Breitseite eines der Boote völlig vernichtet haben. Eine einsame Stimme brüllte Befehle.

»Die Boote verteilen sich, Sir«, flüsterte Bankart.

»Schade, daß sie nicht versuchen, ihre Kameraden zu retten«, grollte Okes. »Mit der nächsten Breitseite hätten wir sie dann erwischt.«

»Batterie klar zum Feuern, Sir!«

»Feuer!« Geschütz nach Geschütz brüllte auf, und die Männer husteten und würgten, als der Pulverdampf binnenbords geweht wurde. Bolitho griff nach seinem Verband. Durch ihn hindurch hatte er Licht gesehen. Nicht viel, eher wie Blitze hinter einem Vorhang. Aber immerhin etwas.

Musketenkugeln pfiffen über sie hinweg, einige trafen den Rumpf. Den vom Mündungsfeuer geblendeten Offizieren fiel es nun schwerer, die feindlichen Boote auszumachen.

»Was siehst du?« fragte Bolitho.

Bankart berichtete: »Eines läuft an Steuerbord direkt auf uns zu, Sir.«

Bolitho umklammerte seinen Degen so fest, daß der Schmerz ihn beruhigte. Er hörte, wie um ihn herum Männer flüsterten, Entermesser zischend gezogen wurden, wie man Piken an die Geschützbedienungen ausgab.

»Ziel auffassen!«

Wieder und wieder zerfetzten die Vierpfünder die Nacht, und ihre Geschosse peitschten das Wasser. Doch keines fand ein Ziel.

»Ich habe im Mündungsfeuer ein französisches Boot ganz nahe gesehen, Sir!« sagte Bankart aufgeregt.

Bolitho wandte den Kopf. Wo waren die anderen?

»Enterer abwehren!« Hallowes brüllte wie damals, als er mit Adam die *Argonaute* geentert hatte. »Drauf, Männer!«

Bolitho hörte das dumpfe Poltern der Draggen, Schreie,

die scheinbar zu seinen Füßen aufstiegen, das Klirren von Stahl und mehrere Schüsse. Ob von Freund oder Feind, konnte er nicht sagen.

Ein Mann prallte gegen ihn. Bankart zerrte Bolitho beiseite. »Zurück, Sir! Den hat's erwischt!«

»Nach Backbord, Jungs!« brüllte jemand.

Bolitho biß die Zähne zusammen, als um ihn herum weitere Kugeln einschlugen. Wie erwartet, hörte er ein Boot krachend gegen das Heck prallen. Die Schreie und Flüche der Enterer und Verteidiger steigerten sich noch, als sie mit Klingen, Äxten und Piken in den Nahkampf gingen; zum Nachladen war keine Zeit geblieben. Bolitho wurde erneut beiseitegestoßen, zwei Gestalten kämpften miteinander, während er sich ans Schanzkleid preßte. Er erwartete nun jeden Augenblick den Hieb oder Stich einer Klinge. Ein Mann schrie fast vor seinem Gesicht; er konnte sein Entsetzen, seinen Schmerz spüren, ehe ein gräßlich dumpfer Schlag ihn zum Schweigen brachte. Wie oft hatte Allday ihn so beschützt, einem Angreifer mit dem Entermesser den Schädel gespalten.

»Danke, Bankart«, sagte er.

Stayt keuchte: »Ich bin's, Sir. Sah aus, als wären Sie umzingelt.« In Hüfthöhe knallte eine Pistole, und Stayt sagte grimmig: »Da, du Dreckskerl!«

»Sie weichen zurück!«

Jemand stieß ein heiseres Hurra aus, und Bolitho hörte Männer polternd in ein Boot fallen und andere in dem Versuch, den wütenden Engländern zu entkommen, ins Wasser springen.

»Weg da, Trottel!« brüllte Okes. »Laß mich an die Drehbasse!«

Bolitho hörte Riemen schlagen und wußte, daß er nun direkt auf eines der französischen Boote hinabschauen konnte – wenn er Augen zum Sehen gehabt hätte.

Stayt zog ihn am Arm zurück. »Vorsicht!«

Die Drehbasse ging mit einem gewaltigen Knall los. Einen Sekundenbruchteil zuvor hatte Bolitho geglaubt, einen flehenden Schrei gehört zu haben, als ein Franzose erkannte, was Okes vorhatte.

»Da unten kann keine Seele mehr am Leben sein«, sagte Stayt leise. Bolitho, dem die Explosion noch in den Ohren klang, verstand ihn kaum.

Eine Pfeife schrillte, und er hörte Hallowes rufen: »Feuer einstellen!« Dann, mit fast brechender Stimme: »Gut gemacht, Jungs!«

»Wir haben ein paar Männer verloren«, berichtete Stayt. »Aber nicht zu viele.«

»Ruhe an Deck!«

Die jähe Stille war fast noch schlimmer. Bolitho hörte Verwundete stöhnen und schluchzen. Wie sollte ihnen ohne Schiffsarzt geholfen werden?

In der Ferne klatschten Ruder ins Wasser – es war also noch ein weiteres Boot dagewesen, vielleicht sogar mehrere. Ohne Sheaffes Warnung hätten die Franzosen den Kutter überrannt.

Suprèmes Leute brachen immer wieder in Hochrufe aus. Bolitho spürte, wie der Schmerz zurückkehrte, und hätte gern den Kopf in den Händen vergraben. Aber er ahnte, daß Stayt ihn beobachtete.

»Holen Sie bitte Leutnant Hallowes.« Er unterdrückte ein schmerzliches Aufstöhnen. »Wo ist Bankart?«

»Irgendwo«, erwiderte Stayt beiläufig. Mehr sagte er nicht.

Hallowes trat vor Bolitho hin. »Hier bin ich, Sir.«

Bolitho tastete nach seiner Schulter. »Das war tapfer.«

»Ohne meine Männer . . .« sagte Hallowes heiser.

Bolitho schüttelte ihn sanft. »Die Männer waren tapfer, weil sie Achtung vor Ihnen haben. Sie haben sie geführt, die Mannschaft folgte nur, wie sie es gelernt hat.«

Hallowes schwieg, und Bolitho wußte warum. Er lernte den Stolz und die Pein eines Befehlshabers kennen.

»Die Franzosen kommen bestimmt zurück«, sagte Hallowes.

»Heute nacht nicht mehr. Dank Sheaffe waren ihre Verluste zu hoch.«

Hallowes' Stimme klang, als grinse er. »Mit Verlaub, Sir, es war *Ihre* Idee.«

Bolitho schüttelte ihn an der Schulter, schien Körperkontakt zu brauchen. Ohne ihn fühlte er sich völlig abgeschnitten. »Rufen Sie ihn längsseits. Kann sein, daß wir dieses Boot brauchen.«

Stayt kehrte zurück und half Bolitho, sich sitzend gegen einen Niedergang zu lehnen. Alles redete durcheinander, Freunde suchten einander, andere saßen schweigend da und dachten an einen Kameraden, der gefallen oder schwer verwundet war.

Bolitho wußte, daß sie der Fregatte am nächsten Tag nicht würden standhalten können. Nachdem sie so blutig zurückgeschlagen worden waren, würden die Franzosen nun auf Rache aus sein und kein Pardon geben. Er spürte die anderen Offiziere in seiner Nähe. Was würde Hallowes tun?

»Was raten Sie, Sir?« fragte er.

Bolitho hielt sich die Hand vor die Augen, haßte den Anblick, den er bieten mußte.

»Wir müssen einen Ausbruchversuch wagen.«

Hallowes schien erleichtert. »Das wollte ich selbst vorschlagen, Sir.«

Seltsamerweise hatte Bolitho während dieses kurzen, heftigen Gefechts, bei dem er noch nicht einmal Zuschauer gewesen war, völlig die Orientierung verloren. Der Landvorsprung, das Kliff am anderen Ende der Bucht, die Felsenriffe – wo lagen sie?

»Mr. Okes . . .«

Okes rülpste, und Bolitho roch Rum. Der Mann hatte sich einen wohlverdienten Schluck genehmigt, wie Allday es nennen würde. Der Gedanke erinnerte ihn an Bankart. Wo war er geblieben? Inzwischen befand er sich wieder in der Nähe; er hatte seine Stimme mehrere Male gehört. Hatte er sich aus Feigheit verkrochen? Im Gefecht hatte jeder Angst. Er dachte an Allday und versuchte den Vorfall wie etwas Schmutziges zu verdrängen.

Okes schwatzte weiter. »Mit Ihrer Erlaubnis, Sir, lasse ich jetzt das zweite Boot holen. Wir könnten *Suprème* klarwarpen. Der Wind hat etwas rückgedreht, wenn auch nur wenig, aber unser Pachtstück braucht ja nicht viel.«

»Danke, Mr. Okes«, sagte Hallowes. »Bitte kümmern Sie sich darum.«

Okes ging davon, und Bolitho konnte sich seine dicken Beine in den weißen Strümpfen vorstellen. »Dieser Mann ist Gold wert«, bemerkte er.

»Die anderen sind fort, Sir«, sagte Stayt.

Bolitho lehnte sich zurück und versuchte den Schmerz zu ignorieren, an etwas zu denken, das ihn ablenkte. Aber es war ein hoffnungsloses Unterfangen. Der Schmerz wurde eher schlimmer, und Stayt merkte das. Er fragte leise: »Sollen wir mit den Franzosen verhandeln, Sir? Vielleicht kann ihr Schiffsarzt Ihnen helfen.«

Bolitho schüttelte heftig den Kopf.

»Ich mußte das erwähnen, Sir.« Stayt stand auf und lehnte sich ans Schanzkleid. »Vergeben Sie mir.«

Er dachte an Bolithos fanatische Entschlossenheit. Wenn der Mann nur schlafen und seinen Schmerzen entgehen könnte!

»Die beiden Boote kommen, Sir!« rief jemand.

Bolitho rührte sich und verlangte nach Stayts Hand. »Helfen Sie mir auf!«

Stayt seufzte. Vielleicht hielt Bolitho mit dieser Kraft

nicht nur sich, sondern auch die ganze Mannschaft zusammen.

Es war etwas Unwirkliches an der Art, wie die erschöpfte Mannschaft der *Suprême* sich anschickte, den Anker zu lichten. Bolitho blieb am Niedergang und versuchte, sich das Deck des Kutters vorzustellen. Unterhalb des langen Bugspriets lagen die beiden Schleppboote bereits in Position, bemannt mit den stärksten Seeleuten. Die Lotgasten flüsterten auf dem Vorschiff miteinander, und hinter sich hörte Bolitho Okes die Rudergänger vergattern, während Hallowes' Aufmerksamkeit den Segeln galt. Jemand fluchte, weil eine französische Kanonenkugel ein Loch ins Bramsegel gerissen hatte, durch das zwei Leute gepaßt hätten.

Er versuchte ruhig zu bleiben, als Männer sich an ihm vorbeidrängten, als existiere er nicht.

Ein Decksoffizier rief gedämpft: »Anker ist kurzstag, Sir!«

Bolitho fröstelte, als eine warme Brise die losen Taljen klappern und das Deck krängen ließ. Laut Hallowes lag der nächste Strand nur eine Kabellänge entfernt. Die Franzosen mußten dort Männer zurückgelassen haben und würden bald erraten, was Hallowes versuchte.

Okes sagte: »Klar bei Halsen und Schoten!«

»Hol dicht – fier weg!« rief Hallowes. »Noch zwei Männer an die Backbordbrassen!«

»Anker ist frei, Sir.«

Bolitho drehte den Kopf und versuchte, jedem neuen Geräusch ein Bild zuzuordnen. Der Anker wurde aufgeholt und gesichert, das Deck von losen oder gerissenen Leinen klariert. Fast die gesamte Besatzung war nun entweder in den Booten beschäftigt oder hielt sich bereit zu Segelmanövern. Wenn es zum Kampf kam, konnten sie von Glück sagen, wenn auch nur eine einzige Kanone rechtzeitig feuerte.

Okes zischte: »Abfallen, Junge!« Das Steuer knarrte, und Bolitho hörte das ungeduldige Killen eines Segels, an dem der Wind zupfte.

Ein Mann schrie schrill und eindringlich auf, doch seine Stimme klang erstickt, weit entfernt, und Bolitho begriff, daß es sich um einen der Schwerverwundeten unter Deck handelte. Der Schrei wurde höher, dünner, und Bolitho hörte einen Matrosen, der in seiner Nähe arbeitete, einen fürchterlichen Fluch ausstoßen, in dem er den Unbekannten drängte, doch endlich zu sterben und Ruhe zu geben. Der Schrei verstummte, als hätte der Verwundete die Verwünschung gehört. Zumindest für ihn war alles vorbei.

»Recht so!« Okes hob die Stimme, als der Kutter Fahrt aufnahm; die Riemen der beiden schleppenden Boote peitschten das Wasser wie Flügel. Nun mußten sich die Schlepptrossen aus dem Wasser heben und steifkommen. Sie hatten wieder Ruder im Schiff, und Okes' Stimme klang atemlos und zuversichtlich: »Gut gemacht, Jungs.«

»Wir müssen die erstbeste Durchfahrt nehmen, Sir.« Hallowes war neben ihn getreten.

Bolitho hatte ihn nicht kommen gehört.

»Ich habe Männer am Anker postiert, die ihn sofort werfen, wenn es Ärger gibt«, fuhr Hallowes fort und lachte in sich hinein. »Noch mehr Ärger.«

»Wie lange kann das dauern?« fragte Stayt.

»Bis wir frei sind«, versetzte Hallowes. Bolitho stellte sich vor, wie er unablässig in die Runde schaute, während sein Schiff qualvoll langsam vorankam. Die Pumpen knarrten. Bolitho vermutete, daß *Suprème* stark leckte.

»Fünf Faden!« rief der Lotgast.

Bolitho dachte an die Zeit, als er mit zwölf Jahren zum ersten Mal auf ein Schiff gekommen war. Wie der kleine Duncannon, dachte er, zu jung zum Sterben. Er konnte sich noch entsinnen, wie die Lotgasten im Nebel vor Land's End die Tiefe ausgesungen hatten. Die Marsstengen und nassen Segel des großen Linienschiffes *Manxman* waren von Deck aus schon nicht mehr zu erkennen gewesen.

»Sechs Faden!«

Der Kutter hatte mehr als genug Wasser unterm Kiel, auch wenn sich seine Bilgen allmählich füllten.

Die Franzosen wissen nun Bescheid, dachte Bolitho, können aber nicht viel unternehmen. Das Geräusch der Pumpen und die Rufe der Lotgasten würden *Suprèmes* Vorankommen verraten.

Stayt wartete, bis Hallowes nach achtern gegangen war, dann sagte er: »*Suprème* ist zwar klein, Sir, aber in diesen Gewässern kommt sie mir vor wie ein Ungetüm.«

Längsseits platschte es, und Bolitho wußte, daß der seinen Wunden erlegene Seemann ins Wasser geworfen worden war, ohne Gebet, ohne Zeremonie. Doch wenn sie das lebend überstehen sollten, würden die Männer an ihn denken, selbst jene, die ihn verflucht hatten, weil er nicht schnell genug gestorben war.

Bolitho hob die Hand an den Augenverband, als neue Schmerzen seine Willenskraft auf die Probe stellten. Sie kamen in Wellen. Wie lange konnte er das noch aushalten? Und was sollte er danach tun?

»Sieben Faden! Sandiger Grund!«

Sie hatten das Lotblei unten mit Talg präpariert, an dem der Sand haften blieb.

Hallowes sprach wieder mit Okes. »Sollen wir die Boote jetzt einnehmen und mehr Segel setzen, Mr. Okes?«

Die Antwort konnte Bolitho nicht verstehen, doch sie klang zweifelnd. Zum Glück war Hallowes klug genug, sich auf Okes' Können zu verlassen. »Gut, warten wir noch«, sagte er. Das Deck neigte sich leicht, und er fügte aufatmend hinzu: »Bei Gott, der Wind raumt! Zur Abwechslung haben wir mal Glück.«

Nach einer Stunde, die ihnen wie eine Ewigkeit vorkam, fiel die Gig zurück zum Zeichen, daß ihre Mannschaft abgelöst werden mußte. Die zurückkehrenden Matrosen waren völlig erschöpft und sanken wie tot aufs Deck. Als nächste kam die Jolle an die Reihe. Bolitho hörte Sheaffe mit dem einzigen Gehilfen des Masters sprechen. Dann kam er nach achtern und sagte: »Melde mich zurück, Sir.«

Das klang so förmlich nach allem, was der junge Mann vollbracht hatte, daß Bolitho seinen Schmerz und seine Verzweiflung vergaß.

»Großartige Leistung, Mr. Sheaffe. Wenn Sie nicht gewesen wären, hätte der Feind uns überrannt.« Er hörte, wie Sheaffe sich zähneklappernd ein Hemd überzog. »Ruhen Sie sich aus. Bald werden Sie wieder gebraucht.«

Sheaffe zögerte und setzte sich dann zu Bolitho aufs Deck.

»Störe ich Sie auch nicht, Sir?« fragte er.

Bolitho wandte sich ihm zu. »Ihre Gesellschaft ist mir willkommen.« Er lehnte sich an den Niedergang und versuchte, nicht an die nächste Schmerzwelle zu denken. Sheaffe hatte die Knie an die Brust gezogen und war im Nu eingeschlafen.

Später ging Bankart neben ihm in die Hocke und flüsterte: »Ich habe Wein für Sie, Sir.« Er wartete, bis Bolitho den Pokal gepackt hatte. »Mr. Okes schickt ihn.«

Bolitho nahm einen Schluck: starker, süßer Madeira. Er leerte den Pokal langsam, ließ sich vom Wein wärmen und stärken. Wann hatte er zuletzt etwas gegessen? Es mußte lange her sein. Vielleicht kam ihm der Madeira deshalb so stark vor. Er berührte sein Gesicht unter dem Verband. Mehrere Schnittwunden, geronnenes Blut. Außerdem hatte er dringend eine Rasur nötig. Aber darum würde sich Allday bald kümmern. Er war stark und mächtig wie eine Eiche und doch sanft wie ein Kind, wenn's darauf ankam. Bolitho und Keen hatten Grund, das nicht zu vergessen.

»Wie fühlt man sich, wenn man seinen Vater wiederfindet, Bankart?«

Die Frage schien dem Jungen peinlich zu sein. »Gut, Sir, wirklich gut. Meine Mutter wollte nie über ihn reden. Ich wußte aber, daß er bei der Marine war, Sir.«

»Haben Sie sich deshalb freiwillig gemeldet?«

Eine lange Pause. »Könnte man sagen, Sir.«

Bankart füllte den Pokal noch einmal, und als Sheaffe geweckt wurde, um in der Jolle wieder das Kommando zu übernehmen, war Bolitho umgesunken und schlief.

Okes verließ seine Rudergänger, trat zum Niedergang und blickte zufrieden auf den Vizeadmiral hinab.

»Schläft er endlich?« fragte Hallowes.

Okes putzte sich mit einem roten Taschentuch vernehmlich die Nase.

»Aye, Sir. Kein Wunder nach dem, was ich ihm in den Madeira getan habe.«

Bolitho spürte eine Hand auf seinem Arm und fuhr auf.

»Es dämmert, Sir«, sagte Stayt.

Bolitho faßte sich an den Verband, bemüht, sich seine Qualen nicht anmerken zu lassen. »Wie sehe ich aus?«

Stayts Stimme klang, als lächle er. »Ich habe Sie schon in besserer Verfassung erlebt, Sir.« Er nahm Bolithos Hand. »Hier ist eine Schüssel mit warmem Wasser und so was wie ein Handtuch.«

Bolitho nickte dankbar und beschämt zugleich, als er sich mit dem nassen Tuch übers Gesicht fuhr. Es war nur eine Kleinigkeit, aber sie rührte ihn.

»Sagen Sie mir, was sich tut.«

Stayt dachte nach. »Wir haben ungefähr eine Meile zurückgelegt, Sir.« Das klang weder verbittert noch überrascht. »Im Augenblick sind wir über einer Untiefe . . .« Er verstummte, als der Lotgast aussang: »Drei Faden!«

Bolitho vergaß seine Schmerzen und raffte sich auf. Nur drei Faden Wasser, und sie waren eine Meile von ihrem letzten Ankerplatz entfernt. Er spürte den Wind im Gesicht, als er den Kopf übers Schanzkleid hob, hörte das Klatschen der Riemen. Einer der Bootsführer gab den Takt an. Die Mannschaft muß völlig verausgabt sein, dachte er.

»Ist es schon hell?«

»Ich kann das Kliff sehen, Sir, und gerade eben den Horizont. Der Himmel sieht finster aus. Ich glaube, wir bekommen viel Wind.«

Hallowes rief: »Weckt die Freiwache! Wir setzen Segel.«

Das Deck hob sich in der Dünung, und Bolitho wurde die Kehle eng. Das offene Meer erwartete sie. Die knarrenden Pumpen, die zerfetzten Segel würden sie nicht behindern, wenn sie erst einmal Seeraum gewonnen hatten, Bewegungsfreiheit.

»Ruft die Boote zurück!« befahl Hallowes.

Pfeifen schrillten, und jemand stieß einen spöttischen Hochruf aus, als die Schleppleinen schlaff wurden und die Ruderer über den Riemen zusammensanken.

»Fünf Faden!« Männer hasteten an ihm vorbei, als erst das eine und dann das andere Boot an Bord gehievt wurde.

Der Kutter schien sich zu rühren, und Bolitho hätte gerne die Männer auf den Rahen auslegen gesehen. Hoch über ihm knallte laut ein Segel in der feuchten Luft.

»Untiefe Steuerbord voraus!«

»Pest und Teufel!« brüllte Hallowes. »Klar zum Ankern!«

Okes flüsterte rauh: »Lassen Sie das, Sir! Wir schwojen und laufen auf Grund, wenn wir ankern.«

Jetzt war Hallowes konfus. »Wenn Sie meinen?«

Doch Okes handelte bereits. »Einen Strich anluven! Recht so!« Er mußte die Hände an den Mund gelegt haben, denn seine Stimme dröhnte übers ganze Deck. »Hoch mit dem Klüver, Thomas.«

»Geht das schon wieder los?« Stayts Stimme klang gefährlich kühl. »Untiefen! Verflucht, ich kann sogar Brecher sehen!« Er fügte hinzu: »Verzeihung, Sir, aber ich bin so etwas nicht gewöhnt.«

Bolitho hob das Kinn, um nachzuprüfen, ob er durch den Verband Licht erkennen konnte. Doch alles blieb dunkel. »Ich auch nicht.«

»Ruder in Lee!« bellte Okes.

Bolitho hörte erschreckte Ausrufe, als die *Suprème* mit einem heftigen Ruck eine Sandbank berührte. Gerät rollte an Deck herum, und ein Vierpfünder bäumte sich auf seiner Lafette auf, als sei er plötzlich zum Leben erwacht. Das Schaben und Rucken schien eine Ewigkeit zu dauern, in deren Verlauf Okes seinen Rudergängern zuredete und hin und wieder den Decksoffizieren einen Befehl gab.

Dann hörte das Rütteln auf, sie schwammen wieder, und kurz darauf rief jemand: »Die Pumpen schaffen es noch, Sir!«

Durch die Zähne sagte Stayt: »Das war ein verdammtes Wunder. Eine Armlänge querab lagen Felsen, aber wir haben nur Sand berührt.«

»Vier Faden!« Der Lotgast mußte fast von seinem unsicheren Sitz geschleudert worden sein, dachte Bolitho. Doch sie waren durch.

»Marssegel los!«

Auf offener See konnte den Kutter trotz seines beschädigten Rumpfes kein anderes Schiff einholen.

Die Männer tauschten erleichterte Rufe. Für den Augenblick waren Angst und Gefahr vergessen. »Unser Arzt wird schon wissen, was für Ihre Augen zu tun ist«, sagte Stayt. »Sobald wir das Flaggschiff sichten . . .« Er brach ab. »Das kann doch nicht wahr sein!«

»Segel in Luv, Sir!«

Bolitho war fast dankbar, daß er ihre entsetzten Gesichter

nicht sehen mußte. Der französische Kommandant war nicht so leichtsinnig gewesen, hinter dem Landvorsprung zu warten, sondern war in der Nacht und während Hallowes' Männer sich an den Riemen abplagten, luvwärts zu dem Kliff, an dem er zuerst erschienen war, aufgekreuzt. Nun hatte er den Wind im Rücken und hielt rasch auf sie zu. Am Osthorizont, wo es dämmerte, waren nur seine vollgebraßten Marssegel sichtbar.

Bolitho mußte sich die Lage nicht erst von Stayt beschreiben lassen. Er erkannte ihre Hoffnungslosigkeit, als sähe er sie mit Hallowes' Augen. Nur eine Meile weiter, und sie hätten den Kanonen der Fregatte entkommen können. Doch nun lagen sie trotz der leicht veränderten Windrichtung noch immer vor einer Leeküste, und beide Schiffe liefen auf einen unsichtbaren Treffpunkt zu. Diesmal gab es kein Entkommen.

»Heißt Gefechtsflagge, Thomas!« rief Hallowes. »Kanonen laden und ausrennen!«

Als die Männer eilig gehorchten, wurde sich Bolitho der Stille bewußt: kein Gebrüll, keine Drohungen und ganz bestimmt keine Hochrufe. Die Männer, die dem sicheren Tod ins Auge sahen, arbeiteten zwar noch gut, waren aber im Geiste anderswo.

»Bankart!«

»Zur Stelle, Sir.«

»Geh unter Deck und hole mir Hut und Rock.«

Er mochte schmutzig und blutverschmiert sein, war aber immer noch ihr Admiral. Er konnte nicht zulassen, daß sie ihn schon jetzt geschlagen sahen.

Ein dreifaches Krachen. Die Fregatte hatte mit ihren Buggeschützen bereits das Feuer eröffnet. Aber die Kugeln warfen noch weit entfernt Fontänen auf.

Bolitho hörte Okes murmeln: »Werden Sie sich zum Kampf stellen, Sir?«

»Soll ich vielleicht die Flagge streichen?« Hallowes schien ganz ruhig. Oder war er schon jenseits aller Emotionen?

Weitere Schüsse ließen die Luft erzittern. Bolitho hörte eine Kugel diesmal in der Nähe einschlagen und Wassertropfen wie Schrot durch die Wanten prasseln.

»Einen Strich anluven, Mr. Okes!« Hallowes zog seinen Degen. Bolitho dachte an seinen und fragte sich, was aus ihm werden würde. Er beschloß, ihn ins Wasser zu werfen, wenn er noch genug Zeit und einen Funken Leben im Leib hatte.

Eine Serie von Explosionen ließ Stayt unterdrückt fluchen. Eine Kugel fetzte durch ein Segel und zertrennte ein Stag wie Nähgarn.

»Feuern in der Aufwärtsbewegung!«

»Wir haben noch keine Chance, Sir!« sagte Stayt heftig. »Diese Spielzeugkanonen tragen nicht weit genug!«

»Das ist eben Hallowes' Art«, versetzte Bolitho. »Es gibt keinen anderen Weg.«

»Feuer!«

Die Vierpfünder kamen im Rücklauf auf ihren Lafetten binnenbords, aber ihre Explosionen verhallten fast ungehört, als die Fregatte erneut feuerte. Das Deck bäumte sich auf, und Holzsplitter flogen über die geduckten Engländer hinweg.

Dann fuhr eine zweite Salve in die Takelage, und ein Mann fiel schreiend ins Meer. *Suprème* machte trotz des gerissenen Segels so viel Fahrt, daß er bald weit achteraus versank.

»Wie sieht's aus?«

»Es wird heller, Sir«, sagte Stayt tonlos. Weitere Kugeln schlugen dichtbei ins Meer, und eine traf mit einem Ruck, der durch das ganze Schiff ging, den Bug. Zerfetztes Gut segelte aus der Takelage herab oder baumelte von den Rahen wie schäbige Banner.

Die Stückmannschaften schauten nicht nach oben, sondern wischten aus, rammten frische Ladungen in die Rohre, schoben Ladepröpfe ein – taten, was sie gelernt hatten.

Weitere Kugeln trafen den Rumpf. »Viel kann sie nicht mehr einstecken«, sagte Bolitho.

»Schiff in Luv, Sir!«

Männer reagierten verständnislos, waren bei dem ohrenbetäubenden Lärm unfähig, die Lage einzuschätzen.

»Es ist die *Rapid,* Sir!« Stayt schüttelte Bolitho am Arm. »Sie kommt gerade in die Sonne und hat ein Signal gesetzt! Bei Gott, das Geschwader muß hinter der Kimm sein!«

Weitere Treffer erschütterten das Deck, Männer schrien auf, als sie von Splittern niedergemäht wurden. Aber jemand rief: »Der Franzose dreht ab! Die Kerle laufen weg! Denen haben Sie's gezeigt, Käpt'n!«

Doch Stayt sagte bitter: »Hallowes hat's erwischt, Sir.« Er nahm Bolithos Arm. »Bei dieser letzten verdammten Breitseite.«

»Führen Sie mich zu ihm.«

Die Matrosen verfielen in Schweigen, als ihr blinder Admiral zu Hallowes geleitet wurde, den Okes und der Steuermannsgehilfe festhielten.

»Wie schlimm steht es?« murmelte Bolitho.

Stayt schluckte. »Beide Beine weggerissen, Sir.«

Bolitho stand nun neben Hallowes.

Hallowes sagte fest: »Ich habe nicht gestrichen. Nur eine kleine Chance ...« Er verstummte und schrie dann auf: »Helft mir!« Aber der Tod war schneller.

Bolitho hatte seine Hand gehalten und spürte, wie das Leben aus ihr wich. Jetzt legte er sie aufs Deck und sagte: »Nur eine kleine Chance, und er hat sie genutzt. Daran läßt sich der Mut dieses Mannes ermessen.« Man half ihm auf und drehte ihn, bis er Okes gegenüberstand.

»Die *Suprême* gehört jetzt Ihnen, Mr. Okes. Sie haben sie mehr als verdient. Ich werde dafür sorgen, daß Ihre Beförderung bestätigt wird, und wenn das mein letzter Befehl sein sollte.«

»*Rapid* dreht bei, Sir«, meldete Stayt.

Doch das gehörte irgendwie nicht hierher. Hier gab es nur diesen Augenblick und den Schmerz des Verlustes.

»Führen Sie das Schiff gut.«

»Das werde ich, Sir. Aber ich habe nicht gewollt, nicht erwartet . . .«

Bolitho bemühte sich um ein Lächeln. »Es ist Ihre Chance, Mr. Okes. Ergreifen Sie sie.« Wieder bohrte sich der Schmerz in seine Augen, aber Bolitho zwang sich weiterzusprechen, da er wußte, daß er von allen beobachtet wurde. »Keine Sorge, Mr. Okes. *Suprême* hat einen vorzüglichen neuen Kommandanten und wird wieder kämpfen.«

Okes starrte dem blinden Admiral nach, der von Stayt und Sheaffe ans Schanzkleid geführt wurde.

Dann sagte er mit gebrochener Stimme: »Aye, und Sie auch, Sir, so Gott will.«

VIII Noch brennt das Feuer

Als die Ankertrosse der *Argonaute* steifkam, setzten die Männer bereits die Boote aus, während aus anderen ein Landungstrupp gebildet wurde. Auch *Icarus* war vor Anker gegangen. Selbst ohne Teleskop konnte Keen die Geschäftigkeit auf ihrem Deck sehen.

Die Insel sieht so friedlich aus, dachte er. Da die Sonne in einer Stunde untergehen würde, wollte er bald ein Landungskommando der Royal Marines zusammen mit einer Truppe von Houstons Schiff an Land setzen für den Fall, daß dort noch Franzosen waren.

Er nahm den Hut ab und rieb sich die Stirn. Konnte sich an einem einzigen Tag so viel ereignen?

Er schaute hinüber zu der verankerten Brigg *Rapid,* an der mit Schlagseite der Kutter vertäut lag.

Warum hatte er *Rapid* losgeschickt, Bolitho zu suchen? Hatte ihm sein Instinkt das befohlen, hatte er die Gefahr gespürt? Es wäre fast zu spät gewesen. Als man ihm die Szene beschrieb, sah er ihren jungen Kommandanten vor sich. Die Fregatte hatte in dem Augenblick abgedreht, in dem es nur noch eine weitere Breitseite gebraucht hätte, um ihr Zerstörungswerk zu vollenden. Aber Quarrell hatte schlicht erklärt: »Da ich den Kampf mit dem überlegenen Feind nicht aufnehmen konnte, setzte ich – wie früher einmal Sir Richard – das Signal ›Feind in Sicht‹. Der Franzmann nahm an, das Geschwader folge mir auf dem Fuße, und verzog sich. Und das war gut so, denn andernfalls lägen *Suprème* und mein eigenes Schiff jetzt auf dem Grund.« Seine Stimme wurde härter. »Ich hätte genausowenig wie der arme Hallowes unter den Augen unseres Admirals die Flagge gestrichen.«

Keen erinnerte sich an sein Erschrecken, als Bolitho auf einem Bootsmannsstuhl an Bord gehievt wurde. Das ganze Schiff hatte den Atem angehalten, oder so war es ihm zumindest vorgekommen. Er hatte auf ihn zulaufen, ihn umarmen wollen, spürte aber im letzten Augenblick, daß Bolitho ohnehin an dieser Rückkehr fast zerbrach.

Der Empfang fiel Allday zu, der an den Seesoldaten und zuschauenden Offizieren vorbeiging, Bolitho am Ellbogen nahm und fast unbeschwert sagte: »Willkommen an Bord, Sir. Wir haben uns ein bißchen gesorgt, aber jetzt, wo Sie wieder da sind, ist ja alles in Ordnung.«

Doch als die beiden an ihm vorbeigingen, hatte Keen gesehen, daß Allday nur schauspielerte.

Den ganzen Tag über waren die Boote mit Trinkwasserfässern zwischen den Schiffen und dem Land hin- und hergefahren, und die Ärzte des Geschwaders hatten auf der *Suprème* ihr möglichstes getan.

Keen packte das Finknetz und starrte auf die streifigen, korallenroten Wolken. Flaute, Sturm und heller Sonnenschein: das Mittelmeerwetter war, als würden ständig die Seiten eines Buches umgeblättert.

Paget trat zu ihm und legte grüßend die Hand an den Hut. »Sollen wir Sonnensegel aufriggen, Sir?«

»Nein. Wir nehmen morgen gleich bei Sonnenaufgang das letzte Wasser an Bord. Ich will, nein, ich muß so schnell wie möglich von hier weg. Ich spüre in den Knochen, daß sich etwas zusammenbraut.«

Paget musterte ihn zweifelnd, wählte aber seine Worte mit Bedacht. Fast jeder wußte, wie Keen zu Bolitho stand.

»Die Verletzung scheint ernst zu sein, Sir«, sagte er. »Wenn er blind bleibt . . .«

Keen fuhr zornig zu ihm herum. »Verflucht, wie wollen Sie das wissen?« Doch er lenkte ebenso schnell wieder ein. »Das war unverzeihlich, bedaure. Wir müssen uns der Realität stellen. Sobald *Suprème* wieder klar ist, werde ich sie nach Malta schicken. Dort kann man ihre Verwundeten besser versorgen. Und ich werde dem Admiral auf diese Weise Meldung erstatten.« Er warf einen kurzen Blick in Pagets ausdrucksloses Gesicht. *Er fragt sich, ob ich auch Zenoria nach Malta schicke.*

Doch Paget sagte nur: »Es ist ein harter Schlag.«

Keen wandte sich ab. »Rufen Sie mich, wenn die Seesoldaten bereit zum Übersetzen sind.« Er eilte an dem reglosen Wachtposten vorbei nach achtern.

Die Szene in der Kajüte glich einem Gruppenbild: Stayt, noch immer in seinem fleckigen Rock, saß auf der Heckbank und hielt ein volles Weinglas in der Hand. Ozzard polierte überflüssigerweise den Tisch, und Allday stand ganz still da und musterte den alten Degen, der wieder in seinem Halter hing. Yovell hockte zusammengesunken an Bolithos Kartentisch.

Keen schaute hinüber zum Schlafraum und dachte an Zenoria, die dort Tuson half. Der Arzt hattc sie darum gebeten.

»Neuigkeiten?« fragte Keen.

Stayt machte Anstalten, sich zu erheben, aber Keen winkte ab. Der Flaggleutnant erwiderte erschöpft: »Der Verband ist gewechselt worden. Der Admiral hat nicht nur Sand, sondern auch Splitter in den Augen.« Er seufzte. »Ich befürchte das Schlimmste.«

Keen nahm von Ozzard ein Glas entgegen, das er rasch leerte. Er war so besorgt, daß er nicht einmal merkte, was er trank. Die Entscheidung lag nun bei ihm. Die anderen Kommandanten würden gehorchen, aber ob sie ihm auch vertrauten, war eine andere Frage. Es mochte eine Ewigkeit dauern, bis *Suprème* Malta erreichte oder sie wieder zu den anderen Schiffen des Geschwaders stießen. Wie lange konnte Bolitho an Bord bleiben? Ihn nach Malta zu schikken, hätte den Verlust eines weiteren Schiffes bedeutet. Eine brutale Tatsache, aber eine, auf die Bolitho selbst als erster hingewiesen hätte.

»Offizier der Wache, Sir!« rief der Posten gedämpft.

Ein Leutnant blieb in der Tür stehen. »Empfehlung des Ersten Offiziers, Sir, und die Boote sind bereit. Signal von *Icarus:* ›Erbitte Erlaubnis zum Anfangen‹.«

Normalerweise hätte Keen nur gelächelt. Kapitän Houston war immer bemüht, dem Flaggschiff eine Nasenlänge voraus zu sein. Diesmal war es anders. »Signal an *Icarus:* Befehl abwarten!« Er sah den Leutnant zusammenzucken und versuchte es noch einmal. »Tut mir leid, Mr. Phipps. Meine Empfehlungen an den Ersten Offizier. Ich komme gleich an Deck.«

Der junge Leutnant war auf Keens *Achates* Midshipman

gewesen. Keen betrachtete ihn traurig. »Ja, Leutnant Hallowes ist nun leider gefallen. Doch er starb tapfer, wie man mir versicherte. Ich weiß, daß Sie mit ihm befreudet waren.«

Phipps entfernte sich. Man merkte ihm an, daß er noch zu jung war, um Trauer mit einem Achselzucken abzutun.

»Kinder, alles Kinder.« Keen erkannte, daß er laut gesprochen hatte. »Ich komme zurück, wenn die Boote abgelegt haben. Verständigen Sie mich, wenn Sie vorher etwas hören.«

Stayt stand auf und ging zur Tür. »Das gilt auch für mich.«

Allday drehte sich langsam um und schaute seine Kameraden an. »Ich hätte bei ihm sein sollen.«

Yovell setzte die Brille ab. »Sie hätten es auch nicht verhindern können.«

Allday hörte ihn nicht. »An seiner Seite hätte ich sein sollen, wie immer. Das muß mir der Junge noch erklären.«

Ozzard schwieg, polierte aber um so heftiger.

Yovell bot Allday einen Schluck Rum an.

Allday schüttelte den Kopf. »Erst, wenn es vorbei ist. Dann sauf' ich ein ganzes Faß aus.«

Bolitho lag sehr still, die Arme an die Seiten gepreßt, in seiner Koje. Jeder Muskel seines Körpers schien angespannt zu sein.

Wie lange schon? Alle Eindrücke überlappten einander: der Kutter, die Klagen der Verwundeten, dann der Augenblick, als er in ein Boot getragen wurde und eine vertraute Stimme sagen hörte: »Aufpassen da!«

Was mußte er für ein Anblick gewesen sein! Dann weitere Hände, teils sanft, teils grob, als er in einen Bootsmannsstuhl gehoben und wie Fracht an der Bordwand hochgezogen wurde.

Tuson hatte ihn nur angesprochen, um sich zu erkennen zu geben, und dann sofort mit der Untersuchung begonnen.

Man schnitt ihm die Kleider vom Leib, tupfte ihm Gesicht und Hals ab, und dann wurde eine Flüssigkeit aufgetragen, die in den Wunden höllisch brannte.

Den Verband nahm Tuson zuletzt ab. Bolitho spürte, wie er mit einer Schere behutsam aufgeschnitten wurde.

»Wie spät ist es?« fragte er.

»Bitte unterlassen Sie das Reden«, sagte der Arzt streng.

»Halten Sie diesen Spiegel«, befahl er jemandem. »So ist's recht. Wenn ich Ihnen Bescheid sage, lassen Sie ihn das Sonnenlicht vom Bullauge reflektieren.«

Erst jetzt begriff Bolitho, daß Zenoria Tusons Helfer war. Er wollte Einspruch erheben, doch ihre überraschend kühle Hand berührte seine Wange. »Nur ruhig, Sir. Sie sind nicht der erste Mann, den ich zu Gesicht bekomme.«

Der Verband wurde gelöst, und Bolitho hätte fast aufgeschrien, als Tusons kräftige Finger seine Augen abtasteten und die Lider hochschoben. »Sie tun ihm ja weh!« hörte er Zenoria protestieren.

»Das geht leider nicht anders. Und jetzt den Spiegel, bitte!«

Bolitho rann der Schweiß über Brust und Schenkel, als läge er im Fieber. Der Schmerz schien ihm die Augen aus den Höhlen zu treiben. Das Ganze war ein wirrer Alptraum, unterbrochen vom Stochern eines Instruments. Jemand hielt seinen Kopf wie ein Schraubstock, als die Tortur weiterging. Bolitho versuchte zu blinzeln, spürte aber keine Bewegung seiner Lider. Doch er sah Licht, einen rötlichen Schein und Schatten, die Menschen sein mußten.

»Das reicht«, sagte Tuson. Der Schein verblaßte, als der Spiegel wohl entfernt wurde. Dann legte der Arzt vorsichtig einen neuen Verband an; er war weich und feucht und wirkte nach der schmerzhaften Untersuchung lindernd.

Seitdem waren mehrere Stunden vergangen. Noch zweimal war der Verband gewechselt und eine ölige Flüssigkeit aufgetragen worden, die anfangs seine Augen ärger brennen ließ als zuvor. Doch dann hatten die Schmerzen nachgelassen.

Als er sich bei Tuson nach der Flüssigkeit erkundigte, sagte der nur: »Ach, die kam mir in Westindien in die Quere. Ist in solchen Fällen ganz nützlich.«

Bolitho lauschte der Stimme des Mädchens. Sie erinnerte ihn an Falmouth, und bei diesem Gedanken schmerzten seine Augen wieder.

»Ich verstehe nicht, wie Sie bei diesem Licht arbeiten können, Sir«, sagte sie.

»Hier habe ich viel bessere Bedingungen, als ich gewöhnt bin«, versetzte der Arzt und legte Bolitho eine Hand auf den Arm. »Sie sollten jetzt schlafen.« Ein Laken wurde über Bolithos Blöße gezogen, und Tuson fügte hinzu: »Wie ich sehe, haben Sie für König und Vaterland ein paar ehrenvolle Narben erworben, Sir.«

Zu Zenoria sagte er: »So, und Sie nehmen jetzt besser etwas zu sich.«

»Aber rufen Sie mich, wenn Sie mich brauchen, Sir.«

Bolitho hob einen Arm und wandte den Kopf zur Tür. Sie kam zurück und griff nach seiner Hand. »Sir?«

Bolitho erkannte seine eigene Stimme kaum. »Ich wollte Ihnen nur danken . . .«

Sie drückte seine Hand. »Nach allem, was Sie für *mich* getan haben?«

Sie schien die Kajüte fluchtartig zu verlassen. »Ein prächtiges Mädchen«, sagte Tuson ernst.

Bolitho legte sich zurück. »Nun?«

»Noch läßt sich nichts Genaues sagen, Sir. Beide Augen sind verletzt, und eine Prognose kann ich erst geben, wenn die Wunden verheilt sind.«

»Werde ich wieder sehen können?« beharrte Bolitho.

Tuson ging um die Koje herum. Er muß durch eine offene

Stückpforte schauen, dachte Bolitho, denn seine Stimme klingt erstickt.

»Am ärgsten hat's das linke Auge erwischt«, sagte Tuson. »Es waren Sand und Metallfragmente darin. An der Wange hat Sie ein Splitter gestreift – etwas höher, und wir bräuchten uns um das Auge keine Sorgen mehr zu machen.«

»Aha.« Bolitho entspannte sich. Es war leichter, wenn man die Wahrheit erfuhr, die unausweichlichen Tatsachen. *Er hält den Fall für hoffnungslos.* »Ich muß sofort mit meinem Flaggkapitän sprechen«, sagte er.

Tuson rührte sich nicht. »Er ist beschäftigt, Sir. Das kann warten.«

»Sie *wagen* es, mir zu sagen, was warten kann und was nicht?«

Tuson legte ihm wieder die Hand auf den Arm. »Das ist meine Pflicht, Sir.«

Bolitho bedeckte die Hand des Arztes mit seiner. »Sie haben recht. Entschuldigung.«

»Schon gut. Jeder Mensch ist anders. Einmal nahm ich einem Matrosen ein Bein ab, und der Mann gab keinen Ton von sich. Danach bedankte er sich bei mir, weil ich ihm das Leben gerettet hatte. Ein anderer wünschte mich zur Hölle, als ich ihm nach einem Sturz aus der Takelage eine Kopfwunde nähte. Ich habe schon alles gesehen und gehört, glaube ich manchmal.« Er gähnte. »Warum tun wir das? Warum tun *Sie* das, Sir Richard? Sie haben soviel für Ihr Land geopfert. Jahrein, jahraus auf See – Sie müssen doch wissen, welche Konsequenzen das hat. Die Quittung bekommen wir mit einer Unvermeidlichkeit, die nicht ignoriert werden kann.«

»Den Tod?«

»Es gibt Schlimmeres als den Tod«, erwiderte Tuson. »Aber ich gehe jetzt, Sir. Es scheint, Ihr Flaggkapitän ist ohnehin schon da.«

Bolitho versuchte, seine Verzweiflung in die Finsternis abzudrängen, als Keen sich neben die Koje setzte und fragte: »Wie geht's, Sir?«

»Ich habe ein wenig Licht sehen können, Val. Die Schmerzen haben nachgelassen, und wenn ich erst rasiert bin, fühle ich mich bestimmt wieder menschlich.«

»Dem Himmel sei Dank«, sagte Keen.

Bolitho tastete nach seinem Arm. »Dank auch Ihnen, Val, denn Sie haben uns alle gerettet.« Er ballte die andere Hand zur Faust. »Sagen Sie mir, was oben geschieht.«

Als Tuson zurückkehrte, fand er sie ins Gespräch vertieft. »Das muß ein Ende haben, Gentlemen!« sagte er streng.

Bolitho hob die Hand. »Moment noch, Sie unduldsamer Knochenbrecher!« Zu Keen sagte er: »Gut, Sie nehmen also das restliche Trinkwasser an Bord, und anschließend bringen wir so rasch wie möglich das Geschwader wieder zusammen. Jobert versucht, unsere Kräfte zu zerstreuen. Ich bin mit Ihnen einig, daß es Zeit für den nächsten Schachzug ist. Schicken Sie mir Yovell.« Er hörte Tuson mißbilligend schnalzen. »Ich gebe *Suprême* einen eigenen Bericht mit.«

Bolitho legte den Kopf aufs Kissen und versuchte, unter dem Verband die Augenlider zu bewegen. Er konnte Keen und den Arzt vor der Tür flüstern hören und hatte plötzlich das Bedürfnis, aufzustehen, an Deck zu gehen und so zu tun, als sei nichts geschehen.

»Wird er denn wirklich genesen?« fragte Keen.

»Das kann ich noch nicht sagen. Eigentlich hätte ich den Fall für hoffnungslos gehalten, aber bei ihm kann man nicht sicher sein.« Tuson schüttelte den Kopf. »Es hat den Anschein, als ließe er sich von nichts bremsen.«

Keen sah Allday mit einer Schüssel und einem Rasiermesser kommen und verabschiedete sich. Draußen zögerte er vor der kleinen Kabine mit dem rotberockten Wachtposten. Dann klopfte er und trat auf ihren Ruf hin ein.

Zenoria saß auf der großen Truhe, hielt das Kleid von dem Händler aus Genua im Schoß und erfüllte den Raum mit Licht. Sie schaute ihn an und sagte leise: »Das ist ein herrliches Kleid. Du bist sehr gut zu mir.«

Sie legte das Kleid sorgfältig über die Truhe und stand auf. Sie hatte geweint. Um sie beide, um Bolitho? Keen wußte es nicht. »Du hast so viel für mich getan, und ich kann dir gar nichts geben«, sagte sie.

Dann wandte sie sich abrupt ab, und als sie sich wieder zu ihm umdrehte, sah er, daß sie ihr Hemd bis zur Taille aufgeknöpft hatte. Zielbewußt griff sie nach seiner Hand, schob sie unter das Hemd und drückte sie auf ihre Brust. Dabei schaute sie ihm fast trotzig in die Augen.

Keen rührte sich nicht, er spürte nur, wie der warme Hügel unter seiner Hand brannte, ihn verzehrte.

Sie senkte den Kopf und sagte leise: »Es ist mein Herz. Das habe ich dir zu geben. Es ist dein, solange du willst.«

Langsam zog sie seine Hand fort und schloß ihr Hemd.

Jemand schrie von der Poop, Tritte polterten über eine Leiter. Doch sie blieben noch ein paar Sekunden reglos stehen.

»Ich muß fort«, sagte er dann. »Man darf uns so nicht sehen.« Er beugte sich vor und küßte sie leicht auf die Stirn. »Ich liebe dich«, sagte er.

Noch lange Zeit, nachdem er gegangen war, starrte Zenoria die geschlossene Tür an und hielt die Hand über die Brust, die er berührt hatte.

Dann sagte sie leise: »Und ich liebe dich auch.«

Am zweiten Tag hatten die Schiffe alles Trinkwasser an Bord und ließen, vor einem frischen Südwestwind segelnd, die Inseln bald achteraus liegen.

Keen hatte zugesehen, wie *Suprème* mit eilends geflickten

Segeln und noch immer arbeitenden Pumpen ihren Ankerplatz verließ und aufs offene Meer hielt. Auf der Insel waren mehrere ihrer Besatzungsmitglieder begraben worden, darunter Leutnant Hallowes. Ein trauriger Abschied.

Am fünften Tag segelte das Geschwader mit *Rapid* an der Spitze in den Golfe du Lion.

Keen ging gedankenverloren auf dem Achterdeck auf und ab, als der Toppgast ein Schiff meldete, das bald als die *Barracouta* identifiziert wurde; nun war der Verband wieder komplett.

Es war auch ein besonderer Tag für Bolitho. Er saß in seinem Sessel mit der hohen Rückenlehne und atmete tief, als Ozzard ein Heckfenster öffnete und Twigg ihm einen Becher Kaffee in die Hand gab.

Bolitho lauschte der See und dem Knarren des Ruders. Auf dem Schiff ging es lebhaft zu. Er hörte Allday mit Yovell reden und Ozzard geschäftig umhereilen. Alle waren so guter Laune. Glaubten sie etwa, sie könnten ihm etwas vormachen?

Er hörte Tuson in die Kajüte treten, begleitet von Zenoria, die er am leisen Schritt ihrer bloßen Füße erkannte.

Tuson stellte seine Tasche ab und sagte: »Wir brauchen viel Licht heute.«

Bolitho nickte. »Wir haben ein Schiff gesichtet, nicht wahr?«

Tuson grunzte. »Die *Barracouta,* Sir.«

Bolitho versuchte, sich seine Bestürzung nicht anmerken zu lassen. Keen war nicht gekommen, um ihm das zu melden. Selbst er hatte ihn schon abgeschrieben.

»So.« Tuson lüftete den Verband ein wenig und begann ihn aufzuwickeln. »Schließen Sie die Augen, bis ich sie gebadet habe.« Er atmete schwer, konzentrierte sich so, daß es fast körperlich spürbar war. Jetzt war der Verband ganz fort, und Bolitho wurde sich der Stille bewußt. Mit einem warmen Bausch wurden ihm die Augen abgetupft, und einen Augenblick durchfuhr ihn stechender Schmerz.

Tuson sah ihn zurückzucken und sagte: »Gleich kann ich Ihnen sagen . . .«

Bolitho streckte die Hand aus. »Zenoria? Sind Sie da?« Er spürte, wie sie seine Hand ergriff.

»Als erstes möchte ich Sie sehen, nicht diese häßlichen Gestalten da!«

Sie lachte, aber er spürte ihre Sorge.

»Öffnen Sie bitte die Augen, Sir«, meinte Tuson ausdruckslos.

Bolitho berührte erst sein linkes, dann sein rechtes Auge und hielt dabei ihre Hand so fest, daß es ihr wehtun mußte. Er biß die Zähne zusammen, versuchte es, bekam aber plötzlich Angst.

»Versuchen Sie es noch einmal«, sagte Tuson.

Bolitho entrang sich ein Aufstöhnen, als er die Lider öffnete. Es war, als wären sie vernäht gewesen und würden nun aufgerissen. Verschwommene, verzerrte Schemen bewegten sich vor den Heckfenstern, es gab auch Schatten, aber vor allem sah er Licht.

Tuson drückte ihm mit einem neuen Bausch Flüssigkeit in die Augen. Das brannte, aber Bolitho sah jetzt das blasse, ovale Gesicht des Mädchens, den karierten Bodenbelag, etwas Glänzendes. Er wandte den Kopf, versuchte verzweifelt, einen bekannten Gegenstand zu identifizieren.

Tuson schien hinter dem Sessel zu stehen. Er legte eine Hand über Bolithos linkes Auge. »Wie geht das?«

»Sehr klar sehe ich noch nicht«, sagte Bolitho.

»Sie werden noch Schmerzen haben, die das Bad aber bald lindern wird. Nun schauen Sie bitte das Mädchen an, Sir.«

Bolitho spürte, daß die anderen ihn beobachteten, sich nicht zu rühren wagten. Er verzog die Lippen zu einem

Lächeln. »Mit Vergnügen.« Sie errötete unter seinem einäugigen Starren, bedankte sich aber für das Kompliment. »Mein Flaggkapitän ist ein beneidenswerter Mann«, flüsterte er.

Tuson legte die Hand über sein rechtes Auge und sagte unbarmherzig: »Nun versuchen Sie es mit dem linken.«

Bolitho blinzelte und sah Alldays Goldknöpfe und die beiden Degen am Schott.

Er flüsterte: »Allday, alter Freund, ich . . .« Er fuhr sich übers Gesicht, als wolle er Spinnweben entfernen. Ein Schatten schien Allday zu verdecken.

Bolitho wandte sich verzweifelt wieder dem Mädchen zu. Er sah ihre Augen, den Mund, aber dann legte sich der Schatten über sie, und sie schien zurückzuweichen, obwohl er ihre Hände hielt und wußte, daß sie sich nicht bewegt hatte.

»Den Verband!« sagte Tuson knapp. Er beugte sich über Bolitho. »Das war erst der Anfang, Sir.«

Er hatte zuerst das rechte Auge geprüft, um ihm Hoffnung zu machen, denn er wußte, daß das andere viel schwerer geschädigt war.

Bolitho war vor Enttäuschung so erschöpft, daß er sich widerstandslos den Verband anlegen ließ.

Eine Tür ging auf, und er hörte Keen fragen: »Nun, wie sieht's aus?«

»Besser, als ich zu hoffen gewagt hatte«, erwiderte Tuson.

»Blind auf einem Auge, Val, und das andere ist nicht gerade gesund«, ließ sich Bolitho vernehmen.

»Ich gehe jetzt besser, Sir«, sagte Zenoria.

Bolitho streckte die Hand aus. »Bitte bleiben Sie.«

»Das Geschwader ist komplett, Sir«, sagte Keen. Das klang niedergeschlagen. »Ich melde mich stündlich bei Ihnen.«

Bolitho hielt die Hand des Mädchens wie eine Rettungsleine. Er lehnte sich im Sessel zurück und sagte: »Wenn das Wetter es zuläßt, Val, möchte ich alle Kommandanten morgen hier bei mir sehen. Bitten Sie aber erst *Barracouta,* Inchs Meldung sofort zu übermitteln.«

Er hatte erwartet, daß Keen oder Tuson Einspruch erheben würden; ihr Schweigen sagte ihm mehr als jedes Wort.

Türen öffneten und schlossen sich. Bolitho fragte: »Sind wir allein?«

»Ja, Sir.«

Bolitho streckte die Hand aus und berührte ihr Haar. Er mußte mit seinen Kommandanten sprechen. Sie brauchten einen Admiral, der führte, nicht verzweifelte. Jobert würde jede Schwäche als Waffe gegen ihn benutzen.

Er spürte, wie sie sich bewegte, und sagte leise: »Nicht weinen, Mädchen, du hast schon zu viele Tränen vergossen.« Er streichelte weiter ihr Haar und sah nicht das Mitleid in ihren Augen. »Hilf mir, damit meine Bande morgen einen Vizeadmiral vorfindet und keinen hilflosen Krüppel.«

Später, als ein Boot Inchs Meldung zum Flaggschiff gebracht hatte und Keen damit in die Achterkajüte trat, fand er Bolitho immer noch im Sessel sitzen. Zenoria war zu seinen Füßen eingeschlafen.

»Freut mich, daß sie Ihnen Gesellschaft leistet, Sir«, sagte Keen.

Bolitho berührte ihr Haar, aber sie regte sich nicht. »Sie verstehen das doch, Val, oder? Ich brauche ihre Gegenwart, ihre Stimme. Ich bin zu sehr an Männer gewöhnt, an die Härten des Krieges.«

Keen ließ ihn reden. Bolitho strich dem Mädchen unablässig über das lange Haar und fuhr fort: »Wenn der Tag gekommen ist, an dem Sie Ihre eigene Flagge hissen, lassen Sie sich von nichts ablenken. Ich selbst gab die persönlichen Kontakte nur widerwillig auf, als ich Admiral wurde. Ich wollte Teil des Schiffes sein, das meine Flagge führte, Gesichter und Namen behalten, *Menschen,* nicht bloße Besatzungsmitglieder. Aber weil ich keine Distanz wahren konnte, bin ich dafür verantwortlich, daß Männer gestorben sind und *Suprème* praktisch verloren ist.«

»So dürfen Sie nicht denken, Sir.«

»Val, wenn Sie erst Admiral sind, vergessen Sie die Menschen!« Bolitho sagte das so laut, daß Zenoria erwachte und erst ihn und dann Keen fragend anstarrte. »Aber *ich* bringe das nicht fertig!« Bolithos Zorn war verflogen, er senkte den Kopf. »Und das zerreißt mich innerlich.«

Bolitho ergriff die Hand des Mädchens. »Gehen Sie jetzt. Aber besuchen Sie mich wieder.« Er hob ihre Hand an seine Lippen.

Die Tür wurde geschlossen, und Bolitho hörte, wie Allday Zenoria zu ihrer Kajüte begleitete.

Keen wartete und kam sich überflüssig vor, weil er nicht helfen konnte. »Öffnen Sie Inchs Bericht, Val«, sagte Bolitho. »Wir haben viel zu tun.«

Am nächsten Morgen lagen die Schiffe beigedreht, und die Kommandanten kamen wie befohlen an Bord der *Argonaute* zusammen.

Bolitho saß in seiner Kajüte vorm Spiegel und war bemüht, seine Gedanken zu sammeln. Er konnte nicht akzeptieren, was ihm zugestoßen war, hatte sich aber tausendmal geschworen, sich davon nicht unterkriegen zu lassen.

Er hörte das Schrillen der Bootsmannspfeifen, als der letzte Kommandant von der Ehrenwache an Bord begrüßt wurde, und kam sich mehr wie ein Schauspieler vor seinem Auftritt vor. War diese Besprechung überhaupt nötig? Oder wollte er seinen Kommandanten nur etwas demonstrieren? Irgendwie fühlte er sich aber wirklich besser, und nicht nur, weil er ein frisches, sauberes Hemd trug und sich unter Alldays Aufsicht vorsichtig gewaschen hatte.

»Sind Sie bereit, Sir?« Tuson schien immer zur Stelle zu sein.

Bolitho packte seine Knie und antwortete: »Aye.«

Der Verband über seinem rechten Auge wurde abgenommen, der inzwischen vertraute Bausch mit der süß riechenden Salbe tat sein Werk, und Tuson bemerkte: »Mit Verlaub, Sir, als Patient haben Sie Fortschritte gemacht.«

Bolitho schlug die Augen auf und betrachtete sein unscharfes Spiegelbild. Die kleinen Narben im Gesicht fielen wegen seiner sonnverbrannten Haut weniger auf, doch das linke Auge starrte ihn böse und rotgeädert an.

Jenseits des Spiegels bürstete Ozzard sorgfältig seinen besten Uniformrock mit den schimmernden Epauletten; er mußte eine perfekte Vorstellung geben. Allday machte einen langen Hals, um sich zu vergewissern, daß er bei der Rasur auch nicht ein einziges Barthaar übersehen hatte, und Yovell war am Tisch mit Akten beschäftigt. Der Rahmen war fast perfekt. Er hob den Blick und sah, daß Zenoria ihm über die Schulter schaute.

Sie lächelte sanft und verschwörerisch, fuhr Bolitho mit einem Kamm durchs Haar und legte die Stirnlocke so, daß sie teilweise den Verband überm linken Auge verdeckte. Seinen Zopf hatte sie bereits geflochten und gebunden.

Bolitho hörte von unten Stampfen und Stimmen. Die Kommandantenbesprechung sollte in der Messe unter seiner Kajüte stattfinden, denn er mußte sein Quartier freihalten; als Zufluchtsort, falls etwas schiefging.

»Vielen Dank, Zenoria«, sagte er. »Sie haben mit schlechtem Material Ihr Bestes getan.«

Ihre Blicke trafen sich im Spiegel. Sie gab zwar keine Antwort, aber er sah ihrem Gesicht an, daß sie sich freute. Ihr Haar war wieder straff zurückgebunden, und ihre braunen Augen blickten entschlossen.

Bolitho dachte an Inchs wie üblich weitschweifigen, aber

doch nützlichen Bericht, der einen wichtigen Punkt enthielt. Einen Schlüssel vielleicht – oder eher eine raffinierte Falle?

»Überanstrengen Sie das rechte Auge nicht, Sir, und lassen Sie das andere bedeckt«, warnte Tuson. »Wenn Sie bald richtig behandelt werden . . .«

Bolitho schaute ihn an. Er hatte das Gefühl, einen Fremdkörper im Auge zu haben. Tuson hatte behauptet, das gäbe sich mit der Zeit.

»Ihre Behandlung *war* richtig«, sagte Bolitho.

Tuson ließ sich nicht ablenken. »Wenn Sie sich den Anforderungen der Geschwaderführung nicht entziehen, Sir, bin ich für die Konsequenzen nicht verantwortlich.«

Die Tür ging auf, und da stand Keen und beobachtete ihn mit dem Hut unterm Arm. Bolitho fiel auf, daß auch er seine beste Uniform trug. Der zweite Hauptdarsteller, dachte er.

»Alle versammelt, Sir.«

Bolitho blickte in den Spiegel und sah, wie er rasch mit Zenoria einen Blick tauschte. Sie legte eine Hand auf die Brust, und Keens Gesicht war zu entnehmen, daß er die Geste verstand.

Bolitho berührte seinen Verband. Er gönnte ihnen ihr Glück, ganz gleich, welche Schwierigkeiten vor ihnen lagen. Er war nicht eifersüchtig, nur ein wenig neidisch.

Er schlüpfte in die Ärmel des Rockes und ließ sich von Allday den alten Degen an den Gürtel hängen.

»Passen Sie gut auf sich auf, Sir«, murmelte Allday.

Bolitho berührte seinen muskulösen Arm und lächelte. »Vielen Dank, alter Freund.« Er sah die anderen an. »Und Ihnen allen auch. Aber jetzt wollen wir wieder an die Arbeit gehen.«

Keen lief es kalt den Rücken hinunter. Er kannte diesen Ausdruck, diese Stimme. Weder Schmerzen noch Verband konnten über die Tatsache hinwegtäuschen, daß das Feuer noch brannte.

IX Angriff

Bolitho saß ruhelos am Tisch und sah zu, wie Keen eine Berechnung auf der Seekarte anstellte und geschickt mit dem Stechzirkel hantierte.

Mehrere Male hatte sich Bolitho vorgebeugt, um nachzusehen, welche Fortschritte gemacht wurden, und zwar zunehmend verzweifelt. Er fühlte sich halb blind, und an ein Lesen der Seekarte war überhaupt nicht zu denken.

Sein kleines Geschwader, das sich erst kürzlich im Golfe du Lion zusammengefunden hatte, zerstreute sich nun mit jeder Stunde weiter. *Helicon* und *Dispatch* hatten alles Tuch gesetzt und waren ihrerseits zu den Inseln gesegelt, um Trinkwasser an Bord zu nehmen. Bolitho zog die Stirn kraus und spürte sofort Schmerz im linken Auge. Wenn die beiden Schiffe zurückkehrten, würde das Geschwader zusammenbleiben.

Inch hatte *Barracouta* angewiesen, alle Küstenschiffe, die sie traf, zu stoppen und zu durchsuchen, und von einem dieser Händler war in Erfahrung gebracht worden, daß zwei große französische Kriegsschiffe in spanischen Gewässern gesichtet worden waren, weniger als zweihundert Meilen südwestlich von Toulon. Kein Wunder, daß Nelsons Blockadegeschwader vor dem großen Hafen nur so wenige französische Schiffe ausgemacht hatte. Zu viele waren noch draußen.

Bei der Kommandantenbesprechung hatte Bolitho anfangs Zweifel, wenn nicht Ungläubigkeit gespürt, doch dann fühlte er, daß sie ihm mit zunehmender Aufmerksamkeit zuhörten.

Spanien war nach wie vor mit Frankreich verbündet, denn Bonaparte ließ ihm praktisch keine andere Wahl. Er hatte Subventionen von sechs Millionen Francs im Monat und andere wichtige Hilfeleistungen verlangt. Wenn Spanien sich diesem unerhörten Ultimatum entziehen wollte, mußte es England erneut den Krieg erklären. Ging es auf keine dieser Alternativen ein, würde es von Frankreich angegriffen werden.

Wenn Inchs Meldung zutraf, dann befuhr Jobert mit Instruktionen von höherer Stelle in Paris die spanischen Gewässer: ein weiterer Schachzug, um die Spanier in den Konflikt hineinzuziehen.

Leutnant Stayt trat ein.

»Kapitän Lapish ist bereit, seine Befehle entgegenzunehmen, Sir.«

»Gut.« Keen warf Bolitho einen Blick zu und legte den Stechzirkel hin. Er wußte, wie ungern Bolitho seine einzige Fregatte freigab. Doch wenn es zum Kampf kam, mußte sich jedes Schiff so lange wie möglich selbst versorgen können. Proviant ließ sich rationieren, aber ohne Wasser konnte man nicht überleben.

Als sich der Flaggleutnant wieder zurückzog, sagte Keen: »Lapish weiß, was er zu tun hat. Ich sprach mit ihm, als er an Bord kam.« Er lächelte schief. »Offenbar will er unbedingt beweisen, daß er sich gebessert hat.«

Als Lapish eintrat, sagte Bolitho: »Kehren Sie so bald wie möglich auf diese Station hier zurück.« Er sah ihn nicken, aber seine Augen brannten vor Überanstrengung, und er konnte den Ausdruck des jungen Kommandanten nur undeutlich erkennen. »Wissen Sie, was Sie zu tun haben?«

Lapishs Antwort klang, als rassle er eine auswendig gelernte Lektion herunter. »Ich soll mein Schiff in einen Zweidecker verwandeln, ehe ich mich zum Blockadedienst zurückmelde, Sir.« Sein Tonfall verriet zwar keinen Zweifel, aber Bolitho vermutete, daß der Mann seinen Admiral nicht nur für halb blind, sondern auch für geistesgestört hielt.

Bolitho lächelte. »Aye. Benutzen Sie dazu alle Ersatzsegel und Hängemattsdecken. Wenn Sie die an den Gangways aufspannen und braun mit schwarzen Quadraten als Stückpforten anmalen, wird auf die Entfernung niemand den Unterschied merken.« Er fügte heftig hinzu: »Und wenn Ihnen jemand zu nahe kommt, entern oder versenken Sie ihn.«

Bolitho wußte, daß die kleine Fregatte in der Lage sein würde, die beiden Linienschiffe einzuholen, Trinkwasser an Bord zu nehmen und dennoch vor ihnen die französische Küste zu erreichen. War sie erst einmal auf Station, würde man sie als zum Geschwader gehörig betrachten. Bolitho behielt auf diese Weise seine volle Stärke. Ausguckposten, ob Freund oder Feind, sahen gewöhnlich, was sie erwarteten.

Rapid hatte nun eine noch wichtigere Funktion: sie war sein einziger Aufklärer.

Nachdem Lapish von Keen zu seiner Gig gebracht worden war, setzte *Argonaute* Segel und ging zusammen mit *Icarus* auf Südwestkurs. Die beiden Schiffe segelten mit großem Abstand in Querlinie und erweiterten so das Sichtfeld ihrer Ausguckposten. *Rapid* lag so weit vor ihnen, daß sie selbst vom Krähennest kaum auszumachen war.

Keen kehrte zurück an den Kartentisch und erklärte: »Die Franzosen wurden bei Kap Creus gesichtet, Sir, einem idealen, nur knapp zwanzig Meilen von der Grenze entfernten Ankerplatz. Sollen wir sie angreifen, falls sie noch dort sind?«

Bolitho spielte mit dem Stechzirkel. »Das könnte Spanien provozieren. Andererseits würde es den Dons zeigen, daß wir uns um ihre scheinheilige Neutralität nicht scheren. Und zur Abwechslung könnte es Jobert mal in die Defensive treiben.« Je länger er darüber nachdachte, desto ferner rückten Alternativen. Bisher hatte Jobert alle Eröffnungszüge gemacht und dabei beinahe Bolithos Geschwader angeschlagen. Er mußte auf die hohe See gelockt werden. Der Winter stand vor der Tür, dann würde das Wetter den Feind begünstigen und nicht die Schiffe im Blockadedienst.

Für die nächste Woche wurde ein britischer Geleitzug nach Malta erwartet, und es war damit zu rechnen, daß der Feind davon erfuhr. Sobald die Versorgungsschiffe vor Gibraltar ankerten, würden feindliche Spione ihre Ankunft und womöglich auch ihre Ladung weitermelden.

Bolitho massierte sich das Auge. Was, wenn sie auf eine spanische Patrouille trafen? Sollten sie dann kämpfen oder sich zurückziehen?

»Landfall ist morgen, Val«, sagte er grimmig.

»Jawohl, Sir.« Wenn Keen sich angesichts der Möglichkeit eines Gefechts um Zenoria sorgte, so ließ er sich das wenigstens nicht anmerken.

Nachdem Keen gegangen war, trat Allday ein und fragte: »Brauchen Sie etwas, Sir?«

Bolitho hörte sofort die Teilnahmslosigkeit in seiner Stimme. »Was ist los?«

Allday starrte zu Boden. »Nichts, Sir.«

Bolitho ließ sich in seinen Sessel fallen. »Raus damit, Mann.«

»Das behalte ich lieber für mich, wenn Sie nichts dagegen haben, Sir«, erwiderte Allday trotzig.

Es war sinnlos, weiter in ihn zu dringen. Allday war wie eine Eiche und wurzelte tief. Wenn er soweit war, würde er schon mit seinem Problem herausrücken.

Tuson war der nächste Besucher. Bolitho hatte gelernt, die regelmäßige Behandlung zu ertragen und sich die Schmerzen beim Verbandwechsel nicht anmerken zu lassen. Er öffnete das linke Auge und schaute starr zu den Heckfenstern. Wäßrige Sonne und ein tiefblauer Horizont. Er spannte sich, spürte jähe Hoffnung und ballte dann die Fäuste, als sich der Schatten wieder wie ein Vorhang vor sein Gesichtsfeld legte.

Tuson sah seine verkrampften Hände. »Nur nicht den Mut verlieren, Sir. Das bessert sich noch.«

Bolitho wartete, bis der Verband wieder verknotet worden war. Dann fragte er abrupt: »Was ist eigentlich mit meinem Bootsführer los?«

Tuson sah ihn an. »Es geht um Bankart, Sir, seinen Sohn. Ein Pech, daß er an Bord ist, wenn Sie mich fragen.«

Bolitho faßte ihn am Hemdsärmel. »Mit mir können Sie doch offen reden, Mann.«

Tuson klappte seine schwarze Tasche zu. »Wie würden Sie sich fühlen, Sir, wenn Ihr Neffe sich als Feigling entpuppte?«

Bolitho hörte, wie die Tür geschlossen wurde.

Ein Feigling? Bittere Erinnerungen durchfluteten ihn: der Augenblick, als Midshipman Sheaffe zurückgelassen worden war, vermutlich verwundet. Die Gelegenheiten an Deck der *Suprême,* bei denen Bankart gefehlt hatte. Und Stayts Stimme auf dem Kutter; der hatte es schon damals gewußt.

Wie konnte er über solche Dinge nachdenken, wenn so viel von ihm erwartet wurde? Er dachte an die Instruktionen, die er Lapish gegeben hatte: *entern oder versenken.* Die neue Härte seines Denkens, war sie von der Blindheit ausgelöst worden? Doch dann entsann er sich, wie er den französischen Matrosen, der das Teleskop des Ausguckpostens trug, ohne Nachdenken, ohne Zögern niedergehauen hatte. Nein, der Grund lag tief in ihm verborgen. Vielleicht hatte Belinda das erkannt und Angst um ihn bekommen, denn der Krieg zerstörte ebenso rücksichtslos wie eine Kugel oder Pike.

In dieser Nacht, als die *Argonaute* durch eine aufgewühlte See stampfte, lag Bolitho in seiner Koje und versuchte zu schlafen. Als er endlich eindöste, träumte er von Belinda. Oder war es Cheney? Aber die Szene in Falmouth verwandelte sich in eine Seeschlacht, die zu einem Alptraum wurde, denn er sah sich selbst darin als Leiche.

Am nächsten Tag hielt *Rapid* ein portugiesisches Fischerboot an, nachdem ihm ein Schuß vor den Bug gesetzt worden war.

Nach einer Weile erreichte die Nachricht das Flaggschiff: Der Fischer hatte vor zwei Tagen den Golf von Rosas unterhalb des Kaps passiert. Dort lag ein großes französisches Kriegsschiff.

Bolitho ging auf seiner Heckgalerie auf und ab und kümmerte sich nicht um den Wind und die Gischt, die ihn bis auf die Haut durchnäßte.

Das französische Schiff würde kaum nach Gibraltar segeln, sondern vor Anker bleiben oder in Richtung Toulon auslaufen. Und zwischen ihm und seinem Ziel würde *Argonaute* liegen.

Er schickte nach seinem Flaggleutnant.

»Signal an *Icarus*: ›Station halten.‹ *Rapid* soll bei ihr bleiben.«

Wenn er dazu in der Lage gewesen wäre, hätte er gesehen, wie Stayt eine Augenbraue hob. Bolitho tastete sich an den Tisch und starrte hilflos auf die Seekarte. Dann drehte er sich zu Stayt um und grinste. »Morgen wird *Argonaute* wieder unter ihrer alten Flagge segeln.«

»Und wenn es Jobert ist, Sir? Er würde das Schiff doch sicher erkennen.«

»Unwahrscheinlich. Er hält sich bestimmt bei seinem Geschwader auf. Und wenn wir erst einmal wissen, wo *das* ist . . .« Den Rest ließ er unausgesprochen.

Minuten später wehten die Flaggen hell an ihren Leinen aus und wurden von *Icarus* und später auch von der kleinen Brigg bestätigt.

Wenn sich der Wind gegen sie stellte, würde er umdenken müssen. Da der Master aber zuversichtlich war, daß er weiterhin aus Südwest wehen würde, bestand vielleicht die Chance, an die Franzosen heranzukommen.

Die Küste, die der Feind als Zufluchtsort gesehen hatte, konnte für ihn zu einer Falle werden.

Kapitän Valentine Keen nahm sich in seiner Kajüte einen Augenblick Zeit, um sicherzustellen, daß er alles hatte, was er in den nächsten Stunden brauchte. Das Schiff schien still zu sein, abgesehen vom regelmäßigen Ächzen der Balken und dem gedämpften Rauschen des Wassers am Rumpf.

Er sah sein Spiegelbild und zog eine Grimasse. Bald würde er an Deck gehen und befehlen, das Schiff klar zum Gefecht zu machen. Furcht berührte eiskalt sein Rückgrat. Auch das war normal. Er musterte sich so sorgfältig wie einen Untergebenen: sauberes Hemd, saubere Hose. Das verringerte die Entzündungsgefahr, falls er verwundet wurde. Er berührte seine Seite und spürte das Ziehen der alten Wunde. Der Blitz trifft nie zweimal die gleiche Stelle, hieß es. Im Spiegel sah er sich lächeln. Ein Brief an seine Mutter lag in der Stahlkassette. Wie oft habe ich jetzt schon so an sie geschrieben? fragte er sich.

Es klopfte leise - Stayt.

»Sir Richard ist an Deck, Sir.« Das klang wie eine Warnung.

Keen nickte. »Vielen Dank.« Stayt verschwand wieder in der Finsternis. Seltsamer Vogel, dachte er. Dann lockerte er seinen Degen in der Scheide und vergewisserte sich, daß seine Uhr tief in der Tasche steckte, falls er stürzte.

Er hörte leise Stimmen vor der Tür und riß sie auf, ehe jemand anklopfen konnte.

Erst sah er nur ihr blasses, ovales Gesicht; sie steckte vom Kinn bis zu den Füßen in seinem Bootsmantel, den er ihr vor einer Weile geschickt hatte. Er führte sie in die Kajüte, die bald ebenfalls geräumt und gefechtsbereit gemacht werden würde.

Vielleicht war das französische Schiff ja gar nicht da?

Doch er verwarf diesen Gedanken. Der Wind war zu frisch, und kein Kommandant würde Lust verspüren, gegen ihn anzukämpfen, um womöglich an einer Leeküste zu enden.

Er ergriff Zenorias Hände. »Du bleibst mit Ozzard im Frachtraum, Liebste, da bist du sicher. Er wird sich um dich kümmern. Wo steckt deine Gefährtin?«

»Millie ist schon unten.« Ihre Augen wirkten im Schein der Blendlaterne sehr dunkel.

Keen zog ihr den Bootsmantel zurecht und spürte, wie sich ihre Schultern versteiften. »Gut so. Unten ist es kalt. Und keine Angst.«

Sie schüttelte den Kopf. »Angst habe ich nur um dich, falls ...«

Er berührte ihre Lippen. »Nein. Wir sind bald wieder zusammen.« Er zog sie sanft an sich, glaubte, ihren Herzschlag zu spüren, und erinnerte sich an ihre Brust in seiner Hand. »Es stimmt, Zenoria, ich liebe dich«, murmelte er.

Als sie ging, drehte sie sich noch einmal zu ihm um. Ob zur Erinnerung oder um ihm Mut zu machen, das wußte er nicht.

Er griff nach seinem Hut und stieg rasch zum Achterdeck hinauf. Bolitho stand in Luv bei den Netzen, und die *Argonaute* lief so hoch am Wind, wie ihre Rahen gebraßt werden konnten.

Die ganze Nacht über war das Schiff gegen den Wind nach Nordwest aufgekreuzt, bis es das Kap gut querab hatte, um dann zu wenden und auf das Land und die kleine Bucht zuzuhalten, wo der Franzose angeblich lag. Die ermüdenden Wendemanöver verschafften ihnen beim Endspurt auf den Feind einen Vorteil, denn dann würden sie vorm Wind segeln. Selbst wenn es dem Franzosen gelingen sollte, ihnen zu entkommen, gab es für ihn nur einen Fluchtweg, und den würden *Icarus* und *Rapid* blockieren.

Bolitho drehte sich um und fragte: »Wie lange noch?«

Keen sah, wie verkrampft er den Kopf hielt, und litt mit ihm. »Ich lasse bei Tagesanbruch klar zum Gefecht machen, Sir.«

Bolitho klammerte sich an die Netze, als das Schiff in ein riesiges Wellental sackte; es schien vom Bug bis zur Heckreling zu erzittern.

»Bekommen die Männer vorher zu essen?«

Keen lächelte traurig. »Jawohl, Sir. Die Kombüse ist bereit.« Beinahe hätte er »selbstverständlich« gesagt.

Bolitho schien sich unterhalten zu wollen. »Sind die Frauen unter Deck?«

»Jawohl, Sir«, sagte Keen. Er dachte an Millie, die Zofe aus Jamaika. Er hatte den Verdacht, daß sie heimlich ein Verhältnis mit Wenmouth hatte, dem Korporal, der sie vor Unbill schützen sollte. »Die Vorstellung, daß sie während des Gefechts dort unten sitzt, ist mir unangenehm«, gestand er.

Bolitho berührte seinen Verband. »Falls es überhaupt zum Gefecht kommt. Im Augenblick aber, Val, ist sie hier besser aufgehoben als in irgend einem Hafen.«

Zwischen den Decks trillerten die Pfeifen, und Decksoffiziere befahlen den Männern, die Hängematten abzunehmen und zusammenzurollen. Innerhalb weniger Minuten war das Deck von Matrosen überflutet, die zu den Netzen rannten und ihre Hängematten als Schutz gegen Splitter und Musketenkugeln hineinstopften. Aus dem Kombüsenschornstein kam der kräftige Geruch nach gebratenem Speck, und aus dem Luk hörte Bolitho den dünnen Klang einer Fiedel. Zeit zu essen, frische Kleider anzuziehen, mit einem Freund einen Schluck Rum zu trinken und ein Lied anzustimmen. Für manche mochte es das letzte Mal sein.

Keen war nach vorne gegangen, um mit dem Bootsführer zu sprechen. Bolitho drehte sich um und suchte nach dem Wachoffizier. »Mr. Griffin!«

Doch der Schatten war nicht der Leutnant, sondern Midshipman Sheaffe.

Bolitho zuckte die Achseln. »Sagen Sie mir, was vorgeht.«

Sheaffe blieb neben ihm stehen. »Mr. Fallowfield sagt, daß es in einer halben Stunde zu dämmern beginnt. Es ist bewölkt, wie Sie sehen, Sir ...« Er verstummte und sagte dann: »Verzeihung, Sir Richard.«

»Daran gewöhne ich mich allmählich«, erwiderte Bolitho. »Aber ich freue mich schon auf den Tag, an dem ich wieder sehen kann.«

Keen kam nach achtern zurück und legte grüßend die Hand an den Hut. »Der Landfall erfolgt pünktlich, Sir«, rief er. »Ich kann bald halsen, aber erst ...«

Bolitho, dessen Haar im Wind wehte, drehte sich zu ihm um. »Vergessen Sie nicht, was ich Ihnen eingeschärft habe, Val: Verbannen Sie alles außer dem bevorstehenden Gefecht aus Ihren Gedanken.« Seine Stimme hatte ihren harten Klang verloren, als er hinzufügte: »Sonst wird unsere tapfere Zenoria noch vor ihrer Hochzeit zur Witwe.«

Keen grinste. Er legte die Hände um den Mund, gerade als ein schwacher Sonnenstrahl wie flüssiges Gold an der Großbramstenge hinabglitt, und rief: »Mr. Paget! Klar Schiff zum Gefecht!«

Bolitho holte tief Atem, als Trommelwirbel erschollen und die Pfeifen die Mannschaft zusammenriefen. Er brauchte nicht sehen zu können, um zu wissen, was vor sich ging: dumpfe Schläge unter Deck, wo Trennwände entfernt und persönliche Habseligkeiten ins Orlopdeck, tief unter die Wasserlinie, geschafft wurden. Pulver wurde aus dem Magazin geholt und Sand aufs Deck gestreut, damit die Geschützbedienungen nicht ausglitten. Außerdem sollte er Blut aufsaugen.

Bolitho spürte Allday neben sich und hob den Arm, damit sein Bootsführer ihm den Degen an den Gürtel hängen konnte. Für einen neuen Kampf, zu Sieg oder Versagen. Dachte eigentlich jemand an diese Männer hier, wußte man an Land, wie viele Menschenleben geopfert werden mußten, damit man sich dort ein angenehmes Leben machen konnte?

Pagets Stimme. »Schiff ist klar zum Gefecht, Sir!«

Keen sagte: »Gut gemacht, Mr. Paget, aber beim nächsten Mal muß das zwei Minuten schneller gehen!«

»Aye, *aye*, Sir.« Das war nur ein Spiel zwischen Kommandant und Erstem Offizier. Genau wie bei mir und Thomas Herrick, dachte Bolitho. Er begann jetzt Umrisse zu erkennen, die ausgestopften Hängemattsnetze, die Achtzehnpfünder auf dem Oberdeck.

Keen rief: »Ruder drei Strich nach Steuerbord! Neuer Kurs Nord zu West!«

Paget setzte seinen Sprechtrichter an. »An die Brassen!«

Keen umklammerte die Querreling und sah zu, wie die großen Rahen gebraßt wurden. Als der Bug sich hob, sah er zum ersten Mal vage Land, das sich schräg an Backbord dahinzog. Er wandte sich an Bolitho, um ihn zu informieren, schwieg aber, als er feststellte, daß der Vizeadmiral noch so dastand wie zuvor, Allday dicht hinter sich. Bolitho hatte nichts gesehen – eine Tatsache, die Keen rührend und zugleich besorgniserregend fand. Allday warf ihm einen raschen Blick zu, der Bände sprach.

»Entern Sie auf, Mr. Griffin«, sagte Keen, »und melden Sie, was Sie sehen.«

Midshipman Sheaffe und seine Signalgasten standen an den Flaggleinen bereit. An Deck lag eine riesige französische Trikolore klar zum Heißen.

Keen nahm ein Teleskop und kletterte in die Wanten. Das Land lag in der Sonne, schien aber nur wenig Substanz zu haben. Sie liefen zwei Meilen entfernt fast parallel zur Küste. Die Bucht war zehn Meilen breit, und an einem Ende ragte das zerklüftete Kap schützend ins Meer hinaus: ein perfekter Ankerplatz.

»Irgendwelche Schiffe zu sehen?« rief Bolitho.

»Bisher noch keine, Sir.«

»Heißen Sie die Trikolore und setzen Sie die Bramsegel. Wir müssen so beweglich wie möglich sein.«

Keen gab dem Ersten Offizier einen Wink, hielt dann aber inne, als ein Ruf des Ausgucks alle nach oben schauen ließ.

»Schiff recht voraus!«

Keen starrte in die Takelage, daß seine Augen tränten, von Ungeduld geplagt, bis Leutnant Griffin ergänzte: »Linienschiff, Sir! Vor Anker!«

Keen sah die große Trikolore an der Gaffel auswehen, während die Männer in den Webeleinen aufenterten, um mehr Segel zu setzen.

»Kurs Nord zu West, Sir!«

Keen hörte Bolitho leise sagen: »Sieht aus, als hätten wir doch noch Glück.«

Als die wärmenden Sonnenstrahlen das Achterdeck erreicht hatten, spürte Bolitho die zunehmende Spannung. Er wußte nicht, ob er Keen über jede seiner Maßnahmen Bericht erstatten lassen oder ihn mit seinen Fragen verschonen sollte.

Doch schon trat Keen neben ihn. »Der Franzose liegt nur vor Buganker«, berichtete er. Er legte eine Pause ein, damit Bolitho sich ein Bild machen konnte. Da der Wind noch immer von Süden kam, würde das andere Schiff auf sie zuschwojen, als sei es auf konvergierendem Kurs. Keen fügte hinzu: »Keine Anzeichen von Aufregung, Sir. Bisher jedenfalls. Mr. Griffin sagt, es lägen Boote längsseits, unter anderem ein Leichter mit Wasserfässern.«

Bolitho mußte plötzlich an *Suprème* denken und den sterbenden Hallowes, dessen Hand er gehalten hatte.

»Sehr passend.«

»Mit Ihrer Zustimmung, Sir, beabsichtige ich, zwischen dem Feind und der Küste durchzulaufen. Das Wasser ist dort tief genug. So haben wir den Windvorteil und können ihn beim Passieren beschießen.« Mit halbem Ohr nahm er die heiseren Rufe der Stückführer und die rauheren Töne des furchterregenden Geschützmeisters Crocker wahr. Der stand mit der ersten Abteilung an Steuerbord und würde das Gefecht genießen.

»Noch ein Schiff, Sir! An Backbord voraus!«

Keen riß Midshipman Hext das Fernrohr aus der Hand. »Eine spanische Korvette«, sagte er dann.

Stayt murmelte: »Es wird ihr schwerfallen, an uns heranzukommen, Sir. Sie müßte gegen den Wind aufkreuzen.«

»Achten Sie auf ihre Signale, Mr. Sheaffe. Sie wird bald verlangen, daß wir uns genauer zu erkennen geben.« Er hob die Stimme. »He, ihr da an Deck! Behaltet den Franzosen im Auge, nicht diesen lächerlichen kleinen Pott!« Jemand lachte.

Bolitho meinte: »Meiner Ansicht nach wird er nicht reagieren. Die Spanier haben ihre Absprachen mit den Franzosen.«

Als die kleine Korvette wendete, schäumte das Wasser an ihren Geschützpforten entlang, als sei sie auf Grund gelaufen. Das Land hinter ihr war hoch und grün. Hier und dort wiesen weiße Flecke auf vereinzelte Anwesen hin.

Es mochte hier zwar eine Küstenbatterie geben, dachte Bolitho, aber das war unwahrscheinlich. Die nächste größere Garnison sollte sich in Gerona befinden, nur zwanzig Meilen landeinwärts.

Das kleine spanische Kriegsschiff war nun bis auf eine Kabellänge herangekommen. Bolitho hörte drüben die Taljen rasseln, ein Anker wurde klariert, als schickten sie sich an, ihn fallen zu lassen. Auf dem Franzosen mußten viele

Augen die *Argonaute* beobachten. Man würde nicht nur auf ihren Baustil achten, sondern auch auf ihre Vorbereitungen.

Bolitho war unruhig, weil er nicht richtig sehen konnte. Er nahm Stayt ein Teleskop ab und stützte es auf die Finknetze. Nun erkannte er die Korvette, deren rot-gelbe Flagge steif auswehte, als sie an den Wind ging, um zu wenden. Tuson würde ihn zurechtweisen, weil er das gute Auge überanstrengte. Doch der Arzt war im Krankenrevier und wartete auf die nächste Ernte.

Fallowfield grollte: »Guter Gott, der Wind springt um!«

Männer eilten wieder an Brassen, Schoten und Halsen, und Keen sagte: »Auf Südwest, schätze ich, Sir.«

Bolitho nickte und stellte sich die Seekarte vor. Der Wind schlug um. Fortuna, wie Herrick sich ausgedrückt hätte, stand ihnen bei.

»Klar zum Aufgeien der Breitfock, Mr. Paget!« rief Keen.

Von der Korvette wehte ein dünner Ruf herüber.

»Winken Sie ihnen mit dem Hut zu!« sagte Bolitho.

Keen und Stayt winkten zum Spanier hinüber, der rasch nach Backbord abgetrieben wurde.

Noch eine Meile. Bolitho packte die Reling und spähte zwischen dem Tauwerk und den Vorsegeln nach vorn. Er konnte den Feind schräg an Backbord liegen sehen, so wie Keen es beschrieben hatte.

Keen warf Paget einen Blick zu. »Bitte lassen Sie laden.«

Der Befehl wurde sofort an das untere Deck weitergegeben, und Bolitho konnte sich die Bedienungen vorstellen, die sich mit bereits schweißnassen Rücken im Halbdunkel hinter noch verschlossenen Stückpforten mit Kugeln und Kartuschen abplagten. Seit seinem zwölften Lebensjahr kannte er das: Die Männer an den Kanonen, die rotgestrichenen Bordwände, damit das Blut nicht so auffiel, und hier und da eine Autoritätsperson in Blau und Weiß, ein Leutnant oder Decksoffizier.

Es schien nicht lange zu dauern, bis beide Decks »klar« gemeldet hatten.

Bolitho hörte Hauptmann Bouteiller von den Royal Marines mit seinem Leutnant Orde flüstern. Wie die anderen Seesoldaten duckte er sich hinters Schanzkleid, um noch nicht vom Feind gesehen zu werden. Der Anblick eines einzigen roten Rockes hätte gewirkt wie ein Stich ins Hornissennest.

»Breitfock festmachen!« Es mußte den Anschein haben, als verkürzten sie Segel und schickten sich zum Ankern an.

Bolitho trat von der Reling zurück und verschränkte die Hände auf dem Rücken. Nun konnte es nicht mehr lange dauern. Fest stand jedenfalls, daß Jobert nicht drüben an Bord war. Er hätte sofort gefechtsklar gemacht, wenn er im Licht der Morgendämmerung sein altes Flaggschiff erkannt hätte.

»Fünf Kabellängen, Sir!«

Bolitho spürte, wie ihm der Schweiß ausbrach. Noch eine halbe Meile.

»Der Franzose hat ein Signal gesetzt, Sir!«

Nun war es soweit. Beim Ausbleiben einer Antwort würde man sie auf der Stelle als Feinde erkennen.

»Halt, Mr. Paget, belege den letzten Befehl!« schrie Keen. »Setzt Bramsegel!«

Pfeifen trillerten, und hoch über Deck huschten die Toppgasten wie Affen hinaus auf die Rahen, um die zusätzlichen Segel zu lösen.

»Drei Kabellängen, Sir!«

Über dem Singen des Windes in der Tagelage hörten sie das schwache Schmettern einer Trompete. Nun war es mit dem Versteckspiel vorbei. Als die Scharfschützen der Royal Marines mit ihren Musketen hoch oben in den Gefechtsmarsen die Drehbassen bemannten, ging der Rest der Truppe an den Finknetzen in Stellung und legte die Musketen an.

Keen schätzte den richtigen Augenblick ab, wußte, daß Paget bereit war, auf jeden Befehl sofort zu reagieren.

»Stückpforten auf!«

In der Bordwand hoben sich die Pfortendeckel wie schläfrige Augenlider.

»Sie kappen das Ankertau, Sir!«

Keen biß sich auf die Lippen. Zu spät. »Ausrennen!«

Rumpelnd und quietschend reckten sich die Rohre der schweren Kanonen wie Rüssel aus den Pforten. Die Mündungen der großen Zweiunddreißigpfünder im unteren Batteriedeck hoben und senkten sich bereits, als die Geschützführer ihr Ziel suchten.

Bolitho nahm Stayt erneut das Glas ab und richtete es auf das andere Schiff. Er sah, wie sich sein Vor-Marssegel von der Rah löste, wie Männer aufenterten oder sich auf dem Vorschiff ums Ankerspill drängten. Der Wasserleichter lag noch immer längsseits, seine Besatzung stand da und starrte die drohend nahende *Argonaute* an.

Der Anker wurde gekappt, und der französische Zweidekker driftete mit killenden Segeln ab. Seine Besatzung war verzweifelt bemüht, das Schiff unter Kontrolle zu bekommen.

»Achtung, Backbordbatterie!«

Keen machte im Sonnenlicht schmale Augen, wartete ab, bis die Trikolore wieder an Deck gefallen war und an ihrer Stelle die britische Seekriegsflagge von der Gaffel wehte. Oben im Topp flatterte Bolithos Flagge jetzt steif im Wind, und Keen hörte einen Midshipman einen schrillen Hochruf ausstoßen.

Argonautes langer Klüverbaum kreuzte kaum eine Kabellänge entfernt den Bug des anderen Schiffes.

Keen hob seinen Degen. Er hörte das Knirschen der Handspaken vom Vorschiff und sah, wie die Steuerbordkarronade langsam gerichtet wurde; ihre achtundsechzig Pfund schwere Granate würde zuerst abgefeuert werden. Die langläufigen Kanonen sollten schießen, wenn sie ein Ziel fanden, aber nicht in einer vollen Breitseite, sondern Deck für Deck, Paar für Paar.

»Ziel auffassen, Jungs!« Die Klinge des Degens fuhr blitzend herab.

»*Feuer*!«

X Vergeltung

Ohne zu wenden oder den Kurs um auch nur einen Strich zu ändern, rauschte *Argonaute* an dem treibenden französischen Zweidecker vorbei, und bei jedem widerhallenden Abschuß ging ein heftiger Ruck durch ihren Rumpf. Die Geschützführer waren so gut bei der Sache, daß jedes Kanonenpaar feuerte wie ein einzelnes Stück.

Bolitho wankte und wäre beinahe ausgerutscht, als das Deck unter einem besonders hohen Brecher in Schräglage ging. Seine Nüstern blähten sich im beißenden Rauch, der Kanonendonner ließ seine Ohren singen. Keen wischte sich das Gesicht, als die letzten Geschütze an ihren Taljen binnenbords liefen und die Männer eifrig auswischten und nachluden.

Der Franzose war schwer beschädigt worden; qualmende schwarze Narben in seiner Bordwand zeugten von der Genauigkeit des sorgsam gezielten Feuers. Ein paar französische Kanonen erwiderten den Angriff, und eine Kugel schlug dicht über der Wasserlinie in den Rumpf der *Argonaute* wie eine gepanzerte Faust.

Keen sah aus schmalen Augen zu, wie der Franzose erst die Breitfock und dann das Großmarssegel setzte. Seine Mannschaft befolgte zwar die Befehle, aber das Schiff lag fast quer zu Wind und Seegang und war verzweifelt bemüht, dem Angreifer seine Schmalseite zu bieten.

»Achtung! In der Aufwärtsbewegung!« rief Keen. Dann schaute er für den Bruchteil einer Sekunde Bolitho an und sah ihn so, wie er ihn in Erinnerung hatte: kerzengerade, dem Feind zugekehrt, auch wenn er ihn nicht sehen konnte. »Volle Breitseite!« Dies mochte ihre letzte Chance sein. Undeutlich bekam er die spanische Korvette zu sehen, die nun weit achteraus lag, ein hilfloser, verblüffter Zuschauer.

Weitere Kugeln schlugen in ihre Bordwand ein, und irgendwo schrie ein Mann gequält auf.

Keen hob den Degen. Die Sonne blendete ihn, ihm traten Tränen in die Augen.

»Feuer!«

Als die Pfeifen schrillten und die Bramstengen dippten, donnerte die Breitseite mit solcher Wucht aus dem Rumpf, daß sie das Gefühl hatten, auf Felsen gelaufen zu sein.

Überall Rauch und verkohlte Ladepfropfen, aber Keen sah das feindliche Schiff erbeben und in Schräglage gehen, als es von der vollen Salve getroffen wurde. Schanzkleid und Takelage flogen in alle Richtungen, und fallende Trümmer und aufschießende Gischt hüllten den Rumpf ein.

»Zündloch stopfen! Auswischen! Laden!« Pagets Stimme übertönte den Wind und das Quietschen der Taljen.

Allday sagte in einer plötzlichen Pause: »Wir haben ihn verkrüppelt, Sir! Fast alle Segel sind durchschossen!«

Bolitho, der befürchtete, wieder das Gleichgewicht zu verlieren, hielt sich an der Reling fest. Er glaubte, selbst über diese Entfernung den Einschlag der Breitseite gehört zu haben.

»Gehen Sie näher ran. Kapitän Keen!« befahl er knapp.

»Mehr Steuerbord, Mr. Fallowfield!« Keen verstummte, als Kugeln in den Rumpf krachten und am Vorschiff Hängematten aus den Finknetzen flogen.

»Das war ein Kettenschuß!« schrie Keen und warf dem Master einen Blick zu. »Näher heran!«

Männer eilten an die Brassen, während andere auf dem oberen Batteriedeck wie die Teufel mit Handspaken und Taljen arbeiteten, Läufe richteten, ihr Ziel auffaßten.

»Feuer!«

Wieder donnerte eine Breitseite heraus. Bolitho hörte jemanden einen Hochruf ausstoßen. »Ihr Besanmast ist weg!« rief Allday. »Sie versuchen zu wenden, damit wir sie nicht durchs Heck der Länge nach beschießen können!«

Bolitho griff sich ein Fernrohr und preßte es ans rechte Auge. Die Witze über den einäugigen Nelson vor Kopenhagen kamen ihm nun längst nicht mehr so komisch vor. Er sah, wie sich der unscharfe Umriß des französischen Schiffes verkürzte, als die *Argonaute* auf es zuhielt, bis ihr Bugspriet direkt auf die Poop wies.

Der andere Kommandant hatte die Lage noch nicht ganz unter Kontrolle gebracht, als *Argonautes* zweite Breitseite einschlug und sein Schiff vom Bug bis zum Heck bestrich. Anstatt sein Wendemanöver fortzusetzen, verfiel er nach Lee. Sein Heck war in herabgefallene Spieren und Segel gehüllt, hier und da feuerten aus seiner lädierten Bordwand ein paar Geschütze unkoordiniert, und winzige Blitze über seinem Schanzkleid zeigten, daß Scharfschützen sich wehrten.

»Kurs halten!«

Keen ging in die Hocke, um durch die Rauchwolken zu spähen. Er sah den Wasserleichter kentern und Männer und Fässer in die See kippen. Angesichts seines durchlöcherten Rumpfes war es ein Wunder, daß er überhaupt so lange schwimmfähig geblieben war. Auf der anderen Seite des Linienschiffes hatte ein weiteres kleines Fahrzeug, eine Yawl, abgelegt und versuchte sich zu entfernen, um nicht das Schicksal des Leichters zu teilen.

Keen faßte einen Entschluß. »Mr. Fallowfield, gehen Sie auf Backbordbug!« Der Franzose lag immer noch quer zum

Wind und wurde von den Trümmern der Takelage, die er längsseits mitschleppte, am Manövrieren gehindert. Der zerschmetterte Leichter sank rasch, und Keen erkannte, daß er durch seine Bugleine noch mit dem Linienschiff verbunden war. Doch Keen, der schon an vielen Gefechten teilgenommen hatte, wußte, wie rasch das Glück sich wenden konnte. Der französische Kommandant hatte trotz der Katastrophe, die ihn unvorbereitet ereilt hatte, einen kühlen Kopf bewahrt und sich die Zeit genommen, seine Stückmannschaften mit Kettenkugeln laden zu lassen. Eine gutgezielte Salve davon mochte eine entscheidende Spiere aus ihrem Rigg reißen – und über Sieg oder Niederlage entscheiden.

Befehle wurden gebrüllt, und wieder hievten die Männer an den Brassen. Bolitho spürte den Luftzug einer vorbeisausenden Kugel, hörte einen Aufschlag und etwas, das wie ein Keuchen klang, als das Geschoß einem Seesoldaten den halben Schädel wegriß und ihn von den Netzen schleuderte. Seine Kameraden verließen ihre Posten, als die Achterwache an die Brassen des Besanmastes gepfiffen wurde. Das Schiff holte stark über und begann auf dem entgegengesetzten Bug zu segeln.

Keen trat zu Bolitho und schrie, um den Lärm zu übertönen: »Der Feind kann Sie sehen, Sir! Ziehen Sie meinen Rock über!«

Bolitho klammerte sich an ein Want und schüttelte den Kopf. »Ich will gesehen werden!« Weitere Kugeln zischten an ihm vorbei, klatschten auf der anderen Seite in die Hängematten oder fuhren krachend in die Decksplanken. Bolitho spürte Zorn in sich aufwallen, jede Vernunft und Vorsicht vertreiben. Keen verstand ihn nicht. Als Halbblinder fürchtete er sich davor, seinen Halt loszulassen und sich wie jeder andere Mann, der seine fünf Sinne beisammen hatte, so zu bewegen, daß er ein möglichst schlechtes Ziel bot. Mit seinen schimmernden Epauletten war er eine Herausforderung für jeden feindlichen Scharfschützen, aber er riskierte lieber einen Treffer, als noch einmal das Gleichgewicht zu verlieren.

Drei Donnerschläge - das französische Schiff erwiderte das Feuer.

Bolitho hob das Fernrohr. Es war schwer und mit einer Hand nicht leicht zu stabilisieren. Jäh sah er das französische Linienschiff groß und scharf umrissen an Steuerbord aufragen. Keens Wendemanöver hatte die Distanz verringert. Nun gab es für den französischen Kommandanten keine Chance mehr, das Gefecht abzubrechen, zu wenden und zu fliehen.

Er sah das verletzliche Heck des Feindes größer werden, hervorgehoben durch die Lücke, die der gefallene Besanmast gerissen hatte.

»Wir passieren mit einer knappen Schiffslänge Abstand, Sir«, sagte Keen grimmig.

Ein Ausguckposten wartete auf eine Feuerpause und rief dann heiser: »Schiffe an Backbord, Sir!«

»Ein Offizier aufentern!« rief Keen. Er duckte sich und hustete, als eine Kugel durch die Netze fetzte und Hängematten in alle Richtungen schleuderte. Wäre nicht der Kurs geändert worden, hätten dort in dichter Reihe Seesoldaten gestanden.

Ein Schiffsjunge, ein Kind noch, der vorgebeugt mit frischen Kugeln für den Neunpfünder auf dem Achterdeck angerannt kam, wurde getroffen, als er das Geschütz erreichte. Die entsetzte Bedienungsmannschaft fand sich jäh blutbespritzt, als die Kugel den Jungen so sauber mitten entzweiriß, daß die Beine noch weiterzulaufen schienen, als der Rumpf schon auf den Planken lag.

»Kurs Nordost zu Ost, Sir!«

»Ziel auffassen!«

Keen winkte zum Vorschiff, obwohl die Bedienungsmannschaft der Karronade kaum der Ermunterung bedurfte. An jedes Geschütz waren zusätzliche Männer abkommandiert worden, abgezogen von den nicht beteiligten Kanonen der Backbordbatterie.

Weitere Schüsse jaulten über sie hinweg, und mehrere Segel tanzten, als plötzlich Löcher in ihnen klafften und Trümmer der Takelage klappernd über Netze und Seitendecks fielen.

Hauptmann Bouteiller brüllte: »Orde, schalten Sie diese Scharfschützen aus!«

Eine Drehbasse knallte. Bolitho fühlte das Deck unter seinen Füßen zittern und wußte, daß eine Kugel ihn fast erwischt hätte. Trotzdem rührte er sich nicht. Der Feind sollte ihn sehen, sollte wissen, wer ihm das angetan hatte.

Eine Stimme drang durch den Lärm. »Es sind Spanier, Sir!«

Bolitho hörte Keen Befehle brüllen. Spanier also, in der Nähe stationierte Schiffe, die den Angreifer aus ihren Gewässern vertreiben wollten.

»Feuer!«

Ein heftiger Ruck fuhr durch das Schiff, als die Karronade auf kürzeste Distanz ins Heck des Feindes feuerte.

Es war ein Volltreffer. Das gesamte verzierte Heck schien nach innen einzubrechen, als die schwere Granate unter der Poop explodierte, ihren Geschoßhagel in die Geschützbedienungen jagte und das mit Menschen gefüllte Deck in ein Schlachthaus verwandelte.

Als die *Argonaute* langsam und unerbittlich das zerstörte Heck des Gegners querte, feuerte sie wieder eine mörderische Breitseite ab. Auf dem unteren Batteriedeck hatte man irgendwie Zeit gefunden, Doppelkugeln zu laden, als wisse jeder Stückmeister, daß dies ihre letzte Chance war, ehe die *Argonaute* vom auffrischenden Wind entweder gegen den Feind oder an ihm vorbeigetrieben wurde.

Keen sah betroffen zu, wie die Großbramstenge des Feindes weggerissen wurde und ein Kanonenrohr auf dem unteren Batteriedeck des Franzosen in einem Feuerball explodierte. Entweder hatte ein verängstigter Matrose vor dem Nachladen das Auswischen vergessen, oder die Kanone war zu alt gewesen.

Keen rief: »Die Spanier werden uns in einer Stunde erreichen, Sir. Sollen wir das Gefecht abbrechen?«

Weitere Schüsse donnerten aus dem unteren Batteriedeck der *Argonaute*. Die schweren Zweiunddreißigpfünder richteten auf dem anderen Schiff, das nun steuerlos zu treiben schien, schreckliche Verwüstungen an.

Als Bolitho keine Antwort gab, fuhr Keen herum aus Sorge, ein Scharfschütze könnte seinen Admiral getroffen haben. Doch Bolitho schaute zu dem anderen Schiff hinüber und hielt dabei den Kopf schräg, als könne er so klarer sehen.

»Dieses Schiff wird lange kampfunfähig bleiben, Sir«, ergänzte Keen.

»Hat es die Flagge gestrichen?«

Keen starrte ihn an. Er erkannte Bolithos Stimme kaum wieder; sie war barsch, gnadenlos.

»Nein, Sir.«

Bolitho blinzelte, als eine feindliche Kugel durch die Wanten fuhr und ein Mann so schrill aufschrie wie eine gepeinigte Frau.

»Es darf nie wieder kämpfen. Führen Sie das Gefecht fort.« Er hielt Keen, der sich hastig entfernen wollte, am Arm fest. »Wenn wir abbrechen, geht der Franzose hier vor Anker und repariert. Aber ich will, daß dieses Schiff total zerstört wird.«

Keen nickte. Ihm schwirrte der Kopf vom Krachen der Kanonen, dem aufgeregten Rufen der Marinesoldaten, und er empfand Übelkeit, als er Blut an der Bordwand des

Feindes herablaufen sah; er konnte sich das Grauen unter Deck gut vorstellen.

Paget, die Augen hell im rauchgeschwärzten Gesicht, schaute fragend zu ihm auf.

Keen machte eine Kopfbewegung, und Sekunden später fetzte wieder eine Breitseite heraus, kalkuliert und mit Bedacht. Kaum ein Geschütz erwiderte das Feuer. Durchs Fernrohr sah Keen, wie der Fockmast des Franzosen zu kippen begann.

Er winkte Stayt, der sich ein Sprachrohr schnappte und gelenkig in die Wanten des Besanmastes kletterte.

»*Abandonnez*! Gebt auf!«

Doch nur Musketenfeuer antwortete ihm.

Die Segel der *Argonaute* schlugen und fingen erneut den Wind ein, als Fallowfield sie um das treibende, entmastete Wrack herumsteuerte. Keen warf Bolitho einen raschen Blick zu, doch dessen Ausdruck blieb unerbittlich.

Keen hob den Degen und dachte an das Mädchen, das tief unter seinen Füßen im Laderaum Schutz gesucht hatte, und an die Leichen, die an den Geschützen herumlagen. Jemand hatte eine zerfetzte Persenning über den Schiffsjungen geworfen, der von der feindlichen Kanonenkugel entzweigerissen worden war.

Inzwischen war es kein Gefecht mehr. Der Feind erinnerte Keen an ein hilfloses wildes Tier, das auf den Gnadenstoß wartete.

Der nächste Stückmeister beobachtete ihn, die Abzugsleine schon gespannt. »Klar zum Feuern!« Er hörte, wie der Befehl durch Pfeifsignale zum unteren Batteriedeck weitergegeben wurde, und machte sich auf die Breitseite gefaßt.

»Weiße Flagge, Sir!« rief jemand.

Keen schaute zu Bolitho hinüber und erwartete fast doch noch die Order zum Abfeuern der Breitseite.

Bolitho spürte den Blick. Er konnte von Keen nur einen

verschwommenen Umriß erkennen, das Blau und Weiß der Uniform, sein blondes Haar. Rauch und Anstrengung ließen sein Auge brennen, doch seine Stimme klang beherrscht: »Die Franzosen sollen das Schiff verlassen. Dann versenken Sie es.«

Paget rief: »Starke Rauchentwicklung, Sir. Er muß Feuer gefangen haben.«

Bolitho wartete, bis das Deck waagrecht war, und ging dann zur Querreling. Er hörte schwache Rufe von dem anderen Schiff und roch schwelende Takelage, die den Franzosen jeden Augenblick in ein Inferno verwandeln konnte.

»Der Krieg ist kein Spiel, Val«, sagte er leise, »und auch kein Ehrenhandel für Freund oder Feind.« Sein Ton verhärtete sich. »Denken Sie an die *Suprême*. Da gab es kein Pardon für den armen Hallowes. Jetzt gebe auch ich keins.« Er machte kehrt und ging auf die andere Seite, rutschte dabei in einer Blutlache aus. Hier war ein Seesoldat von einer Kugel gefällt worden, die Bolitho nur um eine Handbreit verfehlt hatte.

Paget schrie: »Nein, die Yawl hat Feuer gefangen, Sir!«

Keen hob das Fernrohr und sah das kleinere Schiff vom Zweidecker wegtreiben. Anstatt den Versuch zu unternehmen, die Flammen zu löschen, sprangen die Männer zu seinem Erstaunen ins Wasser.

Bolitho, der die eifrigen Spekulationen auf dem Achterdeck mitangehört hatte, sagte scharf: »Nehmen Sie sofort Fahrt auf! Diese Yawl muß Pulver geladen haben!«

Pfeifen zwitscherten, und die Männer hasteten wieder auf ihre Posten. Andere legten auf den Rahen über den durchlöcherten Segeln aus, als sich das Schiff langsam dem einladenden Horizont zuwandte.

Die Explosion kam wie ein Vulkanausbruch. Sie überraschte die Männer und erschütterte den Rumpf, als wolle sie ihre Rache bis hin zur *Argonaute* tragen.

Die ihnen abgewandte Seite des Zweideckers war der vollen Wucht der Explosion ausgesetzt. Schon als das Wasser wieder ins Meer zurück zu stürzen begann wie ein zerfetzter Vorhang, hatte das Kriegsschiff Schlagseite. Die Explosion, bei der die Yawl so gründlich zerstört worden war, daß noch nicht einmal eine treibende Spiere an sie gemahnte, mußte das Unterwasserschiff des Zweideckers eingedrückt haben.

Keen schaute hin und konnte die jähe Katastrophe kaum begreifen. Ein wenig näher, und *Argonaute* hätte das Schicksal ihrer Gegnerin geteilt.

Bolitho überquerte das Achterdeck und blieb stehen, um sich den stummen Offizieren zuzuwenden.

»Damit ist uns eine Mühe erspart, Gentlemen.«

Der Rauch hatte seinem Auge so übel mitgespielt, daß er ihre Gesichter kaum erkennen konnte. Doch ihre Bestürzung spürte er auch so, und sie bereitete ihm Genugtuung. Auf dem Weg nach unten, von Allday gestützt, dachte er an Keens ungläubigen Tonfall, als er ihm befohlen hatte, das Gefecht weiterzuführen. In diesem Augenblick hatte er mehr als nur Zorn empfunden, mehr als die Schmerzen, die ihn fast geblendet hätten. Nein, es war Haß gewesen. Etwas Weißglühendes, Gnadenloses, das ihn fast dazu bewogen hätte, eine weitere Breitseite zu befehlen. Der Feind war längst geschlagen gewesen, als ein Verzweifelter an einem Bootshaken die weiße Flagge gehißt hatte. Argwöhnisch, fast furchtsam dachte er darüber nach. Also Haß. Dieses Gefühl war ihm bisher so fremd gewesen wie Feigheit.

Das Deck neigte sich, und als der Wind das neugesetzte Großbramsegel blähte, entfernte sich die *Argonaute* von dem sterbenden Schiff und den treibenden Überlebenden. Zumindest sie würden von den Spaniern gerettet werden.

Keen hatte Bolithos Gesicht beobachtet und die Wirkung seiner kaltschnäuzigen Bemerkung auf die jungen Offiziere.

Er kannte seinen Admiral in fast jeder Situation und liebte ihn mehr als jeden anderen Mann. Aber manchmal war er ihm ein Fremder.

Tuson wischte sich die Finger an einem Lappen ab und musterte Bolitho streng.

»Wenn Sie so weitermachen, Sir Richard, kann ich Ihre Genesung nicht länger garantieren.«

Er rechnete mit einer scharfen Entgegnung, aber zu seinem Schrecken schien Bolitho überhaupt nicht zugehört zu haben. Er war an die Heckfenster getreten und starrte apathisch ins glitzernde Kielwasser.

Durch das Schiff hallten Hammerschläge, und Taljen quietschten, als neues Tauwerk zu den Rahen hinaufgehievt wurde, um während des Gefechts beschädigtes zu ersetzen.

Die Atmosphäre an Bord war fast unbeschwert. Man hatte einen Sieg errungen. Fünf Männer waren gefallen, zwei schwer verwundet. Den Rest hatte Tuson als leichtverletzt bezeichnet. Die Heftigkeit ihres Angriffs hat die Verluste niedriger gehalten, als Bolitho zu hoffen gewagt hatte. Er hatte Tusons Warnung verstanden; aber es war sinnlos, Einwände zu erheben.

Durch die dicke Scheibe sah er den dunstigen Umriß der *Icarus*, deren Großsegel in der Mittagssonne fast weiß leuchtete. *Rapid* war voraus auf Station, und abgesehen von den Reparaturen und fünf Seebestattungen wies nichts darauf hin, daß sie einen französischen Zweidecker versenkt hatten. Keen hatte festgestellt, daß der Name des Schiffes *Calliope* war, ehe die Karronade sein Heck zu Kleinholz gemacht hatte.

»Wenn ich Ihnen einen Rat geben darf, Sir ...« fuhr Tuson fort.

Bolitho schaute in seine Richtung. »Sie sind ein guter Arzt. Aber was können Sie mir schon raten? Beim Gehen verliere ich das Gleichgewicht wie ein betrunkener Matrose, und ich kann kaum einen Mann vom anderen unterscheiden. Was wollen Sie mir dagegen raten?«

»Trotz allem haben Sie ein Gefecht gewonnen, Sir.«

Bolitho wies nach oben zum Skylight. »Die Männer haben es gewonnen, nicht ich.«

»Sie könnten einen Stellvertreter anfordern«, Tuson sprach trotzig weiter, auch als Bolitho wütend herumfuhr, »und sich daheim von einem Facharzt behandeln lassen.«

»Ich werde Nelson nicht um einen Gefallen bitten. Die Franzosen kommen heraus, das weiß ich genau.«

»Und was soll aus dem Mädchen werden?«

Bolitho lehnte sich zurück und spürte die Sonne durch das Glas heiß auf seiner Brust.

»Ich werde Vorkehrungen für sie treffen.«

Tuson lächelte. »Sie wollen mich nicht mit hineinziehen, wie?«

Es klopfte an, und Keen betrat die Kajüte. Er war in den drei Tagen seit dem Gefecht fast unablässig auf den Beinen gewesen.

»Geht es Ihnen gut, Sir?« fragte er Bolitho.

Bolitho wies auf einen Stuhl. »Jedenfalls nicht schlechter.«

Keen sah, daß Bolithos Fuß nervös wippte.

»*Rapid* hat ein Schiff im Südwesten gemeldet, Sir. Ein kleines, das sich unter vollen Segeln nähert.«

»Aha.«

Keen war bemüht, seine Besorgnis zu verbergen. Bolitho wirkte so uninteressiert. Alles Feuer, alle Entschlossenheit, die er bei der Vernichtung des Franzosen gezeigt hatte, schien verschwunden zu sein.

Der Posten rief: »Midshipman der Wache, Sir!«

Keen seufzte und ging zur Tür. »Na, was ist, Mr. Hickling? Spannen Sie uns nicht auf die Folter.«

Der Junge zog eine Grimasse und versuchte, sich an den genauen Wortlaut der Meldung zu erinnern.

»Empfehlung von Mr. Paget, Sir.« Sein Blick glitt an Keen vorbei in die Kajüte, wo sich Bolithos Umriß vor den Heckfenstern abhob. Hickling war erst dreizehn und hatte während des Gefechts auf dem unteren Batteriedeck mit ansehen müssen, wie ein Mann von Splittern zerrissen wurde. Trotzdem wirkt er unverändert, dachte Keen.

Hickling fuhr fort: »Das Schiff ist als die Brigg *Firefly* identifiziert worden, Sir.«

Bolitho kam wankend auf die Beine und rief: »Ist er ganz sicher?«

Hickling beobachtete seinen Admiral neugierig und ohne Ehrfurcht. Dafür war er einfach noch zu jung.

»Mr. Paget meint ja, Sir Richard.«

Bolitho legte dem Midshipman die Hand auf die Schulter. »Eine gute Nachricht.« Hickling starrte die Hand an und wagte sich nicht zu rühren, als Bolitho hinzufügte: »Leutnant Paget hat Ihr Verhalten unter Feuer sehr gelobt. Gut gemacht, Mr. Hickling.«

Der Midshipman eilte fort, und Keen sagte leise: »Das war sehr freundlich von Ihnen, Sir. Nicht jeder hätte sich die Mühe gemacht.«

Er sah Bolitho zur Sitzbank zurückkehren und merkte, daß er bedächtig einen Fuß vor den anderen setzte, als wolle er die Bewegungen des Schiffes ertasten, einer Falle ausweichen.

Bolitho wußte, daß Keen ihn beobachtete. Aber wie könnte ich meinen Kummer teilen? dachte er. Wie kann ich ihm sagen, daß ich außer mir vor Sorge bin? Haß, Rachsucht, Kaltblütigkeit sollten in meinem Leben keine Rolle spielen, und dennoch ...

»Ich mache mir die Mühe, weil ich nicht vergessen habe, wie ich mich in seinem Alter fühlte, Val. Getreten und schikaniert, von keinem geachtet, keiner vertraute mir – ein gutes Wort hätte da einen gewaltigen Unterschied gemacht.« Er schüttelte den Kopf. »Ich hoffe nur, daß ich das nicht vergesse.«

Der Schiffsarzt hatte seine Tasche gepackt und verabschiedete sich. An der Tür schaute er Keen an. »Da der junge Mr. Bolitho im Anmarsch ist, hoffe ich, daß wir in dieser schwierigen Situation bald einen Verbündeten bekommen.«

Bolitho zog die Stirn kraus. »Unverschämtheit!«

Keen schloß die Tür. »Was er sagt, hat Hand und Fuß.«

In jäher Erkenntnis fuhr Bolitho zusammen. Adam wußte nichts von seiner Verletzung. Wie würde er es aufnehmen?

»Ihr Neffe ist stolz auf Sie, Sir«, meinte Keen sanft, als hätte er seine Gedanken gelesen. »Und ich bin es auch.«

Bolitho gab keine Antwort und starrte noch immer achteraus, als Keen sich entfernte.

Oben nickte Keen seinen Offizieren zu und schaute zum klaren Himmel auf. Es war schön, aber kühl. Er trat an die Querreling und blickte hinab in die Kuhl, den Marktplatz, wie er es nannte. Der Segelmacher und seine Gehilfen waren darin mit ihrem Handwerk beschäftigt, flickten und verstärkten. Bootsmann und Schiffszimmermann berieten über die Holzvorräte, und starker Teergeruch lag in der Luft.

Doch Keen dachte an das Nachspiel des Gefechts. An die Erleichterung, als er Zenoria wieder in den Armen hielt, an das unglaubliche Glück, das einer dem anderen bedeutete. Sie hatte das Gesicht an seiner Brust vergraben, als er sie so fest umarmte, daß er durch das Hemd hindurch die Narbe auf ihrem Rücken spürte.

Die letzte, fürchterliche Explosion war durch den Laderaum gefahren wie ein Donnerschlag, hatte Ozzard berichtet. Zenoria habe seine und Millies Hand gehalten und mehr Mut bewiesen als sie beide zusammen.

Keen erblickte Allday an den inzwischen wieder eingesetzten Booten. Wütend reckte er den Kopf bis auf eine Handbreit vor das Gesicht des Zweiten Bootsführers. Das sah übel aus. Wie den Arzt begann auch Keen Bankarts Anwesenheit zu stören.

»An Deck! Schiff Backbord voraus!«

Keen warf Paget einen Blick zu und nickte. *Firefly* hätte zu keinem günstigeren Augenblick eintreffen können. Der junge Hickling konnte nicht ahnen, wie willkommen seine Meldung gewesen war.

Firefly brachte Nachrichten aus der Heimat, vielleicht einen Brief für den Admiral. Aus London konnte noch nichts eingetroffen sein, was Zenoria anging. Aber zumindest war die Sache in die Wege geleitet, Krieg hin oder her. Er dachte an sie in seinen Armen, wie selbstverständlich sich das angefühlt hatte.

Paget betrachtete ihn und wandte sich zufrieden ab.

Der Kommandant sah glücklich aus. Das mußte jedem Ersten Offizier nur recht sein.

Bolitho erhob sich, als vertraute Geräusche durchs Skylight drangen. Die Männer waren an die Brassen gerufen worden. Das Flaggschiff bereitete sich zum Beidrehen vor und zum Empfang des Kommandanten der Brigg.

Wie gern hätte er an der Schanzkleidpforte gestanden, wenn Adam an Bord kam. Doch das war Keens Privileg – ein Kommandant begrüßte den anderen. Aber er wußte, daß er nicht nur aus Tradition fernblieb. Er hatte auch Angst vor dem, was sein Neffe denken und sagen mochte, wenn er ihn zu Gesicht bekam.

Allday trat aus der Schlafkabine und hielt ihm den Rock hin. Bolitho war so in Gedanken, daß er Alldays finstere Laune nicht spürte. Vielleicht ein Brief von Belinda ...

Er hob den Kopf, als Pagets Stimme übers Deck schallte.

Das Ruder der *Argonaute* wurde gelegt, und sie schwang mit laut killendem Tuch in den Wind, schwankte eine Zeitlang heftig, bis die verbliebenen Segel aufgegeit waren.

Einen Augenblick lang hatte er Adams Brigg durch die wassertriefenden Fenster gesehen, ihre Flagge als kleinen Farbfleck im Wind. Er fragte sich, ob *Fireflys* Eintreffen von einem ungesehenen Fischerboot bemerkt, ob ihr Auftrag bereits einem Spion in Gibraltar oder Verräter in London bekannt geworden war.

Allday musterte ihn stumpf. Er konnte es nicht ertragen, seinen Admiral so hilflos und unsicher zu sehen. Er hatte versucht, ihn mit seinem Körper zu decken, als sie den Franzosen angriffen, weil Bolitho einfach dagestanden hatte, unfähig oder nicht bereit, sich in Deckung zu begeben.

»Schön, Adam wiederzusehen, auch wenn es nur für kurze Zeit ist«, sagte Bolitho. »Inch stößt in ein paar Tagen zu uns, und dann machen wir uns gemeinsam auf die Suche nach Jobert!«

Allday nahm den alten Degen von der Wand. Er haßte Jobert, weil er Bolitho so zugerichtet hatte.

Pfeifen trillerten, die Seesoldaten präsentierten ihre Musketen. Aber es schien eine Ewigkeit zu dauern, bis Yovell die äußere Tür öffnete. Bolitho kam Adam ein paar Schritte entgegen, bemüht, an einer Stelle zu bleiben, von der aus er an einem Tisch oder Stuhl Halt finden konnte.

Doch es kamen zwei Besucher, nicht nur einer.

Bolitho ergriff Adams Hände und merkte, daß sein Neffe bereits Bescheid wußte.

»Wie geht's, Onkel?« Adam versuchte nicht, seine Besorgnis zu verbergen.

»Nicht übel.« Er wollte das Thema wechseln. »Du vernachlässigst deine Pflicht. Wie heißt unser Gast?«

»Mr. Pullen«, erwiderte Adam betreten. »Von der Admiralität.«

Der Mann hatte einen knochigen Händedruck. »Unterwegs nach Malta, Sir Richard.« Es hörte sich an, als lächelte er.

»Bitte nehmen Sie Platz. Allday, geh Ozzard holen.« Er wußte, daß Adam ihn anstarrte, um die Schwere seiner Verletzung abzuschätzen.

»Und was führt Sie hierher, Mr. Pullen?«

Der Mann machte es sich bequem. Er war ganz in Schwarz wie eine Krähe, fand Bolitho und kehrte dem Licht den Rücken zu, da er wußte, daß sie so nur seinen Verband zu sehen bekamen und sonst nichts.

»Ich habe mich in Malta im Auftrag von Admiral Sir Hayward Sheaffe um gewisse Angelegenheiten zu kümmern, Sir Richard.«

Bolitho rang sich ein Lächeln ab. »Geheime Angelegenheiten, nicht wahr?«

»Gewiß, Sir Richard.« Als Ozzard mit einem Tablett herbeigeeilt kam, sagte er: »Vielen Dank, Wein mit Wasser genügt mir.«

»Ich hätte dich gern gesprochen, Onkel«, sagte Adam.

Bolitho entnahm seinem Ton, daß etwas nicht stimmte. »Kann das nicht warten?« fragte er. »Ich bin sehr beschäftigt.«

Pullen zog einen Umschlag hervor und legte ihn auf den Tisch. Bolitho starrte ihn an, fühlte sich in die Enge getrieben, denn er konnte nicht lesen. »Darf ich auch Sie um Geduld bitten?«

Der Mann zuckte die Achseln. »Ich kann mir vorstellen, daß Sie alle Hände voll zu tun haben, Sir Richard. Schließlich haben Sie ein Gefecht hinter sich, auch wenn man das dem Schiff kaum ansieht.«

Bolitho unterdrückte eine jähe Gereiztheit. »Wir haben einen französischen Zweidecker versenkt.« Mehr sagte er nicht.

»Vorzüglich. Sir Hayward wird sich freuen.« Pullen musterte sein Glas mit verdünntem Wein. »Ich belästige Sie nur ungern, Sir Richard. Aber die Angelegenheit ist wichtig. Man hat mich ersucht, Ihren Flaggkapitän aufzufordern, in Malta umgehend vor einem Untersuchungsausschuß zu erscheinen.«

Kein Wunder, daß Adam versucht hatte, ihn zu warnen. »Zu welchem Zweck?« fragte Bolitho gelassen.

»Aus zwei Gründen, wie ich höre, Sir Richard«, meinte Pullen selbstgefällig. »Er verhielt sich unklug, indem er einen Verbannungsbefehl mißachtete und eine Frau –«, er betonte das Wort, als sei es eine Obszönität – »aus dem Gewahrsam entfernte. Ich nehme an, daß er für seine Handlungen, wie fehlgeleitet sie auch sein mögen, eine Erklärung hat, muß aber darauf hinweisen . . .«

»Wer hat diese Anschuldigung erhoben?«

Pullen seufzte. »Es ging eine schriftliche Anzeige ein, Sir Richard. Aber Ihnen sollte die Angelegenheit keinen Anlaß zur Sorge bieten. Es handelt sich nur um einen lästigen Zwischenfall.«

»Sie sind impertinent, Sir«, sagte Bolitho leise. »Diese Frau wurde mißhandelt und ausgepeitscht! Kapitän Keen tat nur seine Pflicht.«

»Das ist nicht von Belang, Sir Richard.«

Bolitho starrte ihn an und erwiderte: »Wir sind hier auf einem Schlachtfeld, Mr. Pullen, nicht in einem sicheren und bequemen Büro. Hier habe ich die Befehlsgewalt. Wenn ich Sie ergreifen und halb totpeitschen lassen würde, dürfte niemand meinen Befehl in Frage stellen.« Er hörte, wie der Mann scharf Luft holte. »Es könnte Monate dauern, bis mich jemand zur Rechenschaft zieht. Würden Sie auch das als einen ›lästigen Zwischenfall‹ bezeichnen?«

Pullen schluckte. »Ich wollte Sie nicht beleidigen, Sir Richard.«

»Das haben Sie aber getan! Glauben Sie vielleicht, ich sehe tatenlos zu, wie der Name eines mutigen Offiziers wegen dieser Absurdität in den Schmutz gezogen wird?«

Pullen beugte sich vor. Sein Selbstvertrauen kehrte zurück. »Dann ist an der ganzen Sache also nichts Wahres dran?«

»Darauf brauche ich nicht zu antworten.«

Pullen erhob sich und stellte sein noch volles Glas auf den Tisch. »Nicht mir, Sir. Aber Sie werden dem Befehl entnehmen, daß Sie zusammen mit Ihrem Flaggkapitän vorgeladen sind.«

Bolitho starrte ihn an. »Ich soll diese Station verlassen? Wissen Sie, was Sie da sagen? Haben Sie denn keine Vorstellung von den Absichten des Feindes?«

»Für Erwägungen dieser Art bin ich nicht zuständig, Sir Richard.« Pullen verbeugte sich knapp. »Mit Ihrer Erlaubnis möchte ich mich nun zurückziehen, während Sie Ihre Entscheidung treffen.«

Lange Zeit blieb Bolitho stocksteif unterm Skylight stehen. Das Ganze war nur ein böser Traum. Wie die Schatten vor seinen Augen mußte er bald verfliegen.

Adam sagte bitter: »Ich hatte keine Ahnung davon, Onkel. Warum hast du mir nichts von dieser Frau gesagt?« Er zögerte. »Es darf keinen Klatsch geben.«

Bolitho ergriff seinen Arm. »Sie ist hier an Bord, Adam. Wenn dieser Widerling der Sache einen so unanständigen Anstrich geben konnte, ist mehr Schaden angerichtet worden, als ich dachte. Es handelt sich um ein braves, tapferes Mädchen, das wegen einer falschen Beschuldigung in die Verbannung geschickt wurde. Und das werden wir beweisen.«

Die Tür ging auf, und Keen kam mit bleichem Gesicht herein.

»Aber bis uns das gelungen ist, kommt sie in Eisen auf ein

Sträflingsschiff«, sagte er und schaute Adam an. »Ich liebe sie, müssen Sie wissen. Ich liebe sie mehr als mein Leben.«

Adam schaute von einem zum anderen, spürte sofort Keens Aufrichtigkeit und das Mitgefühl seines Onkels.

»Pullen ist Kartenspieler«, meinte Adam. Beide starrten sein dunkles Gesicht an, das nun grimmig geworden war. »Ich könnte ihn des Falschspiels bezichtigen und zum Duell fordern.«

Bolitho trat zu ihm und packte ihn an den Schultern.

»Nein. Wir haben schon genug Ärger. Laß deinen Degen stecken.« Er drückte seine Schultern. »Aber du bist ein Prachtkerl.«

»Ich habe einen Brief von Lady Belinda für dich«, sagte Adam bedrückt und hielt Bolitho den Umschlag hin. »Und ich weiß, weshalb du Pullens Papiere nicht gelesen hast.« Diese Erkenntnis schien ihn zu schockieren.

»Mußt du sofort weiter?« fragte Bolitho.

»Aye.« Als Adam den Kopf senkte, fiel ihm das widerspenstige Haar in die Stirn. »Ich hörte, daß John Hallowes gefallen ist, Onkel. Er war mein Freund.«

»Ich weiß.« Gemeinsam gingen sie zur Tür. »Ausgerechnet jetzt, da ich hier am meisten gebraucht werde, muß ich wegen dieser dummen Affäre das Geschwader verlassen. Bis zu meiner Rückkehr übergebe ich Inch das Kommando.« Er schaute Keen an. »Keine Angst, ich lasse das Mädchen nicht im Stich.«

Adam folgte Keen hinaus und sah Pullen an der Pforte warten. Wer steckt hinter diesen Anschuldigungen? fragte er sich. Daß sie auf Wahrheit beruhten, fand er weniger wichtig.

Er grüßte die Ehrenkompanie und sah dann Keen an.

»Sie haben meine Loyalität, Sir.« Er berührte seinen Degen. »Und meine Waffe auch, wenn Sie sie brauchen.« Dann folgte er Pullen ins Boot.

Keen wartete, bis die Gig angerudert hatte, und ging dann hinüber zu seinem Ersten Offizier. »Wir setzen Segel, sobald der Admiral einen Brief zur *Firefly* geschickt hat.«

Pullen hatte offensichtlich als Beobachter bis Malta an Bord bleiben wollen, um sich dann am Ziel in einen Kerkermeister zu verwandeln. Bolithos Drohungen hatten ihn wohl umgestimmt. Nun würde er sie dort mit noch verschärfter Feindseligkeit erwarten.

»Ich finde das Ganze sehr bedauerlich, Sir.« Paget zuckte unter Keens scharfem Blick zusammen, wich aber nicht zurück. »Uns tut das allen leid. Es ist nicht fair.«

Keen senkte den Blick. »Vielen Dank. Ich glaubte, es sei genug, im Krieg tapfer zu kämpfen. Aber offenbar gibt es Leute, die meinen, es stünde uns besser an, uns gegenseitig an die Kehle zu springen.«

Ein Boot trug Bolithos hastig diktierten Brief hinüber zur Brigg, und als die Nacht hereinbrach, war *Firefly* bereits hinter der Kimm verschwunden.

Keen ging auf dem Achterdeck auf und ab und starrte in den roten Sonnenuntergang. *Firefly* hatte also doch nur schlechte Nachrichten gebracht.

XI Heimlich von Bord

Am frühen Morgen begab sich Bolitho aufs Achterdeck. Zwei Tage waren verstrichen, seit Adam mit *Firefly* eingetroffen war und ihm die Vorladung überbracht hatte.

Argonaute lag unter Marssegeln und Klüver behaglich auf Steuerbordbug. Ihre Decks waren noch taufeucht, die Seeleute räumten im Morgendämmerlicht geschäftig lose Taue weg und scheuerten die Decksplanken. Ein widerlicher Geruch kam aus dem Schornstein der Kombüse; bald würden alle Mann zum Frühstück entlassen werden.

Bolitho sah, wie der Wachhabende ihn verblüfft anstarrte und sich dann hastig zur Leeseite verzog. Auch die Rudergänger drückten das Kreuz durch; Augenblicke zuvor hatten sie sich noch müde an das Doppelrad gehängt und nur an Frühstück gedacht, wie miserabel es auch ausfallen mochte.

Ein, zwei Matrosen schauten vom Hauptdeck zu Bolitho auf. Seit seiner Verwundung hatten sie ihn nur selten zu Gesicht bekommen. Er hielt die Hand übers Auge und schaute zum Land: lila und tiefblau über einem stahlblauen Horizont. Am Himmel zogen vereinzelte Wolken dahin, deren Ränder die aufgehende Sonne rosa und golden färbte. Die See war ruhiger.

Er machte ein paar Schritte, hielt die Hände fest auf dem Rücken verschränkt. Als er nach einzelnen Gestalten Ausschau hielt, schlug sein Herz schneller. Bis auf jene, die in den Schatten zwischen den Geschützen standen, konnte er alle erkennen.

Er rief den Wachhabenden an. »Guten Morgen, Mr. Machan.«

Der Offizier legte die Hand an den Hut und eilte herbei. »Ein schöner Tag, Sir Richard.« Das klang verwirrt und erfreut.

Bolitho musterte ihn eingehend. Er konnte ihn besser sehen, als er zu hoffen gewagt hatte, entsann sich aber, Sheaffe vor kurzem mit einem anderen Offizier verwechselt zu haben. Dann merkte er, daß Machan unter seinem scharfen Blick unruhig wurde.

»Ist vom Masttopp aus die *Helicon* zu erkennen?« fragte Bolitho.

Sie hatten Inchs Schiff und sein Schwesterschiff noch kurz vor Einbruch der Nacht gesehen; bei Tageslicht würden sie sich alle wieder zusammenfinden – außer der seltsam getarnten *Barracouta* – aber nur, um wieder an Stärke zu verlieren, wenn das Flaggschiff nach Malta segelte.

Es war Wahnsinn, aber Bolitho wußte, daß der Befehl ihm keinen Spielraum für Auslegungen ließ. Wenn Keen vor ein Tribunal zitiert wurde, mußte er sich auf eigenem Kiel dorthin begeben. Kam er als Passagier auf einer Kurierbrigg, erklärte er sich praktisch schuldig.

Er stellte fest, daß er wieder rastlos auf- und abging und daß Machan auf seinen Posten an den Netzen zurückgekehrt war. Die Nachricht würde sich erst unter Deck und dann auf allen anderen Schiffen des Geschwaders verbreiten: Der Admiral war wieder auf den Beinen.

Bolitho setzte sich mit Belindas Brief auseinander. Er war noch immer nicht ganz sicher, was er eigentlich erwartet hatte. Auf jeden Fall mehr. Ihr Brief war nicht kurz, ließ aber jede persönliche Note vermissen. Sie hatte von Haus und Hof geschrieben, von Fergusons Absicht, den Gemüsegarten zu vergrößern, von dem alten Steuereinnehmer, dessen Frau schon wieder ein Kind erwartete.

Seltsam, er hatte sich den Brief nicht von Yovell oder Ozzard vorlesen lassen, sondern Zenoria gerufen. Ihre Stimme hatte eher wie die Belindas geklungen, doch der Brief selbst war oberflächlich und ausweichend gewesen; London oder ihr kühler Abschied blieben unerwähnt.

Der Brief schloß: »Deine Dich liebende Frau Belinda.«

Er entsann sich an den Klang ihres Namens auf Zenorias Lippen; wie sehr ihn das bewegt und beunruhigt hatte. . .

Das Mädchen hatte ihm den Brief zurückgegeben und gesagt: »Sie ist eine gute Frau, Sir.«

Bolitho hatte ihre Verzweiflung, ihren Neid gespürt. Keen mußte ihr von Pullens Besuch erzählt haben.

»Kommen Sie ein bißchen näher«, hatte Bolitho gesagt. Als sie sich neben ihn setzte, ergriff er ihre Hände. »Keine Angst, ich halte mein Wort.«

Ihre Antwort hatte Zweifel verraten: »Wie wollen Sie mir jetzt noch helfen, Sir? In Malta wartet Gefängnis auf mich.«

Es hatte ängstlich, aber auch entschlossen geklungen. »Die bekommen mich nicht bei lebendigem Leibe! Niemals!«

Er hatte ihre Hand gedrückt. »Was ich Ihnen jetzt sage, muß unser Geheimnis bleiben. Wenn Sie es meinem Kapitän verraten, machen Sie ihn zum Komplizen. Er darf nicht noch mehr Schuld auf sich laden.«

Sie hatte eingewilligt.

Bolitho fröstelte. Noch immer wußte er nicht ganz genau, wie er sich der Angelegenheit annehmen sollte. Doch Zenoria durfte nicht verzagen. Womöglich stürzte sie sich über Bord oder tat sich ein Leid an, nur um nicht wieder eingesperrt zu werden.

Der Ausguck schrie: »Schiff in Südost! Die *Helicon*, Sir!«

Bolitho konnte sich Inchs Schiff vorstellen, dessen Segel in der schwachen Morgensonne wie rosa Muscheln leuchten mußten, wie es so auf die *Argonaute* zuhielt.

Wieder dachte er an Zenoria. Bald würde sie vom Eintreffen seines Stellvertreters erfahren. Damit wurde die Schraube weiter angezogen, die Fahrt zur herzlosen Obrigkeit in Malta rückte näher.

Keen kam barhäuptig und ohne Rock an Deck. Er starrte Bolitho an und suchte nach einer Erklärung.

Bolitho lächelte. »Schon gut, Val. Ich konnte nicht schlafen und wollte mir nur die Beine vertreten.«

Keen grinste erleichtert. »Tut richtig gut, Sie wieder an Deck zu sehen, Sir!« Dann wurde er ernst. »Ich möchte Sie nicht weiter belasten, aber ...«

Bolitho unterbrach ihn. »Ich habe schon einen Plan.«

»Aber, Sir ...«

Bolitho hob die Hand. »Ich weiß, was Sie sagen wollen: daß die Verantwortung nur bei Ihnen liegt. Aber da irren Sie sich. Solange meine Flagge über diesem Geschwader weht, fühle ich mich für die Angelegenheiten meiner Offiziere und insbesondere meines eigenen Flaggkapitäns verantwortlich.« Seine Stimme klang bitter, als er hinzufügte: »Seit mein Bruder zur amerikanischen Marine desertierte, gibt es Leute, die meine Familie unbedingt in Verruf bringen wollen. Mein Vater mußte darunter leiden, und ich selbst war mehr als einmal Ziel böswilliger Intrigen. Adam ebenfalls, aber das wissen Sie ja. Ich werde also nicht zulassen, daß man Sie ruiniert, nur um mir eins auszuwischen.«

»Glauben Sie denn wirklich, daß man dadurch *Ihnen* Schaden zufügen will, Sir?«

»Ohne jeden Zweifel. Doch niemand wird damit rechnen, daß ich Sie aus Ihrer Verantwortung entlasse und sie selbst auf mich nehme.« Kein Wunder, daß Pullen, dieser Aasgeier, so selbstsicher gewirkt hatte. Bei der Erkenntnis empfand er einen Haß, der ähnlich heftig war wie in dem Augenblick, als er beinahe die Breitseite nach der Kapitulation des französischen Zweideckers befohlen hatte.

Er hörte sich sagen: »Lassen Sie mich das auf meine Weise regeln, Val. Und danach machen wir uns auf die Suche nach dem *wahren* Feind – wenn es nicht schon zu spät ist.«

Keen beobachtete ihn. Hatte die Verwundung bei Bolitho Verfolgungswahn ausgelöst? Keen hatte zwar von den Angriffen auf die Familie Bolitho gehört, von den Methoden, mit denen in der Vergangenheit versucht worden war, Beförderungen zu verhindern oder tapfer verdiente Anerkennung zu versagen. Aber es konnte doch mitten im Krieg niemand so wahnsinnig sein, tiefsitzende Ressentiments dieser Art gegen ihn auszunutzen?

»Wenn nur Zenoria in Sicherheit wäre, Sir«, sagte Keen.

»Zenoria ist lediglich ein Werkzeug, Val, da bin ich ganz sicher.« Er drehte sich um, als der Midshipman rief: »Signal von *Rapid*, Sir!«

Bolitho sah die Flaggen von der Rah auswehen und hörte Keen sagen: »Sie können das Signal ja *sehen*, Sir!«

Bolitho versuchte, seine Erregung zu verbergen. »Recht

deutlich.« Er wandte sich zur Poop. Bald würde der andere Verband abgenommen werden, und dann zum Teufel mit Tusons düsteren Prophezeiungen. Wenn Inch an Bord kam, sollte er einen Admiral vorfinden, keinen schwächlichen Krüppel. Er ging mit langen Schritten zu seinem Quartier und verlor nur einmal das Gleichgewicht, als das Schiff in ein tiefes Wellental tauchte.

Yovell schrak von seinem Schreibtisch auf, als er Bolitho durch die Tür schreiten sah.

»Ich möchte Instruktionen für Kapitän Inch von der *Helicon* diktieren. Anschließend werde ich den Gentleman an Bord empfangen, ehe wir uns wieder trennen«, sagte er. Beflissen zog Yovell Schubladen auf und suchte nach einer neuen Feder. »Und dann soll Midshipman Hickling bei mir erscheinen.«

Yovell nickte. »Ich verstehe, Sir Richard.«

Bolitho musterte ihn scharf. *Nichts verstehst du, aber das macht nichts.*

»Der Arzt erwartet Sie, Sir«, sagte Yovell.

Bolitho stützte sich mit beiden Händen auf den Sessel und betrachtete sein Spiegelbild. Die kleinen Schnittwunden waren fast verheilt, sein Auge sah beinahe normal aus. Selbst das gelegentliche Brennen war weniger spürbar.

»Schicken Sie ihn rein.« Er zupfte am Verband. »Ich habe gleich eine Aufgabe für ihn.«

Allday kam durch die andere Tür und sah besorgt zu, wie Bolitho sich anschickte, selbst den Verband abzunehmen. »Sind Sie auch ganz sicher, daß das klug ist, Sir?«

»Sie können sich später als Barbier betätigen.«

Allday warf einen Blick auf Bolithos schwarzes Haar. Sieht doch noch ganz passabel aus, dachte er, wollte aber Bolithos neugefundene Energie nicht dämpfen.

Tuson dagegen nahm kein Blatt vor den Mund, als er Bolitho untersuchte. »Wenn Sie schon nicht auf mich hören wollen, Sir«, sagte er zornig, »dann warten Sie wenigstens ab, bis Sie von einem Fachmann untersucht worden sind!«

Der Verband fiel zu Boden, und Bolitho mußte sich zusammennehmen, um nicht zu zucken oder die Fäuste zu ballen, als der Arzt sein Auge zum hundertsten Mal untersuchte. »Es hat sich nicht gebessert«, sagte Tuson nach einer Weile. »Wenn Sie sich nur schonen wollten . . .«

Bolitho schüttelte den Kopf. Er konnte auf dem Auge nur undeutlich sehen, aber die Schmerzen waren nicht zu schlimm. »Ich *fühle* mich besser, und darauf kommt es an.«

Tuson schloß heftig seine Tasche. »Wenn Sie ein gemeiner Matrose wären, Sir Richard, würde ich Sie einen verdammten Narren heißen.« Er zuckte die Achseln. »Aber da Sie Admiral sind, schweige ich.«

Bolitho wartete, bis sich die Tür geschlossen hatte, und massierte sich dann das Auge. Anschließend starrte er sich mehrere Sekunden lang im Spiegel an. Er würde Joberts Geschwader ausfindig machen und vernichten, ganz gleich, was geschah. Und wenn seine Männer im Gefecht zu ihm aufschauten, mußten sie bei seinem Anblick Mut fassen, nicht ihn verlieren.

Während der fünfeinhalbtägigen Überfahrt nach Malta verbrachte Bolitho den Großteil seiner Zeit in der Kajüte, um Keen freie Hand für die Reparaturen und Änderung der Wacheinteilung zu lassen, für das Exerzieren an Segeln und Geschützen. Die Besatzung mochte ihren Kommandanten verfluchen, aber Bolitho war zufrieden, wenn er das Quietschen der Geschützlafetten auf den Decks hörte oder die Rufe der Offiziere, die zaghafte Landratten in schwindelnde Höhen scheuchten. Allerdings kamen sie nur sehr langsam voran, manchmal mit sechs Knoten oder weniger. Ihm war deutlich bewußt, daß die Rückkehr auf ihre Station ebensoviel Zeit in Anspruch nehmen würde.

Zu seinem Vertreter Inch, einem geschickten und erfahrenen Kommandanten, hatte er kein unbegrenztes Vertrauen. Er besaß zwar genug Initiative, zögerte aber oft, sie zu ergreifen. Das machte Bolitho, dem der pferdegesichtige Inch über die Jahre ans Herz gewachsen war, Sorgen.

Keen kam und meldete, daß der Ausguck die Insel Malta gesichtet hätte. »Einlaufen werden wir erst am Spätnachmittag oder vielleicht während der Hundewache, Sir«, ergänzte er. »Es sei denn, der Wind frischt auf.«

Bolitho merkte, daß Keen sich alle Mühe gab, nicht in sein unverbundenes Auge zu starren. Über die Verletzung wurde nie gesprochen, doch man war sich ihrer immerzu bewußt.

»Gut. Wenn wir auf der Reede sind, komme ich an Deck.«

Keen ließ ihn allein, und Bolitho setzte sich. Was war der nächste Schritt? Würde man ihn wegen seiner Verletzung vorübergehend ablösen oder ihm sein Kommando gar ganz nehmen? Keen meinte, er bilde sich diese Intrige nur ein, aber es waren einfach zu viele Zufälle auf einmal. Bolitho zog die Stirn kraus, als er sich seine Offiziere und Kommandanten vorstellte. Houston von der *Icarus* war der wahrscheinlichste Kandidat, da er zum Zorn neigte und einen Groll gegen Keen hegte. Auch seinen Admiral liebte er nicht gerade.

Er faßte einen Entschluß. Wenn er mit keinem Argument die Anschuldigungen vom Tisch fegen und auch das Mädchen nicht retten konnte, mußte er zum äußersten bereit sein.

»Ozzard, sagen Sie Allday, er soll Zenoria zu mir bringen.« Er trat an die Fenster und sah achteraus ein kleines Fischerboot auf den Wellen tanzen. Malta, immer wieder umkämpft, erobert und verloren, hatte den Schutz der britischen Marine eher aus Angst vor den Franzosen als aus Loyalität zu Großbritannien angenommen.

Bolitho stieß eine stumme Verwünschung aus, als das

Schiff beim Kurswechsel überholte. Fast hätte er wieder das Gleichgewicht verloren. Das war ebenso entnervend wie der Nebel, der vor seinem Auge hing wie feine Seide.

Die Tür ging auf, und Allday kam mit Zenoria herein.

»Es ist fast soweit.« Bolitho geleitete sie zu einem Sessel und sah, wie sie die Armlehnen umklammerte, was ihre Fassung Lügen strafte. Er trat hinter sie und berührte ihr langes Haar. »Sind Sie auch ganz sicher, Sie tapferes Mädchen?«

Sie nickte und packte die Lehnen noch fester.

»Na, dann Kopf zurück, Miss«, murmelte Allday heiser.

Sie legte den Kopf auf die Rücklehne, knöpfte nach kurzem Zögern ihr Hemd auf und legte ihren Hals frei. Bolitho ergriff ihre Hand. Kein Wunder, daß Keen sie anbetete.

»Ich bringe es nicht fertig, Sir«, sagte Allday verzweifelt.

»Fangen Sie an«, sagte sie leise. »Sofort!«

Allday stieß einen tiefen Seufzer aus, ergriff ihr Haar und zückte die Schere.

Bolitho sah die schwarzen Locken zu Boden fallen. »Ich gehe jetzt an Deck.« Er drückte ihre Hand, die trotz der Schwüle in der Kajüte eiskalt war. »Allday kümmert sich um Sie.« Dann beugte er sich vor und küßte sie sanft auf die Wange. »Ihr Mut wird uns allen Kraft geben, Zenoria.«

Später, als er zu Keen aufs Achterdeck trat und zusah, wie sich der Hafen mit den weißen Festungsanlagen vor ihnen öffnete, mußte er seine Besorgnis mit Gewalt unterdrücken.

Salutschüsse begannen über das stille Wasser zu hallen, und auf der nächstgelegenen Batterie dippte man die Flagge. In Malta lagen zahlreiche Küstenfahrzeuge und mehrere große Kriegsschiffe. Bolitho hob ein Teleskop und hielt es vorsichtig an sein gutes Auge. Am nächsten zum Kai lag ein eleganter Zweidecker, von dessen Besanmast müde die Flagge eines Konteradmirals flatterte.

Ihm schnürte es die Kehle zu, denn das war eindeutig die

Benbow. Vor seinem inneren Auge tauchten Bilder auf. Wann war er selbst Konteradmiral gewesen? Vor drei Jahren in der Ostsee, als sein Neffe Adam Dritter Offizier und Herrick Flaggkapitän seines Schiffes gewesen war.

Von dem schweren, schwarzbraunen Rumpf wanderte sein Blick zu einer stämmigen Brigg, die viel näher zu ihnen verankert war. Ungeduldig wartete er, bis sie in der sanften Brise an ihrem Ankertau herumgeschwojt war und die Sonne ihr vergoldetes Heck aufblitzen ließ. Dann erkannte er aufatmend ihren Namen: *Lord Egmont*. Sie war eines der ältesten Falmouth-Frachtschiffe, und er hatte sie schon als Fähnrich gekannt. Mit ihrer Anwesenheit hatte er gerechnet, da ihr Name in seinen Instruktionen von der Admiralität aufgetaucht war. Doch Wind und See oder der Feind hätten alles ändern können. Und selbst jetzt noch ...

Er setzte das Glas ab, und die Brigg verschwand wieder in der dunstigen Ferne.

Der Pulverdampf des Saluts hing noch über den Rahen, als Matrosen herbeigepfiffen wurden, um die beiden Kutter zu Wasser zu lassen für den Fall, daß der Wind für die Wende am Ankerplatz nicht stark genug war. Ein Wachboot lag reglos im glitzernden Wasser; wahrscheinlich interessierte sich nur seine Besatzung für ihre Ankunft. Kriegsschiffe waren hier eine alltägliche Erscheinung, Aufmerksamkeit erregten nur die Truppentransporter und Postschiffe aus England.

Keen legte die Hände um den Mund. »Klar zum Fallenlassen, Mr. Paget!«

Bolitho starrte zum Ufer mit der uralten Festung und seinem geschäftigen Markt. Ein Kriegshafen, wimmelnd wie ein Ameisenhaufen. Und ein gutes Betätigungsfeld für Spione.

Keen sagte: »Die *Firefly* ist bereits ausgelaufen, Sir.«

»Aye.« Zumindest Adam war aus der Sache heraus, ganz

gleich wie hilfsbereit er sich auch gezeigt hatte. Liegt diese Solidarität daran, daß wir alle aus Cornwall sind? überlegte er. Ein hoher Offizier hatte ihm einmal ins Gesicht gesagt: »Aus Cornwall? Ihr seid doch alle Piraten und Rebellen!«

Es schien eine Ewigkeit zu dauern, bis *Argonaute* endlich mit säuberlich aufgetuchten Segeln vor Anker lag. Sonnendächer wurden aufgespannt, und dann erwartete die Besatzung die kommenden Ereignisse.

Bolitho sah fremde Boote auf sie zuhalten: der Wachoffizier, ein Schiffsausrüster von der Werft, ein verlegen dreinblickender Fähnrich von der Garnison, der die Zofe Millie abholen kam. Sie schien nicht von Bord zu wollen und klammerte sich trotz des anzüglichen Grinsens der Matrosen an ihren Korporal, als gälte es ihr Leben.

Keen sah vom Poopdeck aus Leutnant Stayt mit dem Bootsmann sprechen. Dann lösten Matrosen die Verzurrung der Admiralsbarkasse. Bolitho wollte an Land, früher als erwartet, was ihn unbehaglich stimmte.

Der Wachoffizier salutierte und reichte Keen einen amtlich aussehenden Umschlag. Dabei wirkte er betreten, als führe er einen Auftrag aus, der ihm gegen den Strich ging. Es handelte sich um eine Vorladung ins Hauptquartier: Keen hatte in zwei Tagen vor einem Tribunal der Admiralität zu erscheinen. Der befehlshabende Flaggoffizier mußte sie sofort nach Sichtung der *Argonaute* abgesandt haben.

Stayt wartete, bis das Wachboot abgelegt hatte, und ging dann nach achtern.

»Ich soll Sir Richards Depeschen an Land bringen, Sir.«

Keen nickte. Stayt würde also die Barkasse nehmen. Ihm fiel auf, daß sie von Bankart, dem Zweiten Bootsführer, kommandiert wurde. Ungewöhnlich, dachte er. Normalerweise führte Allday die Barkasse, wenn sie im Hafen oder unter den Augen der Flotte lagen.

Er hörte Midshipman Hickling um Erlaubnis bitten, mit

der Gig zu einem in der Nähe liegenden Frachtschiff fahren zu dürfen. Paget war einverstanden, als er erfuhr, daß auch eine Nachricht vom Admiral mitgesandt werden sollte.

Keen schaute zur Flagge auf. Wenn sie wieder eingeholt wurde, mochte dies das Ende für sie beide bedeuten.

Midshipman Sheaffe kam eilig die Leiter zum Poopdeck hoch und meldete: »Empfehlung vom Admiral, Sir: Er erwartet Sie um acht Glasen.«

Keen biß die Zähne zusammen. Wenn Bolitho gute Nachrichten für ihn gehabt hatte, wäre er sofort gerufen worden.

Gereizt rief er Paget zu: »Lassen Sie alle Boote aussetzen und den Rumpf untersuchen.« Es war allerdings unwahrscheinlich, daß Schäden aus dem kurzen Gefecht übersehen worden waren. Er bürdete den Männern aus Zorn überflüssige Arbeit auf und wußte das auch.

Endlich hörte Keen die Schiffsglocke von der Back schlagen. Es wurde Zeit.

Plötzlich dachte er an seine Heimat Hampshire. Dort war es nun kalt und wahrscheinlich regnerisch; die Dorfbewohner bereiteten sich auf den Winter und möglicherweise auf einen Landungsversuch der Franzosen vor. Was würden seine Geschwister sagen, wenn sie von dem Kriegsgerichtsverfahren gegen ihn erfuhren? Seinen Vater würde es erschüttern, besonders da er von Anfang an nicht gewollt hatte, daß sein jüngster Sohn zur Kriegsmarine ging.

Als Keen in den Laternenschein der Achterkajüte trat, sah er zu seiner Überraschung, daß Bolitho seinen langen Bootsmantel trug, und glaubte einen Moment lang, Stayt habe seine Befehle mißverstanden.

Bolitho aber sagte gelassen: »Ich gehe an Land, Val, und nehme dazu Ihre Gig, falls Sie nichts dagegen haben.« Er lächelte rasch und nervös. »Das ist nicht ganz so förmlich.«

»Selbstverständlich, Sir. Das Schiff ist gesichert.«

Allday stapfte durch die Kajüte und nahm Bolithos alten

Degen vom Halter. Keen überlegte. Demnach wollte Bolitho also nicht den Admiral aufsuchen, der auf Malta den Oberbefehl hatte. Für förmliche Besuche wurde es ohnehin etwas spät.

Bolitho rückte die Waffe an der Seite zurecht. »Ehe ich den Fuß an Land setze, statte ich der *Lord Egmont* einen Besuch ab«, sagte er. Keen nickte. Er hatte mit angesehen, wie das Frachtschiff zum Auslaufen vorbereitet wurde. An Deck hatten Männer zusätzliche Ladung verzurrt, vermutlich die private Beute des Kapitäns.

»Wir bringen es am besten rasch hinter uns, Val«, meinte Bolitho. Er hob die Stimme: »Sind Sie fertig?«

Keen starrte verdutzt, als ein Midshipman durch die gegenüberliegende Tür kam. Dann begriff er.

»Ich wußte nicht, daß du . . .«

Zenoria sah ihn fest an. Sie war in die komplette Uniform eines Midshipman gekleidet und trug sogar eine vergoldete Seitenwaffe. Keen trat mit offenen Armen auf sie zu, sie nahm den Hut ab, und er sah, was Allday mit ihrem Haar angerichtet hatte. Es war kurz und im Nacken säuberlich mit einer schwarzen Schleife zusammengebunden, wie es sich für einen ›jungen Gentleman‹ gehörte, der im Begriff war, auf dem Boot seines Admirals das Kommando zu übernehmen.

Bolitho beobachtete die beiden und fühlte sich plötzlich wohl, wenn er an sein Vorhaben dachte. »Ich gehe an Deck«, sagte er. »Keine Ehrenwache, klar?«

Als die Tür sich schloß, nahm Keen sie in die Arme. Obwohl sie sich das Hemd ausgestopft hatte, um ihre Figur zu kaschieren, spürte er ihr Herz schlagen.

»Du hast mir nichts davon gesagt.« Erst jetzt ging ihm auf, was Bolitho getan hatte und warum er beim Einlaufen in den Hafen plötzlich so erregt gewesen war. Die *Lord Egmont* war auf der Heimreise nach Falmouth und dort ein so vertrauter Anblick wie die Burg Pendennis.

»Er bat mich, Schweigen zu bewahren.« Als sie zu ihm aufschaute, schimmerten ihre Wimpern im weichen Licht. »Ich habe einen Brief von ihm und etwas Geld dabei, für den Fall . . .«

Er zog sie noch fester an sich. Er hatte um ihre Sicherheit gebetet, selbst wenn das bedeutete, daß er sie verlor. Doch nun, da der Augenblick der Trennung gekommen war, fand er ihn fast unerträglich.

»Du mußt jetzt tapfer sein, mein Herz«, sagte sie leise. »Für uns beide.«

Ein Boot schabte an der Bordwand entlang, und Keen hörte Alldays Stimme.

»Wenn ich wieder in England bin . . .«

Sie nahm sein Gesicht in die Hände. »Ich warte dort auf dich.« Sie schaute ihn fest an. »Ganz gleich, was aus uns wird, ich warte.« Sie küßte ihn langsam und trat dann zurück. »Ich hab' dich lieb, mein Kapitän.«

Er sah zu, wie sie sich den Hut aufsetzte und schräg in die Stirn rückte. Sie wirkte sehr beherrscht.

»Alles klar, *Sir*?«

Er nickte, wollte sie noch einmal in die Arme nehmen, wußte aber, daß sie das beide nicht ertragen würden.

»Jawohl. An die Arbeit, *Mr.* Carwithen.«

An Deck war es fast dunkel. Keen stellte fest, daß die Laterne an der Schanzkleidpforte gelöscht worden war.

Das Boot wartete unterm Fallreep, und es waren nur wenige Männer an Deck, die mit ansahen, daß jemand das Schiff verließ. Keen sah Tuson und Paget, aber keiner sagte etwas; selbst der Gehilfe des Masters, der Wache hatte, trat zurück, als Bolitho vorbeiging, als existiere er überhaupt nicht.

Zenoria schaute ihn noch einmal an und legte grüßend die Hand an den Hut, ehe sie an der Bordwand hinunterkletterte.

Bolitho warf Keen einen Blick zu. »Der Kapitän der *Lord Egmont* ist ein alter Freund von mir, Val. Keine Sorge, Ihr Passagier ist bei ihm in guter Obhut.« Er warf sich den Mantel über die Schultern. »Wir haben keine Minute zu verlieren.«

»Vielen Dank, Sir«, sagte Keen.

Ohne einen weiteren Blick kletterte Bolitho hinunter ins Boot. Als die Bootsgasten anruderten, konnte Keen im Heck Allday erkennen, der die Hand auf Zenorias gelegt hatte und zusammen mit ihr die Pinne führte. Bolitho hatte sich so plaziert, daß die Rudermannschaft das nicht sehen konnte.

Ozzard kam übers Deck gesprungen und flüsterte verzweifelt: »Das Kleid, Sir! Sie hat Ihr Kleid vergessen!«

Keen wartete, bis die Gig zwischen den Schatten der verankerten Schiffe verschwunden war, und erwiderte dann: »Macht nichts. Das bringe ich ihr selbst nach England.«

XII Loyalitätskonflikt

Die Residenz des britischen Marinebefehlshabers auf Malta, dem Schiffe, Lagerhäuser und Werften unterstanden, war ein imposantes Gebäude.

Nach den staubigen Straßen und der grellen Sonne fand Bolitho den Raum, in den er geführt wurde, angenehm und kühl. Ein hohes Fenster öffnete sich zum Hafen und bot Aussicht auf die dicht an dicht liegenden Schiffe und die kreuz und quer verlaufenden Kielwasser der Beiboote am Beginn eines neuen Arbeitstages.

Bolitho dachte an die Brigg *Lord Egmont*, die jetzt unter vollen Segeln schon auf dem Weg nach Gibraltar sein mußte. Das aber würde sie wegen des Fiebers ohne Aufenthalt passieren und erst auf der Carrick-Reede in Sichtweite des Bolithoschen Hauses Anker werfen. Er entsann sich auch der kleinen Achterkajüte der Brigg und ihres Kapitäns Isaac Tregidgo, der ihm am Tisch gegenübergesessen hatte.

Tregidgo hatte ein Gesicht wie ein verwitterter Holzklotz, faltig und narbig nach Jahren auf See. Er war selbst unter den Handelskapitänen von Falmouth eine Legende. Stürme, Fieber, Piraten und Krieg, der Alte hatte alles überlebt. Er muß über siebzig sein, dachte Bolitho, der ihn schon sein Leben lang kannte.

Selbst seine Begrüßung war typisch gewesen. »Dann setz dich mal, Dick.« Er hatte breit gegrinst, als Bolitho seinen Bootsmantel fallen ließ. »Wie ich höre, bist du sogar geadelt worden. Für mich bleibst du aber der junge Dick!«

Bolitho hatte Zenorias Bewegungen nebenan gehört. Ihr stand kaum mehr als ein Kabinett zur Verfügung, aber dort war sie sicher.

Der Kapitän hatte ihn neugierig gemustert. »Hätte mir doch denken sollen, daß du was im Schilde führst, Admiral hin oder her. Aber keine Sorge, Dick. Meine Mannschaft ist zwar ein rauher Verein, aber auf so kurzen Überfahrten nehme ich oft meine Enkel mit. Und die Männer hüten sich vor denen!« Er hatte grimmig die Faust geschüttelt. »Wenn ich einen dabei erwische, daß er sie belästigt, kriegt er Streifen aufs Hemd!«

Eine Bewegung der Brigg ließ Tregidgo zur Decke blinzeln. »Der Wind steht günstig. Aber nicht für dich, was, Dick?« Dann hatte er den Kopf abgewandt, um sich sein Mitleid nicht anmerken zu lassen. »Aber der Herr wird's schon richten.«

Zenoria hatte verlegen mit dem Rock der Fähnrichsuniform und der Seitenwaffe in der Hand die Kajüte betreten.

»Behalten Sie wenigstens die Schuhe.« Bolitho ergriff ihre Hände. »Mr. Hickling wird sie nicht vermissen. Denken Sie daran, Sie müssen ein Junge bleiben, bis Sie nach Falmouth kommen.«

Sie beobachtete ihn mit jenem verschleierten Blick, der ihm als erstes an ihr aufgefallen war. Er wirkte wie eine unausgesprochene Frage. Noch immer wußte er nicht genau, wie er sie beantworten sollte.

»Ich schicke Sie zu meiner Schwester Nancy. Sie wird wissen, was zu tun ist. Ihr Mann ist der Gutsherr und Amtsrichter.«

»Aber, Sir, er wird mich ...«

»Nein. Ich habe zwar nicht besonders viel für ihn übrig, aber in diesem Fall wird er mich nicht im Stich lassen.«

Er legte ihr seinen Mantel um und wandte sich zur Tür.

»Danke. Ich werde Sie nie vergessen, Sir Richard.«

Er sah Tränen in ihren Augen. Trotz ihres kurzgeschorenen Haares und des zerknitterten Hemdes schien sie ihm schöner als je. »Ich Sie auch nicht, tapfere Zenoria.«

An Deck hatte ihn der verwirrte Hickling erwartet. In Begleitung eines Kameraden war Hickling an Bord gekommen, doch allein würde er das Schiff wieder verlassen. Bolitho hatte ihm Rock und Seitenwaffe gereicht. Hickling drohte keine Gefahr, was auch geschehen mochte. Niemand konnte einem schlichten Midshipman blinden Gehorsam gegenüber seinem Vizeadmiral vorwerfen.

Am Schanzkleid sagte der alte Tregidgo: »Wie ich höre, dient einer der jungen Stayts unter dir, Dick.«

Bolitho lächelte. »Ja.« In Cornwall blieb nichts lange geheim. Nur die Steuereinnehmer fanden sich vom Nachrichtenstrom abgeschnitten.

In der Dunkelheit hatte Tregidgo zum Skylight gewiesen.

»Na, dann ist sie bei mir auf jeden Fall besser dran.«

»Wieso?«

»Tja, ihr Vater war doch in den Aufstand bei Zennor verwickelt, bei dem ein Mann umkam. Stayt war der Amtsrichter und hat ihren Vater aufhängen lassen. Komisch, daß sein Sohn nichts davon erwähnt hat.«

Darüber hatte Bolitho nachgedacht, als er ins Boot gestiegen war und Allday befohlen hatte, zunächst den Kai anzusteuern. Keen würde ihn sofort nach seiner Rückkehr sprechen wollen, und er brauchte Zeit zum Überlegen.

Wachtposten hatten ihm den Zugang zur Werft versperrt, bis er den Mantel abwarf und sie seine Epauletten erkannten. Allday hatte besorgt auf jeden seiner Schritte geachtet, nur für den Fall, daß er das Gleichgewicht verlor und fiel.

Bei dem Dock, in dem *Suprème* lag, brannten einige Laternen, in deren schwachem Schein sie fast wie früher aussah.

»Gehen Sie an Bord?« fragte Allday.

»Nein.« Ob er es wegen seines Zustands oder der bösen Erinnerungen halber unterließ, konnte er nicht sagen. Doch er schritt weiter über das holprige Pflaster, bis er das Heck sehen konnte und die Stelle, wo die Kugel eingeschlagen und ihn niedergerissen hatte.

Nun, da er in der Sonne am Fenster stand, schien die *Suprème* Teil eines nächtlichen Albtraumes zu sein, schrekkenerregend, aber nicht mehr von Belang. Wieder fiel ihm ein, was Tregidgo über Stayt gesagt hatte. Auf dem Weg zum Oberbefehlshaber war Bolitho mehrere Male versucht gewesen, Stayt direkt darauf anzusprechen. Seinem Flaggleutnant mußte klar sein, daß das Mädchen nicht mehr an Bord war, obwohl Bolitho ihn während der fraglichen Zeit mit der Barkasse an Land geschickt hatte, um seinen guten Ruf zu schützen und zu verhindern, daß er in die Affäre mit hineingezogen wurde. Oder war es schon zu spät? War der Argwohn bereits gesät?

Zwei Lakaien rissen die hohe Doppeltür auf, und Bolitho wandte sich dem Mann zu, der die Öffnung fast ausfüllte: Sir Marcus Laforey, Admiral der Blauen Flotte, war von einer Leibesfülle, die selbst seine makellose Uniform nicht verbergen konnte. Er hatte geschwollene Augenlider und einen breiten Mund, und als er sich mit Mühe zu einem Sessel begab, stellte Bolitho fest, daß eines seiner Beine verbunden war: Gicht, die Plage mancher Admirale.

Admiral Laforey ließ sich behutsam in den Sessel sinken und verzog schmerzlich das Gesicht, als ihm ein Lakai sachte ein Kissen unter den Fuß schob. Im Sitzen sieht er aus wie eine übellaunige alte Kröte, dachte Bolitho.

Der Admiral wedelte mit seinem Taschentuch. »Nehmen Sie Platz, Bolitho.« Seine schweren Lider hoben sich, als er ihn kurz abschätzte. »Unangenehme Sache, was?«

Bolitho setzte sich und gewann den Eindruck, daß sein Sessel bewußt in einiger Distanz aufgestellt worden war.

Laforey hatte einen Landposten nach dem anderen bekommen und seit der Vorkriegszeit kein Schiff mehr kommandiert. Er sah verbraucht und obszön aus, und Malta war vermutlich sein letzter Posten. Den nächsten würde er im Himmel antreten.

»Habe Ihren Bericht gelesen, Bolitho. Prächtig, Ihre Versenkung des französischen Zweideckers. Wird Jobert zu denken geben, was?«

Bolitho packte den Griff seines Degens fester. Da sein Sessel zum Fenster gekehrt stand, konnte er sein Gegenüber nur undeutlich sehen. Er starrte über die fette Schulter des Admirals hinweg und sagte: »Ich glaube, daß die Franzosen bald auslaufen werden, Sir. Jobert plant wahrscheinlich ein Ablenkungsmanöver, damit sich die Hauptflotte aus Toulon wegstehlen kann. Das Ziel wäre dann Ägypten oder die Meerenge von Gibraltar.«

Laforey grunzte. »Reden Sie mir bloß nicht von Gibraltar! Wegen dieses verdammten Fiebers darf nichts und niemand dort an Land. Der Felsen ist wie ein gestrandetes Schiff, dauernd geht bei den Einwohnern oder beim Militär irgendeine Seuche um.« Er fuhr sich mit dem Taschentuch über die Stirn. »Und guter Wein wird knapp. Hier gibt's kaum noch was anderes als den spanischen Dreck, verdammt!«

Er hat mir überhaupt nicht zugehört, dachte Bolitho.

Laforey rührte sich. »Tja, dann kommen wir mal zu dieser Untersuchung.«

»Mein Flaggkapitän wird angeklagt ...«

Laforey wackelte mit einem breiten Zeigefinger. »Nein, mein Bester, niemand klagt ihn hier an! Das werden womöglich andere zu tun haben. Aber das Ganze ist doch nur eine Formsache. Die Einzelheiten habe ich zwar nicht gelesen, doch mein Flaggkapitän und dieser Mr. Pullen aus London versichern mir, daß das Verfahren nur Stunden, nicht Tage, dauern wird.«

Bolitho sagte gelassen: »Kapitän Keen ist der wahrscheinlich beste Offizier, der je unter mir gedient hat, Sir Marcus. Er hat seinen Mut und sein Können unzählige Male unter Beweis gestellt. Meiner Auffassung nach hat er das Zeug zum Admiral.«

Laforey hob wieder die Lider. Die kleinen Augen darunter waren kalt und mitleidslos.

»Bißchen jung. Wir haben heutzutage manchen unerfahrenen Springinsfeld, nicht?« Er warf einen Blick auf seinen verbundenen Fuß. »Wenn ich meine Flagge über der Kanalflotte hissen könnte statt hier in diesem, diesem ...« Er sah ärgerlich in die Runde, »dann kämen diesen Muttersöhnchen bald die Tränen!« Er wollte sich vorbeugen, doch sein Schmerbauch hinderte ihn daran. »So, Bolitho, was ist nun eigentlich wirklich passiert?« Er sah Bolitho forschend an. »Er hat eine Frau nötig gehabt, stimmt's?«

Bolitho stand auf. »Ich weigere mich, in diesem Ton über meine Offiziere zu sprechen, Sir Marcus.«

Laforey wirkte überraschenderweise erfreut. »Wie Sie wollen. Das Tribunal tritt morgen zusammen. Wenn Kapitän Keen Vernunft beweist, werden Sie ohne weitere Verzögerung wieder auslaufen können. Wir erwarten einen Geleitzug, und ich kann Unfähigkeit wie alles, was das Leben hier noch unerträglicher macht, nicht ausstehen.« Er sah zu, wie Bolitho aufstand. »Wie ich höre, sind Sie verwundet worden, Sir Richard.« Weiter ließ er sich dazu nicht aus. »Aber das gehört wohl zu unserem Dienst.«

»In der Tat, Sir.« Bolitho konnte sich den ironischen Ton kaum verkneifen. »Und es wird noch sehr viel mehr Verwundete geben, wenn es den Franzosen gelingt, ihre Flotten zu vereinigen.«

Laforey zuckte die Achseln. »Ich fürchte, ich muß die Unterhaltung mit Ihnen beenden. Mein Tag ist zu ausgefüllt. Manchmal frage ich mich, ob man sich bei der Admiralität und in Whitehall des Ausmaßes meiner Verantwortung überhaupt bewußt ist.«

Die Besprechung war vorüber.

Bolitho ging durch den Korridor und sah einen Lakai mit einem Tablett, auf dem zwei Karaffen und nur ein Glas standen, zu dem Raum schreiten, den er gerade verlassen hatte. Der Admiral war im Begriff, seine Verantwortung voll wahrzunehmen, dachte er bitter.

Stayt erwartete ihn in der Empfangshalle. Als er sah, wie Bolitho hinaus über den Hafen schaute, sagte er: »Sie erkundigten sich nach der *Benbow*, Sir. Sie ist hier von Grund auf überholt worden.«

»Und wessen Flagge hat sie gehißt?«

»Ich dachte, Sie wüßten es, Sir: Sie ist Konteradmiral Herricks Flaggschiff.«

Bolitho wandte sich ab, um seine Gefühle nicht zu verraten. Nun war das Muster komplett. Er ahnte, was kommen würde, noch ehe Stayt sagte: »Konteradmiral Herrick wird im Untersuchungsausschuß den Vorsitz führen, Sir.«

»Ich werde ihn aufsuchen.«

»Das wäre vielleicht unklug, Sir.« Stayts tiefliegende Augen beobachteten ihn ruhig. »Es könnte falsch ausgelegt werden.«

Von Thomas Herrick, seinem besten Freund, der mehr als einmal sein Leben für ihn gewagt hatte? Er konnte Herricks Augen vor sich sehen, klar und blau, gelegentlich trotzig, zu leicht verletzt, aber stets ehrlich. Ehrlich? Das Wort kam ihm bei dieser Intrige wie Hohn vor.

»Wie ich hörte, Sir, erwartet Sie an Bord ein Schreiben«, sagte Stayt. »Sie brauchen bei dem Verfahren nicht zugegen zu sein, Ihre schriftliche Aussage genügt.«

Bolitho fuhr zu ihm herum und sagte scharf: »Werden Sie ebenfalls eine abfassen?«

Stayt hielt seinem Blick stand. »Auch mich hat man als Zeugen vorgeladen, Sir.«

Bolitho war, als sei er in einem Netz gefangen, das stündlich enger zugezogen wurde.

»Ich werde persönlich zugegen sein, darauf können Sie sich verlassen!«

Stayt folgte ihm hinaus in den staubigen Sonnenschein und blieb auf der Freitreppe überm Hafen stehen, als Bolitho fragte: »Dachten Sie vielleicht, ich würde das schweigend hinnehmen?«

»Wenn ich Ihnen irgendwie helfen kann, Sir . . .«

Bolithos Auge brannte, aber das lag am Zorn, nicht an seiner Verletzung.

»Vorerst nicht. Sie können abtreten. Kehren Sie an Bord zurück.«

Er schritt auf den Kai zu, wo Allday bei seiner Barkasse stand. Stayt mochte ein anderes Boot benutzen.

Die Bootsgasten standen auf und legten grüßend die Hände an die Hüte, als sie ihn erblickten.

»Zur *Benbow*, bitte«, sagte Bolitho.

Allday ließ sich keine Überraschung anmerken. Herrick war hier. Es war normal, daß sich die beiden trafen, ganz gleich, was andere davon halten mochten.

»Platz da!«

Die grüne Barkasse glitt durch das belebte Hafenwasser, und andere Boote hoben die Ruder oder wichen aus, um den Flaggoffizier vorbeizulassen.

Bolitho saß steif im Heck. Nur seine Augen bewegten sich, als er sich auf vertraute Dinge konzentrierte, Masten und Takelwerk, Seevögel und kleine Wolken über der Festung.

Zur Hölle mit Laforey und seiner trunkenen Indolenz, dachte er, und zur Hölle mit allen, die ihm diese Sache angehängt hatten. Er sah erst zum Schlagmann und dann in die Reihe gebräunter Gesichter. Sie wußten alle Bescheid. Vermutlich wußte die ganze Flotte Bescheid. Aber Bolitho war das nur recht.

Ihm gingen vage Gedanken durch den Kopf – an Belindas Brief, an Stayts kühles Verhalten, als er die Vorladung erwähnte, an Inch und die Männer des Geschwaders, die von ihm erwarteten, daß er über menschliche Regungen erhaben war. Es wäre nicht das erste Mal gewesen, daß er sich gegen das Diktat der Obrigkeit auflehnte. Er lächelte verbittert. Der alte Bolitho, der seinen Söhnen immer das strenge Vorbild eines Marineoffiziers gewesen war, hatte sich während einer Belagerung in der Karibik einmal mit dem ranggleichen Kommandeur der Seesoldaten entzweit. Kapitän James Bolitho löste das Problem, indem er den Soldaten wegen Verletzung seiner Dienstpflicht sistieren ließ und dann eine Schlacht begann, die siegreich endete. Hätte er sie verloren, wäre die Marinetradition der Familie zu Ende gewesen, dessen war Bolitho sicher.

Allday murmelte: »Stolz sieht sie aus, Sir Richard.«

Die mit vierundsiebzig Geschützen bestückte *Benbow* bot in der Tat einen prächtigen Anblick: frisch getrichen, das geteerte Rigg wie schwarzes Glas, Rahen gekreuzt, Segel sauber aufgetucht. Alle Stückpforten standen offen, und es fiel Bolitho nicht schwer, sich ihren furchteinflößenden

Donner vor Kopenhagen und später im Kampf gegen das Eingreifgeschwader der Franzosen vorzustellen. Immer wieder plagte ihn die Erinnerung an seine Kriegsgefangenschaft in Frankreich und seine Flucht. Allday war damals an seiner Seite gewesen und hatte den sterbenden John Neale, dessen Schiff untergegangen war, getragen. Ja, im tiefen Rumpf der *Benbow* ruhten viele Erinnerungen.

Die Barkasse rauschte in weitem Bogen heran, und er sah, wie die Ehrenwache antrat. Sein unerwartetes Eintreffen mußte ihnen Beine gemacht haben. Abermals lächelte Bolitho. Falsch – Herrick mußte eigentlich mit ihm gerechnet haben.

Die *Benbow* schien bereit zum Auslaufen. Nur noch wenige Hafenboote lagen längsseits, und an nur einer Talje wurde Fracht in schwankenden Netzen zu den Männern auf dem Seitendeck hochgehievt.

»Halte das Boot klar, Allday«, murmelte Bolitho. »Es wird nicht lange dauern.«

Sein Blick fiel kurz in Alldays sonnenbeschienenes Gesicht, als der Bootsführer die schnittige Barkasse behutsam auf die Großrüsten zusteuerte. Bolitho sah mit Entsetzen, wie verkniffen die kräftigen Züge des Mannes waren, und schämte sich, weil er dessen Sorgen um seinen Sohn vergessen hatte.

»Riemen hoch!« Die fahlen Ruder hoben sich triefend, die Blätter perfekt ausgerichtet. Allday hatte seine Leute gut gedrillt. Dann das Fallreep hinauf zum durchdringenden Gezwitscher der Bootsmannspfeifen, zum Rhythmus der Trommeln und Querpfeifen. Tonwolken schwebten wie weißer Staub über den Marinesoldaten, als sie ihm zu Ehren die Waffen präsentierten. Und da kam auch schon Thomas Herrick mit strahlendem Gesicht herbeigeeilt und ließ die Förmlichkeit verwehen wie Pfeifenton.

»Kommen Sie nach achtern, Sir Richard«, rief Herrick. Er

lächelte schüchtern. »An den Titel habe ich mich noch nicht ganz gewöhnt.«

Ich auch nicht, dachte Bolitho, als sie unter die vertraute Poop schritten. Hier hatten Männer die Waffen gegeneinander erhoben und waren gefallen. Dort oben hatten Kugeln Matrosen und Seesoldaten umgemäht, und wo nun zwei kleine Kadetten aufmerksam dem Sailing Master lauschten, war er selbst getroffen worden.

In der Achterkajüte war es warm, obwohl Fenster und Skylight weit offenstanden. Herrick eilte geschäftig umher. »Hier stinkt es nach Farbe und Teer wie auf der Werft von Chatham!«

Ein Kabinensteward stellte Pokale auf ein Tablett, und Bolitho, dem das Hemd bereits am Leib klebte, setzte sich unters Skylight. Er sah Herrick voller Zuneigung an. Sein Haar war nun graumeliert, und er wirkte fülliger, was vermutlich am Eheleben und den Kochkünsten seiner Dulcie lag. Doch sonst sah er so aus wie früher: die gleichen klaren blauen Augen und die forschende Neugier, wenn er seinen Freund ansah, der früher einmal sein Kommandant gewesen war in einem Krieg, in dem Meuterei eine ärgere Bedrohung darstellte als der Feind.

»Ich habe den jungen Adam gesehen, als er hier war, Richard.«

Bolitho nahm einen Pokal vom Tablett. Roter Bordeaux. Mit Herricks Beförderung war auch sein Geschmack besser geworden.

»Eine schöne Brigg«, fuhr Herrick fort. »Als nächstes bekommt er eine Fregatte, wie er es sich immer erträumt hat. Falls er keine Schwierigkeiten kriegt ...« Er machte eine Pause und blickte jäh besorgt drein. »Na, dann trinken wir mal auf dich, mein Freund, und bleibe Fortuna dir treu.«

Bolitho griff nach seinem Pokal, verfehlte ihn aber und streifte ihn mit der Stulpe. Der Wein floß über den Tisch wie

Blut, und als Herrick und der Steward ihm zu Hilfe eilen wollten, sagte Bolitho: »Schon gut, ich komme allein zurecht!« Das klang schärfer als beabsichtigt, deshalb setzte er rasch hinzu: »Entschuldige, Thomas.«

Herrick nickte langsam und schenkte ihm neu ein.

»Ich habe natürlich von deiner Verwundung gehört, Richard, und war schockiert.« Er beugte sich vor und schaute Bolitho zum ersten Mal direkt an. »Aber ich kann keinen Schaden erkennen, außer vielleicht ...«

Bolitho senkte den Blick. »Aye, Thomas, *außer vielleicht* – das sagt alles.« Er leerte den Pokal, ohne es überhaupt zu merken. »So, und nun zu dieser Untersuchung, Thomas.«

Herrick lehnte sich zurück und musterte ihn ernst. »Die Verhandlung findet morgen hier statt.«

»Das ist doch alles Mumpitz, Thomas.« Bolitho wäre am liebsten aufgestanden und auf- und abgegangen, wie er es in dieser Kajüte so oft getan hatte. »Mein Gott, du kennst Valentine Keen doch. Er ist ein vorzüglicher Charakter und inzwischen ein hervorragender Kommandant.«

»Natürlich habe ich ihn nicht vergessen. Schließlich sind wir oft genug miteinander zur See gefahren.« Herrick wurde ernst. »Über die Verhandlung kann ich nicht sprechen, Richard, aber du hast dieses schmutzige Geschäft ja schon selbst erledigen müssen und verstehst das bestimmt.«

»Nur zu gut. Mein Flaggleutnant hat mir gleich von diesem Besuch abgeraten.«

Herrick beobachtete ihn besorgt. »Da hatte er recht. Jeder Kontakt zwischen uns könnte als Absprache gedeutet werden. Schließlich sind wir alle Freunde.«

Bolitho starrte zornig aus den Fenstern. »Wirklich? Ich frage mich langsam ...« Herricks verletzter Blick entging ihm. »Als meine Flagge auf der *Benbow* wehte und du das Kommando hattest, war der junge Keen Kommandant der *Nicator*.« Hastig fuhr er fort: »Als wir dann nach Westindien fuhren und um diese verdammte Insel kämpften, gab Val ein größeres Schiff auf, um die *Achates*, einen kleinen Vierundsechziger, zu übernehmen, weil ich ihn gebeten hatte, mein Flaggkapitän zu sein.«

Herrick packte die Tischkante. »Ich weiß, Richard, ich weiß. Doch das ändert nichts an der Tatsache, daß wir hier eine Verhandlung zu führen haben. Ohne den entsprechenden Befehl würde ich kein Wort mehr darüber verlieren.«

Bolitho war bemüht, sich zu entspannen. Seit seiner Verwundung schien ihm jeder Zwischenfall, jedes Problem direkt unter die Haut zu gehen. Er griff nach seinem Pokal und merkte, daß Herrick mit Absicht nicht hinsah, nur für den Fall, daß er ihn wieder umstieß.

»Ich werde persönlich erscheinen«, sagte er. »Ich habe nicht die Absicht, eine schriftliche Aussage einzureichen, als wäre das nur eine zweitrangige Angelegenheit. Die Zukunft meines Flaggkapitäns ist in Gefahr, und ich denke nicht daran, tatenlos zuzusehen, wie er von Feinden, über deren Namen ich nur Vermutungen anstellen kann, verleumdet wird!«

Herrick winkte seinen Steward hinaus. Dann sagte er beherrscht: »Es war nicht recht von Keen, eine verurteilte Strafgefangene von einem Schiff zu entfernen. Die Tatsache, daß es sich um eine junge Frau handelt, erschwert noch den Fall.«

Bolitho stellte sich das schmutzige Sträflingsschiff und die junge Zenoria an der Gräting vor. Das Mädchen würde für den Rest seines Lebens die Narbe auf dem Rücken tragen. Es hätte sterben müssen, wenn Keen nicht gewesen wäre. Niemand hatte damals voraussehen können, welche Folgen dieser Zwischenfall haben würde.

»Wenn es sich um einen gewöhnlichen männlichen Gefangenen gehandelt hätte . . .« meinte Herrick.

»Aber das war eben nicht der Fall, Thomas. Sie wurde

fälschlich beschuldigt und zu Unrecht verbannt. Mein Gott, Mann, man wollte sie wegen ihres Vaters aus dem Weg schaffen!«

Herrick rutschte unter Bolithos zornigem Blick unbehaglich auf seinem Stuhl herum. »Andere sagen aber . . .«

Bolitho stand auf. »Wenn du wieder mal an Dulcie schreibst, richte ihr bitte meine besten Grüße aus.«

Auch Herrick war jetzt auf den Beinen. »Bitte geh nicht im Zorn, Richard!«

Bolitho atmete tief, um sich wieder zu fassen, ehe er vor die Ehrenwache trat.

»Wer wird sonst noch zugegen sein? Kannst du mir wenigstens das verraten?« Er verbarg seine Verbitterung nicht.

Herrick erwiderte: »Admiral Sir Marcus Laforey und sein Flaggkapitän.« Abrupt fügte er hinzu: »Ist diese Frau noch auf der *Argonaute*?«

Bolitho griff nach seinem Hut. »Darauf kann ich dir keine Antwort geben, Thomas.« Er ging durch die Tür. »Das könnte als Absprache ausgelegt werden.«

Bolitho wußte, diese Bemerkung war unfair, aber im Augenblick stand mehr auf dem Spiel als nur Worte. Seine und Keens Karriere waren auch dann gefährdet, wenn kein negatives Urteil erging, denn das Gerücht würde sich rasch verbreiten. Dem mußte Einhalt geboten werden.

Die beiden Admirale gingen zwar gemeinsam zur Pforte, aber Bolitho hatte sich noch nie von seinem Freund ferner gefühlt. Dabei kannte er Herrick länger als Allday, der auf eben dieses Schiff zwangsverpflichtet worden war.

Er zögerte, als die erste Reihe Seesoldaten in sein Blickfeld kam. Der Oberfeldwebel am Ende, dessen Blick starr aufs Land gerichtet war, wirkte seltsam steif. Bolitho blieb stehen und konnte dann das Gesicht unterbringen. Der Mann, damals nur ein gemeiner Seesoldat, hatte ihm an jenem gräßlichen Tag geholfen.

»McCall, ich habe Sie in guter Erinnerung«, sagte er leise.

Der Oberfeldwebel, dessen Hauptmann hinter Bolitho stand und zuschaute, blieb steif stehen. Doch seine Augen wurden lebhaft, als er sagte: »Vielen Dank, Sir.« Er zögerte, als fürchte er, zu weit zu gehen. »War ein heißer Kampf, Sir.«

Bolitho lächelte. »Aye. Freut mich, daß Sie beim Marinekorps vorangekommen sind.« Vielsagend fügte er hinzu: »Aber passen Sie auf, daß andere Ihre Anstrengungen nicht zunichte machen.«

Bolitho blieb an der Pforte stehen und lüftete grüßend seinen Hut zum Achterdeck. Von morgen an mochte er das Schiff mit ganz anderen Augen sehen.

Er wußte, daß Herrick ihn besorgt beobachtete – entweder weil er befürchtete, er könne wegen seiner beeinträchtigten Sehkraft stolpern, oder weil er wußte, daß seine Aufrichtigkeit zu einer Entfremdung zwischen ihnen geführt hatte.

Kapitän Francis Inch beugte sich über die Seekarte und zupfte mehrmals an seinem linken Ohrläppchen, was er oft tat, wenn er über seinen nächsten Schritt nachdachte. *Helicon* stampfte unangenehm im groben Seegang, den der zunehmende Wind aufwühlte. Es war fast Mittag, doch ein dicker werdender Dunst, den selbst der Wind nicht vertreiben konnte, hatte die Sicht auf wenige Meilen reduziert.

Vor seinem inneren Auge sah Inch die Schiffe vor sich: *Dispatch* direkt achteraus und *Icarus* ein undeutlicher Schemen am Ende der Linie. Inch haßte das unbeständige Wetter. Der Wind war in den zwei Tagen, seit Bolitho das Geschwader verlassen hatte, umgesprungen und blies nun aus West, von Frankreich her.

Er studierte die Karte aufmerksamer und war sich der Gegenwart der beiden anderen Kommandanten, die schweigend ihren Wein tranken, sehr bewußt.

Zweihundert Meilen südwestlich von Toulon, und schon mußten sie sich in einem aufkommenden Sturm abquälen. Wenn der Wind nicht bald umschlug oder nachließ, mochten sie von ihrer Station abgetrieben oder gar so weit zerstreut werden, daß sie den Kontakt verloren.

Er dachte an die kleine Brigg *Rapid*, die den anderen Schiffen weit vorauslief. Inch nahm sie hart ran, beneidete aber ihren Kommandanten Kapitän Quarrell mehr, als er sich eingestehen mochte. Quarrell hatte wenigstens Bewegungsfreiheit, während sie sich schwerfällig und langsam mit dem Sturm herumschlugen, auf Station blieben. Er sah auf und gewahrte durch die Heckfenster Schaumkronen.

»Ich muß bald aufbrechen«, sagte Kapitän Houston. »Sonst finde ich in diesem Wetter mein Schiff nie wieder.«

Montresor von der *Dispatch* bemerkte: »Solange der Wind so bleibt, können wir nichts unternehmen.«

Inch schaute sie ungeduldig an. Negative Einstellung. Keiner war bereit, über das Naheliegende hinauszusehen. Montresor entpuppte sich als guter Kommandant, schien sich aber von dem säuerlichen Houston leiten zu lassen.

Letzterer sagte: »Ich halte es für Wahnsinn, unsere einzige Fregatte zu einem wilden Täuschungsmanöver auszuschicken, obwohl wir sie doch hier brauchen.« Von Inchs Schweigen ermuntert, fuhr er fort: »*Rapid* allein ist mit der Suche nach den Franzosen überfordert.«

Inch sah sich in der Kajüte um. Trotz der Gemälde, die er aufgehängt hatte, wirkte sie noch immer französisch. Die Bilder stellten ländliche Szenen dar, Bäche und Wiesen, Kirchen und Bauernhöfe seiner Heimat Dorset. Er dachte an Hannah, seine Frau. Sie hatte ihm bereits einen Sohn geschenkt, und das zweite Kind war unterwegs. Konnte sie sich eigentlich vorstellen, was er tat?

»Vizeadmiral Bolitho hat uns *Barracoutas* Aufgabe erklärt«, sagte er. »Ich vertraue seinem Urteil.«

»Aber sicher«, meinte Houston und lächelte Montresor schief an. »Wir kennen ihn halt nur noch nicht so lange wie Sie.«

Inch setzte ein gefährliches Grinsen auf. »Er hat mir bis zu seiner Rückkehr das Kommando übergeben. Das sollte Ihnen reichen.«

Houstons Lächeln schwand bei Inchs neuem Tonfall. »Ich wollte keine Kritik an seinen Überlegungen üben. Es geht nur . . .«

»Gut.« Inch lauschte dem Ächzen der Balken, dem fernen Knallen der Segel, als das Schiff vom Wind gekrängt wurde. Bolitho fehlte ihm. Er schien immer in der Lage zu sein, die Pläne des Feindes vorauszusagen, und Inch hatte nie erlebt, daß er die Tricks der Franzosen unterschätzte.

»Vielleicht sollten wir uns mit Nelsons Geschwader vor Toulon in Verbindung setzen«, sagte Houston. »Mag sein, daß er weiß, worum es geht. Ich glaube noch immer, daß das Ziel der Franzosen Ägypten ist. Wir haben Napoleon einmal bei Abukir geschlagen, aber vielleicht will er es noch mal versuchen.« Er stand auf und wiegte sich mit den Bewegungen des Decks. »Nun muß ich mich empfehlen.«

Inch nickte bedauernd. Es gab noch viel zu besprechen, doch Houston hatte recht: Wenn das Wetter sich weiter verschlechterte, würde er nie zu seinem Schiff zurückfinden.

Er hörte eine ferne, wie verlorene Stimme aus dem Rigg.

Montresor sagte: »Der Ausguck hat etwas gesichtet.« Er schüttelte sich. »Kein guter Tag für Überraschungen.«

Es klopfte an. Inchs Erster Offizier war persönlich gekommen. »Signal von *Rapid*, Sir: Schiff im Nordwesten gesichtet.«

Er warf den anderen einen Blick zu. »Der Wind wird immer stärker. Soll ich mehr Segel wegnehmen lassen?«

Inch zupfte sich am Ohr. »Nein. Lassen Sie die Herren

hier zu ihren Booten bringen. Danach möchte ich an *Rapid* signalisieren, ehe sie außer Sicht kommt.«

Als der Leutnant hinwegeilte, wandte er sich an die anderen.

»Daß *Rapid* bei diesem Wetter ein bloßes Fischerboot meldet, ist ausgeschlossen.« Er sah zu, wie seine Worte ihre Wirkung taten. »Bleiben Sie also gut auf Station hinter *Helicon* und bereiten Sie sich auf ein Gefecht vor.«

Montresor starrte ihn an. Er war noch nicht lange genug Kommandant, um seine Gefühle verbergen zu können. »Glauben Sie wirklich, daß es ein Franzose ist?«

Inch dachte an Bolitho. Wie hätte er die Lage dargestellt?

»Ja. Der Wind steht günstig für sie, ungünstig für uns.« Er hob die knochigen Schultern. »Wir müssen unseren Auftrag erfüllen, dazu sind wir hier.«

Die beiden Kommandanten verließen das Schiff mit ungebührlicher Hast. *Helicon* drehte so kurz wie möglich bei, um sich dann wieder gegen die schweren Brecher zu stemmen.

Inch warf einen Blick auf den Kompaß: Nordost zu Ost. Gischt prasselte in Luv über die Netze und ließ die Männer der Wache fluchen. Savill, sein Erster Offizier, überschrie den Wind: »Der Ausguck meldet, daß *Rapid* das Signal immer noch gesetzt hat, Sir.« Er schien freudig erregt.

Inch dachte nach. Das bedeutete vermutlich, daß Quarrell mit einem weiteren fremden Schiff rechnete.

»Signal von *Dispatch*, Sir: Kommandant ist wohlbehalten an Bord.«

Inch grunzte und dachte besorgt an Houstons Boot, das sich weiter mühsam zur *Icarus* quälte.

Der Ausguck schrie: »Neues Signal von *Rapid*, Sir! Im Nordwesten *zwei* Schiffe in Sicht!«

Inch schaute seinen Ersten Offizier an. Zwei Schiffe? Zu Nelsons Flotte konnten sie so weit südlich im Golfe du Lion nicht gehören. Und bei diesem Wetter würde bestimmt kein Handelsschiff die Blockade durchbrechen, schon gar nicht in Begleitung eines zweiten.

Houston hatte recht gehabt: *Barracouta* mochte den Ausschlag geben, wenn sie jetzt zur Stelle gewesen wäre.

»Diesmal meinen die Franzosen es wohl ernst, Mr. Savill. Setzen Sie bitte mehr Segel. Ich beabsichtige, zu *Rapid* aufzuschließen.« Er nahm ein Teleskop und ging aufs Hüttendeck, um Ausschau nach *Icarus* zu halten. Doch im nassen Nebel achteraus war nichts zu erkennen; selbst *Dispatch* wurde von ihm eingehüllt. Gott, mußte das ausgerechnet jetzt passieren? Er fuhr den Midshipman, der ihm wie ein Hündchen gefolgt war, an: »Signal ans Geschwader: ›Mehr Segel setzen‹.«

Die Signalflaggen wirkten vor den tiefen Wolken sehr bunt.

Nun hatte er seine Chance. Zur Abwechslung brauchte er sich mal nicht nach den Anweisungen vom Flaggschiff zu richten. Diesmal hatte er selbst den Befehl. Wenn er Hannah davon erzählte, würde sie ihn mit ihren veilchenblauen Augen bewundernd anschauen. Bolitho verwundet und mit Keen nach Malta gerufen: absurd, daß man ihn wegen dieses dummen Verfahrens vom Geschwader wegbeordert hatte. Doch ganz gleich, was die Gründe waren: Francis Inch befehligte vorübergehend das Geschwader. Ihm war, als sei plötzlich eine schwere Last von ihm genommen. Jetzt hatte er keine Zweifel mehr und wußte, daß er furchtlos in das Gefecht gehen konnte.

Er war stolz auf sein Schiff und die Mannschaft. Die Matrosen kletterten mit wild flatternden Hosen hinaus auf die Rahen, Segel lösten sich donnernd und füllten sich unter dem Winddruck, so daß die Schräglage des Decks noch zunahm. Achteraus wurde *Icarus* hinter *Dispatch* ganz kurz sichtbar.

»An Deck!« Das war ein Leutnant. Savill hatte mit der Entsendung eines erfahrenen Mannes ins Krähennest recht getan. »Signal von *Rapid:* Drei Linienschiffe im Nordwesten!«

Inch spürte am ganzen Körper ein Prickeln. Also drei. Nun konnte kein Zweifel mehr bestehen. Das waren die Franzosen.

»Signal ans Geschwader, Mr. Savill: Klar zum Gefecht.«

Inch dachte an Bolitho und war stolz, an diesem Tag mit der Führung betraut zu sein.

Trommelwirbel erklang, und als wieder Gischt über den Bug der *Helicon* fegte, schien die Brutalität von See und Wind einen Vorgeschmack auf das zu bieten, was ihnen bevorstand.

XIII Westwind

Inch schaute zu den Marssegeln auf, als Spritzwasser durch die Wanten trieb wie zerfetzte Banner. Der Rumpf ächzte unter der Belastung.

Doch der Lärm täuschte ihn nicht über die Tatsache hinweg, daß sie nur langsam vorankamen. Wenn der Wind nicht zu ihren Gunsten umsprang – er verbannte die Folgerung aus seinen Gedanken.

»Einen Strich mehr nach Luv, Mr. Savill.«

Er hörte die erstickten Rufe, als seine Männer sich abmühten, dem Befehl Folge zu leisten. Er konnte noch nicht wagen abzufallen, damit mußte er bis zum letzten Augenblick warten, wenn Manövrierfähigkeit am wichtigsten war. Der Zweite Offizier stand oben im Krähennest und beobachtete die näherkommenden Schiffe, was ihm bei dem hartnäckigen Nebel nicht leicht fallen mußte. Das Land lag nur fünf Meilen querab, war aber trotzdem unsichtbar. Binnen einer Stunde hatte sich die See von Haifischblau zu Zinngrau verfärbt und zu zornigen Kämmen aufgetürmt, die vom Wind, der mit gespenstischem Geheul durchs Rigg fuhr, zerfetzt wurden.

Savill kam auf dem schiefen Deck herangetaumelt, Wasser troff ihm von Gesicht und Brust. »Schiff ist klar zum Gefecht, Sir!«

Inch biß sich auf die Lippen. Sie konnten es nicht wagen, die Leepforten des unteren Batteriedecks zu öffnen, da es sonst binnen weniger Minuten überflutet sein würde. Aber er tröstete sich mit dem Gedanken, daß es den drei französischen Schiffen auch nicht anders erging. Drei gegen drei. Die Chancen standen nicht übel. Ob der Feind versuchte, einem Gefecht auszuweichen? Unwahrscheinlich, entschied Inch. Wenn die Franzosen tatsächlich aufs offene Meer zuhielten, würde *Helicon* mit dem Geschwader wenden, um bei der Verfolgung den Wind besser zu nutzen. Nein, wahrscheinlicher war, daß der französische Admiral weiter auf diesem Bug blieb, da er ihm den Windvorteil bot.

Inch musterte sein Schiff. Back und Poop waren von überflüssigem Gerät befreit, Schutznetze über den Seitendecks aufgeriggt, die Waffenschränke am Großmast geöffnet. Die Stückmannschaften hatten die Oberkörper entblößt, hockten naß von Gischt um ihre Kanonen oder lauschten den Stückführern. Hinter ihnen bewegten sich rastlos die Offiziere und paßten sich balancierend der Schräglage des Decks an, wenn die *Helicon* durch ein Wellental oder einen Brecher pflügte.

»Gefechtsflagge hissen, Mr. Savill.« Er sah sich nach dem Offizier der Seesoldaten um. »Ah, Major, und Ihre Pfeifer sollen zum Tanz aufspielen.«

Und so hielt *Helicon,* dicht gefolgt von *Dispatch,* auf die fernen Schiffe zu. Die kleinen Pfeifer der Royal Marines stampften an Deck auf und ab, spielten einen Marsch nach dem anderen und konnten sich manchmal kaum auf den Beinen halten.

Inch sah, daß seine Besatzung die Miniaturparade grinsend betrachtete. Gut, das lenkte sie von dem Unvermeidlichen ab. Hier und dort starrte ein Mann durch die Netze oder übers Schanzkleid und suchte nach dem Feind. Vermutlich neue Matrosen, dachte er. Oder Leute, die das schon allzu oft erlebt hatten.

Er schaute zu seinem Ersten Offizier hinüber. Ein guter, zuverlässiger Mann, der bei der Mannschaft beliebt war. Das kam bei einem Ersten nicht oft vor.

Wieder erscholl der Ruf des Ausguckpostens.

»Himmel, der hat heut' aber viel zu sagen«, bemerkte Savill. Einige Männer in seiner Nähe lachten.

Doch das Lachen verging ihnen, als der Leutnant oben fortfuhr: »Das erste Schiff ist ein Dreidecker, Sir.«

»Signal an *Dispatch* und *Icarus:* Kiellinie bilden!«

Nach einer Weile senkte der Signalgast sein Fernrohr. »Signal bestätigt, Sir.«

Inch ging gedankenversunken auf und ab. Das Ganze dauerte viel zu lange.

Er sah auf, als vereinzeltes Kanonenfeuer die Luft erzittern ließ.

»Was, zum Teufel, ist das?«

Der Ausguck rief: »*Rapid* unter Feuer, Sir!«

Inch fluchte. »Signal an *Rapid:* Sie soll sich fernhalten! Was denkt sich der junge Narr eigentlich? Wenn er versucht, diese Matronen zu belästigen, holt er sich nur eine blutige Nase!«

Savill war mit seinem Teleskop in die Wanten geklettert. »Ein Schiff nähert sich *Rapid* und versucht, sie von uns abzuschneiden!«

Inch starrte ihn an. Obwohl ein Gefecht bevorstand, schien der französische Admiral bereit zu sein, Zeit und

Kraft an eine kleine Brigg zu verschwenden. Houstons Worte hallten höhnisch in ihm nach, als seien sie gerade erst gesprochen worden: *Rapid* war ihr einziges Bindeglied. Seit *Barracouta* fern im Norden stand, spielte die Brigg eine wichtige Rolle.

»Keine Bestätigung von *Rapid*, Sir.«

»Verflucht!« Inch drehte sich um. »Lassen Sie Ihre Leute aufentern und die Bramsegel setzen, Mr. Savill. Und dann das Großsegel. Aber lebhaft!« Er sah, wie die Matrosen hastig den Kommandos folgten und die wild flatternden Bramsegel gebändigt wurden. Er spürte das Schiff unter dem zusätzlichen Segeldruck erbeben, und als das Großsegel donnernd freikam, sah er, wie sich seine Rah durchbog. Er wußte, daß er alles aufs Spiel setzte, um die Distanz zu verringern, ehe eines der französischen Schiffe *Rapid* niedermachen konnte.

»Signal ans Geschwader: Mehr Segel setzen!« befahl er.

Savill warf dem Master einen Blick zu und sah ihn bedenklich das Gesicht verziehen. »Aye, aye, Sir.«

Das Einzelfeuer ging weiter. Schon eine dieser schweren Kugeln konnte die Brigg entmasten oder versenken.

»Signal von *Dispatch,* Sir!« Der Midshipman kreischte fast. »Sie ist in Schwierigkeiten!«

Inch schnappte sich ein Fernrohr und rannte die Leiter hoch zum Poopdeck, wo die Seesoldaten sich wartend auf ihre Musketen stützten. Sein Herz krampfte sich zusammen, als der Umriß des Zweideckers sich veränderte. Er merkte nicht, wie bestürzt seine Stimme klang, als er ausrief: »Ruderbruch!« Winzige Figuren riskierten auf den wild schwankenden Rahen ihr Leben, um die Segel zu reffen, damit das Schiff nicht entmastet wurde. Bei schwerem Sturm kam so etwas öfter vor. Ruderschaden oder ein gebrochenes Steuerseil – das waren normale Pannen, die sich immer beheben ließen. Aber in welcher Frist? Die Entfernung wurde schon größer, und *Icarus* blieb im Dunst völlig unsichtbar.

Inch hastete die Leiter hinunter und sah Savills besorgtes Gesicht; andere, die noch vor wenigen Augenblicken kampflüstern gewesen waren, schauten ihn nun bestürzt an.

»Es kann eine Ewigkeit dauern, bis *Dispatch* das repariert hat, Mr. Savill. Wenn wir nichts unternehmen, ist sie so hilflos wie *Rapid*.«

Savill schien sich zu entspannen. »Sie können sich auf mich verlassen, Sir.«

Inch sah ihn an. »Das habe ich nie bezweifelt. Lassen Sie nun die Kanonen laden, aber rennen Sie sie erst auf meinen Befehl hin aus.« Er wandte sich ab, als die Geschützbedienungen aufsprangen und nach Ansetzern und Handspaken griffen.

Dispatch trieb weiterhin steuerlos ab. Der Feind mußte sich fragen, was hier vor sich ging. Eine Kriegslist oder Falle vielleicht, die dem französischen Admiral bestimmt zu denken gab. Inch runzelte die Stirn. Aber nicht lange.

»Wir greifen von Backbord an, Mr. Savill.« Er machte schmale Augen und starrte zwischen den vollgestopften Hängemattennetzen hindurch. Inzwischen konnte er die französischen Schiffe auch ohne Fernrohr erkennen. Die drei näherten sich gestaffelt, und ihre Masten und Segel, die einander überlappten, bildeten ein gewaltiges Seeungeheuer.

Das dritte Schiff feuerte auf die Brigg. *Rapid* versuchte abzudrehen, aber die letzte Wasserfontäne der einschlagenden Kugel zeigte, wie knapp es gewesen war.

Inchs Bootsführer kam mit dem Degen seines Kommandanten geeilt. Inch sah sich die Waffe an. »Nein, den neuen.« Er dachte an Bolitho, der in seiner besten Uniform an Deck gestanden hatte, während das Schiff im Donner der Breitseiten erzitterte. Bolitho hatte gewußt, daß er damit auffiel, ein gutes Ziel abgab. Andererseits war es entscheidend, daß seine Männer ihn bis zum Ende sahen. Wann war das gewesen? Es schien eine Ewigkeit her zu sein.

Inch ließ sich von seinem Bootsführer den besten Degen anlegen, den er zur Trauung mit Hannah getragen hatte. Nur der Gedanke an sie tat ihm weh. Aber er verbannte ihn und schrie: »Die nehmen wir mit auf den Grund, was, Jungs?«

Wie er erwartet hatte, brachen sie in Hochrufe aus.

Die Silhouetten der angreifenden Schiffe veränderten sich, als ihre Kommandanten die Segelfläche verringerten und sich auf den Kampf vorbereiteten. Der Dreidecker bot einen prachtvollen, furchterregenden Anblick, als er plötzlich seine Stückpforten öffnete und die schwarzen Rohre seiner Kanonen bleckte.

Inch sah schweigend hinüber. Ihm war, als stünde sein Herz bereits still. Das Schiff, mit mindestens neunzig Kanonen bestückt, hatte eine helle Galionsfigur unterm Burgspriet, und als Inch sein Teleskop ansetzte, sah er, daß sie einen Leoparden im Sprung darstellte. Das war Jobert, kein Zweifel.

»Backbord-Stückpforten öffnen, Mr. Savill, und ausrennen.«

Noch war Zeit zur Flucht. Sein Herz verhärtete sich. »Boote aussetzen, Mr. Savill.«

Es war immer ein böses Zeichen, wenn man die Boote aussetzte und treiben ließ, bis sie von den Siegern wieder geborgen wurden. Aber an Bord vergrößerten sie nur die Gefahr, die von umherfliegenden Splittern ausging, wenn feindliche Geschosse einschlugen. Inch begann zwischen den Achterdeckgeschützen auf- und abzugehen, das Kinn gesenkt. Die Degenscheide klatschte gegen seinen Schenkel. Wozu Boote? Für ihn und seine Männer würde es kein Überleben geben.

Bolitho spürte die Sonne heiß auf den Schultern, noch verstärkt vom dicken Glas der Heckfenster, als die *Argonaute* träge am Anker schwojte. Von oben konnte er die Rufe der Wache hören, als ein Boot an Bord gefiert wurde. Er legte die Feder hin und starrte verdrossen zum Land.

Bald war es Zeit, zu Herricks Schiff überzusetzen. Ihre Begegnung am Vortag war so bedrückend gewesen, daß er sich nun wie eingekreist fühlte, kaum einen Ausweg sah.

Er betrachtete die verankerten Schiffe. Sie drängten sich zusammen, als böte der große Hafen nicht genügend Schutz. Der erwartete Geleitzug war im Morgengrauen gesichtet worden. Bald würde der Hafen überfüllt sein.

Den Brief an Belinda konnte er nicht mehr beenden. Stiefel stampften über die feuchten Planken, und er vermutete, daß die Seesoldaten oben antraten, um ihn zu verabschieden. Keens Gig hatte bereits abgelegt. Bolitho hatte nur kurz mit ihm gesprochen, ihm die Hand gedrückt. Er entsann sich, gesehen zu haben, wie ein Straßenräuber seinem Henker auf ähnliche Weise die Hand schüttelte, ehe sich unter seinen zappelnden Beinen die Falltür geöffnet hatte.

Warum hatte er Belinda von dem Tribunal hier geschrieben? Weil sie es zu erfahren verdiente? Oder hatte er sich ihr anvertraut, weil er sie brauchte? Seufzend stand er auf und ließ die Feder neben dem Brief liegen.

Er starrte sich im Spiegel an. Das rechte Auge war fast normal, aber das linke machte ihm schon bei der geringsten Anstrengung Beschwerden. Und er war noch immer nicht ganz sicher auf den Beinen. Selbst hier im Hafen mußte er jeden Schritt mit Bedacht tun.

Er hörte, wie Ozzard nebenan seinen besten Rock abbürstete. Es klopfte leise, und da der Posten schwieg, wußte Bolitho, daß es Allday war.

Auch er trug seine beste blaue Jacke mit den Goldknöpfen. Seine Nanking-Hose sah frisch gewaschen aus, und seine Schnallenschuhe hätten einem Kapitän Ehre gemacht.

Allday musterte ihn grimmig. »Ihre Barkasse liegt längsseits, Sir.«

»Komme gleich. Ich möchte nicht zu früh eintreffen.« Er sah, wie Allday einen Blick auf den unfertigen Brief warf. »Fürs nächste Postschiff.«

Allday schien zerstreut. »Ich höre, daß der Geleitzug heute und morgen seine Ladung löscht. Dann segelt er weiter nach England.«

Bolitho sah ihn an. »Was hast du sonst noch erfahren?« Allday war eine bessere Nachrichtenquelle als jedes Signal.

»Zwei Schiffe haben Gold vom Sultan in der Türkei an Bord, oder wo der sonst regiert.«

Die Schätze des Sultans würden in England mehr als willkommen sein. Dahinter schien Nelson zu stecken, dem der Sultan nach der Seeschlacht bei Abukir manche Gunst erwiesen hatte.

Ozzard trat ein und hielt ihm den Rock hin. Bolitho schaute in den Spiegel und berührte den goldenen Abukir-Orden, den er um den Hals trug. *Sieht so ein Held aus?* Kaum, entschied er, jedenfalls fühlte er sich nicht so.

»Gehen wir.« Bolitho berührte Alldays Ärmel und zog ihn dann beiseite. »Deinen Sohn habe ich nicht vergessen.«

Allday hielt traurig seinem Blick stand. »Aber ich, Sir. Er will aus dem Dienst scheiden. Ein Glück, daß wir den los sind.«

Ozzard war schon vorgegangen. Bolitho hörte Hauptmann Bouteiller seinen Seesoldaten zurufen: »Stillgestanden!« Zu Allday sagte er: »Das meinst du doch nicht ernst!«

Allday schob das Kinn vor. »Machen Sie sich seinetwegen keinen Kummer, Sir. Ich sorge mich nur um Sie. Sie haben so viel für König und Vaterland getan, und jetzt wollen Sie auf der *Benbow* alles kaputtmachen.«

»Sei doch nicht lächerlich, Mann!« sagte Bolitho. »Du weißt ja gar nicht, was du da redest!«

Allday holte langsam Luft; seine Brustverletzung machte ihm manchmal Beschwerden, wenn er sich aufregte. »Doch, Sir. Und das wissen Sie auch. Aber ich stehe zu Ihnen, ganz gleich, was passiert.«

Bolitho fuhr herum, entsetzt über den Kummer in Alldays Stimme. »Das weiß ich, alter Freund. Deine Treue bedeutet mir mehr als ...« Er ließ den Satz unvollendet, denn Alldays schlichtes Vertrauen bestätigte ihn in seinem Entschluß. Es war, als hätte sein Bootsführer schon die ganze Zeit gewußt, was er plante.

Bolitho nahm die rasche Fahrt zur *Benbow* kaum wahr. Dann durch die Eingangspforte, die förmliche Begrüßung, zuletzt achtern die große Kajüte ... Herricks Möbel waren entfernt und durch viele Stühle und Bänke ersetzt worden, auf denen Marineoffiziere, einige Zivilisten und drei Besatzungsmitglieder der *Argonaute* saßen. Er sah Stayt, der noch immer Distanz zu allen anderen wahrte, und Keen, neben dem sich Paget niedergelassen hatte. Letzterer war freiwillig erschienen, was Bolitho freute.

Quer vor den Heckfenstern war ein langer Tisch mit Stühlen aufgebaut worden. Die wenigen Offiziere, die bereits daran Platz genommen hatten, waren vor dem sonnigen Panorama draußen nur Silhouetten.

Alle Köpfe wandten sich um, als Bolitho eintrat. Auf seinem Weg zu einem freien Stuhl in der ersten Reihe trafen ihn Blicke voll Ehrfurcht, Mitleid oder Neugier. Gewiß saßen hier einige, die sich freuen würden, wenn seine Karriere Schaden nahm. Keen schaute ihn an und nickte knapp. Ihr Blick überspannte viele Jahre.

Aus der Ferne hörte Bolitho es viermal glasen. Punkt zehn Uhr, und nun erschien Herrick.

Bolitho stand mit den anderen auf, als die Ausschußmitglieder zu ihren Plätzen gingen. Herrick in der Mitte wirkte ernst und beherrscht. Es dauerte eine Weile, bis Sir Marcus Laforey, dem sein Diener einen Gichthocker unter dem verbundenen Fuß zurechtrückte, es sich am Ende des Tisches bequem gemacht hatte. Weiter zum Ausschuß gehörten Mr. Pullen von der Admiralität, der noch immer Schwarz trug und streng dreinblickte, zwei Kapitäne, die Bolitho nicht kannte, und schließlich Sir Hedworth Jerram, Laforeys Flaggkapitän. Er war groß und mager und hatte eine lange Nase, die zu seinem hochmütigen Benehmen paßte. Als er sich nun erhob, rümpfte er sie, als habe er gerade etwas Anstößiges erblickt.

Herrick erklärte knapp: »Die Sitzung des Untersuchungsausschusses der Admiralität ist hiermit eröffnet. Wer schriftlich vom Gegenstand der Ermittlungen in Kenntnis gesetzt wurde, wird hier Fragen zu beantworten haben. Es werden zwar auch schriftliche Aussagen verwandt, doch der Ausschuß ist vorwiegend zusammengetreten, um persönlich das Verhalten von Kapitän Valentine Keen von Seiner Britannischen Majestät Linienschiff *Argonaute* zu den erwähnten Zeiten zu klären.«

Nun schaute er zum ersten Mal Keen an. »Bitte nehmen Sie Platz. Sie stehen hier nicht vor Gericht.«

Bolitho schaute zu Kapitän Jerram hinüber. Dessen Miene sagte eindeutig: *noch nicht.*

Jerram wandte sich den Zuschauern zu, einige Akten lose in den knochigen Fingern. Übertrieben laut beschrieb er das Auslaufen des Geschwaders von Spithead und sein späteres Zusammentreffen mit dem Sträflingsschiff *Orontes.*

»Angeblich wurde mehrmals der Versuch unternommen, dieses Schiff, das nicht steuerfähig war, in Schlepp zu nehmen. Aus unerfindlichen Gründen beschloß man schließlich auf dem Flaggschiff des Geschwaders, das beschädigte Schiff zu kontrollieren, obwohl die *Helicon*« – er schaute schnell in sein Konzept – »unter Kapitän Inch bereits erfolgreich Hilfe geleistet hatte.«

»Der Grund dafür war ...« begann Keen.

Herrick klopfte auf den Tisch. »Später, Kapitän Keen.«

Bolitho musterte Herrick. Er fühlte sich in seiner Rolle unwohl, aber sein Tonfall verriet das nicht.

»Kurz darauf begab sich Kapitän Keen persönlich auf die *Orontes.*« Jerram sah Keen scharf an, als erwartete er Widerspruch. »Und nun wird das Verhalten des Kapitäns zum Gegenstand dieses Verfahrens, wenn nicht später sogar ein Fall fürs Kriegsgericht.«

In der Kajüte hätte man eine Stecknadel fallen hören können. Selbst das Schiff war ungewöhnlich still; man vernahm nur das Ächzen der Balken und das Lecken des Wassers unterm Heck.

Der Ehrenwerte Sir Hedworth Jerram erklärte auf seine präzise Art: »Denn der – Kapitän Keen entfernte eine Frau, die nach New South Wales in die Verbannung gebracht werden sollte, von diesem Schiff.«

Bolitho ballte die Fäuste. Fast hätte Jerram Keen als »den Angeklagten« bezeichnet.

»Der Schiffsarzt der *Argonaute* ist anwesend. Bitte erheben Sie sich.«

Tuson, dessen weißes Haar im starken Kontrast zu seinem einfarbig blauen Rock stand, überragte alle anderen.

»Wurde die fragliche Frau bestraft?« fragte Jerram.

Tuson musterte ihn düster. »Jawohl, Sir, sie wurde geschlagen. Ausgepeitscht, Sir.«

»Bestraft«, schnappte Jerram. »Wie schwer waren ihre Verletzungen?«

Tuson beschrieb in seinem üblichen gelassenen Tonfall die Wunde auf dem Rücken des Mädchens. Wer in ihm einen durchschnittlichen Schiffsdoktor erwartet hatte, würde bald eines besseren belehrt werden.

»In Lebensgefahr schwebte sie aber nicht?« beharrte Jerram.

Tuson starrte ihn an. »Wenn man sie auf dieses Schiff zurückgebracht hätte . . .«

»Bitte beantworten Sie meine Frage.«

»Nein, Sir, aber . . .«

»Setzen Sie sich.« Jerram tupfte sich mit einem Taschentuch den Mund ab.

Bolitho sah sich Keens Profil an. Der Mann wirkte unter der Sonnenbräune bleich. Und verbittert.

Als nächster wurde Stayt aufgerufen. Da es sich nur um einen Untersuchungsausschuß und kein Gericht handelte, konnte Jerram fragen, was er wollte. Ein Kreuzverhör war nicht zugelassen.

»Was geschah, als Sie die *Orontes* betraten, Leutnant Stayt?«

Stayt begann: »Die Mannschaft war undiszipliniert und betrunken.«

»Wer sagte das?«

»Zu dieser Schlußfolgerung gelangte ich selbst.«

»Ich will über Ihre Impertinenz hinweggehen.« Jerram fügte hinzu: »Anscheinend lief gerade eine Bestrafung ab.« Ehe Stayt antworten konnte, sagte er scharf: »Und Sie erhielten Befehl, den Ausführenden zu erschießen, wenn er weitermachte? Ist das korrekt?«

»Die Situation war gefährlich, Sir Hedworth«, sagte Stayt hitzig. »Wir waren ohne Unterstützung.«

»Und, wie es den Anschein hat, auch ohne zuverlässige Zeugen, oder?« Nickend gab sich Jerram selbst die Antwort. »Setzen Sie sich.«

Er schaute kurz in seine Unterlagen, doch Bolitho hatte das Gefühl, daß er jede Einzelheit auswendig wußte.

Das Verfahren wirkte korrekt, doch ohne Erwähnung dessen, was sich zuvor und seitdem zugetragen hatte – Verlust der *Suprème,* Verwundung des Vizeadmirals –, und ohne Keens Version des Vorfalls ergaben die Aussagen keinen Sinn. Laut Dienstvorschrift sollte der Ausschuß Tatsachen feststellen, doch hier wurden viele Fakten unterdrückt.

Jerram fuhr fort: »Jedenfalls unterblieb der Versuch, die Frau zurück auf den Transporter zu bringen. Der Kapitän der *Orontes* wurde vor seiner Mannschaft gedemütigt.« Er ging mit vernehmlichen Schritten ans andere Ende des Tisches. »In Gibraltar wurden die anderen Frauen ausgebootet, doch die Gefangene blieb unter Kapitän Keens ›Fürsorge‹ an Bord.«

Im Hintergrund kicherte jemand.

»Mehr noch: Eine Negerin wurde an Bord genommen, um der Strafgefangenen als Zofe zu dienen.« Sein goldbetreßter Ärmel schoß vor. »Bitte stehen Sie auf, Kapitän Keen! Bestreiten Sie diese Tatsachen? Leugnen Sie, eine Strafgefangene für Ihre eigenen Zwecke, über die wir hier nur Vermutungen anstellen können, von *Orontes* entfernt zu haben?«

Keen erwiderte bitter: »Ich holte sie von diesem Schiff, weil sie dort wie ein Tier behandelt wurde!«

»Und das regte Sie, einen Offizier des Königs, mächtig auf!«

Bolitho sprang auf.

Herrick schaute ihn an, nahm anscheinend zum ersten Mal von ihm Notiz. »Ja, Sir Richard?«

»Wie kann es dieser Offizier wagen, meinen Flaggkapitän zu verhöhnen? Ich werde keine weitere Beleidigung dulden, ist das klar?«

»Höchst unorthodox«, bemerkte Jerram und warf Laforey einen Blick zu.

Laforey grunzte. »Ach was, machen wir weiter. Sagen Sie Ihren Vers auf, Sir Richard, wenn's unbedingt sein muß. Wie ich höre, sind Sie ein Hitzkopf.«

Diese Bemerkung, wenngleich unbeabsichtigt, schien der Konfrontation die Schärfe zu nehmen.

Bolitho fuhr ruhiger fort: »Kapitän Keen ist ein guter und tapferer Offizier.« Er drehte sich um und zeigte ihnen den goldenen Orden auf seiner Brust, den auch Nelson mit Stolz trug. »Zu meinem Flaggkapitän wählte ich ihn wegen seiner Verdienste und weil ich ihn persönlich kenne.« Er spürte, wie Jerrams Selbstvertrauen zurückkehrte. Jerram würde gleich darauf hinweisen, daß solche Kriterien bei der Wahl eines Flaggkapitäns belanglos waren. *Sofern er zu Wort kam.* Bolitho war ein geschickter Fechter, dafür hatte sein Vater gesorgt. Keine andere Waffe wußte er so gut zu gebrauchen. Er hatte nun das Gefühl, ein Duell auszufechten: Lasse den Gegner die Kraft deines Armes prüfen, täusche ihn und stoße zu, wenn er aus dem Gleichgewicht ist.

Laforey sagte: »Wir brauchen die Gefangene doch nur wieder in Gewahrsam zu nehmen. Kapitän Keen kann sich für sein Verhalten später verantworten. Immerhin stehen wir im Krieg, Gentlemen.«

Wie in der Schlacht spürte Bolitho einen eiskalten Schauer im Rücken. »Warum befragen Sie mich eigentlich nicht, Sir Hedworth?«

Jerram starrte ihn einige Sekunden lang finster an. »Meinetwegen, Sir Richard. Offenbar müssen wir hier Zeit vergeuden. Wo ist die Gefangene?«

»Vielen Dank, Sir.« Bolithos linkes Auge brannte, und er hoffte, es würde ihn nicht ausgerechnet jetzt im Stich lassen. »Sie ist unter meinem Schutz nach England zurückgekehrt. Ich habe ihre Überfahrt bezahlt und werde die Rechnung vorlegen, falls Sie beabsichtigen, auch *mich* vor ein Kriegsgericht zu stellen. Kapitän Keen brachte sie auf meinen Befehl hin von der *Orontes* aufs Flaggschiff. Glauben Sie etwa, ein Flaggkapitän könne ohne Zustimmung seines Admirals handeln?« Er sah Keen kurz ins Gesicht. »Ich gab meine Zustimmung.« Dann sprach er weiter: »Die junge Frau war unschuldig in die Verbannung geschickt worden, und das werde ich auch beweisen, Sir Hedworth, vor einem Gericht, das weit glaubwürdiger ist als diese Scharade hier! Woher wollen Sie wissen, was der Kapitän der *Orontes* sagte oder nicht sagte? Der Mann ist ja schon auf halbem Weg nach New South Wales!« Sein Ton wurde schärfer. »Sie werden die Wahrheit erfahren, Gentlemen, wenn die Beweise vorgelegt werden, darauf können Sie sich verlassen. Dann werden Sie sehen, was neidische, ehrlose Männer aus Rachsucht fertigbringen!«

Pullen stand auf. »Sie übernehmen also die Verantwortung, Sir Richard?«

Bolitho, inzwischen wieder gelassen, wandte sich an ihn. »Jawohl. Kapitän Keen steht unter meinem Kommando, bis ich gegenteilige Befehle erhalte.« Er sah die Gestalt in Schwarz so fest an, wie er konnte. »Wenn Sie Ihren Vorgesetzten in London Meldung erstatten und ihnen von meinen Absichten berichten, mögen Sie von der Reaktion überrascht sein. Aber ich hoffe, daß Sie dann ebensolchen Eifer an den Tag legen wie bei der Verfolgung eines jungen Mädchens, das bereits eine maßlos brutale Behandlung erduldet hat.« Er schaute wieder zu Keen hinüber.

Laforey fragte gereizt: »Warum erfuhren wir das nicht früher?«

Bolitho bemühte sich, nicht mit dem schlimmen Auge zu zwinkern. »Einige Herren waren zu erpicht darauf, mir auf diesem Umweg Schaden zuzufügen, Sir Marcus.«

Jerram wischte sich das Gesicht. »Ich kann die Verhandlung so nicht weiterführen, Sir.« Er schaute Herrick an. »Jedenfalls zu diesem Zeitpunkt nicht.«

Herrick machte den Mund auf und schaute dann zur Tür, als ein Leutnant eintrat und nervös auf ihn zukam. Er reichte ihm ein Stück Papier.

Bolitho blieb stehen. Er mochte seine Karriere ruiniert haben, aber Keen und seine Zenoria waren jetzt entlastet.

Herrick schaute auf. »Das sollten Sie lesen, Sir Richard.«

Bolitho nahm das Papier entgegen und las es langsam und gründlich, spürte dabei, daß aller Augen auf ihm ruhten. Er fühlte die zunehmende Spannung, die bald so intensiv war wie seine Verzweiflung, sein Zorn.

Er sah sich in der Kajüte um und sagte leise: »Der bewaffnete Schoner *Columbine* ist eingelaufen.« Er sprach so gedämpft, daß einige die Hälse reckten, um ihn besser verstehen zu können. »Mein Geschwader wurde vergangene Woche angegriffen.« Er sah Jerram ausdruckslos an. »*Helicon* unter Kapitän Inch wurde stark beschädigt, und ihre Besatzung erlitt schwere Verluste.« Keens anziehendes Gesicht war plötzlich schmerzerfüllt. Bolitho sprach mit belegter Stimme weiter. »Was wir befürchtet haben, ist eingetreten. Jobert brach aus, und mein Geschwader griff ihn an. Aber als ich gebraucht wurde, war ich *hier.*« Er griff nach seinem Hut. »Wie Sir Marcus sagte, stehen wir im Krieg. Es ist eine Schande, daß manche das noch nicht begriffen haben.«

Herrick sagte: »Sie können sich mit Ihrem Flaggkapitän zurückziehen.«

Aber Bolitho war noch nicht fertig. »Noch eines.« Er sah einem nach dem anderen ins Gesicht. »Sie können sich allesamt zum Teufel scheren!« Damit schritt er aus der Kajüte, und Keen folgte ihm einen Augenblick später.

Herrick blieb eine Weile reglos sitzen.

Dann sagte er: »Die Verhandlung ist geschlossen.« Er war von Bolithos Wutausbruch entsetzt, aber nicht überrascht. Der Mann hatte zuviel getan und geopfert, um sich noch groß um die Konsequenzen zu scheren.

Pullen keuchte: »Das kann er sich nicht ungestraft erlauben!«

Herrick sagte kategorisch: »Sie haben wohl nicht verstanden, worum es geht! Die Franzosen sind ausgebrochen, und Nelson, der vor Toulon patrouilliert wie ein Falke, kann keine Schiffe für die Suche nach Jobert entbehren. Zwischen Jobert und seinem Ziel steht nur der Mann, dem wir gerade Unrecht getan haben!«

Laforey sah zu, wie die Zuschauer die Kajüte verließen, schweigend, als hätte ihnen Bolithos leise Stimme die kommende Schlacht vor Augen geführt.

Herrick half Laforey von seinem Stuhl auf. »Ich kenne Bolitho besser als jeden anderen Mann.« Plötzlich mußte er an Allday denken. »Von einer Ausnahme vielleicht abgesehen. Loyal ist er nach beiden Seiten. Wenn man versucht, ihm durch andere Schaden zuzufügen, kämpft er wie ein Löwe.« Er war bemüht, nicht an den Zorn in Bolithos Augen zu denken. »Es gibt aber Schlachten, die selbst er nicht gewinnen kann.«

Er wartete, bis sein Flaggkapitän die Gäste zu ihren Booten gebracht hatte, und ging dann zurück in die Kajüte, auf die er so stolz gewesen war. *Wäre ich noch sein Kapitän, würde er ebenso für mich eintreten. Was tat ich, als er mich brauchte – meine Pflicht?* Das Wort klang jetzt leer.

Wäre Bolitho bei seinem Geschwader gewesen, hätte das Resultat vielleicht genauso schlimm ausgesehen. Doch Bolitho würde an seiner Abwesenheit leiden wie an einer Wunde, bis er Jobert bezwungen hatte. Oder ihm unterlag.

Herricks Steward schaute herein.

»Kann ich jetzt Ihre Möbel zurückbringen lassen, Sir?«

Herrick musterte ihn traurig. »Aye, und machen Sie hier gründlich sauber. Es stinkt nämlich.«

Während Herrick durch die Heckfenster starrte, glitt die Barkasse der *Argonaute* ruhig zwischen den anderen Schiffen hindurch.

Bolitho bemerkte, daß der Riemenschlag langsamer war als sonst und vermutete, daß Allday ihm Zeit lassen wollte, sich wieder zu fassen.

Keen saß ernst neben ihm. Plötzlich sagte er: »Das hätten Sie nicht tun sollen, Sir.«

Bolitho schaute ihn an und lächelte. »Was das Mädchen betraf, hatten Sie keinen Einfluß auf den Gang der Ereignisse, Val. Ich übernahm die Verantwortung, weil ich es so wollte. Sie bedeutet mir viel, und Ihr Glück auch.« Seine Züge wurden weich. »Anfangs war es bei Ihnen nur eine Frage der Menschlichkeit, bis dann Ihr Herz zu sprechen begann.«

Keen sagte so leise, daß die Bootsgasten ihn nicht verstehen konnten: »Darf ich fragen, woher Sie wissen, wer dahintersteckt, Sir?«

»Nein, noch nicht.« Bolitho versuchte vergeblich, Trost in der Tatsache zu finden, daß sein Bluff erfolgreich gewesen war. Aber er sah nur vor sich, wie Inch sich dem Feind entgegengeworfen haben mußte. Die Botschaft des Schoners hatte nur wenige nützliche Nachrichten enthalten, abgesehen von dem Hinweis, daß das feindliche Flaggschiff *Léopard* hieß.

Wie zu sich selbst sagte Bolitho: »Die Franzosen griffen zuerst *Rapid* an. Inch versuchte, sie zu schützen, und bekam die volle Wucht des Angriffs zu spüren. Was wollten sie nur mit der Brigg?« Keen beobachtete sein Profil und fragte sich, wie viele andere Aspekte von Bolithos Persönlichkeit es noch gab, die er nicht verstand. Schließlich zuckte Bolitho die Achseln. »Erinnern Sie sich noch an die *Achates,* Val?«

Keen nickte lächelnd. »Ja, das alte Käthchen.«

»Als Jobert uns angriff, waren wir ihm weit unterlegen. Um ihn zum Nahkampf zu bewegen, konzentrierten wir unser Feuer auf sein kleinstes Schiff, die *Diane,* und eroberten so die *Argonaute.*«

Keens Gesicht verriet jähe Erkenntnis. »Und nun hat er uns das gleiche zugefügt!«

Der Schatten der *Argonaute* fiel auf sie, als sie längsseits gingen.

Bolitho packte seinen Degen. Der Wind war immer noch kräftig. Eben dieser Westwind hatte die Franzosen mitgebracht. Er schaute in die Gesichter der wartenden Ehrenwache. Lastete doch ein Fluch auf diesem Schiff? War es noch immer französisch, ganz gleich, was sie mit ihm angestellt hatten?

Als sein Kopf in der Pforte erschien, hob Leutnant Paget, der vor ihnen mit der Gig eingetroffen war, den Hut und schrie: »Ein Hoch auf den Admiral, Jungs!«

Keen hatte Bolithos Blick gesehen; er sagte: »Es zählen die *Männer,* nicht die Schiffe, Sir.«

Bolitho zog den Hut und schwenkte ihn langsam über den Kopf. Er wollte, daß der Jubel aufhörte, aber gleichzeitig brauchte er ihn, um seine düsteren Gedanken zu vertreiben.

Seine Kajüte kam ihm danach wie eine Zuflucht vor.

Bolitho setzte sich in seinen Sessel und widerstand der Versuchung, sich die Augen zu reiben. Beide schmerzten, und auf dem guten Auge konnte er vor Überanstrengung und Anspannung nur unscharf sehen.

»Ich möchte sofort den Kapitän der *Columbine* sprechen.« Er sah Ozzard Brandy einschenken, der kleine Mann wirkte traurig. Auch er würde Inch nicht vergessen. »Ich muß mich so genau wie möglich informieren, ehe wir zu den anderen stoßen.«

»Kapitän Inch mag ja auch gesund sein, Sir.« Keen musterte ihn voller Zuneigung. »Wir können nur hoffen.«

»Er ist ein guter Freund, Val.« Er dachte an Herrick am Tisch. »*Einen* zu verlieren, ist schon schlimm genug.«

Er stand auf und lief unentschlossen in der Kajüte herum.

»Gott, bin ich froh, wenn wir auslaufen, Val. Dieses Malta

ist mir zu kalt.« Er warf einen Blick auf den angefangenen Brief. »Richten Sie dem Admiral aus, daß ich beabsichtige, bei Sonnenuntergang Anker zu lichten.«

Keen blieb zögernd an der Tür stehen. »Ich fahre selbst zu dem Schoner hinüber.« Leise fügte er hinzu: »Ich werde Ihnen nie genug danken können, Sir.«

Bolitho, der seine Niedergeschlagenheit nicht mehr verbergen konnte, schaute weg. »Zenoria ist es wert, Val. Und Sie sind es auch. Aber jetzt holen Sie mir diesen Offizier.«

Die Tür schloß sich, und Bolitho griff nach dem Brief. Dann knüllte er ihn zusammen und begann mit plötzlicher Entschlossenheit einen neuen: *Meine liebste Belinda . . .*

Auf einmal fühlte er sich nicht mehr so allein.

XIV Das Herz eines Schiffes

Bolitho verharrte neben dem großen Ruderrad der *Helicon,* das erstaunlicherweise intakt geblieben war. Er hatte sich zu einer Inspektion des Decks gezwungen, um sich davon zu überzeugen, daß der Kampf wirklich schon zwei Wochen zurücklag. Auf dem Schiff sah es aus, als hätte er erst gestern gewütet.

Der Wind, der die Franzosen in dieses Gefecht geführt hatte, war einer Flautenperiode gewichen. Die letzten Meilen bis zum Treffen mit *Argonaute* waren für das Geschwader eine zusätzliche Tortur gewesen. Denn es lief noch eine hohe, ölige Dünung, auf der die harte, eher silberne als goldene Sonne die beschädigten Schiffe in der ganzen Unordnung der Niederlage bloßstellte.

An Deck schafften Matrosen von anderen Schiffen, denn aus Inchs Besatzung waren nur wenige arbeitsfähig geblieben. Das Knarren der Pumpen gemahnte an die Schäden, und aus einem Wirrwarr von Tauwerk und Taljen begann ein Notruder Gestalt anzunehmen. Bolitho fragte sich, wie das Schiff überlebt hatte: zerfetzte Decksplanken, große, getrocknete Blutflecken, umgekippte Geschütze, verkohlte Segelfetzen; nur die Toten fehlten, während die Verwundeten unter Deck jeder für sich um ihr Leben kämpften.

Das war kein Gefecht gewesen, sondern ein Gemetzel. Wäre *Barracouta* nicht unter Vollzeug angerauscht gekommen, hätte *Helicon* jetzt auf dem Meeresgrund gelegen. Wenn der Wind wieder auffrischte, mochte sie diese letzte Fahrt doch noch antreten. *Barracouta* hatte alle Vorsicht außer acht gelassen und bei dem Versuch, den Feind von seinem kalkulierten Angriff abzulenken, mehrere Tücher aus den Lieken gesegelt.

Allday fragte: »Warum kehren wir nicht zum Schiff zurück, Sir? Ein schönes Bad und eine Rasur würden Ihnen gut tun.«

Bolitho schaute ihn an. »Noch nicht.« Er war von der grausamen Zerstörung ringsum wie benommen. »Wenn ich diesen Tag jemals vergessen sollte, dann erinnere mich daran!«

Er sah Tuson unter der Poop stehen. Auch das Achterdeck war übel zugerichtet und verzogen. Es sah aus, als wäre es von einem Riesen, dessen Krallen große schwarze Narben hinterlassen hatten, zerquetscht worden. Viele waren hier gestorben, und noch viel mehr mußten künftig für diesen Tag büßen.

»Wie geht es ihm?«

Tuson musterte ihn leidenschaftslos. »Der Schiffsarzt hat ihm den Arm nicht weit genug abgenommen, Sir. Ich bin mit der Amputation unzufrieden und schlage vor . . .«

Bolitho packte ihn am Revers. »Verdammt noch mal, Sie reden hier von meinem Freund und nicht von einem Kadaver!« Dann wandte er sich ab und sagte leise: »Verzeihung.«

»Ich verstehe schon, Sir«, meinte Tuson. »Jedenfalls würde ich den Fall lieber selbst übernehmen.« Er verschwieg, was Bolitho bereits wußte: Der Schiffsarzt der *Helicon* hatte Inchs bereits ernste Verletzung mit seiner Behandlung noch verschlimmert. Fairerweise mußte man ihm zugestehen, daß er von der Flut verwundeter Männer, die ins Orlopdeck unter sein Messer oder seine Säge geschleift wurden, überfordert worden war.

»Ich muß ihn sehen.«

Tuson schaute Bolitho von der Seite an. »Versprechen kann ich nichts.«

Unter der Poop hing immer noch der Gestank nach Feuer und Blut, Tod und blinder Wut. Einige Kanonen lagen auf der Seite oder weit binnenbords, wohin sie der Rückstoß nach der letzten Breitseite getragen hatte, ehe die Crews hingemetzelt oder geflohen waren. Die Sonne schien durch verformte, schartige Stückpforten.

Das Hämmern von draußen wurde leiser, als Bolitho sich durch den Niedergang zu den Überresten der Messe vortastete.

Inchs Kajüte war völlig hinweggefegt, bis zur Unkenntlichkeit verkohlt, und beherbergte jetzt jene Überreste der Geschützbedienungen und Wachgänger, die bis zuletzt ausgehalten hatten. Hohläugige Männer schauten Bolitho an und traten dann beiseite, um ihn durchzulassen, ehe sie wieder an die Arbeit gingen, um das Schiff zu retten und für die Fahrt in einen Nothafen bereitzumachen. Doch das regelmäßige Knarren der Pumpen schien ihre Anstrengungen zu verhöhnen, und das Stöhnen der Verwundeten bildete eine düstere Untermalung.

In *Helicons* Offiziersmesse war es im Vergleich zum Oberdeck fast kühl. Der Wind, der durch die zersplitterten Heckfenster wehte, konnte den Raum nicht von seinem Gestank befreien. Bolitho stand neben der Koje und schaute auf Inchs blasses Gesicht hinab. Er schien nicht bei Bewußtsein zu sein. Bolitho fröstelte, als er den blutigen Verband sah, wo einst Inchs Arm gewesen war.

Tuson zog die Decke beiseite und sagte: »Hier hat er einen Metallsplitter erwischt, Sir. Der Arzt behauptet, ihn entfernt zu haben.«

Erst da merkte Bolitho, daß Inch die Augen aufgeschlagen hatte und ihn anstarrte. Er schien seine ganze Kraft auf das Erfassen und Erkennen dessen, was um ihn herum vorging, zu konzentrieren.

Bolitho beugte sich über ihn und ergriff seine Hand. »Ich bin bei Ihnen, alter Freund.«

Inch befeuchtete sich die spröden Lippen. »Ich wußte, daß Sie kommen würden.« Er schloß die Augen und packte Bolithos Hand fester, als der Schmerz ihn durchfuhr. Doch sein Griff war schwach.

»Es waren drei Linienschiffe«, sagte Inch. »Wäre die *Barracouta* nicht gekommen . . .«

»Ich bitte Sie, Sir«, flüsterte Tuson. »Er ist sehr geschwächt und wird seine ganze Willenskraft brauchen, um die nächste Operation zu überleben.«

Bolitho drehte sich um. »Ist sie denn unbedingt notwendig?«

Tuson zuckte die Achseln. »Wundbrand, Sir.« Mehr brauchte er nicht zu sagen.

Bolitho beugte sich wieder über die Koje. »Geben Sie nicht auf, Francis. Sie haben noch viel Gutes vor sich.« Er hätte Inch gerne über die französischen Schiffe ausgefragt, aber das war jetzt ausgeschlossen.

Carcaud, Tusons Assistent, wartete mit zwei Gehilfen an einer umgestürzten Kanone. Bolithos Augen brannten. Sie würden Inch festhalten, während Tuson sein blutiges Werk tat.

Bolitho senkte den Kopf, brachte es nicht fertig, Inch anzusehen, den Mann, der soviel Mut und soviel Glück gehabt hatte. Wer scherte sich um sein Schicksal? Seine hübsche junge Frau vielleicht und ein paar alte Kameraden.

Inchs Blick ging an ihm vorbei und erfaßte Allday. Sein langes Gesicht verzog sich zum Schatten eines Lächelns. »Sie haben diesen Gauner ja immer noch bei sich«, flüsterte er.

Dann wurde er ohnmächtig. Tuson bellte: »Jetzt!« Er warf Bolitho einen kurzen Blick zu. »Ich schlage vor, daß Sie sich entfernen, Sir.«

Bolitho erkannte Tuson kaum wieder. Er hatte den kalten Blick des von seinem Metier Besessenen.

Bolitho ging zurück nach oben und sah, daß ein junger Leutnant das Setzen zweier Stagsegel überwachte. Sie würden dem Schiff kaum mehr geben als Steuerfähigkeit, bis die Rahen wenigstens teilweise ersetzt waren. Bolitho sah sich noch einmal Back und Poopdeck an. Das Schiff war aus nächster Nähe beschossen worden und zwar offenbar mit Kartätschen.

Der Leutnant erkannte ihn und salutierte. »Addenbrook, Sir«, sagte er. »Fünfter Offizier.«

»Wo standen Sie während des Gefechts?« Bolitho sah in dem rußgeschwärzten Gesicht wieder Angst und Emotionen aufflackern. Er schätzte ihn auf achtzehn Jahre.

»Im unteren Batteriedeck, Sir«, erwiderte Addenbrook. »Die Franzosen fielen ab und konzentrierten ihr Feuer auf uns. Schwere Geschütze und alles, was sie sonst noch hatten.« Er schien in die brüllende, isolierte Welt des unteren Batteriedecks zurückzukehren. »Wir hörten, daß die Masten weggeschossen wurden, feuerten aber weiter, so wie es von uns erwartet wurde.«

»Ich weiß. Kapitän Inch ist ein tapferer Mann.«

Der Leutnant hörte kaum, was er sagte. »Sie beschossen uns mit Kugeln, bis die halbe Mannschaft am Boden lag, Sir. Dann kamen sie dichter heran und setzten Kartätschen ein.«

Er griff sich an die Stirn. »Mein Gott, hab' ich gedacht, warum hören sie denn nicht auf? Unser Vorgesetzter fiel, aber die Männer waren wie von Sinnen, brüllten Hochrufe, luden und feuerten. Ich erkannte sie nicht wieder.«

Kartätschen auf kürzeste Distanz. Damit war die totale Verwüstung erklärt. Zu diesem Zeitpunkt konnte kaum eine Geschützmannschaft noch in der Lage gewesen sein, das Feuer zu erwidern.

Der Leutnant betrachtete seine fleckige Uniform und konnte offenbar immer noch nicht glauben, daß er ohne einen Kratzer überlebt hatte.

»Wir waren allein, bis *Barracouta* eingriff, Sir.« Er schaute auf und sagte plötzlich verbittert: »Wir hatten keine Chance!« Einen Augenblick verdrängte Stolz den Schmerz in seinen Augen. »Aber die Flagge gestrichen haben wir nicht, Sir!«

Neben der Bordwand platschte es, und Bolitho sah, wie Carcaud sich auf dem Seitendeck die Hände an der Schürze abwischte. Er erriet, was da ins Meer geworfen worden war, und winkte den schlaksigen Assistenten des Schiffsarztes zu sich.

»Wie geht es ihm?«

Carcaud schürzte die Lippen. »Ich glaube nicht, daß er von der Amputation etwas gespürt hat, Sir. Aber wenn er aufwacht . . .«

Bolitho nickte und ging langsam zu den Überresten des Schanzkleids.

Helicons Erster Offizier erschien mit verbundenem Kopf an Deck. Als er Bolitho erblickte, eilte er auf ihn zu.

»Sie haben sich gut gehalten, Mr. Savill«, sagte Bolitho. »Wenn Sie weitere Männer brauchen, fordern Sie sie an.« Er sah, daß der Mann wankte. »Sind Sie überhaupt in der Verfassung, hier Dienst zu tun?«

Der Leutnant versuchte zu grinsen. »Das schaffe ich

schon, Sir.« Er sprach mit einem weichen Dorset-Akzent. »Ich werde das Schiff leichtern, sowie wir ein paar Flaschenzüge aufgeriggt haben.« Sein Blick wurde schärfer. »Aber die Kanonen bleiben an Bord. Denn diese alte Lady wird wieder kämpfen, wenn sie es bis ins Dock geschafft hat.«

Bolitho lächelte traurig. Das Vertrauen eines Seemannes zu seinem Schiff. Und der Mann hatte wahrscheinlich recht.

»Sie sahen das französische Flaggschiff, die *Léopard?«*

»Aye, Sir.« Savill wirkte wie in Trance. »Ich bekam einen Schlag gegen den Kopf und wurde hinter einen Neunpfünder geworfen. Der hat mir wahrscheinlich bei der nächsten Breitseite das Leben gerettet.« Er schaute nach achtern. »Sie wurden alle niedergemäht, zermanscht wie ein Korb voll Eier. Aber gesehen habe ich das Flaggschiff wohl, Sir.« Er lächelte wehmütig. »Schade, daß wir nicht einen zusätzlichen Ladebaum haben wie der Franzose. Den könnte ich jetzt gut gebrauchen, um Proviant und Munition an Deck zu hieven.« Ein Mann rief, und der Leutnant legte grüßend die Hand an die Stirn. »Mit Verlaub, Sir.« Er zögerte und drehte sich um. »Hier hat Kapitän Inch gestanden und sie alle zur Hölle gewünscht, Sir. Er war ein großartiger Kommandant und anständig zu seinen Leuten.«

Bolitho sah weg. *War.* »Ich weiß.«

In der Barkasse drehte er sich um und hielt nach seinen anderen Schiffen Ausschau, setzte sich mit den Problemen des übel zugerichteten Geschwaders auseinander. Wäre *Barracouta* nicht erschienen, hätten sich die Franzosen auch den anderen Schiffen zugewandt. Er hatte bereits gehört, daß *Barracouta* mit der Nachricht vom Ausbrechen des Feindes losgeeilt und von zwei französischen Fregatten verfolgt worden war. Nur dank ihrer Geschwindigkeit und der Tatsache, daß die beiden feindlichen Schiffe sie für einen kleinen Zweidecker gehalten hatten, war sie überhaupt in der Lage gewesen, helfend einzugreifen.

Ein- oder zweimal schaute er zurück zur *Helicon,* die mit ihren Maststümpfen, Lecks und Brandflecken ein finsteres Bild abgab. Wie viele Leute waren gefallen? Wieder eine Namensliste. Jobert hatte die *Helicon* total zerstören wollen. Als Rache für seine *Calliope* oder weil sie eine Prise war? Oder als Hinweis auf das Schicksal, das *Argonaute* drohte?

Bolitho stellte sich die ihm verbliebenen Schiffe eines nach dem anderen vor. Ohne Inch blieben ihm nur Houston und Montresor, die sich erst noch in der Schlacht bewähren mußten. Dann hatte er *Rapid,* und mit etwas Glück würde die *Suprème* zu ihnen stoßen, wenn die Werft auf Malta ihr Versprechen hielt. Dazu die Fregatte *Barracouta.* Seltsam, daß Lapish, der unter einem so ungünstigen Stern angefangen hatte, inzwischen derart viel Geschick und Initiative gezeigt hatte. Er seufzte. »Wir müssen Kapitän Inch aufs Flaggschiff bringen, sobald er transportfähig ist, Allday.«

Allday schaute hinab auf die gebeugten Schultern Bolithos. »Wenn Sie meinen, daß er das übersteht?«

»Ja.« Bolitho starrte auf die *Dispatch,* die über ihrem Spiegelbild beigedreht lag. Wäre ihr Ruder nicht gebrochen ... Er verwarf den Gedanken. Das hätte das Unvermeidliche nur verzögert.

Jobert mußte *Barracouta* für eines von Nelsons Schiffen gehalten haben, Vorhut seines Blockadegeschwaders vor Toulon.

Keen erwartete ihn mit fragender Miene.

Wie anders es doch auf den Decks der *Argonaute* aussieht, dachte Bolitho. Hier herrschten Ordnung und Zweckmäßigkeit. Doch Niedergeschlagenheit war ansteckend, und das Wrack der *Helicon* stand allen als Mahnmal vor Augen.

»Kommandantenbesprechung, Val«, sagte er. »Möglichst noch heute nachmittag.«

Keen schaute hinüber zur *Helicon* und sagte leise: »Dort liegt das Herz eines Schiffes.«

Bolitho beschattete die Augen und sah ein Segelfragment zwischen den Stümpfen von Groß- und Besanmast aufsteigen.

»Das Herz von Francis Inch«, sagte er.

Joberts Geschwader war nicht nur zur Ablenkung oder für einen Rachefeldzug ausgelaufen, überlegte er. Bot sich ihm Gelegenheit zur Vergeltung, dann um so besser, aber es mußte sehr viel mehr dahinterstecken. Sollte Jobert Nelsons Blockadegeschwader von Toulon weglocken, damit Admiral Villeneuves Hauptverband in voller Stärke ausbrechen konnte? Da Gibraltar wieder durch das Fieber geschwächt war, mochte Jobert versuchen, durch die Meerenge in den Atlantik vorzustoßen. Doch Bolitho verwarf diesen Gedanken sofort. Das hätte Jobert längst tun, inzwischen sogar schon in Brest sein können.

Bolitho trat an ein Heckfenster. Eigentlich hätte er erschöpft sein sollen, deprimiert vom Schock und der Niederlage. Doch sein Verstand schien wacher denn je.

Keen trat ein. »Kommandanten haben bestätigt, Sir.« Das klang steif.

Bolitho kannte Keen und wußte, daß er sich wahrscheinlich Vorwürfe machte. Wären sie nicht nach Malta beordert worden ...

Er drehte sich zu ihm um. »Schlagen Sie sich die Selbstvorwürfe aus dem Kopf, Val. Ich bin in Malta auf etwas gestoßen, das ich sonst nie erfahren hätte.«

»Sir?«

»Ich kann noch nicht darüber sprechen.« Er wartete, bis Keen die Tür erreicht hatte. »Und, Val – wenn Sie sie wieder in den Armen halten, werden Sie erkennen, daß das Schicksal Ihnen gar keine andere Wahl ließ.«

Bolitho trat hinaus auf die Heckgalerie mit den beiden lächelnden Meerjungfrauen. Als nächstes würde er sich mit seinen Kommandanten beraten, den Schaden beheben, ihnen wieder Zuversicht geben. Langsam trieb die *Helicon* in sein Gesichtsfeld.

Du nicht, Freund Inch. Du hast deine Schuldigkeit getan.

Im Lauf des Tages frischte der Wind auf, es bewölkte sich und sah nach Regen aus.

Bolitho stand an den Heckfenstern und betrachtete die in der Kajüte versammelten Kommandanten. Er hatte ihnen in allen Einzelheiten Joberts Geschwader, seine Stärke und seine möglichen Absichten erörtert.

»Gentlemen, es ist sinnlos, noch länger in diesem Golf zu bleiben. Ich beabsichtige, im Südosten zu suchen. Falls Jobert sich nach Westen gewandt hat, um durch die Meerenge von Gibraltar zu entkommen, haben wir ihn bereits verloren. Falls aber nicht –«, er schaute in ihre gespannten Gesichter –, »müssen wir ihn ausfindig machen und zum Gefecht zwingen.«

Gedämpfte Rufe vom Hauptdeck; die Kajüte erzitterte, als zwei Zweiunddreißigpfünder von *Helicon* an Bord gehievt wurden.

»Diese Kanonen werden morgen auf die *Rapid* gebracht.« Er sah, wie deren junger Kommandant zusammenfuhr, als habe er nur mit halbem Ohr zugehört.

»Die sind aber zu schwer, Sir ...« stammelte Quarrell.

Bolitho musterte ihn kühl. »Sie haben doch einen Schiffsbaumeister und einen Zimmermann, oder? Lassen Sie die zwei Kanonen auf dem Vorschiff als Jagdgeschütze montieren. Wenn Sie Ballast und Ausrüstung umtrimmen und das Deck abstützen, sollte das nicht zu schwer fallen. Ich befehligte einmal ein Kanonenboot, auch nicht viel größer als Ihre *Rapid,* das über eine ähnlich schwere Bugbewaffnung verfügte. Also gehen Sie an die Arbeit.«

Kapitän Montresor sagte: »Mein Ruderschaden ist behoben, Sir. Er war unvorhersehbar.« Er starrte Houston verbittert an. »Ich wollte kämpfen. Und ich hatte nicht erwartet, daß *Helicon* auf sich allein gestellt sein würde.«

Houston saß mit verschränkten Armen verstockt da.

»Mein Schiff war wegen Wind und Nebel zu weit zurückgefallen, Sir«, sagte er. »Ich sah, daß *Dispatch* Schwierigkeiten hatte.« Sein schmaler Mund formte die Worte wie abgehackt. »Wäre ich *Helicon* zu Hilfe gekommen, hätte ich nur ein Ziel mehr abgegeben. Da ich wußte, daß die Franzosen uns einen nach dem anderen erledigen wollten, nahm ich lieber Montresor in Schlepp.«

Bolitho nickte. Typisch für diesen Mann, dachte er. Er war hart und kompromißlos, aber in diesem Fall hatte er korrekt gehandelt: Es ging darum, entweder ein Schiff zu retten oder das ganze Geschwader zu verlieren.

»Jobert tut nichts ohne Grund«, sagte er. »Und bisher war er uns immer einen Schritt voraus.« Er sah, daß Keen ihn grimmig beobachtete. Mit dem Verlassen seiner zugewiesenen Station war er ein großes persönliches Risiko eingegangen. Egal. Seit dem Tribunal von Malta stand er ohnehin auf der schwarzen Liste. Die Erkenntnis, daß Ruf und Risiko ihm jetzt gleichgültig waren, machte ihn fast übermütig.

Houston sagte mit seiner barschen Stimme: »Wir müssen überlegen, wann und wo wir Trinkwasser übernehmen können, Sir.«

Bolitho sah ihn an und wurde sich des Schleiers vor seinem linken Auge bewußt.

»Kommt nicht in Frage, Kapitän Houston.« Er schaute die anderen an. »Keiner von uns nimmt Wasser an Bord. Kürzen Sie die Rationen, halbieren Sie sie meinetwegen, aber wir bleiben zusammen, bis alles vorüber ist.« *Ganz gleich, wie es ausgeht,* hätte er beinahe hinzugefügt; doch den Gesichtern der anderen war anzumerken, daß sie ohnehin diesen Gedanken hatten.

»Ich brauche alle verfügbaren Informationen. Küstenschiffe müssen gestoppt und gründlich durchsucht werden, auch wenn sie unter neutraler Flagge segeln. Wer sich widersetzt, wird versenkt.« Er spürte, daß sich wieder Haß in seinen Tonfall einschlich, und dachte an Herrick, an den Kummer in seinen blauen Augen beim Abschied auf der *Benbow*. Insgeheim wußte Bolitho, daß Herrick vernünftig gehandelt hatte. Er selbst konnte Günstlingswirtschaft ebenfalls nicht ausstehen und verachtete alle, die mit ihrer Hilfe vorankamen. Und doch hatte er Keen wie einen Günstling behandelt. Was hätte er an Herricks Stelle getan, wenn er um einen solchen Gefallen gebeten worden wäre?

Kapitän Lapish fragte: »Wird Jobert noch mehr Schiffe unter seinem Kommando haben?« Seine Stimme klang zuversichtlicher als zuvor.

Bolitho lächelte ernst. »Hat er nicht schon genug?«

»Zwei Fregatten!« brummte Houston. »Und wir haben nur eine.«

»Meine Brigg nicht zu vergessen!« rief Quarrell.

»Heben Sie sich Ihren Kampfgeist für den Feind auf«, sagte Bolitho. »Drillen Sie Ihre Männer, bis sie halb im Schlaf zielen und feuern können. Machen Sie jedem klar, daß der Feind auch seine Schwächen hat. Wir können und müssen ihn schlagen, denn ich bin überzeugt, daß wir das einzige Hindernis zwischen Jobert und seinem Ziel darstellen.«

Das Deck neigte sich stark. Ein Buch rutschte vom Tisch.

»Kehren Sie auf Ihre Schiffe zurück«, schloß Bolitho. »Wenn es regnet, sammeln Sie Wasser zur Ergänzung der Rationen. Setzen Sie bei der Suche nach kleinen Schiffen auch die Boote ein. Unsere Leute sollen kampfbereit sein und stets mit Widerstand rechnen.«

»*Léopard* ist ein Dreidecker, oder, Sir?« konterte Houston.

Die unverblümte Erinnerung fuhr durch die anderen wie ein kalter Wind.

Bolitho warf Keen einen Blick zu. »Inch nahm es mit diesem Schiff und zwei Fregatten zugleich auf, Kapitän Houston. Wir mögen angeschlagen sein, aber Sie werden sehen, daß wir alle noch unseren Mann stehen!«

Nachdem die Kommandanten verabschiedet worden waren, kehrte Keen in die Kajüte zurück und fragte: »Wissen Sie eigentlich schon, was Jobert vorhat, Sir?«

»Sobald ich sicher bin, verrate ich es Ihnen, Val. Bis dahin müssen wir dafür sorgen, daß es auf unseren Schiffen weder lasch noch nachlässig zugeht. Mangelnde Wachsamkeit kann uns jetzt nur Niederlagen eintragen.«

»Der Schiffsarzt!« rief der Wachposten.

Tuson trat ein. »Sie schickten nach mir, Sir?«

»Bitte sorgen Sie dafür, daß Kapitän Inch zu uns an Bord gebracht wird. Ich fürchte, daß das Wetter umschlägt.«

Tuson nickte. »Ich sprach vorhin auf der *Helicon* mit ihm, Sir. Er hat starke Schmerzen.«

Als der Arzt gegangen war, trat Keen zum Kartentisch. »Verdammt, dieser Jobert kann Gott weiß wo sein. Wie eine Nadel im Heuhaufen!«

Bolitho stolperte beim Auf- und Abschreiten über einen Ringbolzen und hätte beinahe das Gleichgewicht verloren. Wieder packte ihn die Angst. Was mochte Belinda denken? Selbst wenn Adam ihr das volle Ausmaß seiner Verwundung verschwiegen hatte, mußte sie an der Handschrift seines letzten Briefen erkennen, daß etwas nicht stimmte. Fast bereute er nun, ihr von seinen geheimsten Hoffnungen und Ängsten geschrieben zu haben, von seiner Liebe für sie, trotz allem.

Keen sagte plötzlich: »Eigentlich habe ich ja versprochen, nicht darüber zu reden, aber ich kann es nicht ertragen, Allday so niedergeschlagen zu sehen.«

»Wissen Sie denn etwas Genaues, Val?«

Keen setzte sich. Eigentlich wurde er an Deck gebraucht,

aber Paget wurde inzwischen mit den meisten Aufgaben alleine fertig.

»Mein Bootsführer hat es mir erzählt, Sir. Der alte Hogg ist ein verläßlicher Bursche, und Allday zieht ihn hin und wieder ins Vertrauen.« An den Heckfenstern triefte das Wasser herunter, und Bolitho versuchte, nicht an Inch zu denken, der nun in ein tanzendes Boot hinabgelassen wurde. Ein jäher Schock konnte einen Mann in seiner Verfassung umbringen.

»Es hat den Anschein, Sir, daß Bankart annahm, Allday würde nach seiner schweren Verwundung die Seefahrt aufgeben. Er hatte von seinem sicheren Leben bei Ihnen in Falmouth erfahren und bekam Lust darauf. Der Dienst auf See scheint ihm nicht zu behagen, obwohl er sich freiwillig gemeldet hatte.« Keen schaute Bolitho von der Seite an und fragte: »Ist Bankart auch bestimmt sein Sohn, Sir?«

Bolitho lächelte. »Wenn Sie Allday vor zwanzig Jahren gekannt hätten, würden Sie mir diese Frage nicht stellen. Zumindest äußerlich ist er ihm sehr ähnlich.«

Keen stand auf, als von der Back her die Schiffsglocke schlug. »Ich werde dafür sorgen, daß er entlassen wird, wenn wir wieder in England sind.«

Bei dem Wort England blickten sie einander nicht an. Würden sie jemals seine grünen Felder wiedersehen?

»Und ich rede persönlich mit Allday, Val. Männer, die von Sorgen geplagt werden, fallen oft als erste.«

Keen hob den Kopf und lauschte. Auch Bolitho hörte draußen Hochrufe und sagte: »Gehen wir an Deck. Das wird eine Qual für Inch.«

Auf dem Achterdeck überwachte Big Harry Rooke, der Bootsmann, die Flaschenzüge, an denen Inchs Bahre an Bord gehievt werden sollte. Das Seitendeck der *Helicon,* die mit Schlagseite in der Düngung stampfte, war von winzigen Gestalten gesäumt, die zusahen, wie das Boot langsam und vorsichtig auf das Flaggschiff zuhielt. Bolitho zog sein Degenkoppel zurecht und drückte sich den Hut fester in die Stirn. »Lassen Sie die Ehrenwache antreten.« Er ging ans Schanzkleid und beugte sich hinaus.

Er hörte, wie sich die Seesoldaten auf Sergeant Blackburns Befehl hin aufstellten. Stahl zischte, als Hauptmann Bouteiller seinen Säbel zog. Die Bootsmannsgehilfen befeuchteten ihre silbernen Pfeifen. Dann spannten sich die Flaschenzüge, und aller Jubel verstummte.

Keens Stimme klang fest, als er rief: »Achtung an Deck! Klar zum Empfang des Kommandanten der *Helicon!*«

Nach dem Lärm des Zeremoniells wurde Inchs Koje schnell zur Poop getragen. Bolitho ging nebenher, ergriff Inchs Hand und sagte leise: »Willkommen an Bord, Kapitän Inch.«

Inch versuchte zu grinsen, sah aber sehr blaß und gealtert aus. »Lassen Sie mich noch einmal mein Schiff sehen«, flüsterte er heiser.

Man trug ihn zum Schanzkleid, wo Tuson ihn stützte, damit er den fernen Vierundsiebziger mit den erbärmlichen Segelfetzen erkennen konnte.

»Die alte Lady sehe ich nie wieder«, sagte Inch langsam.

Bolitho blickte der kleinen Prozession nach, bis sie vom Niedergang verschluckt wurde, und sagte: »Und wir nicht einen Mann von seinem Kaliber.«

Er wandte sich abrupt ab. »Nehmen Sie Fahrt auf und befehlen Sie dem Geschwader, hinterm Flaggschiff auf Station zu gehen.«

Inchs Anwesenheit an Bord wird uns allen eine Mahnung und Warnung sein, dachte Keen.

Im Orlopdeck der *Argonaute* zog Allday in der winzigen Kammer, die er mit Segelmacher Mannoch teilte, eine flakkernde Laterne dichter an seine Arbeit heran. Allday war groß und kräftig gebaut, und in seiner Faust wirkte ein Entermesser so zierlich wie der Seitendolch eines Kadetten. Aber das Modell, das er zur Hälfte fertiggestellt hatte, war ebenso fein. Allday hatte es aus Holz, Knochen und sogar Menschenhaar angefertigt und musterte es jetzt mit kritischem Auge. Von jedem Schiff, auf dem er unter Bolitho diente, hatte er ein Modell geschnitzt.

Er nahm das kleine Schiff auf die Handfläche und drehte es langsam vor der Laterne hin und her. Es war ein Zweidekker mit vierundsiebzig Kanonen, und er grunzte mit widerwilliger Zufriedenheit.

Unten im Orlopdeck, in das niemals Tageslicht fiel, herrschte immer dicke Luft. In der kleinen Kammer roch es außerdem nach Rum. In seinem Fach war Mannoch zwar ein Genie, doch er schaute zu gern ins Glas und wurde deshalb von seinen Gehilfen Old Grog genannt.

Allday rutschte auf der harten Seemannstruhe hin und her und dachte an das Mädchen, wie er es zuletzt mit kurzem Haar und in geborgten Kleidern gesehen hatte. In Malta hatte es auf der Fahrt zu dem Handelsschiff noch einen Zwischenfall gegeben: Eines der Wachboote hatte sie fast längsseits passiert. Aber er hatte der Besatzung des Bootes eine Tracht Prügel angedroht, wenn sie auch nur ein Wort verlauten ließe. Manchen war überhaupt nichts aufgefallen. Im Dunkeln sah ein Midshipman aus wie der andere.

Wieder einmal hatte er damals ernsthaft an eine Ehe gedacht. Er grinste vor sich hin. *Aber wer will schon einen alten Bock wie mich?*

Es klopfte an die schmale Tür, und er sah zu seinem Erstaunen Bankart eintreten.

»Ja, was gibt's?«

»Darf ich mit dir reden?«

Allday rutschte auf der Truhe zur Seite, um Platz zu machen. »Worüber?«

Er sah dem Jungen ins Gesicht und mußte an seine Mutter denken, ein sauberes, frisches Mädchen. Auch damals hatte er erwogen, zu heiraten. So viele hatte er gekannt, in so vielen Häfen, doch die Wirtstochter aus Falmouth war die einzige, die er nicht vergaß.

»Ich will kein böses Blut zwischen uns!« platzte Bankart heraus, sah ihm dabei aber nicht in die Augen. Er war so störrisch wie Allday und erstaunt, den Gang überhaupt getan zu haben.

»Dann mal raus damit.« Allday musterte ihn streng. »Und schwindle mir bloß nichts vor.«

Bankart hob die Fäuste. »Du magst mein Vater sein, aber trotzdem . . .«

Allday nickte. »Ich weiß. Ich hab' mich noch nicht ganz daran gewöhnt. Tut mir leid, Sohn.«

Der Junge starrte ihn an. »Sohn«, wiederholte er leise. Dann sagte er: »Du hattest recht, ich wollte zu dir nach Falmouth.« Er schaute ihn aus hellen Augen an. »Ich wollte ein richtiges Zuhause haben.« Er schüttelte verzweifelt den Kopf. »Nein, unterbrich mich jetzt nicht, sonst bringe ich das nie heraus. Ich wollte zu dir, weil ich keine Lust hatte, mich noch länger herumscheuchen und betrügen zu lassen. Ich habe immer zu dir aufgeschaut, weil Mutter mir so viel Gutes über dich erzählt hat. Zur Marine habe ich mich nur gemeldet, weil ich dachte, das gehört sich so. Du hast's ja auch getan.«

Allday nickte, sein Schiffsmodell war vergessen.

»Dann starb Mutter. Und ich bat einen Freund, an dich zu schreiben.« Er starrte zu Boden. »Aber ein richtiges Zuhause war mir eigentlich wichtiger als ein Vater.« Als er den Blick wieder hob, brach es aus ihm heraus: »Ich kann doch nichts dafür, daß ich Angst habe. Ich bin eben nicht wie die anderen! Ich habe noch nie Männer auf so schreckliche Weise sterben gesehen!«

Allday packte ihn am Handgelenk. »Ruhig, Sohn. Sonst kommen die Knochenbrecher und sehen nach, was los ist.« Er tastete hinter der Truhe herum und holte eine Tonflasche und zwei Becher hervor. »Trinken wir erst mal einen.«

Bankart nahm einen raschen Schluck und hustete.

»Das ist richtiger Rum«, sagte Allday, »nicht die Brühe, die der Proviantmeister ausgibt. Hör zu: Die meisten anderen haben auch Angst. Man muß nur lernen, sich nichts anmerken zu lassen.« Er schüttelte ihn sanft am Handgelenk. »Und dazu braucht man seinen ganzen Mut!«

»Du bist da bestimmt anders.« Bankart trank vorsichtig einen Schluck.

»Mag sein. Dafür hat schon unser Dick gesorgt. Er ist ein prachtvoller Mann, ein Freund sogar. Ich würde mein Leben für ihn geben.«

Bankart stand auf, und sein Haar streifte die Decke. »Ich wollte dir nur sagen . . .«

Allday zog ihn zurück auf die Truhe. »Langsam! Ich weiß ja schon Bescheid. Ich war derjenige, der einen Fehler gemacht hat, das ist mir jetzt klar.« Er füllte aufs neue die Becher. »Du gehörst nicht auf ein Kriegsschiff. Aber wer sich freiwillig meldet, muß allerhand Mut haben. *Mich* hat erst eine Preßpatrouille schnappen müssen.« Er schüttelte sich vor Lachen, bis der Schmerz der alten Wunde ihm Einhalt gebot. »Nein, du brauchst Arbeit an Land und ein gutes Zuhause, und ich werde dafür sorgen, daß du sie bekommst. Aber bis dahin tust du, was ich dir sage, und machst uns keinen Ärger, klar?« Er hörte Stimmen und vermutete, daß der Segelmacher mit seinen Kumpanen im Anmarsch war. »Wir unterhalten uns bald wieder mal, ja?«

Bankart sah ihn mit glänzenden Augen an. »Danke, äh . . .«

»Sag ruhig John zu mir, wenn dir das leichter fällt«, meinte Allday grinsend. »Aber vor den anderen nennst du mich Bootsführer, sonst versohle ich dir den Hintern!«

Bankart zögerte, wollte den Kontakt noch nicht abbrechen. Leise sagte er: »Ich denke, daß ich – daß ich vielleicht sterben muß. Ich will dich nicht enttäuschen, denn jetzt weiß ich, was für ein Mann du bist. Ich war noch nie auf jemanden stolz.«

Allday hörte die Tür nicht zuschlagen. Er saß nur da und starrte sprachlos das halbfertige Modell an.

Der Segelmacher kam mit seinem Freund hereingeplatzt und fragte: »Alles klar, Kumpel? Hübscher Junge, das.«

Allday senkte den Kopf. »Aye. Das ist mein Sohn.«

XV Rendezvous mit dem Schicksal

Bolitho balancierte das abschüssige Achterdeck hinauf nach Luv und ließ den feuchten Wind seine Müdigkeit vertreiben. Es war früh am Morgen, und ringsum bereitete sich die Besatzung auf einen neuen, anstrengenden Tag vor.

Über Nacht war Regen gefallen, doch Bolitho ging mit Absicht auf den nassen Planken auf und ab. Langsam gewann er sein Selbstvertrauen zurück und schrieb seine bisherige Verzweiflung dem Selbstmitleid und Schlimmerem zu.

Er hörte Keen mit dem Ersten Offizier reden und entnahm seinem Tonfall, daß er die Bestrafung dreier Matrosen besprach, die am Vormittag stattfinden sollte. Überall im Geschwader waren nach *Helicons* Ausfall Unruhen ausgebrochen: Drohungen oder tatsächliche Gewaltanwendungen gegen Decksoffiziere oder Kameraden, worauf üblicherweise Auspeitschung stand. Das Flaggschiff stellte keine Ausnahme dar; selbst Keens Menschlichkeit hatte den letzten Temperamentsausbruch und die strenge Strafe, die ihm auf dem Fuß folgte, nicht verhindern können.

Bolitho stellte sich seine Schiffe als Wesen mit ganz unterschiedlichem Eigenleben vor, das von dem jeweiligen Kommandanten überwacht und gesteuert wurde. Aber er wußte auch, daß ein Schiff nur so stark war wie seine Mannschaft.

Bei Tagesanbruch würden seine Schiffe wieder mit *Argonaute* im Zentrum in Querlinie segeln. *Barracouta,* noch immer als Zweidecker getarnt, lag irgendwo achteraus und war bereit, auf ein Signal hin vorm Wind angerauscht zu kommen. *Rapid* kreuzte ganz allein weit vor ihnen in der Hoffnung, ein Fischerboot oder ein Handelsschiff zu finden, das ihnen wertvolle Hinweise geben konnte.

Sie hatten mehrere solcher Schiffe gesichtet, aber nur drei erwischt. Eines der Fahrzeuge, die sich *Rapids* Verfolgung entzogen hatten, bis die Brigg das Signal zur Rückkehr erhielt, war ein schneller Schoner gewesen. Es war üblich, daß Handelsschiffe vor Kriegsschiffen jeglicher Flagge flohen, doch hier draußen mochte jeder Fremde auch ein Spion sein, der Jobert Hinweise auf ihre Stärke und ihren Kurs zutrug. Lange konnte das nicht so weitergehen. Bald würde Bolitho sich geschlagen geben und die Brigg zu Nelson schicken müssen, um ihm mitzuteilen, was geschehen war. Dann stand zu erwarten, daß Nelson das Geschwader in seinen eigenen Verband eingliedern würde.

Vier Tage waren vergangen, seit sie sich von *Helicon* getrennt hatten. Es herrschte gutes Segelwetter; der Wind stand günstig, und die Sicht war nicht schlecht.

Keen kam übers Deck und legte die Hand an den Hut. »Irgendwelche Befehle, Sir Richard?« Nur wegen der Rudergänger in der Nähe drückte er sich so förmlich aus. Seine Stimme klang gepreßt. Stand er etwa den Entscheidungen seines Vorgesetzten und den Ergebnissen, die sie bisher gezeitigt hatten, kritisch gegenüber?

Bolitho schüttelte den Kopf. »Wir suchen weiter. Mag sein, daß sich die Franzosen abgesetzt haben, aber ich bezweifle das.«

Gemeinsam sahen sie, wie Segel und Rigg von den ersten Sonnenstrahlen getroffen wurden. Querab tauchte *Dispatch* in eine so hohe Düngung, daß die Stückpforten des unteren Batteriedecks wie Glassplitter funkelten.

Bolitho schaute zu der winzigen Gestalt des Ausgucks im Großmast auf. »Lösen Sie die Männer oben stündlich ab, Val«, sagte er. »Müde Augen können wir heute nicht brauchen.«

Keen warf ihm einen neugierigen Blick zu. *»Heute,* Sir?«

Bolitho zuckte die Achseln. Erst jetzt merkte er, was er da gesagt hatte. Warnte ihn ein Instinkt?

»Ich bin beunruhigt, Val.« Er dachte an Frühstück und die Tatsache, daß er fast die ganze Nacht auf- und abgegangen war. »Verständigen Sie mich sofort, wenn etwas gesichtet wird.« Er schritt nach achtern zu seinem Quartier, wo Ozzard und Yovell ihn erwarteten.

Bolitho saß am Tisch und sah zu, wie Ozzard das Frühstück zubereitete und Kaffee einschenkte. Er hatte ein Bad nötig und sein Hemd war zerknittert. Doch die Kürzung der Wasserration galt für alle, auch für ihn. Abgesehen von Inch natürlich. Dessen Anblick war eine Qual: manchmal im Fieberwahn, dann wieder abgestumpft und teilnahmslos, vegetierte er dahin. Laut Tuson schien die Amputation erfolgreich gewesen zu sein. Doch Inch gehörte an Land und in ein Hospital. Bolitho wußte aus eigener bitterer Erfahrung, daß jeder Ruf an Deck, jede Änderung von Windrichtung und Kurs selbst in einem sterbenden Seemann alte Ängste weckten – und ganz besonders in einem Kommandanten.

»Ganz nach Ihrem Geschmack, Sir«, sagte Ozzard und stellte einen Zinnteller auf den Tisch. »Aber es ist leider das letzte Brot aus Malta.«

Bolitho betrachtete die dünnen Scheiben Schweinefleisch, in Zwiebackskrumen goldbraun gebacken. Das Brot würde steinhart sein, aber Ozzard war es wenigstens gelungen, den Schimmel fernzuhalten. Der schwarze Sirup, den Bolitho so gern aß, würde den muffigen Geschmack überdecken.

Er dachte an Frühstück in Falmouth und Belindas Verwunderung über seinen Appetit. Du haust rein wie ein Schuljunge, hatte sie gesagt. Was hielte sie wohl von dieser Mahlzeit? Und die Mannschaft aß noch hundertmal schlechter.

Er schaute zum offenen Skylight, als Stimmen herüberwehten. Dann stampften Füße durch den Korridor, und Keen betrat die Kajüte.

»Bedaure, Sie stören zu müssen, Sir. Aber *Rapid* ist in Sicht und hat Nachrichten.«

Bolitho stieß den Teller beiseite und bestrich das altbakkene Brot dick mit Sirup.

»Berichten Sie.«

»Sie hat ein Schiff gestellt und geentert, mehr weiß ich noch nicht. Aber *Rapid* unternimmt auf jeden Fall die größten Anstrengungen, um schnell heranzukommen.«

Bolitho stand auf. »Setzen Sie mehr Segel und signalisieren Sie den anderen Schiffen, unserem Beispiel zu folgen. Und sobald wir beigedreht haben, möchte ich Quarrell sprechen.«

Doch es dauerte bis zur Mitte der Morgenwache, ehe *Rapid* zum Rest des Geschwaders aufgekreuzt war. Zunächst wich die Erregung stummer Resignation, als die Grätings aufgeriggt und alle Mann nach achtern gepfiffen wurden, um Zeugen der Bestrafung zu werden: zwei Dutzend Schläge pro Mann, während die Trommeln gerührt wurden.

Paget legte die Hand an den Hut. »Bestrafung vollzogen, Sir.«

Keen nickte. Die Mannschaft trat ab, die Grätings wurden abgenommen und geschrubbt, und die Ausgepeitschten kamen nach unten ins Krankenrevier. Keen reichte Paget die Kriegsartikel und sagte: »Dieses verdammte Warten!«

Doch als Quarrell endlich an Bord kletterte, konnte er seine Erregung und Freude kaum verbergen.

Bei Tagesanbruch hatte *Rapid* dem anderen Schiff befohlen, beizudrehen und einen Entertrupp zu erwarten. Der Leutnant, der mit dem Boot hinüberfuhr, war gründlich. Der griechische Kapitän war des Englischen mächtig und mehr als hilfsbereit gewesen. Seine Ladung hatte aus Olivenöl und Feigen bestanden, doch laut Quarrell war das Schiff schmutzig; es sei ein Wunder, daß es überhaupt Ladung bekam. Quarrell holte tief Luft. »Der Kapitän hatte mehrere Flaschen Wein und Brandy an Bord, Sir, die mein Erster sofort entdeckte.« Er drehte sich um und strahlte Keen an. »Alle französischer Herkunft.«

Bolitho, dessen Mund plötzlich trocken geworden war, entrollte auf dem Tisch eine Seekarte. »Weiter.« Dies war Quarrells großer Augenblick. Wenn er ihn zur Eile trieb, brachte er ihn nur aus dem Konzept.

Der junge Kommandant fuhr fort: »Als wir ihn nach der Herkunft der Flaschen befragten, gab der Mann an, sie vor drei Tagen gegen Öl eingetauscht zu haben.« Er sah in Bolithos ernstes Gesicht. »Es war zweifellos Konteradmiral Joberts Geschwader. Der Grieche konnte es bis auf die Galionsfigur, einen Leoparden, genau beschreiben.«

»Zeigen Sie mir die Position.« Bolitho beschwerte die Karte mit Lineal und Stechzirkel.

»Sie lagen auf Ostkurs, Sir. Inzwischen müßten sie ungefähr hier sein.« Er legte einen Finger auf die Stelle.

Keen beugte sich über den Tisch. »Bei Korsika.« Er seufzte. »Das hätte ich doch ahnen sollen.«

Quarrell schaute von ihm zu Bolitho. »Der griechische Kapitän hörte einen französischen Offizier sagen, das Geschwader sei im Begriff, Trinkwasser an Bord zu nehmen.«

Keen runzelte die Stirn. »Für eine lange Fahrt vielleicht?«

Bolitho ging an die Heckfenster und fuhr sich mit den

Fingern durchs Haar. Die tiefe Narbe an seiner Schläfe erinnerte ihn an jenen anderen Tag, an dem das Aufnehmen von Trinkwasser ihm so simpel vorgekommen war.

Er sah Fische aus dem Schatten der *Argonaute* springen. »Die Franzosen sind also unterwegs nach Korsika, um Wasser für drei Linienschiffe und zwei Fregatten an Bord zu nehmen ... Wie lange brauchen sie Ihrer Auffassung nach?« Er wandte sich an Keen. »Drei, vier Tage?«

Keen nickte langsam. »Wir könnten sie noch einholen, Sir.«

Bolitho setzte sich auf die Heckbank. Auch ohne Seekarte konnte er sich die Lage genau vorstellen. Wenn der Wind günstig blieb, mochten Joberts Schiffe vor einer Leeküste in die Falle geraten.

»Ozzard, rufen Sie meinen Flaggleutnant.« Erstaunlicherweise war es ihm gelungen, mit Stayt zu reden, ohne den Anlaß ihrer Entfremdung zu erwähnen. Stayt war argwöhnisch und so reserviert, daß sie sich über kaum mehr unterhielten als über Befehle und Signale.

Als Stayt eintrat, schweifte sein Blick rasch über die Gruppe am Tisch. »Kann ich Ihnen etwas besorgen, Sir?«

»Ja, die Berichte vom Flaggoffizier in Malta.«

Quarrell beharrte: »Mein Erster Offizier hielt die Aussage des Griechen für glaubwürdig, Sir.«

»Vielleicht glaubte er aber nur, was die Franzosen ihm weismachen wollten«, versetzte Bolitho.

Stayt legte eine Akte auf den Tisch: Ankunft des Geleitzuges in Malta, Eskorten und Auslaufzeiten, Passagiere und Ausrüstung, die gelöscht oder weitertransportiert werden sollte. Bolitho zog ein Blatt hervor, das in der Handschrift eines unbekannten Beamten den Namen *Benbow* trug. Dann schnappte er sich den Stechzirkel und ließ ihn rasch über die Seekarte wandern. Seine Augen schmerzten ihn so, daß er fast laut geflucht hätte.

Drei, höchstens vier Tage. Das mußten sie schaffen.

Er sah auf. »*Benbow* lief aus Malta aus, um zwei Handelsschiffe nach England zu geleiten. Als zusätzliche Eskorte gab man Konteradmiral Herrick eine Fregatte mit.«

»Welch ein Aufwand für zwei Schiffe!« rief Keen aus. »Und von uns erwartet man, daß wir zurechtkommen mit . . .«

Bolitho hob die Hand. »Ich hätte es viel früher erkennen sollen, Val. Den entscheidenden Hinweis gab mir Inchs Erster Offizier nach dem Gefecht.« Er sah den erschöpften Leutnant mit dem verbundenen Kopf noch deutlich vor sich: *Schade, daß wir nicht einen zusätzlichen Ladebaum haben wie der Franzose.* Fast konnte er Savills Stimme hören. Der Mann hatte den Baum gesehen, aber seine Bedeutung nicht erkannt.

»Diese Handelsschiffe haben Gold und Edelsteine vom Sultan an Bord«, sagte Bolitho. Am liebsten hätte er auf den Tisch geschlagen, um ihnen die Ungeheuerlichkeit seiner Entdeckung und Joberts Absichten klarzumachen. »Jobert plant, diesen Geleitzug anzugreifen und das Gold auf See zu übernehmen. Will er dazu nach Korsika, Val? Wohl kaum. Er hatte das Gold von Anfang an im Auge, aber ich war ihm im Weg. Und dieser Weg ist jetzt frei.«

Bolitho schaute Quarrell an. »Begeben Sie sich zurück auf Ihr Schiff und erwarten Sie neue Befehle.«

Quarrell trat zurück. »Das – tut mir leid, Sir Richard.«

Bolitho musterte ihn gelassen. »Ihren Leutnant hatte er schon überzeugt. Uns hätte es leicht ebenso ergehen können.«

Als sich die Tür schloß, sagte Keen: »Noch wissen wir nichts Definitives, Sir.«

Stayt fügte hinzu: »Andererseits – wenn sich die Franzosen wirklich bei Korsika befinden und wir es versäumen, sie ausfindig zu machen . . .«

Bolitho schaute an ihm vorbei. »Ich bin meiner Sache ganz sicher, Gentlemen. Für diese Entscheidung wird man *mich* verantwortlich machen.«

Er trat erneut an die Karte. Keen versuchte offenbar, ihn zu warnen und zu schützen. Wenn sie weiter ihrem bisherigen Kurs folgten, konnte niemand ihnen einen Vorwurf machen. Wenn er sich aber von seinem Instinkt leiten ließ, von dieser sonderbaren Überzeugung, daß er ein Rendezvous mit dem Schicksal hatte, mochte er sich fatal irren.

»Meiner Schätzung nach haben wir zwei Tage Zeit. Und nicht mehr.« Er berührte die Karte mit den Spitzen des Stechzirkels. »Wenn das Wetter so bleibt, sollten wir ungefähr hier auf den Geleitzug treffen.« Während sie sinnlos die zerklüftete Küste von Korsika abgesucht hätten, wäre das Gold geraubt worden und Herrick mit seinen Männern gestorben.

Bolitho hob die Stimme. »Mr. Yovell, Sie Federfuchser! Kommen Sie, ich möchte meine Gefechtsanweisungen diktieren.«

Yovell kam lächelnd herbeigelaufen, als sei ihm gerade ein Ehrentitel verliehen worden.

Bolitho schaute Stayt an. »Der Signalfähnrich soll sich bereithalten.« Das war wohl Sheaffe.

Als er mit Keen allein war, erläuterte er: »Der Wein und der Cognac warnten mich. Unvorstellbar, daß Jobert so etwas gegen Öl eintauscht, es sei denn, er wollte, daß wir davon erfahren. Vielleicht war er diesmal doch zu selbstsicher.«

Keen bezweifelte, daß Quarrells Informationen überhaupt feste Schlüsse erlaubten. Bolithos Stimmungsumschwung, seine plötzliche Zuversicht, die ihn sogar mit seinem Sekretär scherzen ließ, beunruhigten ihn.

»Dann kommt es also zum Kampf«, sagte er schlicht.

Bolitho ergriff ihn am Arm. Keens Tonfall hatte aus einer vagen Strategie eine brutale Realität gemacht.

»Den wir gemeinsam bestehen werden, Val«, sagte er leise.

Keen nickte. Doch dabei hatte er Zenorias Gesicht vor Augen und empfand zum ersten Mal Angst.

Commander Adam Bolitho strich sich das widerspenstige Haar aus den Augen und sah zu den Männern hoch, die auf den Rahen arbeiteten. Die robuste Brigg *Firefly* legte sich auf Steuerbordbug hart über, die See schäumte bis zu den verschlossenen Stückpforten hinauf und zischte in Kaskaden an den Speigatten der Leeseite entlang.

Er trug nur Hemd und Hose, und die klebten ihm am Leib wie eine nasse Haut. Am liebsten hätte er gelacht oder gesungen, als die *Brigg,* sein Schiff, tief in ein Wellental tauchte und eine Gischtwolke aufwarf.

Er wartete, bis der Bug sich wieder hob, und ging dann zum Kompaß. Das Schiff lief nach Osten und hatte die Balearen irgendwo an Backbord hinter dem Horizont.

Wieder ging es abwärts, und ein riesiger Gischtvorhang wehte übers Vorschiff, wo andere an den Brassen hievten.

Adams Erster Offizier, ein junger Mann in seinem Alter, löste sich schwankend von der Reling und schrie: »Sollen wir reffen, Sir?«

Adam lachte mit weißen Zähnen. »Nein, noch nicht!«

Der Leutnant zog eine Grimasse. Dieser junge Kommandant ließ es immer drauf ankommen.

Adam ging rastlos auf dem Poopdeck hin und her, während seine *Firefly* sich in der groben See aufbäumte. Noch vor wenigen Tagen hatten sie im Schatten des Felsens von Gibraltar gelegen, bereit, das winterliche England anzusteuern. Doch dann hatte er Befehl erhalten, sofort nach Malta zurückzukehren.

Das Fieber in Gibraltar war vorbei. Die Depesche in Adams Stahlkassette wies den Admiral auf Malta an, einen

Geleitzug am Auslaufen nach England zu hindern. Falls er aber bereits unterwegs war, sollte sich Adam dem ranghöchsten Offizier des Geleitzugs unterstellen. Bei diesem Gedanken mußte er grinsen. Das war Konteradmiral Herrick, für ihn eher ein gütiger Onkel als ein Flaggoffizier.

Adam war erregt. Er hatte sein Schiff und die See für sich. Die Franzosen waren ausgelaufen; ein Geschwader unter Konteradmiral Jobert war gemeldet worden. Wenn es ihm gelungen war, sich an dem Geschwader seines Onkels vorbeizustehlen, dann wurden dessen Schiffe nun in Gibraltar gebraucht, um die Meerenge zu verschließen und Jobert den Weg in den Atlantik zu versperren: ein gigantisches Katz-und-Maus-Spiel.

Adam wischte sich die Gischt von den Lippen. Ein Spiel für Admirale und pompöse Linienschiffe. Hier hingegen ... Er trat an die Heckreling und starrte ins schäumende Kielwasser. Unter seinen Füßen lag seine Kajüte, ein unvorstellbarer Luxus: ein Raum für ihn allein.

Er fragte sich plötzlich, wie das Verfahren in Malta ausgegangen war. Ließ sich denken, daß auch Kapitän Keen vom Fluch der Bolithos getroffen und aus Neid oder Rachsucht von seinem Posten vertrieben wurde? Vor kurzer Zeit hatten sie das nach England bestimmte Handelsschiff *Lord Egmont* passiert, und Adam hatte sich so seine Gedanken gemacht. Es war seinem Onkel zuzutrauen ...

»Schiff in Luv!« rief der Ausguck.

Morrison, der Erste Offizier, eilte zu den Webleinen, doch Adam sagte: »Nein, ich entere selbst auf.« Als Midshipman war er immer gern in der Takelage herumgeturnt. Der Wind zerrte an seinem Hemd, als er rasch nach oben kletterte. Einmal hing er rücklings in den Wanten und sah hinunter aufs Vorschiff, wo die See über die Reling kochte, ehe sie an Deck sprang und die schwarzen Vierpfünder umspülte.

Er wünschte sich schon lange eine Fregatte, wollte es

seinem Onkel nachtun, der einmal der beste Fregattenkapitän der Flotte gewesen war. Doch wenn er sich seine muntere *Firefly* betrachtete, konnte er die Vorstellung, sie einmal abgeben zu müssen, kaum ertragen.

Der Ausguckposten saß bequem im Krähennest und sah verwundert drein, als sich sein junger Kommandant gelenkig zu ihm gesellte.

Adam zog sein Teleskop unterm Gürtel hervor und versuchte, es nach Backbord auszurichten.

Der Ausguck, einer der ältesten Matrosen auf dem Schiff, sagte heiser: »Ich glaube, es sind zwei, Sir.« Er hob die Stimme kaum, war aber trotz des Lärms deutlich zu verstehen. Viele Jahre auf Schiffen aller Art hatten ihn das gelehrt.

Adam schlang ein Bein um ein Stag und versuchte es noch einmal. Der Mast schwang so heftig hin und her wie eine riesige Peitsche.

»Da ist es!« rief er aus. »Sie haben gute Augen, Marley!«

Der Matrose grinste. Er brauchte kein Teleskop. Und er mochte den neuen Kommandanten. Dem Aussehen nach allerdings ein Frauenheld, dachte er.

Eine besonders hohe See ließ das fremde Schiff steigen wie einen springenden Wal. Es lief mit gerefften Marssegeln vorm Wind, den Rumpf noch unter der Kimm verborgen, als wolle es sich selbst versenken. Adam wischte die Linse ab und hätte dabei fast den Halt verloren, als *Firefly* erneut in ein Wellental sackte.

Er wartete und zählte die Sekunden, bis der Klüverbaum sich wieder hob, an dem die Segel flatterten wie nasse Banner. Dann schob er das Fernrohr zusammen. »Sie haben recht. Es sind zwei.« Er klopfte dem Mann auf die breite Schulter. »Ich schicke Ablösung herauf.«

Der Matrose hätte gern ausgespuckt, sagte aber nur: »Schon gut, Sir, ich bleibe gern oben. Das sind bestimmt Lord Nelsons Schiffe.«

Adam rutschte, seine Würde vergessend, an einer Pardune hinunter an Deck, wo Morrison ihm entgegeneilte.

»Zwei Linienschiffe.« Adam senkte die Stimme. »Auf dem gleichen Schlag wie wir.«

Morrison grinste. »Gehen wir lieber nicht zu dicht ran, Sir, sonst kriegen wir nur Befehle verpaßt.«

Adam fuhr sich erregt durch das schwarze Haar, das vor Salz klebte. »Sie können jetzt reffen lassen. Und keine Angst vor weiteren Befehlen, Mr. Morrison, denn diese beiden Linienschiffe sind Franzosen!«

Morrison holte tief Luft und gab schnell den Befehl weiter. »Was haben Sie vor, Sir?«

Adam wies auf den nächsten Vierpfünder. »Wir können es mit ihnen nicht aufnehmen. Also werden wir sie verfolgen und sehen, was sie vorhaben.«

Morrison war schon unter dem vorigen Kommandant, der das Leben auf *Firefly* zur stumpfsinnigen Plackerei gemacht hatte, Erster Offizier gewesen. Commander Bolitho dagegen war wie eine frische Brise; ein sehr fähiger Mann, der sich von niemandem etwas vormachen ließ.

»Aber Ihr Befehl, Sir?« erinnerte er vorsichtig.

»Ich soll entweder den Geleitzug oder Malta finden, was immer mir als erstes in die Quere kommt.« Adam grinste. »Diese beiden Schiffe da werden uns zu dem einen oder anderen führen, meinen Sie nicht auch?«

Morrison eilte fort, um dem Zweiten Offizier zu helfen. Als er noch einmal einen Blick nach achtern warf, sah er Adam mit dem Rudergänger sprechen. Er benahm sich eher wie ein Midshipman als wie ein Kommandant.

Laut sagte er: »Mit dem macht's Spaß, das steht mal fest!« Doch nur der Wind hörte ihn.

Zweihundert Meilen ostnordöstlich der Brigg und in Unkenntnis der Tatsache, daß Adam von Gibraltar aus zurückbeordert worden war, packte Bolitho die Querreling, als sein Schiff im gleichen Sturm arbeitete.

Der starke Nordwest schien nicht nachlassen zu wollen; als Bolitho sein Teleskop ansetzte, sah er die kleine *Rapid,* Rumpf und untere Spieren gischtverhangen, in Luv stehen.

Er konnte nur hoffen, daß Quarrell die schweren Zweiunddreißigpfünder von der *Helicon* ordentlich verzurrt hatte. Ein Geschütz, das sich im Sturm losriß, konnte töten und verstümmeln wie ein tollwütiges Raubtier. Außerdem mochte es dabei das Oberdeck ruinieren.

Über den stahlblauen Himmel zogen nur wenige Wolkenfetzen. Er sah unten einen Trupp Matrosen unter Aufsicht eines Bootsmannsgehilfen einen Flaschenzug reparieren. Sie waren von Gischt durchnäßt, und das Salz mußte ihnen Durst machen.

Bolitho biß sich auf die Lippen und fragte sich, was aus seiner Selbstsicherheit geworden war. Nachdem sie an Sardiniens zerklüfteter Küste entlang, die selten außer Sicht kam, schon so lange vergeblich nach Süden gesegelt waren, schien die Hoffnung auf ein Rendezvous mit Herricks Geleitzug in immer weitere Ferne zu rücken. Auch seine Vermutung, daß Jobert auf das gleiche Ziel zuhielt, wurde von Tag zu Tag unwahrscheinlicher. Bolitho unterdrückte seine Zweifel, drehte sich um und sah, daß Midshipman Sheaffe und seine Signalgasten ihn beobachteten. Sie senkten sofort die Blicke und beschäftigten sich.

Bolitho ging seine Berechnungen im Geiste noch einmal durch. Der Geleitzug würde sehr langsam, aber stetig vorankommen. Er hatte getan, was er konnte, seinen kleinen Verband so weit aufgefächert, daß die Schiffe gerade noch Kontakt halten konnten. Zum Glück habe ich *Barracouta* und *Rapid,* dachte er. Ohne sie …

Er hörte Paget dem Rudergänger etwas zurufen und vernahm die undeutliche Antwort. Paget duldete keine Fisimatenten. Ein guter Mann, dachte Bolitho. Als junger Leutnant hatte er unter Duncan bei Camperdown gekämpft. In der Flotte gab es nicht viele Offiziere, die bei einer solchen Schlacht dabeigewesen waren.

Keen kam zu ihm. Er hatte im Orlop einen Midshipman besucht, der vom Sturm umgerissen worden war und sich beim Sturz ein Bein gebrochen hatte.

Keen starrte mit geröteten Augen nach vorn, und Bolitho fiel ein, daß er seit dem Aufkommen des Sturms das Deck praktisch nicht verlassen hatte.

»Ein seltsamer Tag.« Bolitho lächelte. »Grell und hart wie eine Hafenhure.«

Keen mußte trotz seiner Sorgen lachen. Eigentlich wollte er Bolitho raten, die Suche aufzugeben, denn sie war seiner Ansicht nach schon zu Ende gewesen, ehe sie begonnen hatte. Selbst wenn er Joberts Absichten richtig eingeschätzt hatte, was aber mit jeder qualvollen Meile unwahrscheinlicher schien, würden sie ihn jetzt nicht mehr finden.

Keen wagte nicht an Bolithos Karriere zu denken, wenn das erst herauskam. Es hieß, daß Nelson sich nur mit Glück behauptet hatte – aber Glück war selten.

Bolitho merkte, daß Keen ihn beobachtete, und konnte sich seine Gedanken vorstellen. Er schaute zum kalten Himmel auf und dachte an Falmouth. Vielleicht hatte Belinda seinen Brief inzwischen erhalten oder über seine Verwundung von anderen erfahren. Er dachte auch an das Mädchen mit dem verhangenen Blick und lächelte. Tapfere Zenoria hatte er sie genannt. In dieser Serie von Belastungsproben und Fehlschlägen war sie der einzige Lichtblick.

Keen sah ihn lächeln und wunderte sich. Wie hielt er das nur durch? Er war fanatisch, unbeirrbar, aber das würde ihn auch nicht vorm Kriegsgericht retten.

»Wie geht's dem Jungen? Es war Midshipman Estridge, nicht wahr?«

»Ein glatter Bruch, Sir. Die anderen Verletzten machen Tuson mehr Kummer.«

An einem Neunpfünder arbeitete ein Seemann, der Bolitho schon aufgefallen war. Er war bis zur Taille nackt, aber nicht aus Angabe, sondern um seine Kleider trocken zu halten. Sein Rücken war von den Schultern bis zum Gürtel mit Narben bedeckt, die den Spuren einer riesigen Kralle glichen. Der Anblick erinnerte Bolitho an Zenoria und das Schicksal, vor dem Keen sie bewahrt hatte.

Doch als Keen jetzt lachte, drehte sich der Matrose um und schaute ihn an. Bolitho hatte kaum jemals einen so haßerfüllten Blick gesehen.

Auch Keen bemerkte ihn und sagte zornig: »Vor jeder Auspeitschung lese ich die Kriegsartikel vor. Verfaßt habe ich die verdammten Paragraphen aber nicht!«

Bolitho fiel erst jetzt auf, daß an den Niedergängen Seesoldaten postiert waren. Keen ging kein Risiko ein. Es war besser, Zwischenfällen vorzubeugen, statt sie zu ahnden.

»Ich gehe nach unten«, sagte Bolitho fest. »Wenn ich mich geirrt habe . . .« Er zuckte die Achseln. »Dann werden sich manche die Hände reiben. Hoffentlich lassen sie wenigstens meine Familie in Frieden.«

Keen sah ihn mit langen Schritten auf die Leiter zugehen und spürte das Mitleid wie einen Stich, als Bolitho sich an einer Klampe des Besanmastes den Arm stieß.

Paget trat leise neben ihn. »Darf ich fragen, wie Sie unsere Chancen einschätzen, Sir?«

Keen warf ihm einen Blick zu. »Fragen Sie mich das, wenn wir Jobert auf eine Leeküste getrieben haben.«

Beide fuhren herum, als sie unter der Kimm ein Donnergrollen hörten. »Doch nicht auch noch ein Gewitter?« rief Paget ängstlich.

Keen schaute an ihm vorbei. Bolitho, der jetzt seinen alten Degen trug, kehrte aufs Poopdeck zurück, gefolgt von Allday. Er schaute sie an. »Diesmal ist es kein Donner.«

Der Ausguck rief ungläubig: »Kanonenfeuer, Sir! Im Süden!«

Keen starrte ihn an. Wie hatte er das vorhergesehen? Noch vor wenigen Augenblicken mußte er sich geschlagen gefühlt haben. Nun wirkte er sonderbar gelassen. Seine Stimme klang gleichmütig, als er sagte: »Signal ans Geschwader, Mr. Sheaffe: Mehr Segel setzen.«

Die Flaggen wurden hastig hochgezogen, und Bolitho verschränkte die Hände auf dem Rücken, damit sie nicht zitterten.

»Bestätigt, Sir!« Stayt erschien lautlos wie eine Katze.

Das ferne Grummeln rollte übers Wasser heran, seine Ursache lag aber noch weit hinterm Horizont. »Ins Gefecht kommen wir erst morgen vor Sonnenaufgang«, sagte Bolitho. Dabei mußte er einkalkulieren, daß der Sturm die Schiffe nach Einbruch der Dunkelheit zerstreute. *Benbow* konnte es leicht mit nordafrikanischen Freibeutern oder Korsaren aufnehmen, hatte aber gegen Joberts Geschwader keine Chance. Er neigte den Kopf, als es wieder donnerte. Nur wenige Schiffe, vielleicht zwei. Was konnte das bedeuten?

»Signal ans Geschwader: Klar zum Gefecht. Die Männer sollen heute nacht bei ihren Kanonen schlafen.«

Als er den Knauf des alten Degens berührte, durchlief ihn ein Schauer. Es kam ihm wie gestern vor, daß er mit Adam in Portsmouth zum Hafen gegangen war. Damals hatte er sich umgedreht, als suche er etwas. Vielleicht hatte er gewußt, daß er die Stadt zum letzten Mal sah.

XVI Heißt Gefechtsflagge!

Konteradmiral Thomas Herrick stand in Luv an den Netzen und sah zu, wie die Matrosen der *Benbow* an den Brassen hievten, um die Rahen zu trimmen, an denen die gerefften Marssegel ausgeschüttelt worden waren.

Bei dem launischen Wind schien alles eine Ewigkeit zu dauern; Segelmanöver hatten den ganzen Tag in Anspruch genommen und ihre Kräfte erschöpft. Nun lag endlich die Südspitze Sardiniens fünfzig Meilen an Steuerbord achteraus. An Backbord hatten sie in vergleichbarer Entfernung Afrika.

In Lee der *Benbow* rollten die zwei schweren Handelsschiffe *Governor* und *Prince Henry.* Über den Wert ihrer Ladung konnte Herrick nur Vermutungen anstellen. Wieder einmal dachte er an Bolithos Gesicht in der Kajüte seines Schiffes, das einmal so stolz seine Flagge geführt hatte. Er konnte die Bitterkeit in seiner Stimme, die rücksichtslose Verachtung, mit der er den ganzen Ausschuß zum Teufel gewünscht hatte, nicht vergessen.

Ein seltsamer Zufall, daß Admiral Sir Marcus Laforey beschlossen hatte, ausgerechnet auf der *Benbow* nach England zurückzukehren. Die Geschäfte auf Malta hatte er seinem Flaggkapitän überlassen, doch angesichts seiner Eß- und Trinkgewohnheiten war es unwahrscheinlich, daß er jemals dorthin zurückkehren würde.

Herrick hörte, wie sich Kapitän Dewar mit dem Sailing Master unterhielt, und seufzte. Es war Zeit, daß er sich mit seinem Flaggkapitän aussprach, denn Dewar war ein vorzüglicher, gewissenhafter Offizier. Herrick gab sich selbst die Schuld für die Verstimmung zwischen ihnen. Seit der Verhandlung war er miserabler Laune gewesen.

Er spürte Gischt im Gesicht und spähte nach Steuerbord voraus, wo seine einzige Fregatte taumelnd wie ein Schiff in

Seenot erneut wendete, um sich in Luv von ihnen zu halten. Es war die *Philomel* mit sechsundzwanzig Kanonen, die in Malta eigentlich für eine dringend notwendige Überholung vorgesehen war. Doch die bedenkliche Nachricht von Joberts Beutezug war dazwischengekommen.

Herrick verschränkte die Hände auf dem Rücken und dachte an Inch, auch einen langjährigen Freund. Lebte er noch? Kaum vorstellbar, daß er vor den Franzosen die Flagge gestrichen hätte.

Kapitän Dewar trat zu ihm. »Sollen wir für die Nacht beidrehen, Sir?«

Herrick schüttelte den Kopf. Wieder hob sich das Deck unter ihm, und seine stämmigen Beine glichen die Bewegung gewohnheitsmäßig aus. Anders als Bolitho ging er nur selten auf und ab. Er stand lieber fest und spürte sein Schiff, war schon vor langer Zeit zu dem Schluß gekommen, daß er so besser denken konnte.

»Nein, wir brauchen mehr Seeraum. Die Handelsschiffe sollen Laternen setzen, damit wir die Formation halten können. *Philomel* wird allein zurechtkommen müssen.«

Dewar schätzte die Lage ab wie ein Jäger, der vor dem ersten Schuß einen Finger in den Wind hält. »Glauben Sie, daß Vizeadmiral Bolitho auf Jobert gestoßen ist, Sir?«

»Falls nicht, steht er zumindest zwischen uns und dem Feind.« Plötzlich mußte Herrick an die achthundert Meilen denken, die noch vor ihnen lagen, ehe sie unter den Kanonen von Gibraltar vor Anker gehen konnten. Dort bekamen sie wenigstens eine Atempause und vielleicht eine weitere Eskorte. »Unser Dick schafft es bestimmt«, fügte er hinzu.

Dewar musterte ihn neugierig, schwieg aber. Anscheinend vertrugen sich die beiden wieder.

Gerade als Herrick erwog, sich in seine Kajüte zurückzuziehen, wo Laforey seine Gicht mit Alkohol betäubte, rief der Ausguck: »Geschützfeuer im Westen!«

Der Schall mußte ihn auf seinem hohen Sitz rascher erreicht haben, denn Herrick hörte erst jetzt das ferne Krachen von Kanonen und den vereinzelten Knall leichterer Waffen. Plötzlich wurde sein Kopf so klar, als habe er ihn in Eiswasser getaucht.

»Klar zum Gefecht, Kapitän Dewar. Und Signal an Geleitzug: aufschließen.« Als die Pfeifen schrillten und die sechshundert Matrosen und Seesoldaten der *Benbow* alles stehen und liegen ließen, um hastig dem Signal der Trommeln zu folgen, fluchte Herrick lautlos in sich hinein: Sonne und Wind – alles war gegen sie. Trotzdem zwang er sich, eine Zuversicht zu zeigen, die er nicht empfand. Auf wen wurde da geschossen? Die Detonationen waren noch weit entfernt, aber der Wind trug ihre düstere Botschaft zu ihnen.

»*Philomel* soll erkunden, was dort vorgeht.« Nervös verschränkte Herrick die Finger auf dem Rücken. Die kleine Fregatte konnte kehrtmachen und rechtzeitig mit dem Wind fliehen, wenn sie in Gefahr geriet. Schade nur, daß er ihren Kommandant nicht näher kannte. Er hatte lediglich herausgefunden, daß er Saunders hieß. Herrick schritt zur anderen Seite und sah das ihnen fernerstehende Handelsschiff die Bramsegel setzten, um näher aufzuschließen. Mein Gott, sie sehen aus wie schlachtreifes Mastvieh, dachte Herrick deprimiert. Dann hörte er, wie der Erste Offizier die Mannschaft zu besonderer Anstrengung anspornte. Jedem Mann war bewußt, daß sie zwei Admirale an Bord hatten.

Herrick erwog seine Möglichkeiten. Zurück nach Malta? Das war bei günstigstem Wind vierhundert Meilen entfernt, und bei Tageslicht würden die Franzosen ihn bald gefunden haben. Also den gegenwärtigen Kurs beibehalten? Dann bestand immerhin die Chance, daß der Feind von herbeigeeilter Verstärkung in ein Gefecht verwickelt wurde oder daß sie ihm im Schutz der Nacht entkommen konnten.

»Wir drehen über Nacht bei, Kapitän Dewar«, sagte er.

Er wandte sich zum westlichen Horizont, wo der Sonnenuntergang bereits in dunklem Rot glühte, und bemerkte einen nervösen Leutnant aus Laforeys Stab in seiner Nähe. Der Mann sagte schüchtern: »Mein Admiral weiß nicht, wo er bleiben soll, seit das Schiff klar zum Gefecht gemacht hat.«

Herrick verkniff sich eine unhöfliche Entgegnung. Zu viele Ohren hörten mit. Ruhig erwiderte er: »Tut mir außerordentlich leid, aber unter dieser Unannehmlichkeit haben wir alle zu leiden.«

Eine helle Stimme schrillte vom Großmars herab: »An Deck! Zwei Linienschiffe im Westen! Sie führen die französische Flagge, Sir!«

Herrick musterte rasch sein Deck. Alle Geschütze bemannt, die drei Divisionen bereit, an ihren Masten Segel zu kürzen oder zu setzen. Die Seesoldaten kampfbereit an den Finknetzen und in den Marsen. *Benbow* konnte und würde sich wie schon oft tapfer schlagen. Zum Glück waren in der Mannschaft viele ausgebildete, erfahrene Seeleute. Zwei zu eins: das Kräfteverhältnis war akzeptabel.

Philomels Masten legten sich hart über, als sie sich durch den Wind kämpfte, bis sich auf dem anderen Bug ihre Segel wieder füllten. Herrick lächelte grimmig. Bolitho hatte Fregatten schon immer geliebt, er hingegen bevorzugte ein solides, kraftvolles Linienschiff unter den Füßen.

Wieder meldete sich der Midshipman: »Ein kleines Schiff greift die Franzosen an, Sir!« Seine schrille Stimme überschlug sich. »Eine Brigg, Sir!«

Herrick starrte hinauf zur Bramstenge. Der Kommandant dieser Brigg versuchte, ihn zu warnen.

»Neuer Kurs Südwest zu West!« bellte er und wartete, bis das entsprechende Signal für den Konvoi gesetzt war. Aber: »Was zum Teufel treibt Kapitän Saunders?« rief er, als *Philomel* abfiel und mit zunehmender Geschwindigkeit auf den

Feind zulief. »Rufen Sie diesen Irren zurück! Ich brauche ihn hier!«

Nach einer Weile senkte der Midshipman das Teleskop. »*Philomel* bestätigt nicht, Sir!«

»Verflucht, sind denn alle blind?« Dabei fiel ihm Bolitho ein, und er schämte sich. »Ändern Sie trotzdem den Kurs, Kapitän Dewar«, fügte er hinzu.

Nach der geringfügigen Kursänderung lagen die beiden Handelsschiffe praktisch querab in *Benbows* Lee. In dieser Position waren sie geschützter, wenn der Feind seine volle Stärke zeigte.

Laforeys Leutnant erschien, und Herrick funkelte ihn an. »Was gibt's jetzt schon wieder?«

Der Leutnant betrachtete die Stückmannschaften, die sandbestreuten Decks, die aufgepflanzten Bajonette der Seesoldaten. »Mit den besten Empfehlungen von Sir Marcus, Sir . . .«

Herrick hatte einen Einfall. »Sagen Sie meinem Steward, er soll dem Admiral eine Flasche vom besten Portwein geben.« Als der Leutnant zur Poop hastete, rief er ihm hinterher: »Und noch eine, wenn's sein muß!« Er warf Dewar einen Blick zu. »Damit ist ihm wohl das Maul gestopft.«

Vom östlichen Horizont breitete sich die Dunkelheit aus wie ein riesiger Mantel; selbst die Wellenkämme schienen zu schrumpfen, als aus Männern Schatten wurden.

Doch das sporadische Geschützfeuer hielt an: der kurze, scharfe Knall der leichteren englischen Kanonen, gefolgt vom zornigen Brüllen schwerer französischer Geschütze.

Kapitän Dewar nahm von seinem Bootsführer ein Glas Brandy entgegen und sah, daß der Admiral seinem Beispiel folgte.

»Wer sich mit diesen Brocken einläßt, muß ein tapferer Mann sein, Sir.«

Der Brandy brannte auf Herricks vom Salz aufgesprungenen Lippen. Es waren zwar mehrere Briggs in diesem Seegebiet gemeldet, doch insgeheim wußte er, wer da alle Vorsicht in den Wind geschlagen hatte, um ihn zu warnen.

»Beim ersten Tageslicht greifen wir an«, sagte er langsam und eindringlich – wie ein Versprechen.

Bolitho zog den Kopf zwischen zwei Decksbalken ein. Das Orlop wirkte mit seinen kreisenden Laternen und tanzenden Schatten nach den langen, offenen Batteriedecks über ihm fast menschenleer. Tusons Assistent umstand mit seinen Gehilfen den improvisierten Tisch, auf dem der Arzt bald seine blutige Arbeit verrichten würde. Frisch geschrubbte Bottiche für die amputierten Gliedmaßen mahnten grimmig an das ihnen allen Bevorstehende.

Carcaud überprüfte seine Instrumente, die im Licht der schwankenden Laternen matt blitzten. Wie die meisten Männer, denen Bolitho auf seinem rastlosen Inspektionsgang begegnet war, wich auch er seinem Blick aus. Sie schienen sich in seiner Gegenwart unsicher zu fühlen und sahen ihn lieber bei seinen Offizieren auf dem Achterdeck.

An der Tür zum Krankenrevier blieb Bolitho stehen und wartete, bis Tuson von seinen Vorbereitungen aufsah. Es roch nach Verbänden und peinlicher Sauberkeit. Der im Augenblick einzige Patient lugte aus seiner Koje: Midshipman Estridge machte sich trotz seines Beinbruchs nützlich; Tuson ließ ihn im Liegen Binden wickeln.

Bolitho nickte ihm zu und sagte dann zum Arzt: »In einer Stunde wird es hell.«

Tuson musterte ihn freudlos. »Wie geht's dem Auge, Sir?«

Bolitho zuckte die Achseln. »Es war schon schlechter.« Für die seltsame Tatsache, daß ihn Gefahr und Tod diesmal völlig kalt ließen, fand er keine Erklärung. Er war auf jedem Deck gewesen und hatte sich allen gezeigt. Wenigstens hier unten, in diesem Raum, den er sonst so fürchtete, hatte er erwartet, Angst zu verspüren. Doch er empfand nur Erleichterung. Wann war er jemals vor einem Gefecht so gleichgültig gewesen? Oder hatte er schon resigniert?

Tuson schaute zur niedrigen Decke auf, die fast sein weißes Haar streifte. »Das Schiff ist so leise.«

Bolitho wußte, was er meinte. Normalerweise verteilten sich die Geräusche der Männer bei ihrer Arbeit, beim Essen und dem täglichen Dienst über das ganze Schiff. Doch seit sie klar zum Gefecht gemacht hatten, kamen alle Geräusche von oben, konzentrierten sich um die Geschütze hinter den noch verschlossenen Stückpforten. Bald würden die Rohre so heiß sein, daß kein Mann es mehr wagen konnte, sie mit bloßen Händen zu berühren.

Die Geräusche von Wind und See klangen hier unten erstickt. Das Schwappen des Bilgenwassers, das gelegentliche Knarren einer Pumpe wirkten gespenstisch. Und seit Einbruch der Dunkelheit war auch der ferne Kanonendonner verstummt. Bolitho kam es vor, als wären sie allein.

Tuson beobachtete ihn. Ihm war bereits aufgefallen, daß Bolitho ein frisches Hemd und Halstuch angelegt hatte und am Uniformrock die glitzernden Epauletten mit den beiden silbernen Sternen trug. Er sann darüber nach. War es Bolitho denn gleichgültig, daß er ein auffallendes Ziel bot? Wollte er sterben? Oder sorgte er sich so, daß ihm seine eigene Sicherheit nebensächlich vorkam? Er war barhäuptig, sein schwarzes Haar glänzte im zuckenden Lampenschein, und nur die eine Locke, die, wie Tuson besser als jeder andere wußte, eine gräßliche Narbe verbarg, begann zu ergrauen. An Deck würde Allday ihm dann Hut und Degen reichen. Diese stumme kleine Zeremonie war im Geschwader schon fast zur Legende geworden.

»Ich habe Kapitän Inch nach vorn verlegt, Sir«, sagte Tuson. »Dort ist es zwar nicht so bequem –«, kurz musterte er den leeren Operationstisch, um den seine Leute standen oder saßen wie Aasvögel, »aber er ist da besser aufgehoben.«

Die weißen Beine eines Fähnrichs erschienen auf der Leiter. »Empfehlung von Kapitän Keen, Sir Richard, und ...«

Bolitho nickte. Das war der kleine Hickling, der ihm, wenngleich ahnungslos, geholfen hatte, Zenoria in Malta vom Schiff zu schmuggeln. »Danke, ich komme.« Er warf dem Arzt einen langen Blick zu. Erst später fiel Tuson auf, daß er in Bolithos Augen keinen Makel gesehen hatte. »Kümmern Sie sich gut um die Leute.«

Tuson sah ihm nach. »Denken Sie lieber an sich selber«, murmelte er.

Gefolgt von einem schnaufenden Hickling, erklomm Bolitho eine Leiter nach der anderen, bis er auf dem Achterdeck stand. Es war noch dunkel, nur vereinzelte Schaumkronen trennten das Meer vom Himmel. Aber die Sterne waren bereits blasser geworden, und eine muffige Feuchtigkeit kündigte den Morgen an.

Keen wartete an der Reling. »Der Wind hat abgeflaut, Sir, ist aber noch frisch genug, um ihnen Arbeit zu machen.« Daß Hickling Bolitho gefunden hatte, schien ihn zu erleichtern. Noch nie hatte er erlebt, daß Bolitho allein einen Rundgang durchs Schiff machte. Nicht einmal Alldays Begleitung hatte der Admiral geduldet.

Nun hängte ihm der Bootsführer den Degen an den Gürtel, und Ozzard reichte ihm den Hut, ehe er hinunter in den Laderaum huschte, wo er bleiben würde, bis die Schlacht gewonnen oder verloren war.

Bolitho sah den Wirrwarr der Flaggen an Deck, die Vorbereitungen des Signalfähnrichs und seiner Helfer. Auch Stayt war zur Stelle, vermutlich nachdem er sich Zeit zum Laden und Reinigen seiner prächtigen Pistole genommen hatte.

»Jetzt brauchen wir nur noch abzuwarten, Val.« Bolitho dachte an die Schlacht von St. Vincent, in der er seine erste

Fregatte befehligt hatte. Damals schien es eine Ewigkeit zu dauern, bis sich die Flotten einander auf Schußweite genähert hatten. Den ganzen Tag über, oder so war es ihm vorgekommen, hatten sie dem gewaltigen Aufmarsch französischer Masten am Horizont zugesehen: wie Ritter auf dem Schlachtfeld. Der Anblick war schrecklich und furchteinflößend gewesen, doch sie hatten die Schlacht gewonnen – wenngleich zu spät, um den Krieg zu entscheiden.

Keen stand neben ihm und prüfte stumm seine Gedanken auf Schwächen. Das sporadische Feuer war ein klarer Hinweis gewesen, daß der Geleitzug vor ihnen angegriffen wurde. Ließ sich Bolitho Überraschung oder Zufriedenheit anmerken, weil er recht behalten, den Feind gefunden hatte? Jeder ehrliche Mann mußte eingestehen, daß er an der Urteilsfähigkeit des Admirals gezweifelt hatte, als dieser nur auf die Meldung von *Rapid* hin sein Patrouillengebiet verließ. Doch in der Finsternis sah Keen bei Bolitho lediglich ruhige Entschlossenheit.

Es würde also zum Gefecht kommen. Die Kanonade hatte nicht so geklungen, als wären viele Schiffe beteiligt. Er dachte an Inch, der unten im Orlop den Kampflärm hören würde, unfähig, seinen Freunden zu helfen. Keen hatte ihn besucht, ehe er zu seinen Leutnants in den Batteriedecks ging. Inch war sehr schwach und litt nach den beiden Amputationen große Schmerzen.

Keen brach der kalte Schweiß aus. Er war schon einmal verwundet worden und spürte die Narbe noch immer. Wie konnte es jemand ertragen, auf dem Operationstisch zu liegen und abzuwarten, bis er an die Reihe kam? Erst das Messer, dann die Knochensäge, und vorher der Lederknebel, um die Schreie zu ersticken. Ihm fiel wieder ein, was er zu Zenoria gesagt hatte: Das ist mein Beruf. Jetzt klang es ihm wie Hohn.

Luke Fallowfield, der Sailing Master, klatschte frierend in

die Hände, und bei dem Geräusch fuhren mehrere Männer in der Nähe erschreckt zusammen. Wir sind alle nervös, dachte Keen. Das Kräfteverhältnis ist bei dieser Abrechnung Nebensache.

Bolitho sah den ersten schwachen Schein am östlichen Horizont. Viele Augen würden nun auf ihm ruhen, sich ihre Chancen ausrechnen, den Unterschied zwischen Leben und Tod.

Keen schritt zum Kompaß. »Höher an den Wind, Mr. Fallowfield. Ruder zwei Strich nach Steuerbord.«

Männer reagierten in der Dunkelheit wie emsige Schatten, und Bolitho war dankbar, daß er den aufmerksamen Keen zum Kapitän hatte. Denn falls sie zu weit nach Osten gerieten, konnten sie nicht mehr rechtzeitig wenden, um den Geleitzug bei Tagesanbruch zu erreichen. Er ballte die Fäuste. Sie brauchten das Licht, aber viele fürchteten den Anblick, der sich ihnen bieten würde.

Der Rudergänger rief: »Neuer Kurs Südsüdwest, Sir! Voll und bei!«

Bolitho hörte das Großbramsegel gereizt schlagen, als *Argonaute* mit hart angebraßten Rahen höher an den Wind ging. *Bald, sehr bald* ... Fast hätte er es laut ausgesprochen. Keen befahl weitere Ausguckposten in die Toppen, einen davon mit einem Teleskop. Als Bolitho aufschaute, glaubte er, schon die weißen Brustriemen der Seesoldaten in den Marsen ausmachen zu können. Ein Mann streckte sich und gähnte. Diesmal nicht vor Müdigkeit, dachte er. Gähnen war oft das erste Anzeichen von Angst.

Sonderbar, dachte er, wenn ich heute falle, wird man in Falmouth erst nächstes Jahr davon erfahren. Das Weihnachtsfest in dem großen Haus unter Pendennis Castle mochte noch ungetrübt sein, mit Sängern aus der Stadt, die zum Entzücken der kleinen Elizabeth ein Ständchen brachten.

Er riß sich zusammen und befahl: »Heißt Gefechtsflagge!« Die Blöcke der Flaggleinen quietschten, als seine rote Flagge eingeholt und die größte britische Nationale an Bord gehißt wurde. Noch wehte sie im Schutz der Dunkelheit, doch nach Sonnenaufgang mußte Jobert sie sehen. Der Gedanke versetzte Bolitho in eine eigenartige Hochstimmung.

Paget drehte sich um und meldete Vollzug: »Flagge gehißt, Sir Richard!«

Bolitho nickte. Auch Paget wußte, das Warten hatte jetzt ein Ende.

»An Deck! Schiff in Lee!«

»Gut gemacht, Val«, sagte Bolitho. »Unsere Position ist perfekt.«

Ein Kanonenschuß hallte übers Wasser, nur ein einzelner, und Bolitho glaubte, für einen Sekundenbruchteil den Mündungsblitz gesehen zu haben.

»Geleitzug voraus!« schrie ein anderer Ausguck.

»Signal ans Geschwader.« Bolitho schritt ruhelos übers Deck und rieb sich das Kinn. Beim nächsten Ruf des Ausgucks schaute er wieder nach oben.

»Zwei Linienschiffe in Lee!«

»Da haben wir's, Val«, meinte Bolitho. »Zwei von diesen Teufeln.« Er warf Stayt einen Blick zu. »Signal ans Geschwader: Feind in Sicht.«

Als er wieder hinüber nach Lee schaute, leuchtete die Kimm wie eine endlose, rosarote Brücke ins Nichts.

Über den gebraßten Rahen des Fockmastes wehte hell und riesig die Flagge aus, scheinbar unabhängig von dem Schiff, das noch ein wenig länger im Schatten verweilte.

»Greifen wir an, Sir?« Das war Stayt.

Bolitho öffnete den Mund um zu antworten, schloß ihn aber wieder. Zwei Linienschiffe. Nicht die Anzahl mißfiel ihm, sondern ihr Kurs. Hier stimmte etwas nicht. Irgendein Instinkt warnte ihn. »Nein. Das Geschwader hält die Formation.« Er drehte sich nicht um, als abermals Geschützfeuer vom Wind herangetragen wurde.

Einige Seesoldaten in den Toppen stießen Hochrufe aus. Ihre wilden Stimmen übertönten den Lärm von Wind und Segeln. Bolitho lockerte seinen Degen in der Scheide, ohne überhaupt zu merken, was er tat. *Vor der Schlacht.* Alle Ressentiments, alle Entbehrungen würden bald vergessen sein. So war das bei der Royal Navy.

Wieder fiel ein Kanonenschuß, diesmal aber achteraus, vom eigenen Geschwader.

»Pest noch mal, wer war das?« rief Keen.

»*Icarus,* Sir«, rief Stayt.

Während das erste Morgenlicht die Masten und Rahen der beiden Schiffe in ihrem Kielwasser streifte, kletterte er in die Wanten.

»Signal von *Icarus,* Sir: Feind im Nordosten gesichtet.«

Keen starrte ungläubig hinüber. »Das kann doch nicht wahr sein!«

Bolitho trat an die Reling und umklammerte sie fest. »Informieren Sie *Barracouta* und *Rapid.*« Als die atemlosen Signalgasten weitere Flaggen setzten, ging er an die Wanten, wo Stayt sich mit gekrümmtem Arm festhielt und sein Teleskop ausrichtete.

»Drei Linienschiffe, Sir.« Er bewegte beim Entziffern der Flaggensignale von *Icarus* die Lippen. »Und zwei andere Schiffe.«

Bolitho fand sich damit ab, obwohl sein Geschwader nun von feindlichen Schiffen in die Zange genommen wurde. Die beiden zuerst gesichteten Fahrzeuge mußten zufällig hier eingetroffen oder von einem anderen Admiral aus ihrem Versteck beordert worden sein. Doch Jobert war da, und das Kräfteverhältnis hatte sich plötzlich zu ihren Ungunsten verändert. Drei gegen fünf, darunter Joberts schwerbestückter Dreidecker. Bei den beiden kleineren, noch nicht identifizierten Schiffen mußte es sich um Fregatten handeln. Englands Chancen standen schlecht, aber er hatte nun keine andere Wahl. Er sah den Rand der Sonnenscheibe über die Kimm steigen und die Segel von Freund und Feind golden färben. Im Fernrohr erkannte er den dichtgedrängt fahrenden Geleitzug, und beim Anblick des vertrauten Umrisses der *Benbow* wurde ihm eng ums Herz. Ihre Stückpforten standen bereits offen.

Auf den beiden Franzosen blitzte es mehrmals auf; dünne Fontänen wuchsen zwischen den Wellenkämmen empor und wurden vom Wind zerfetzt.

Joberts Geschwader mußte rasch an der anderen Küste Sardiniens entlanggesegelt sein und dabei die *Helicon* mit ihren Verwundeten versenkt haben. Es lag an Backbord achteraus und war vom Achterdeck noch nicht sichtbar. Die anderen beiden Schiffe näherten sich von Steuerbord und nahmen die *Benbow* unter Beschuß, vermutlich mit Kettenkugeln, um sie zu entmasten oder wenigstens kampfunfähig zu machen. Jobert würde ihr dann den Rest geben.

Weitere Kanonenschüsse. Bolitho richtete das Fernrohr auf eine kleine Fregatte, die hinter den beiden Linienschiffen aufgetaucht war. War dies das andere Begleitschiff des Konvois, das den Feind herausgefordert und ihn um seinen Überraschungseffekt gebracht hatte? Die Fregatte trieb steuerlos und praktisch entmastet ab. Sie mußte versucht haben, dem Feind von hinten zuzusetzen wie der Terrier dem Bären, aber in Reichweite seiner Heckgeschütze gekommen sein.

Ein Seesoldat rief: »Da ist noch ein Schiff!«

Bolitho sah weitere Segel sich füllen und verkürzen, als dicht bei der zerschossenen Fregatte eine Brigg auftauchte.

Ausgeschlossen! Einen Moment lang geriet Bolitho völlig aus dem Konzept. Das war doch Adams Brigg *Firefly,* die da mit ihren winzigen Vierpfündern dem Feind trotzig Kugeln entgegenspuckte, ohne ihn aber vom Angriff ablenken zu können!

Benbow wendete, und die Sonne fiel auf ihre schwarzen Rohre, als sie dem Feind die Flanke bot. Die zwei Geschützreihen spuckten grelle, orangerote Zungen, und der Rauch wehte binnenbords, als sei Herricks Schiff getroffen worden.

»Klar zum Angriff auf Joberts Geschwader!« rief Bolitho.

Herrick würde sich selbst verteidigen müssen; und die Schatzschiffe konnten warten.

Keen legte die Hände um den Mund: »Mr. Paget, gehen Sie über Stag auf Steuerbordbug!« Er trat an den Kompaß, als sich die Männer in die Brassen warfen.

»Neuer Kurs Nordost, Mr. Fallowfield.« Er gab schon das nächste Kommando, als noch das erste Signal auswehte: »Schlachtlinie formieren!«

Das Deck neigte sich unter dem Druck des Ruders und der Segel, und Bolitho sah erst Joberts eines Schiff und dann das andere in sein Blickfeld gleiten.

»Kurs Nordost liegt an, Sir!«

Wir haben den Windvorteil, dachte Bolitho, aber nicht lange. Dann war jedes Schiff auf sich allein gestellt.

Neuer Kanonendonner vom Geleitzug, doch Bolitho ignorierte ihn. Er bekam kurz *Dispatch* zu sehen, die schwerfällig halste, um ihrem Flaggschiff zu folgen. *Icarus* achteraus von ihr war noch unsichtbar, doch jeder Kommandant wußte, was auf dem Spiel stand. Auch Joberts beide Fregatten hielten sich bereit zum Zustoßen, falls eines der größeren Schiffe manövrierunfähig geschossen wurde.

»Signal an *Barracouta*: Ran an den Feind!«

Besorgt schaute Keen ihn an, doch Bolitho hielt seinem Blick stand. »Lapish muß sein Bestes geben.«

Ein scheinbarer Zweidecker, der plötzlich mehr Segel setzte und eilig ins Gefecht eingriff, mochte den Feind verwirren. Wenn Lapish das Überraschungsmoment nutzte, konnte er Jobert einige Spieren herunterschießen, es sei denn ... Bolitho wagte nicht, an das fürchterliche Risiko zu denken, das er Lapish da aufbürdete.

Er hörte Allday scharf mit Bankart flüstern und sah, wie der Junge trotzig den Kopf schüttelte. Er wich nicht von der Stelle. Was es ihn auch kosten mochte, am meisten fürchtete er, sich seine Angst anmerken zu lassen.

Bolitho schob sein Teleskop durch die geteerten Wanten. Erst tauchten vertraute Gesichter auf, dann fand er den Feind. Da war das Flaggschiff, dessen springender Leopard im Schein der steigenden Sonne wild und lebendig wirkte. Vom Besanmast wehte die Flagge des Konteradmirals.

Keen gesellte sich zu ihm und trommelte mit den Fingern einen stummen Rhythmus auf den Griff seines Degens.

»Wir *müssen* ihm Einhalt gebieten, Val«, sagte Bolitho. »Jobert wird alles riskieren, nur um an das Gold heranzukommen.«

Keen nickte, war aber von der jähen Wendung noch verwirrt. Zunächst die Genugtuung über ihr rechtzeitiges Eintreffen, und nun schien angesichts der neuen Gefahr sogar ihr Überleben fraglich zu sein.

Bolitho setzte das Glas ab. »Laden und Ausrennen. Dann –«, er warf Stayt einen Blick zu, »setzen Sie das Nahkampfsignal.« Er reichte das Fernrohr Sheaffes kleinem Helfer. »Das brauche ich nicht mehr.« Rasch entfernte er sich von den anderen und starrte auf die blaue Wasserwüste hinaus. Doch sah er dabei nur ihre Gesichter vor sich: Montresor, Houston, Lapish, Quarrell – und Adam, der mit dreiundzwanzig sein erstes Schiff führte. Hatte er vielleicht schon wie Inch für seinen Wagemut bezahlt?

Er sah nach oben, als das Signal für Nahkampf gesetzt wurde, und erinnerte sich an andere Schlachten, in denen Männer und Jungen wie diese hier gestorben waren, damit Englands Stern nicht sank. Als vom Geleitzug erneut

Schüsse herüberschallten, stellte er zu seiner Überraschung fest, daß sein Haß und seine Verbitterung verschwunden waren. Gefühle waren ein Luxus, den sich nur die Lebenden leisten konnten.

XVII Der Zweikampf

Die aufeinander zulaufenden Schlachtlinien schienen sich rasch zu bewegen, obwohl Joberts Geschwader noch rund drei Meilen entfernt war.

Keen starrte hinüber. »Er hat die Segel noch nicht gekürzt, Sir.«

Bolitho wäre gern in die Wanten geklettert, um nachzusehen, was beim Geleitzug vorging. Das Feuer dort war heftiger geworden, und *Benbow,* die mit je einem Zweidecker an Backbord und Steuerbord im Gefecht lag, hatte sich in Rauch gehüllt. Keine angenehme Lage, da die Geschützbedienungen wie die Teufel schuften mußten und nur wenige Männer für Reparaturen und den Abtransport der Verwundeten übrigblieben.

Das schärfere Knallen kleinerer Geschütze verriet ihm, daß Adams *Firefly* alle Vorsicht in den Wind geschlagen und sich dicht an die beiden großen Franzosen herangewagt hatte. Adam wußte, daß die *Benbow* Herricks Flagge führte.

Bolitho fiel wieder Keens Bemerkung ein. Jobert hatte auch noch keine Signale gesetzt; seine Mannschaften waren offenbar auf diesen Augenblick gründlich vorbereitet worden.

Ohne das Fernrohr abzusetzen, fragte Keen: »Soll ich Segel kürzen, Sir?«

»Ja, nehmen Sie die Untersegel weg. Andernfalls überholen wir Jobert, ehe wir einige seiner Schiffe kampfunfähig schießen können.«

»*Barracouta* greift die Fregatten an!« rief Paget erregt. »Mein Gott, bei einer kreuzt sie gerade das Heck!«

Lapish hatte seine Tarnung geschickt eingesetzt. Während die beiden Französinnen in Kiellinie geblieben waren, hatte er vorm Wind schnell auf sie zugehalten. Seine Steuerbordbatterie beharkte den Feind, als er so dicht das Heck des ersten Schiffes kreuzte, daß es aussah, als wären sie kollidiert. Rauch und Feuer quollen aus dem Achterschiff des Franzosen, und jemand auf *Argonaute* jubelte wild, als seine Großbramstenge mit einem Wirrwarr aus Tauwerk und gebrochenen Spieren über Bord ging. Lapish erhielt so die seltene Chance zu einer zweiten Breitseite. Dann drehte *Barracouta* ab und wendete, um auf die französische Schlachtlinie zuzuhalten.

Selbst einige von Keens Matrosen, die mit dem Aufgeien von Breitfock und Großsegel beschäftigt waren, hielten bei der Arbeit inne, um ihrer einzigen Fregatte nachzusehen, wie sie einen Haken schlug, ehe das zweite feindliche Schiff ihr folgen konnte. Ihre beiden Breitseiten hatten die erste Fregatte ausgeschaltet.

Bolitho zwang sich, Joberts Flaggschiff im Auge zu behalten. Wie seine Begleiter war es schwarz-weiß gestrichen; seine Stückpforten bildeten mit der Bordwand ein Karomuster.

»Er hat vor, uns zu überholen, Sir«, sagte Keen.

Bolitho schwieg. *Léopards* Bugspriet schien direkt auf ihren zu weisen.

»Ah, nun kürzen sie Segel.« Keen schien erleichtert, denn falls Jobert ihre Schlachtlinie durchbrach, konnte er über den Geleitzug herfallen, während Keen beim Wenden wertvolle Zeit verlor. Das Kürzen der Segel bedeutete, daß es doch noch zu einem Treffen der beiden Rivalen kommen mußte.

Die Distanz betrug nur noch knapp zwei Meilen.

»Achtung, Steuerbordbatterien!« Keen, der vor Konzentration schmale Augen machte, hob seinen Degen.

Bolitho hörte, wie der Befehl an das untere Batteriedeck weitergegeben wurde, und dachte an die Männer dort, deren Gesichter er inzwischen kannte.

»Wir müssen versuchen, seine Linie zu durchbrechen«, sagte er. »Passieren Sie achteraus von Jobert und lassen Sie Montresor und Houston es mit den anderen aufnehmen. Wir kämpfen Schiff gegen Schiff, Breitseite für Breitseite.«

Er sah die Mündungsblitze wie Dolche vorzucken, als Joberts Dreidecker seine erste langsame Breitseite abgab. Die See kochte unterm Einschlag der schweren Kugeln, von denen einige kreischend ihre Takelage zerfetzten und ein halbes Dutzend Segel durchlöcherten. Vom Bootsmann dirigiert, enterten Männer auf, um die ärgsten Schäden zu beheben.

Nur noch knapp eine Meile. Weitere Geschosse fegten krachend durchs Rigg, und zwei davon trafen den Rumpf wie Rammböcke. Bolitho wischte sich die Augen, denn eine Fallbö ließ Rauch übers Achterdeck wirbeln.

»Signal an *Rapid:* Sie soll *Benbow* unterstützen.« An Quarrells Chancen dabei wollte Bolitho gar nicht erst denken, doch das Manöver würde Herrick und Adam Mut machen. Er hoffte zu Gott, daß er noch unversehrt war.

»Der Kerl setzt wieder die Bramsegel!« schrie Paget.

Bolitho sah die Toppgasten der *Léopard* auf den Rahen ausschwärmen, als Ruder gelegt wurde und Joberts Schiff wendete, als wolle es die Konfrontation doch noch meiden.

Sowie *Léopard* dabei ihre Breitseite präsentierte, feuerte sie. Es klang wie eine einzige gewaltige Salve, und viele Kugeln fanden ihr Ziel. Bolitho mußte sich an der Reling festhalten, als *Argonaute* unter den Einschlägen erbebte. Holzsplitter wirbelten durch die Luft, und die Besatzung der Steuerbordkarronade wurde in blutige Fetzen gerissen.

Keen senkte die blitzende Klinge. »Feuer!«

Die Stückführer rissen an ihren Abzugsleinen; jetzt holte *Argonaute* unter dem Rückstoß ihrer doppelten Breitseite über. Das untere Geschützdeck, ihre Hauptbatterie, reagierte allerdings nur lückenhaft; dort mußten einige Besatzungen von der Wucht der feindlichen Breitseite ausgeschaltet worden sein.

Einige Segel der *Léopard* plusterten sich getroffen auf, der Wind griff in ihr durchlöchertes Vorbramsegel und zerriß es. Doch der Dreidecker verlor nicht an Fahrt.

Dispatch griff den zweiten Franzosen an, und Bolitho konnte *Icarus* aus Maximalreichweite auf den letzten Zweidecker feuern hören. Als er an die Netze eilte, starrten ihn die Crews der Neunpfünder wild an; sie atmeten so schwer, als hätten sie einen harten Lauf hinter sich.

Bolitho beobachtete, wie seine beiden Schiffe an den Feind herangingen. *Icarus* lag fast ganz hinter rollendem Pulverdampf verborgen. Er schrie Keen zu: »Verfolgen Sie Jobert!« Schmerzlich verzog er das Gesicht, als weitere Kanonenkugeln in den Rumpf schlugen und ein Mann umgerissen wurde.

»Ruder in Luv!« rief Keen. »Los, ran an *Léopard!*«

Fallowfield funkelte ihn wütend an, aber er gab seinen Rudergängern, die am großen Rad hingen wie an einer letzten Zuflucht, das entsprechende Zeichen.

Kleine Blitze zuckten in den Marsen der *Léopard* auf, und mehrere Musketenkugeln klatschten kraftlos in die Hängematten, ohne Schaden anzurichten. Die Seesoldaten hockten hinter dieser schwachen Deckung und warteten auf die richtige Distanz; manche starrten Hauptmann Bouteiller an, als wollten sie ihn durch Willenskraft dazu bewegen, den Schießbefehl zu geben.

»Breitfock setzen!« rief Keen.

Die Männer hatten schon bereitgestanden. Das mächtige

Segel blähte sich an seiner Rah und versperrte ihnen den Blick auf den Gegner wie ein riesiger Vorhang.

Weitere Schüsse jaulten über Achterdeck und Poop. »Bleib in meiner Nähe, Junge«, flüsterte Allday. »Sie sind zwar noch nicht ganz in Reichweite aber . . .«

Stayt zog seine Pistole und starrte sie an, als sähe er sie zum ersten Mal. Die Luft war voller Lärm; Stückmeister brüllten und gestikulierten mit ihren Besatzungen, die mit Handspaken die rauchenden Rohre auf den Feind ausrichteten. Oben in der Takelage gellten die Rufe der Seeleute, die sich vergeblich bemühten, zerfetzte Segel und gebrochenes Tauwerk zu bändigen. Hin und wieder wippten die über den Seitendecks ausgespannten Schutznetze, wenn Riggteile von oben kamen. Ein Wunder, dachte Bolitho, daß nicht noch mehr Schaden entstanden ist.

Er hörte es zweimal laut und hallend krachen und wußte, daß *Rapid* die ausgeborgten Zweiunddreißigpfünder einsetzte. Sie würden den französischen Schiffen zu schaffen machen, mochten sogar eines von Herrick weglocken, der von zwei Seiten beschossen wurde.

Er sah eine Fregatte zurückfallen. Ihr Fockmast hing über Bord, zwischen den Trümmern wimmelten Männer umher, um ihn zu kappen. Der Jubel auf *Argonaute* brach abrupt und wie auf Kommando hin ab: Es war *Barracouta.*

Bolitho sah sie krängen, als wieder eine Breitseite in sie einschlug und erneut Spieren und Tauwerk auf ihr Deck stürzen ließ.

»Pech«, murmelte Keen. »Aber er hat wenigstens einen außer Gefecht gesetzt.« Er rannte an die Reling, als Joberts Schiff wieder feuerte. Mehrere Kugeln heulten knapp über die Masten hinweg.

Stayt murmelte: »Wir können ihn einfach nicht stellen.« Die Worte kamen von seinen Lippen, als spüre er jeden einzelnen Treffer. »Wir müssen näher ran!«

»Kapitän Keen!« rief Bolitho. »Halten Sie auf den Geleitzug zu!« Plötzlich hatte er begriffen, daß Jobert beabsichtigte, die Handelsschiffe wie geplant zu kapern und die Ausschaltung von Bolithos Geschwader seinen Kommandanten zu überlassen.

Aus dem Hauptdeck der *Dispatch* sprühte ein gewaltiger Funkenregen; längsseits klatschten Trümmer ins Meer. Erst glaubte Bolitho, ihr Pulvermagazin sei in die Luft geflogen, doch es mußte eine Pulverladung gewesen sein, die detoniert war, bevor sie fertiggestopft werden konnte. Als *Dispatchs* Gegner von ihr abtrieb, stellte Bolitho fest, daß auch er übel zugerichtet war; *Dispatch* wendete bereits langsam und feuerte immer wieder aus dem unteren Batteriedeck. Auf dem oberen Batteriedeck waren offenbar viele Crews von der Explosion niedergemäht worden. Auch *Icarus'* Segel wiesen Löcher auf, einige ihrer Geschütze schienen unbemannt oder umgestürzt zu sein.

Mit hart gelegtem Ruder folgte *Argonautes* Bugspriet Joberts Schiff, als wolle er es aufspießen. Die keilförmige Wasserfläche zwischen ihnen wurde immer wieder von Gischtfontänen aufgewühlt, viele gefolgt von dem schrecklich dumpfen Krachen eines Rumpftreffers.

»Wir sind allein!« stellte Stayt fest.

Bolitho schaute ihn an, denn das klang so ruhig, so gelassen. Ein Mann ohne Nerven oder einer, der sich bereits mit dem Unvermeidlichen abgefunden hatte.

»Backbordbatterie!« Keens Degen blitzte in der Sonne. »Feuer!«

Wilde Hochrufe erklangen, als *Léopards* Segel sich aufbäumten und rissen, als Rauchwolken an ihrer hohen Bordwand von Treffern kündeten. Keens harter Geschützdrill machte sich nun bezahlt.

Stayt duckte sich, als Musketenkugeln über die Netze pfiffen und zwei Seeleute an Deck schleuderten. Der Tote wurde über Bord geworfen, den anderen schleppte man zum nächsten Niedergang und hinunter zu Tuson.

Bolitho schauderte. Dort unten spielten sich die schlimmsten Szenen des Gefechts ab. Stayt hustete. Als Bolitho zu ihm hinsah, brach er sehr langsam in die Knie. Sein dunkles Gesicht sah äußerst konzentriert aus.

Midshipman Sheaffe eilte zu Hilfe und legte Stayt den Arm um die Schultern.

»Schaffen Sie ihn nach unten«, befahl Bolitho.

Stayt schaute zu ihm auf, schien aber nicht klar zu sehen. Er hatte eine Hand auf den Magen gepreßt, und zwischen den Fingern quoll bereits Blut hervor.

»Nein!« Verzweifelt starrte er Bolitho an. *»Hören Sie mich an!«*

Bolitho kniete sich neben ihn. Seine Ohren dröhnten vom Krachen der Kanonen. Die Masten der *Léopard* waren nun nicht mehr weit entfernt; sie ragten riesig und bedrohlich über ihnen auf, als die beiden Schiffe sich einander unaufhaltsam näherten.

»Ja?« Er wußte, daß Stayt im Sterben lag. Überall fielen Männer; einer der Rudergänger schleppte sich in den Schatten der Poop und ließ eine große Blutlache am Rad zurück.

»Es war mein Vater ... Ich wollte sagen ...« Er hustete, Blut rann ihm aus dem Mund. »Ich schrieb ihm von dem Mädchen. Hätte nie geahnt, daß er ...« Er verdrehte die Augen und stieß hervor: »Guter Gott, hilf mir!«

»Ich halte ihn, Sir«, sagte Sheaffe.

Sheaffes Stimme schien Stayt übermenschliche Kräfte zu verleihen. Er wandte den Blick dem Midshipman zu und begann verzerrt zu grinsen. Es sah entsetzlich aus. »Admiral Sheaffe war's. Er ist nämlich mit meinem Vater befreundet.«

Er kniff die Augen zu, als erneut Kugeln übers Deck pflügten. Dann fuhr er, zu Bolitho gewandt, fort: »Er hat Sie schon immer gehaßt, Sir. Ich dachte, Sie wüßten das.

Unsere Väter alle zusammen . . .« Er bemühte sich, deutlich zu artikulieren, hatte aber zuviel Blut im Mund. Es drohte ihn zu ersticken. »Ihrer, meiner und der des Jungen hier . . .« Wieder hustete er, und diesmal floß das Blut in Strömen.

Sheaffe legte ihn an Deck. Als er aufblickte, war sein Gesicht steinern. Dann hob er die mit Silber beschlagene Pistole auf und schob sie sich unter den Gürtel.

Keen hastete herbei und schrie: »Wir sind fast dran!«

Das Deck bäumte sich auf, Splitter sirrten wie Hornissen, schleuderten Männer beiseite oder verletzten sie so schwer, daß sie hilflos liegenblieben. Keen sah auf Stayts Leiche nieder und fluchte. »Verdammt!«

Bolitho erhob sich, stützte sich auf die Schulter eines Seesoldaten und kletterte auf die Finknetze, um das gegnerische Schiff besser zu sehen. Überall tobte die Schlacht, Trümmer und zerbrochene Spieren trieben querab, und hier und dort schwamm eine einsame Leiche.

Er sah Joberts Admiralsflagge über dem schwarz-weißen Schiff auswehen, das Funkeln des Musketenfeuers, wenn Scharfschützen ihre Ziele gefunden hatten. Der Schuß, der Stayt getötet hatte, war vermutlich für ihn bestimmt gewesen.

Er wandte dem schwarz-weißen Schiff den Rücken und sprang hinab. Was er hier trieb, war Wahnsinn, und er rechnete jeden Augenblick mit einem Einschlag zwischen den Schulterblättern. Mit seinen Epauletten gab er ein vorzügliches Ziel ab.

»Ziele gut, mein Junge, aber heb den Admiral für mich auf, klar?« Er klopfte dem Seesoldaten auf die verkrampfte Schulter.

Der Mann grinste breit. »Zwei hab' ich schon erwischt, Sir!« rief er.

Der Rumpf zitterte, als weitere Kugeln ihn trafen wie gigantische Hammerschläge. Ein Achtzehnpfünder wurde angehoben und auf seine Bedienungsmannschaft geworfen. Der Lauf mußte glühend heiß gewesen sein, doch die Männer, deren Schreie vom Bombardement übertönt wurden, starben rasch. Das Vorbramsegel flatterte in einzelnen Fetzen davon; die Großbramstenge wankte plötzlich, neigte sich und stürzte dann an Deck wie ein Baumriese.

Bolitho starrte mit brennenden Augen in den Rauch. Sie *mußten* längsseits gehen! Durch eine jähe Lücke im Rauch erkannte er, wie nahe sie schon dem Geleitzug waren. Er sah *Benbow,* deren Flagge noch wehte, die aber ihren Besanmast verloren hatte, pausenlos auf das ihr nächstliegende Schiff feuern.

Sein Fuß berührte Stayts ausgestreckten Arm. Er schaute auf den toten Leutnant hinab, der ihm in seinen letzten Minuten so viele Fragen beantwortet hatte. Doch Neid und Haß kamen ihm nun kleinlich und bedeutungslos vor.

Er sah Keen an. »Wir haben den Windvorteil. Nutzen Sie ihn.« Sein Ton wurde härter. »Rammen Sie den Gegner!« Dann zog er den Degen und hörte Allday sein Entermesser ziehen.

»Jetzt! *Hartruder!*«

Keen wandte sich ab. Es war sinnlos, noch Einspruch zu erheben. Die Besatzung des Dreideckers würde sie übermannen, sie hatten keine Chance. Aber ihre Lage war von Anfang an aussichtslos gewesen.

»An die Brassen!« schrie er. »Ruder in Luv, Mr. Fallowfield!«

Doch der Gehilfe des Sailing Masters hatte das Kommando übernommen. Fallowfield lag mit einem Ohr an Deck tot neben dem Ruderrad, als lausche er den Schiffsgeräuschen.

»Mr. Paget! Klar zum Rammstoß!«

Paget schaute ihn kurz an und rannte dann mit gezogenem Degen nach vorn zur Back. Die *Argonaute* wandte sich schwerfällig ihrer Gegnerin zu. Ihr Klüverbaum stach zu wie eine Lanze, doch ihre Segel waren so zerrissen und durchlöchert, daß der triumphierende Wind, ein grausamer Zuschauer, ihr kaum noch Fahrt verlieh.

Dispatch war an einem anderen Schiff längsseits gegangen und feuerte noch immer, obwohl ihre Kanonen bereits knirschend gegen die des Feindes mahlten.

Jobert hatte Bolithos Absicht erkannt, konnte ihn aber nicht mehr an seinem Vorhaben hindern. Da er in Richtung Geleitzug gewendet hatte, hatte er den Wind querein. Weder konnte er sich der *Argonaute* zuwenden noch vor dem Wind ablaufen, ohne sein Heck einer mörderischen Breitseite auszusetzen.

Joberts Geschützmannschaften versuchten bereits, die Rohre auf das langsame Schiff mit der großen Gefechtsflagge am Fockmast zu richten. Französische Seeleute hasteten zum Schanzkleid und schossen auf *Argonaute*; einige fielen oder stürzten über Bord, als Bouteillers Scharfschützen sie unter Feuer nahmen. Irgendwo krachte eine Drehbasse, und Bolitho sah einen seiner Rotröcke fallen. Es war Leutnant Orde, der mit dem Säbel in der Hand auf dem Rücken liegenblieb und blicklos gen Himmel starrte.

Keen packte die Reling, als der einst so fern und unnahbare Dreidecker hoch über ihm aufragte. Von oben wurde geschossen, daß die Planken unter seinen Füßen vibrierten. Eine Kugel traf Stayts Leiche und ließ sie zusammenzucken, als hätte der Mann sich nur totgestellt. Die Franzosen eilten auf die Stelle des Zusammenpralls zu, und ihre Schreie und Verwünschungen klangen wie ein gewaltiger Chor, der selbst den Schlachtenlärm übertönte.

Keen wandte sich um, als Bolitho ihn am Ärmel berührte. »Sind die Backbordgeschütze feuerbereit?«

Keen bejahte. Der Klüverbaum schob sich langsam durch die Fockwanten der *Léopard*. Die Bewegung wirkte sanft, doch Keen wußte, daß die ganze Masse seines Schiffes dahintersteckte. Er gab dem Leutnant an der Backbordbatterie mit dem Degen ein Zeichen. Die Sekunden dehnten sich wie Stunden, Keen hörte noch einmal den vielstimmigen Chor, und dann verschwand der Wasserkeil zwischen den Rümpfen unter einem Chaos aus Feuer und Rauch. Brennende Pfropfen flogen auf die zerrissenen Segel zu, und der Einschlag des Eisens in den Rumpf des Gegners klang wie ein Donnerschlag.

Die meisten französischen Matrosen und Seesoldaten waren vom Schanzkleid verschwunden. Die Bordwand der *Léopard* schimmerte unter den Speigatten hellrot, als sei das Schiff selbst am Verbluten.

Wie in einem letzten Aufbäumen stießen die beiden Schiffe knirschend zusammen, Wanten und Spieren verhakten sich ineinander, und Kanonen, Männer und Wind verstummten so plötzlich, als sei das Ende der Welt gekommen.

Bolitho wurde von den Seesoldaten, die mit blitzenden Bajonetten zur Back stürmten, beinahe umgeworfen. Die Schiffe prallten noch einmal heftig gegeneinander, und durch das baumelnde Gewirr von Tauwerk und angekohlten Segelfetzen sah Bolitho das Mündungsfeuer der Musketen und blitzenden Stahl.

Von hoch oben überm Rauch feuerten die Scharfschützen weiter. Phipps, der Fünfte Offizier, griff sich ins Gesicht, als eine Kugel ihm die Stirn zertrümmerte. Er war Midshipman auf der *Achates* gewesen. Nur ein Lidschlag, und es gab ihn nicht mehr.

Die beiden Schiffe trieben langsam und schwerfällig vom Geleitzug weg. Nun hatte Herrick eine Chance, die aber nicht besonders groß war, es sei denn ... Bolitho sah, wie mehrere Matrosen von einer Drehbasse niedergemäht wurden.

»Nehmen Sie das Schiff, Val! *Geben Sie's nicht mehr frei!*«

schrie Bolitho. Er merkte, daß Keen die Konsequenzen begriff, und fügte hinzu: »Ohne Rücksicht auf Verluste!« Dann hastete er mit dem Säbel in der Hand das Steuerbord-Seitendeck entlang, gefolgt von Allday und Bankart. Er fand noch Zeit, sich zu fragen, warum Bankart sich nicht unter Deck verkrochen hatte.

»Mein Gott, sie sind schon an Bord!« rief Allday heiser.

Bolitho rief Page am Fockmast zu: »Räumen Sie das untere Batteriedeck! Alle Mann an Deck!«

Dann fand er sich am Steuerbord-Kranbalken wieder und sah diese Stelle bereits mit Leichen übersät. Matrosen und Seesoldaten, Freunde und Feinde, suchten auf dem Bugspriet nach Halt oder rutschten an Stagen und Leinen herunter, um aufeinander loszugehen. Sie stießen mit Bajonetten zu; andere hieben mit allem, was sie finden konnten, mit Pieken, Äxten und Entermessern, auf die Franzosen ein; ein Kanonier schwang gar einen Ladestock wie eine Keule, bis er von einer Musketenkugel getroffen wurde und zwischen die knirschenden Rümpfe stürzte.

Vom Achterdeck aus sah Keen verzagt immer mehr feindliche Uniformen aus dem Rauch auftauchen, einige sogar schon auf dem Backbord-Seitendeck. Er fuhr herum, als Hogg, sein Bootsführer, an Deck stürzte und hilfesuchend eine Hand ausstreckte, ehe das Licht in seinen Augen verlosch.

Sie starben alle, und nur wegen zweier Schiffe voll verdammtem Gold.

Er brüllte: »Eröffnen Sie das Feuer mit den Neunpfündern, Mr. Valancey! Zielen Sie auf die Poop!«

Da – schwache Hochrufe! Mehr Männer schwärmten vom unteren Batteriedeck aus, angeführt von Leutnant Chaytor mit gezücktem Degen.

Die Neunpfünder ruckten an ihren Taljen binnenbords und feuerten Kartätschen in den Bauch. Keen sah einen

Matrosen auf sich zurennen und stellte verdutzt fest, daß es sich um einen Feind handelte, einen einsamen Seemann, der vom Rest der Entermannschaft abgeschnitten worden war.

Keen sprang auf ihn los, obwohl er den Fremden nur wie durch einen Schleier von Schmerz und Wut sah. Hogg war tot, und Bolitho würde bei der Führung des Gegenangriffs bald fallen oder gefangen werden.

Der französische Matrose zielte mit einer Pistole auf Keen, aber der Hammer klickte leer. Er starrte die nutzlose Waffe wild an, warf sie weg und hob dann das Entermesser.

Er war jung und leichtfüßig, rechnete aber nicht mit Keens Geschick. Dieser parierte die schwere Klinge, während die Wucht des eigenen Schlages den Angreifer an ihm vorbeitaumeln ließ. So konnte Keen ihm ins Genick hacken, und als er schreiend stürzte, hieb er noch einmal zu.

Als er sich abwandte, fiel sein Blick aufs Vorschiff. Dort spielte sich die gräßlichste Szene von allen ab.

Der verwundete Kapitän Inch, nackt bis auf die Breches, eilte zum Backbord-Schanzkleid, und sein blutiger Armstumpf zuckte, als er mit der anderen Hand den Degen schwang und schrie: »Haltet stand, Männer der *Helicon!*« Mühsam rang er sich die Worte ab, der Wundschmerz ließ sie gepreßt klingen. Doch seine Stimme hob sich über das Klirren der Waffen und die Schreie der Sterbenden: »Zu mir, Jungs! Verjagt die Enterer von unserer *Helicon*!«

Keen wischte sich mit dem Ärmel die Tränen aus den Augen.

»Mein Gott, er glaubt, wieder auf seinem eigenen Schiff zu sein!«

Lange konnte es nicht mehr dauern. Die dichtgedrängte, trampelnde Masse der Verteidiger wurde zurückgedrängt, französische Enterer kämpfen schon zwischen den Leichen auf dem Hauptdeck.

Ein unbewaffneter Midshipman hielt sich die Ohren zu und rannte wie von Sinnen auf einen Niedergang zu.

Das war Hext, sah Keen, einer der Jüngsten an Bord. Als er das Luk erreichte, glitt er in einer Blutlache aus und fiel platt hin. Ein großer Franzose sprang mit langen Sätzen auf ihn los und schwang schon das Entermesser. Der Junge drehte sich auf den Rücken und starrte ihn an. Er wehrte sich weder, noch flehte er um Gnade; er lag einfach da und wartete auf den Tod.

Doch Inch war zur Stelle, stieß dem Matrosen die Klinge in die Rippen und riß ihn herum, wobei das Gewicht des Mannes ihm den Degen entwand. Der Seemann fiel neben Hext hin, und seine nackten Füße trommelten auf die Planken.

Keen sah eine Pike aus dem Rauch vorstoßen. Sie traf Inch im Rücken. Als er in die Knie brach, wurde die Pike herausgezogen und noch einmal in ihn hineingetrieben.

Auch Bolitho wurde Zeuge, wie Inch fiel. Über die wankenden, erschöpften Gestalten hob er den Blick zu Keen, der ihn anschaute. Einen Augenblick schien die Schlacht zu verstummen. Dann drängte sich das Gebrüll wieder dazwischen. Bolitho fuhr herum und fand sich einem französischen Leutnant gegenüber.

Grimmig hieb er die Klinge des jungen Offiziers beiseite, packte ihn dann am Rockaufschlag und rammte ihm den Handschutz gegen den Unterkiefer. Der Leutnant torkelte zur Seite und schrie vor Entsetzen auf, als Alldays breites Entermesser herabzuckte wie ein Schatten vor der Sonne.

Allday riß die Klinge aus dem Sterbenden und keuchte: »Wir können sie nicht aufhalten!«

Bolitho sah seine Männer zurückweichen; sie selbst waren hier vorn abgeschnitten, denn auf beiden Seitendecks kämpften schon Franzosen.

»Haltet aus, Leute!« schrie Bolitho. Ein Matrose fiel auf

die Knie und versuchte, eine blitzende Klinge von sich abzuwehren. Dann sah er seine abgehackte Hand neben sich an Deck fallen und schrie auf. Bolitho machte einen Ausfall über den Verwundeten hinweg und spürte zunächst Widerstand, doch dann glitt die Spitze seiner Waffe an dem Kreuzbandelier des Franzosen ab und in seine Brust.

Er drehte sich um, wollte Matrosen und Seesoldaten um sich sammeln, sah dann aber einen riesigen Schatten über die Rauchwolken ragen.

»Es geht längsseits!« krächzte Allday. »Noch so ein verdammtes Schiff!«

Einer der französischen Zweidecker mußte sich freigekämpft haben und seinem Admiral zu Hilfe gekommen sein.

Wilder Jubel klang auf. Bolitho sah, daß der Neuankömmling den Besanmast verloren hatte. In seiner Bordwand brüllten die Geschütze auf, und die Wucht ihres Rückstoßes übertrug sich bis aufs Deck der *Argonaute.*

Es war unglaublich, ein Traum! Aber die strenge Galionsfigur mit Brustpanzer und vorgerecktem Schwert ließ keinen Zweifel mehr zu: Das war die *Admiral Benbow*!

Unter Hochrufen und Geschrei stürmten Herricks Seesoldaten und Matrosen, die den Kampf um den Geleitzug offenbar gewonnen hatten, herüber wie eine Flutwelle.

Jäh wurde Bolitho von der neugewonnenen Kraft der Argonauten vorangetragen und fiel beinahe ins strudelnde Wasser, als zwei Seeleute ihn grob packten und über die Reling auf den Bugspriet hoben. Die Franzosen, von *Benbows* Männern und Keens Besatzung in die Zange genommen, zogen sich bereits auf ihr eigenes Schiff zurück, waren aber dem Feind gegenüber, der tiefer als sie stand, noch im Vorteil.

Bolitho hörte Bouteiller brüllen: »Seesoldaten, legt an!«

Die Männer in den roten Röcken mochten benommen und wie von Sinnen sein, aber die vertraute Disziplin war stärker als alles. Sie standen oder knieten auf dem gegenüberliegenden Seitendeck und hoben die Musketen wie ein Mann. Einer sank tot aus dem Glied, doch niemand zuckte mit der Wimper. Die Vergeltung kam später.

»Feuer!« brüllte Bouteiller.

Die Salve fegte in die dichtgedrängten Enterer. Ehe sich die Überlebenden von den Toten befreit hatten, griffen die Seesoldaten schon kreischend wie Dämonen mit aufgepflanzten Bajonetten an.

Bolitho suchte auf dem breiten Bugspriet mit den Beinen Halt und starrte ungläubig auf das Deck unter sich, die Back der *Léopard.* Den Degen mit einer Schlinge am Handgelenk, ließ er sich hinunter.

Jenseits des Rauchvorhangs wurde weiter gefeuert. Ob da Schiffe noch im Nahkampf lagen oder schon auf das Flaggschiff des französischen Konteradmirals zuhielten, konnte Bolitho nicht beurteilen. Ein Flaggschiff sollte führen. Nun aber war es zu einem Leuchtfeuer geworden, das in ein Schlachthaus lockte. Um ihn herum fochten und starben Männer; er hatte Zeitgefühl und Orientierung verloren. Manchmal drängten sich Leiber an ihn, dann erkannte er vertraute Gesichter. Jemand rief sogar: »Da ist der Admiral, Jungs!« Ein anderer brüllte: »Bleib bei uns, Dick!«

Es war wild, furchteinflößend, doch auch berauschend wie schwerer Wein. Bolitho kreuzte die Klingen mit einem französischen Leutnant und entwaffnete ihn zu seinem Erstaunen mit Leichtigkeit. Er hätte es dabei bewenden lassen, doch ein Seesoldat blieb stehen und starrte den furchtsam zurückweichenden Offizier finster an. »Das ist für Kapitän Inch!« rief er. Sein Stoß warf den Leutnant gegen die Reling, und aus seinem Rücken ragte rot die Spitze des Bajonetts.

Bolitho fuhr sich mit der Hand übers Gesicht. Es war unerträglich heiß, und der Schweiß blendete ihn.

Dann stand er auf den vernarbten Planken des breiten

Achterdecks, die Keens Kartätschen zerfurcht hatten. Am unbemannten Ruder lagen Leichen. Doch andere Franzosen stellten sich noch der Welle der Enterer entgegen.

Ein Matrose unterlief ein Bajonett und sprang auf Allday zu. Der starrte den Franzosen an und holte weit mit dem Entermesser aus. Dabei hätte er fast gelacht, denn sein Angreifer schien es ihm so leicht zu machen.

Doch als er die Klinge hob, schrie er plötzlich auf. Der Schmerz der alten Wunde brannte wieder in seiner Brust, machte ihn hilflos und bewegungsunfähig.

Bolitho war durch eine Kanone von Allday getrennt, stürzte aber mit ausgestreckter Klinge auf ihn zu.

Doch Bankart, nur mit einem Belegnagel bewaffnet, sprang zwischen die Kämpfer.

»Weg!« kreischte er. »Rühr ihn bloß nicht an!« Er warf sich schützend vor seinen Vater und schluchzte vor Zorn und Angst auf, als der Franzose vorsprang, um sie beide zu töten.

Bolitho spürte den Luftzug einer Kugel im Gesicht. Den Schuß hatte er nicht gehört. Er sah den Franzosen rücklings aufs Deck stürzen. Sein Entermesser landete klirrend zwischen den Füßen der Menge.

Dann fiel Bolithos Blick auf Midshipman Sheaffe, der blaß dastand, in einer Hand Stayts rauchende Pistole und in der anderen seinen zierlichen Seitendolch.

Doch dann vergaß er ihn und die Tatsache, daß Alldays Sohn in dem Augenblick, als sein Vater in Gefahr schwebte, zu sich selbst und einen Mut gefunden hatte, den er sich nie zugetraut hätte.

Denn Bolitho hatte Jobert an der Leiter zum Poopdeck entdeckt. Er brüllte seinen Offizieren Befehle zu, die in dem Getöse unverständlich blieben.

Leutnant Paget, dessen Rock von der Schulter bis zur Taille aufgeschlitzt war und der aus Splitterwunden im Gesicht blutete, winkte seine Männer mit dem triefenden Degen heran.

»Los, auf ihn! Stecht den Kerl nieder!« schrie Paget.

Bolitho taumelte auf Jobert zu und schlug mit der flachen Klinge die angelegte Muskete eines Seesoldaten beiseite. Hinter ihm atmete Allday schwer.

»Streichen Sie endlich die Flagge,verdammt noch mal!« schrie Bolitho.

Jobert starrte ihn entsetzt an. Dann schaute er an Bolitho vorbei und begriff, daß er nur wegen dieses Mannes noch am Leben war. Wilde Hochrufe erklangen, und jemand rief: »Sie streichen die Flagge, Kameraden! Wir haben sie geschlagen!«

Überall begannen die eingekreisten Franzosen ihre Waffen von sich zu werfen. Aber nicht so Jobert. Fast verächtlich zog er den Degen, riß sich den Hut vom Kopf und warf ihn auf die Planken.

»Überlassen Sie ihn mir, Sir Richard!« keuchte Paget.

Bolitho warf ihm einen raschen Blick zu. Paget, der Mann, der bei Camperdown gegen eine Übermacht gekämpft und dabei kühlen Kopf bewahrt hatte, war nun kein überlegener Erster Offizier mehr. Er hatte nur eins im Sinn: Jobert zu töten.

»Zurück!« befahl Bolitho. Er hob seinen Degen und spürte die Anspannung in Handgelenk und Unterarm.

Es kam also doch zu einem Zweikampf.

Bis auf das Stöhnen und Schreien der Verwundeten herrschte Stille. Selbst der Wind hatte sich gelegt. Joberts Flagge hob sich nur schlaff im Takt mit der britischen Nationale auf *Argonaute,* deren Klüverbaum noch immer *Léopards* Fockwanten durchbohrte.

Die Klingen umzüngelten einander wie argwöhnische Schlangen.

Bolitho sah in Joberts Gesicht, dunkelhäutig wie das

Stayts, und verstand. Er war schon einmal in Kriegsgefangenschaft geraten und hatte dabei sein Flaggschiff verloren – das nun zurückgekehrt war, um diese Schande zu wiederholen. Das Unvorstellbare war eingetroffen, und der Mann, der ihm nun gegenüberstand, war für die Katastrophe verantwortlich. Es war seine einzige Chance, sich zu revanchieren, nach Bolithos Fall einen letzten kurzen Triumph auszukosten, ehe man ihn niederschlug.

Jobert wich zurück, und selbst die englischen Matrosen machten ihm Platz.

»Bitte überlassen Sie ihn mir!« bat Paget verzweifelt. Als er Bolitho über ein Wrackteil stolpern und taumeln sah, flüsterte: »Um Gottes willen, holt Kapitän Keen!« Ein Mann huschte hinüber, doch Paget wußte, daß es zu spät war.

Jobert schlug zu und machte einen Ausfall nach dem anderen. Dann begann er zu kreisen und zwang Bolitho, den Kopf zu wenden und in die Sonne zu starren. War es Einbildung, oder sah er wirklich Triumph in den Augen des französischen Admirals aufblitzen? Kannte der seine Schwäche? Die Klingen klirrten gegeneinander, Stahl zischte, als beide versuchten, das Gleichgewicht zu wahren und die Kraft aufzubringen, den anderen auf Armeslänge Abstand zu halten.

Die Duellanten parierten und trennten sich wieder.

Midshipman Sheaffe schüttelte Allday am Arm. »Setzen Sie dem ein Ende, Mann!«

Allday antwortete, eine Hand auf die brennende Narbe unterm Hemd gepreßt: »Los, holen Sie einen Scharfschützen!«

Bolitho tänzelte vorsichtig über herumliegendes Tauwerk. In seinem Arm pochte der Schmerz, außerdem konnte er Joberts verzerrtes Gesicht kaum noch erkennen. *Was habe ich eigentlich noch zu beweisen? Er ist besiegt, erledigt. Das reicht doch ...*

Joberts Klinge zuckte blitzschnell vor, und als Bolitho zu parieren versuchte, spürte er, wie sie ihm unter der Achselhöhle durch den Rock fuhr. Ein brennender Schmerz, als die Schneide seine Haut ritzte. Er hieb seinen Degengriff auf Joberts Handgelenk, so daß sie nun Brust an Brust wankend miteinander rangen.

Bolitho fühlte, wie die Kraft seinen Arm verließ. Der Schnitt an seinen Rippen schmerzte wie ein Brandeisen. Joberts Atem streifte sein Gesicht, seine finsteren Augen starrten ihn an. Trotzdem schien ein Schleier über allem zu liegen, und selbst Herricks Stimme drang wie von fern zu ihm.

Er hob den Arm, nahm seine letzte Kraft zusammen und stieß Jobert vor die Brust. Jobert taumelte rückwärts gegen eine Kanone und riß in ungläubigem Entsetzen die Augen auf, als Bolithos alter Degen blitzend vorschnellte und ihn ins Herz traf.

Bolitho wäre fast gestürzt, als die Matrosen auf ihn zudrängten, wie von Sinnen jubelnd, manche schluchzend.

Er reichte Allday seinen Degen, versuchte ihm zuzulächeln. Herrick stieß seine Männer beiseite und packte Bolitho am Arm.

»Mein Gott, Richard, er hätte Sie umbringen können!« Er betrachtete ihn besorgt. »Warum hat ihn denn keiner einfach niedergeschossen?«

Bolitho tastete nach dem Loch in seinem Rock und spürte warme Nässe an den Fingern.

Der Jubel verwirrte ihn, doch die Männer hatten ein Recht, ihren Gefühlen Luft zu machen. Was verstanden sie von Strategie oder der Notwendigkeit, zwei fremde Handelsschiffe zu schützen? Sie kämpften immer nur für sich, für die Kameraden, für ihr Schiff.

Er schaute auf Jobert hinab. Ein Matrose nahm ihm den Degen aus der schlaffen Hand. Joberts dunkle Augen standen halb offen, als sei er noch am Leben, belausche und beobachte seine Feinde.

»Er wollte sterben, Thomas. Verstehen Sie das nicht?« Er drehte sich um, spähte hinüber zu seinem eigenen Schiff und erblickte Keen. Bolitho hob den Arm zu einem müden Salut. Jemand kam mit einem Verband, um die Blutung zu stillen. »Er hatte die Schlacht verloren und wollte wenigstens seinen Stolz retten.«

Bolitho bahnte sich einen Weg durch die geschwärzten und blutenden Männer. Das Ganze kam ihm so unwirklich vor. Er sah auf zum Himmel über den Masten und durchlöcherten Segeln, schaute dann seinen Freund an und fügte leise hinzu: »Auf irgendeine Weise ist Jobert damit doch Sieger geblieben.«

Allday hörte ihn und legte seinem Sohn den Arm um die Schulter.

Der Stolz auf Freund oder Feind bedurfte keiner Worte.

Epilog

Erst sechs Monate später kehrte Richard Bolitho nach England zurück. Noch immer verfolgten ihn die grausigen Szenen dieser letzten, verzweifelten Schlacht, aber in der Heimat war ihr Sieg über anderen Ereignissen inzwischen fast vergessen.

Bolithos Geschwader hatte für diesen Sieg einen hohen Preis an Menschenleben zahlen müssen. Auch seine Schiffe waren schwer beschädigt in die Docks von Malta und Gibraltar gehinkt.

Zwei französischen Zweideckern war es gelungen, sich davonzustehlen, auch eine unbeschädigte Fregatte war entkommen. Denn keines von Bolithos Schiffen war intakt genug, um sie zu verfolgen und aufzubringen. Joberts Flaggschiff blieb die Schmach erspart, unter der Flagge des Feindes kämpfen zu müssen. Zuletzt war unter Deck ein Feuer ausgebrochen, dem viele seiner Verwundeten zum Opfer fielen, und erst nach großen Anstrengungen aller Seeleute, Franzosen wie Engländer, war *Léopard* vor der völligen Vernichtung bewahrt worden. Den Rest seines Lebens würde das einstmals stolze Schiff nun als Hulk oder Wohnschiff zubringen.

Alle anderen französischen Schiffe waren aufgebracht worden. Allerdings hatte Bolitho befürchtet, mindestens zwei könnten auf der Fahrt zum schützenden Hafen noch sinken.

Oft dachte er an die vertrauten Gesichter, die er nie wiedersehen würde. Vor allem an Kapitän Inch, der im Kampf für seine Männer gestorben war. Kapitän Montresor war noch im letzten Augenblick gefallen, als das französische Flaggschiff schon die Flagge strich. Houston von der *Icarus* war unversehrt und nörgelnd wie immer davongekommen, obwohl sein Schiff von der ersten Breitseite an im dicksten Getümmel gekämpft hatte. Die beiden kleinsten Schiffe, *Rapid* und *Firefly,* hatten nur wenige Verluste zu beklagen, obwohl eine einzige französische Breitseite sie hätte versenken können.

Nur von den beiden Briggs begleitet, lief *Argonaute* notdürftig repariert im Juni 1804 in Plymouth ein.

Wieder standen Bolitho grelle Bilder vor Augen, als er die Augenblicke nach ihrem Eintreffen noch einmal durchlebte: die wilde Erregung, die Flaggengrüße und Salutschüsse, als *Argonaute* endlich Anker warf. Da der Wind sie im Stich gelassen hatte, waren sie im Ärmelkanal nur langsam vorangekommen. Er erinnerte sich noch genau an die Begeisterung der jubelnden Menschen am Hafen, die so oft in Trauer umschlug, wenn wieder eine Familie erfuhr, daß ein Angehöriger nicht zurückgekehrt war.

Admiral Sheaffe war persönlich zur Stelle gewesen. Bolitho hatte vorgehabt, den Mann zur Rede zu stellen, ihn zu fragen, warum er Keen als Waffe gegen die Bolithos mißbraucht hatte. Doch der Admiral machte sich zunächst umständlich an die Begrüßung seines Sohnes. Und dann kam ein Moment, den Bolitho nie vergessen würde.

Der Admiral, beobachtet von seinen Adjutanten und einigen Freunden, hatte dem jungen Sheaffe die Hände auf die Schultern gelegt.

Vielleicht hatte der Fähnrich sich Stayts letzter Worte erinnert oder des Tages, an dem Bolitho auf ihn gewartet hatte, obwohl *Suprème* Gefahr drohte.

Jedenfalls sagte der junge Sheaffe fest zu seinem Vater: »Pardon, Sir, ich kenne Sie nicht!« Und eilte starren Blicks davon.

An Land hatte Bolitho Zenoria die letzten Meter übers Kopfsteinpflaster laufen gesehen, mit wehendem Haar. Er war froh und neidisch zugleich gewesen. Ohne sich um die grinsenden Matrosen zu kümmern, hatte Keen sie in die Arme genommen und sein Gesicht wortlos in ihrem Haar verborgen.

Sie hatte Bolitho mit feuchten Augen angeschaut und leise gesagt: »Danke.«

Was er für sich selbst erwartet hatte, wußte Bolitho nicht genau. Vielleicht, daß Belinda nach Plymouth gekommen wäre, um auf ihn zu warten wie Zenoria. Aber sie war nicht da.

An die Zeit, die er danach in Plymouth mit der Regelung seiner Angelegenheiten verbracht hatte, konnte er sich nur undeutlich erinnern. Anschließend war er mit *Firefly* nach Falmouth gesegelt. Eine kleine Brigg würde kein Aufsehen erregen. Bolitho scheute einen erneuten Heldenempfang, den Lärm und die Neugier jener, die das wahre Gesicht des Krieges nicht kannten.

So stand er an diesem sonnigen Junimorgen mit Adam am Schanzkleid der *Firefly,* die träge in ihre Ankertrosse eindrehte. Wieder daheim.

Links und rechts grüne Hänge und vertäute Schiffe, bunte Felder, die sich in eigenwilligen Mustern landeinwärts zogen. Häuser und Fischerhütten und die finstere graue Masse von Pendennis Castle, die den Hafeneingang beherrschte. Nichts hatte sich verändert, doch Bolitho spürte, daß es nie mehr so sein würde wie früher.

Zeit zum Abschiednehmen. Adam hatte Order, mit neuen Depeschen nach Irland zu segeln.

»Nun, Onkel?« Er musterte ihn besorgt.

Bolitho sah Allday an der Reling stehen und auf die Gig längsseits hinabschauen. Er hatte Ozzard und Bankart mit Bolithos Gepäck per Kutsche nach Falmouth geschickt.

»So wird es immer sein, Adam«, sagte Bolitho. »Kurze Abschiede, noch kürzere Begrüßungen.« Er sah sich auf dem ordentlichen Deck um. Kaum zu glauben, daß dieses Schiff mit einem mächtigen Zweidecker gekämpft und überlebt hatte. Auch *Rapid* hatte es geschafft. Quarrell hatte allerdings darum gebeten, die geborgten Kanonen wieder entfernen zu dürfen, denn ihr Rückstoß hatte mehr Schaden angerichtet als der Feind.

»Ich würde gern mit dir an Land gehen, Onkel.«

Bolitho legte Adam die Hand auf die Schulter. »Das hat Zeit. Du wirst gebraucht, und ich freue mich für dich.« Er sah zu dem rastlosen Wimpel am Masttopp auf. »Dein Vater wäre stolz auf dich gewesen.«

Damit ging er zur Bordwand, wo der Erste Offizier mit der Ehrenwache wartete.

In der Gig beobachtete Allday Bolitho schweigend, als dieser sich umdrehte und seinem Neffen zuwinkte. Die Brigg holte schon den Anker kurzstag und würde auslaufen, sobald die Gig zurückgekehrt war. Allday dachte an seinen

Sohn, der schon unterwegs war zu Bolithos Haus. Würde er jemals wieder zur See fahren? Überraschenderweise war ihm diese Entscheidung inzwischen nicht mehr wichtig. *Mein Sohn:* schon der Gedanke machte ihn glücklich und dankbar. Er hatte ihm das Leben gerettet und wäre für ihn gestorben, wenn Midshipman Sheaffe nicht geschossen hätte.

Er musterte Bolithos ausdrucksloses Gesicht. Der Admiral machte sich Sorgen wegen seiner Augen. Immerhin würde Lady Belinda im Haus auf ihn warten. Vielleicht entschädigte ihn das?

Sie stiegen auf die warmen Ufersteine. Bolitho verabschiedete sich vom Bootsführer und drückte ihm zwei Guineen in die Hand. Der Mann bedankte sich überschwenglich. »Da trinken wir aber einen auf Sie, Sir!«

Bolitho ging auf die Stadt zu, bemüht, nicht zu zwinkern oder das Gleichgewicht zu verlieren wie an dem Tag, als er Jobert zum letzten Mal gegenübergestanden hatte. Hinter sich hörte er Alldays schweren Schritt; es waren nur wenige Menschen unterwegs. Die meisten arbeiteten auf den Feldern oder fischten. Falmouth lebte von der Erde und vom Meer.

Eine erschöpfte Frau ging mit einem Gemüsekorb am Arm auf eine Hintergasse zu. Als sie Bolitho sah, blieb sie stehen und machte einen ungelenken Knicks.

»Ein schöner Morgen, Mrs. Noonan«, rief Bolitho.

Verblüfft sah sie ihnen nach, bis sie um die Ecke verschwunden waren.

Arme Frau, dachte Bolitho. Er hatte ihren Mann auf seiner *Lysander* fallen gesehen; das schien ihm tausend Jahre her zu sein.

Lange Schatten lagen schon über dem Platz. Bolitho schaute auf zum Turm der Kirche, in der er zweimal getraut worden war. Dann trat er unsicher in das kühle Dämmerlicht des Gotteshauses. Es war leer und doch so voller Erinnerungen und Hoffnungen. Er blieb stehen, betrachtete das Buntglasfenster hinter dem Altar und entsann sich jenes ersten Males, als er die Sonne durch diese Tür gesehen hatte.

Sein Herz schlug so heftig, daß er glaubte, Allday müsse es hören können.

Er mußte nach Hause, seine Gefühle erkunden, Belinda eine Erklärung geben und lernen, seine Fehler wieder gutzumachen. Statt dessen trat er vor die Wand mit den Gedenktafeln der Familie Bolitho.

Er hob die Hand und berührte eine Tafel, die in einiger Entfernung von denen der Männer angebracht war: *Cheney Bolitho.* Hier waren sie getraut worden. Leise sagte er ihren Namen. Dann machte er kehrt und ging zurück zu Allday.

»Nach Hause, Sir Richard?« fragte Allday.

Bolitho zögerte und blickte sich noch einmal nach der kleinen Tafel um.

»Aye, alter Freund. Das wird es immer bleiben.«

Seemännische Ausdrücke der Segelschiffszeit

Zusammengestellt von F. W. Wentzel

Abdrehen
Kursänderung, um einer Gefahr auszuweichen
abfallen
vom Wind wegdrehen, so daß er voller einfällt. Gegensatz: anluven
Abflauen
Nachlassen des Windes
achtern
hinten im Schiff
achteraus
in Richtung nach hinten
achterlich
Richtung von querab bis achteraus
Achterdeck
hinterer Teil des Oberdecks, Kommandostand der alten Segelschiffe, wo Kompaß und Ruder standen
Achtersteven
das hinterste Holz des Schiffes
am Wind (beim Wind) segeln
wenn der Kurs im spitzen Winkel zur Windrichtung liegt
anbrassen
die Rahen eines Seglers mit den Leebrassen so weit anholen, wie es die Wanten erlauben. Gegenteil: aufbrassen
Ankerspill
Winde mit senkrechter Achse zum Aufholen des Ankers
anluven
zum Wind hindrehen (s. abfallen)
anschlagen
1. Ein neues Segel an der Rah oder Gaffel festbinden. 2. Die halbstündigen Schläge der Schiffsglocke
Aufbrisen
Zunehmen des Windes
Aufgeien
Aufholen der Schothörner eines Rahsegels an die Rah
aufheißen
hochziehen
aufkommen
1. Zurücklegen des Ruders, wenn eine Drehbewegung eingeleitet ist. 2. ein schnelleres Schiff nähert sich von hinten. 3. ein Gewitter »kommt auf«
»auf und nieder!«
senkrecht. Ausruf beim Ankerlichten, wenn die Ankertrosse senkrecht nach unten zeigt, der Anker schon losgebrochen, aber noch nicht auf dem Grund ist
ausbringen
ein Boot, ein Fallreep nach außenbords bringen
auslegen
wenn die Matrosen zum Los- oder Festmachen der Segel auf die Fußpferde der Rahen treten
ausrennen
die Kanonen mit Hilfe von Taljen in Feuerstellung bringen
Ausschießen
Rechtsdrehung des Windes (auf den Kompaß bezogen). Gegensatz: Krimpen

Back
Vorderteil des Schiffes
Backbord
linke Schiffsseite (von achtern gesehen)
backbrassen
Rahsegel so drehen, daß der Wind von vorne einfällt und die Fahrt des Schiffes gebremst wird
Backstage
Stage, die den Mast schräg nach achtern stützen
Bark
Dreimaster mit zwei vollgetakelten und einem (dritten) gaffelgetakelten Mast
Barkasse
größtes Beiboot eines Kriegsschiffes
Baum
Rundholz, an dem das Segel unten befestigt ist
beidrehen
1. Um einen Sturm abzuwettern, legt sich das Segelschiff mit geringster Segelfläche schräg gegen den Wind, so daß es praktisch dwars vertreibt.

2. Durch Backbrassen ein Schiff abstoppen, auf der Stelle treiben
bekalmen
einem anderen Schiff durch Vorbeifahren in Luv den Wind wegnehmen
belegen
1. Eine Leine festmachen. 2. Einen Befehl aufheben
Belegnagel
Holz- oder Eisenpflock zum Festmachen von Leinen
Besan
der dritte, nicht vollgetakelte Mast (auch sein Gaffelsegel)
Besteck
Standort des Schiffes auf See, a) gegißt, wenn er auf geschätzten Werten für Kurs und Wegstrecke basiert, b) terrestrisch, wenn er auf Landpeilungen, c) astronomisch, wenn er auf Messung von Gestirnshöhen beruht
Bilge
Kielraum, die tiefste Stelle im Schiffsrumpf
Block
Rolle oder Scheibe in einem Holzgehäuse
Bootsmann
Decksoffizier, dem die Instandhaltung des Schiffes und seiner seemännischen Ausrüstung obliegt
Bootsmannsstuhl
Brett an zwei Seilen, mit dem sich ein Mann zu Arbeiten in der Takelage hochziehen kann. Auch Offiziere wurden damit auf See oft an Bord gehievt
Bramrah
die dritte Rah von unten (mit dem Bramsegel)
Brassen
Taue an den Rahnocken zum horizontalen Schwenken (Brassen der Rahen)
Breitfock
das unterste Rahsegel am Fockmast, auch einfach »Fock«
Brigg
Zweimaster, der vordere Mast voll-, der hintere gaffelgetakelt
Bug
der vorderste Teil des Schiffes
Bugspriet
über den Bug nach vorn hinausragende Stange
Davit
kranartige Konstruktion zum Aussetzen von Booten
Decksoffiziere
Bootsmann, Steuermann, Stückmeister, Feuerwerker: Dienstgrad zwischen Offizier und Unteroffizier, damals der höchste erreichbare Dienstgrad für Mannschaften (mit wenigen Ausnahmen, z.B. James Cook)
Dingi
kleinstes Beiboot
Dollbord
verstärkter oberer Rand eines Bootes, in den Dollen (Metallgabeln) für die Riemen eingesteckt werden
Draggen
(auch Drachen) kleiner, vierarmiger Bootsanker, den man auch als Suchanker benutzen kann
Drehbasse
leichtes, schwenkbares Geschütz
Ducht
Sitzbrett im Ruderboot
dwars
querab, rechtwinkelig zur Schiffslängsachse

entern/aufentern
1. In die Takelage klettern. 2. Das gewaltsame Besteigen eines feindlichen Schiffes
Enterhaken
eiserner Haken an langer Stange zum Heranholen eines feindlichen Schiffes, bevor es geentert wird
Eselshaupt
brillenartiges Verbindungsstück von Mast und aufgesetzter Stenge
Etmal
der von Mittag zu Mittag (in 24 Stunden) zurückgelegte Weg

Faden
Längeneinheit zu sechs Fuß = 1,829 Meter
Fall
Leine zum Heißen oder Fieren einer Rah oder eines Segels
Fallreep
Treppe oder Strickleiter (Seefallreep), die an der Bordwand heruntergelassen werden kann

Fallreepspforte
Einlaßöffnung vom Fallreep ins Schiff, bei hochbordigen Schiffen in einem der unteren Decks
Fender
Stoßdämpfer (damals) aus geflochtenem Tauwerk
fieren
eine Last absenken, Leine verlängern
Finknetze
U-förmige, mit starken Netzen verkleidete Gabeln, in die die festgezurrten Hängematten der Besatzung tagsüber verstaut wurden. Sie boten im Gefecht Schutz gegen Schrapnell- und Gewehrkugeln
Fockmast
der vorderste Mast
Fregatte
leicht bewaffneter (20 bis 50 Kanonen) schneller Segler, der Flotte als Aufklärer beigegeben. Voll getakelt
Fußpferd
Tau unterhalb der Rah, auf dem die Matrosen beim Losmachen, Reffen und Festmachen des Segels stehen

Galion
balkonartiger Vorbau des Schiffsbugs, trägt die Galionsfigur
Gangspill
mit Spillspaken gedrehte Winde mit senkrechter Achse zum Aufholen des Ankers oder zum Einholen von Trossen
Gangway
1. Laufbrücke an beiden Schiffsseiten zwischen Back und Achterdeck. 2. Laufplanke zwischen Schiff und Pier
Geitau
Leine zum Aufholen der Segel
Gieren
ungewolltes Abweichen vom Kurs, meist bei achterlicher See
Gig
Boot des Kommandanten, schlank und schnittig gebaut
gissen
schätzen (s. Besteck)
Glasen
Anschlagen der Schiffsglocke alle halbe Stunden mit 1–8 Schlägen (jeweils für 4 Stunden = 1 Wache)
Gordings
am Unterliek befestigte Leinen zum Aufholen eines Segels (z. Unterschied von Geitau, das am Schothorn anfaßt)
Gräting
hölzernes Gitterwerk
Großmast
Hauptmast, beim Dreimaster der mittlere
Großsegel
das unterste Segel am Großmast eines Rahschiffes (alle Rahen, Segel, Schoten etc. des Großmastes haben die Vorsilbe »Groß-«)
Großtopp
1. Der Großmast mit seiner Takelage
2. Die oberste Spitze des Großmastes

Hals
Tau, mit dem die untere Luvecke eines Untersegels nach vorn geholt wird, wenn das Schiff am Wind segelt. »Mit Backbord-Halsen« segeln = »mit Steuerbord-Schoten«, gleichbedeutend mit »auf Steuerbord-Bug« segeln
halsen
mit dem Heck durch den Wind auf den anderen Bug gehen; bei Rahseglern das einfachere Manöver (vgl. wenden)
Heck
der hinterste Teil des Schiffes
Heißen (Hissen)
Hochziehen eines Segels, einer Flagge
Hieven
Heißen einer schweren Last mit einer Winde
hoch am Wind
in möglichst spitzem Winkel zur Windrichtung. Rahschiffe kamen bestenfalls bis 60 Grad an den Wind
holen
gleichzeitig ziehen
Hulk
ausgedientes Schiff, zu Wohnzwecken benutzt
Hütte
Aufbau auf dem Achterschiff, auch Poop, Pupp, Kampanje genannt
Hundewachen
die beiden halben Abendwachen von 16–18 und 18–20 Uhr (in Deutschland nannte man später auch die Wache von 00–04 Uhr so)

Jager
vorderstes Stagsegel am Klüverbaum
Jakobsleiter
Strickleiter, Seefallreep
Jolle
kleines Beiboot

Kabelgat(t)
Lagerraum für Tauwerk
Kabellänge
Zehntel einer Seemeile = 185,3 Meter
Kabine
Wohnraum eines Passagiers an Bord
Kajüte
Wohnraum des Kapitäns oder Kommandanten an Bord
Kalfatern
Dichten der Nähte zwischen Schiffsplanken mit Werg und Teer
Kammer
Wohnraum eines Offiziers an Bord, meist nur mit Wänden aus Segeltuch, die vor dem Gefecht entfernt wurden
Kampanje
veralteter Name für Poop oder Hütte
Kanonen
Vorderlader aus Bronze oder Gußeisen, nach dem Gewicht der von ihnen verschossenen Eisenkugeln klassifiziert; schwerste war der 32-Pfünder mit Reichweite von ca. 2300 m
Karronade
nach Carron in Schottland (Ursprungsort) benanntes, großkalibriges Geschütz mit kurzem Lauf und geringer Reichweite, aber gefährlicher Ladung (Eisenstücke oder dergleichen)
katten
einen am Bug hängenden Anker mit den Kattgien (Taljen) unter den Kattdavit (Kranbalken) bringen
Kiel
Grundbalken des Schiffes, auf dem Vor- und Achtersteven und seitlich die Spanten aufgesetzt sind
kielholen
1. Das Schiff seitlich trockenlegen, um den Schiffsboden reinigen oder neu streichen zu können. 2. Schwere Strafe an Bord. Der Delinquent wurde an einer Leine unter dem Schiff durchgezogen
Kielschwein
auf dem Kiel aufgesetzter Verstärkungsbalken
Killen
Flattern der Segel
Kimm
der sichtbare Horizont
Kink(en)
Verdrehung (Törn) in einer Leine
Klampe
festmontierte Vorrichtung zum Belegen von Leinen
Klampen
Profilhölzer zur Lagerung der Beiboote
Klarschiff
Herstellung der Gefechtsbereitschaft
Klüse
Öffnung in der Bordwand zum Durchführen von Festmacheleinen oder Ankertrosse
Klüver
am Klüverbaum gesetztes Stagsegel
Klüverbaum
die den Bugspriet verlängernde Spiere
Knoten
1. Geschwindigkeitsangabe: Seemeilen pro Stunde. 2. Jede wieder lösbare Verbindung zweier Enden
Kombüse
Schiffsküche
Kompaßrose
in 32 Strich (à 11 1/4 Grad) eingeteilte, horizontale Scheibe, die sich mittels der an ihrer Unterseite angebrachten Magnete auf den (magn.) Nordpol einstellt
Korvette
kleineres, vollgetakeltes Kriegsschiff (bis 20 Kanonen)
Koppeln
Ermitteln des Schiffsorts durch Einzeichnen der gesegelten Kurse und Distanzen in die Seekarte
Krängung
die durch Wind und Seegang bewirkte, vorübergehende seitliche Neigung des Schiffes. Sonst: Schlagseite
kreuzen
auf Zickzackkurs am Wind segeln
Kreuzmast
beim Dreimaster der hinterste Mast, wenn er vollgetakelt ist. Sonst: Besanmast

Krimpen
Linksdrehen des Windes (auf den Kompaß bezogen)
kurzstag
ist die Ankertrosse beim Ankerlichten kurz vorm Losbrechen des Ankers
Kutter
1. Einmastiges Fahrzeug mit Gaffelsegel. 2. Kriegsschiffsbeiboot mit bis zu 14 Riemen

Landfall
das erste Insichtkommen von Land nach längerer Fahrt
Längsseit(s)...
holen, kommen, liegen: der Länge nach Seite an Seite mit einem anderen Schiff
Laschen
Festzurren beweglicher Gegenstände an Bord
Last
Vorrats- oder Stauraum
laufendes Gut
sämtliches Tauwerk der Takelage, das geholt oder gefiert wird (Fallen, Schoten, Halsen, Brassen etc.)
Lee
die dem Wind abgewandte Seite (Gegensatz: Luv)
Leesegel
Zusatzsegel, die bei leichtem ständigem Wind (Passat) in Verlängerung der Rahen ausgebracht wurden
Legerwall
Küste, auf die der Wind steht: gefährlich für Segler
lenzen
1. leerpumpen. 2. vor Topp und Takel bei Sturm vor dem Wind treiben
Liek
Tau, mit dem ein Segel eingefaßt ist
Linienschiff
das in der Linie kämpfende Schlachtschiff. Nach Größe und Kanonenzahl in mehrere Klassen eingeteilt: 1. Klasse = Dreidecker von ca. 2800 Tonnen mit über 100 Kanonen
Log
Gerät zur Messung der Fahrt durchs Wasser
Lot
Gerät zum Messen der Wassertiefe
Luv
die dem Wind zugewandte Seite (Gegensatz: Lee)

Maat
Unteroffizier, Gehilfe des Decksoffiziers (z.B. Steuermannsmaat)
Manntaue
1. Längs Deck gespannte Taue zum Festhalten bei schwerem Wetter. 2. Zwischen den Bootsdavits herabhängende Taue
Marlspieker
Arbeitsgerät des Seemanns, beim Spleißen unentbehrlich
Mars
Plattform am Fuß der Marsstenge auf der Saling
Marssegel
Das zweite Segel über Deck, an der Marsrah (später unterteilt in Ober- und Untermarssegel)
Masttoppen
Mastspitzen
Meile
auf See die Seemeile = 1852 m (England: 1853 m)
Messe
Speiseraum der Offiziere an Bord
Midshipman
Offiziersanwärter (Seekadett und Fähnrich zur See)
Mittelwache
Wache zwischen Mitternacht und vier Uhr früh
Mooring
s. vermuren

Nagelbank
fester Balken mit Löchern zur Aufnahme der Belegnägel
Niedergang
Treppe an Bord
Niederholer
Leine, mit der eine Rah oder ein Stagsegel heruntergeholt wird, wenn es nicht durch eigenes Gewicht kommt
Nock
Ende eines Rundholzes (z.B. Rahnock)

Ösfaß
schaufelartiges Gefäß mit Handgriff zum Ausschöpfen (Ausösen) eines Bootes

Orlopdeck
das unterste Deck bei Schiffen mit vier und mehr Decks

Palstek
einer der zahlreichen Seemannsknoten
Pardunen
Taue zum Abstützen des Mastes nach achtern
peilen
die Richtung zu einem anderen Objekt feststellen
Pinasse
1. Einmastiges Segelschiff des 17. Jahrhunderts. 2. Schiffsbeiboot
Plicht
Sitzraum im hinteren Teil eines Bootes
Poller
Pfosten zum Belegen von Tauwerk
Poop
achterer Decksaufbau, auch Pupp, Hütte oder Kampanje
Püttings
siehe: Rüsteisen
Püttingswanten
die um die Marsen herumführenden unteren Enden der Stengewanten (schwierig zu umklettern)
Pütz
seem. Ausdruck für Eimer, Schlagpütz aus Leinwand

Quarterdeck
Oberdeck hinter dem Großmast, meist als Achterdeck bezeichnet
Quartermaster
Rudergänger, auch Steuermannsmaat

Rahen
Querbäume an den Masten, an denen die Segel angeschlagen sind; hängen an eisernen Racks
raumen
der Wind dreht - auf die Fahrtrichtung bezogen - mehr nach achtern (Gegensatz: schralen)
raumer Wind
zum Segeln günstiger Wind von schräg achtern
Reffbändsel
am Segel angenähte kurze Leine zum Einbinden des Reffs
Reffen
Verkleinern der Segelfläche
Reling
offenes Geländer längs der Kante eines Decks
Reinschiff
gründliche Reinigung des Schiffes
Riemen
seemännischer Ausdruck für das Bootsruder, mit dem man »pullt« oder »wriggt«
Rigg
moderner Ausdruck für die gesamte Takelage; früher: Takelage minus Segel
Rollen
Bewegungen des Schiffes im Seegang um Längsachse (sonst: schlingern, stampfen)
Royals
Segel über den Bramsegeln
Ruder
Steuer(rad)
Rudergänger
der Mann am Ruder
Rüsten
in Deckshöhe außen an der Bordwand angebrachte, starke Bohlen oder Platten, die den Wanten Halt und größeren Spreiz gaben. Auf den vorderen Rüsten stand der Lotgast beim Loten
Rüsteisen
Ketten oder Eisenplatten, die von den Rüsten nach unten führten und den Zug der Wanten auf die Bordwand übertrugen. In diese Ketten hakte der Bootsgast beim Längsseitkommen den Bootshaken ein
Rund achtern!
Ausführungskommando beim Halsen
rundbrassen
Rahen herumschwenken

Saling
Querholz am untersten Ende der Maststenge zum Ausspreizen der Oberwanten, meist zu einer Plattform ausgebaut (s. Mars)
Schaluppe
alte Bezeichnung für verschiedene kleinere Schiffe, vom Schiffsboot bis zum Frachtsegler (engl. sloop)
schamfilen
durchscheuern

Schanz(e)
ein der erhöhten Back entsprechender Aufbau auf dem Achterschiff
Schanzkleid
geschlossene Reling aus Holzplanken
Schapp
Schrank-, Regelfach
Schebecke
schlankes dreimastiges Segelschiff mit Lateinersegeln
scheren
Leine durch einen Block führen
schiften
auf die andere Schiffsseite nehmen. Auch: Segel auswechseln
Schlag (Schläge)
die einzelnen Abschnitte des Zickzackkurses beim Kreuzen

Schlingern
Bewegung des Schiffes um seine Längs- und Querachse
Schoner
Segelschiff mit zwei und mehr Masten mit Schratsegel, erster Mast gleich oder kürzer
Schonerbark
dreimastiges Segelschiff, bei welchem nur der vorderste Mast vollgetakelt ist
Schot
Bedienungsleine des Segels, bei Rahsegeln an den äußeren Ecken (Schothörnern) angreifend und nach achtern führend (entgegengesetzt: der Hals)
Schott(en)
Wände, die das Schiff in (meist wasserdichte) Abteilungen teilen, auch allgemein für Wand
schralen
der Wind fällt vorlicher ein (Gegensatz: raumen)
Schratsegel
Segel, deren Unterliek in Längsschiffsrichtung gefahren wird (Gaffel-, Stagsegel usw.)
schricken
einer unter Spannung stehenden Leine etwas Lose geben
Schwoien
Drehen des vor Anker liegenden Schiffes durch Wind und Strom
Seefallreep
Leiter aus zwei durch hölzerne Stufen verbundenen Tauen (s. Jakobsleiter)
Seemeile
Bogenminute am Äquator bzw. auf einem Meridian = 1852 bzw. 1853 Meter
Seite pfeifen
Ehrenbezeigung für an Bord kommende oder von Bord gehende Offiziere
Sextant
nautisches Gerät zum Messen der Gestirnshöhe
Skylight
Oberlichtfenster
Spake
kräftiges Holz, mit dem die Kanone seitlich gerichtet oder das Ankerspill gedreht wird
Steuermann
der für die Navigation verantwortliche Decksoffizier
Strich
32. Teil der Windrose: ein Kompaßstrich = 11 1/4 Grad
Stückmeister
Decksoffizier, dem die Artillerie des Schiffes untersteht
stütz!
Befehl an den Rudergänger, die Drehung des Schiffes durch Gegenruder zu beenden
Süll
hohe Schwelle an Luken, Niedergängen, Schotten und Fenstern, die das Eindringen von Wasser verhindern soll

Takelage
Gesamtheit der Masten mit Segeln und stehendem wie laufendem Gut
Takelung
Typ der Takelage
Talje
Flaschenzug
Tide
Gezeit. Eine Tide ist der Zeitraum vom Niedrigwasser bis zum nächsten Niedrigwasser
Topp
Mastspitze; auch der Mast mit seiner Takelage
Toppsgast
für die Instandhaltung der Takelage seines Mastes verantwortlicher, be-

sonders geschickter Matrose. Übertragen auch Bezeichnung für alle Matrosen, die auf den Rahen arbeiten

Treibanker
Segeltuchsack, der im Wasser Richtung und Treiben des Schiffes beeinflußt

Trosse
Fasertauwerk mit über 4 cm Durchmesser

Übergehen
Verrutschen von Gegenständen

Über Stag gehen
1. Wendemanöver, mit dem Bug (Vorstag) durch den Wind gehen. 2. Verrutschen von Geschirr usw.

unklar
seemännischer Ausdruck für »nicht in Ordnung«

Untersegel
die untersten Rahsegel (Fock, Großsegel)

Unterwanten
die bis zum Mars führenden, seitlichen Stütztaue des Mastes

Untiefe
flache Stelle

verholen
Schiff an einen anderen Liegeplatz bringen

verkatten
zwei Anker hintereinander an derselben Trosse anbringen

Verklicker
Wimpel oder Windsack an der Mastspitze

vermooren (vermuren)
in Gewässern mit wechselnder Strömung und wenig Raum zum Schwoien ein Schiff so zwischen zwei Anker legen, daß es nur einen geringeren Drehkreis benötigt

versetzen
durch Strömung vom Kurs abgebracht werden

Vertörnen
Verdrehen einer Leine

verwarpen
ein Schiff mit einem im Beiboot immer wieder ausgefahrenen (Warp-)Anker mit Hilfe des Spills bewegen

vollgetakelt
an allen Masten nur Rahsegel fahrend

Vorpiek
der vorderste unterste Raum im Schiff

Vorsegel
die Stagsegel vor dem Fockmast: Vorstengestagsegel, Innenklüver, Außenklüver, Jager

Vortopp
der Fockmast mit seiner Takelage

vor Topp und Takel lenzen
wenn ein Schiff bei schwerem Sturm ohne jedes Segel treibt, meist mit Treibanker

Wache
1. Der jeweils Wache gehende Teil der Besatzung. 2. Die Dauer des Wachdienstes (meist vier Stunden)

Wanten
die seitlichen Stütztaue der Masten, untereinander durch Webeleinen verbunden zum Aufentern

Webeleinen
s. Wanten

wenden
mit dem Bug durch den Wind gehen (für Rahsegler schwieriger als zu halsen)

Zeising
Bändsel zum Festmachen der Segel an der Rah bzw. am Baum

zurren
festbinden

Zwischendeck
ein zwischen Innenboden und Oberdeck eingeschobenes Deck, auch der Raum oberhalb des Zwischendecks. Auf Kriegsschiffen meist Batteriedeck genannt.

Bitte beachten Sie auch die folgenden Seiten

Rollo Gebhard

Leinen los – wir segeln um die Welt

208 Seiten, 65 farbige und 66 einf. Abbildungen, gebunden

Ein Leben in Freiheit, voller Abenteuer, Exotik und Romantik – Rollo Gebhard macht wahr, wovon andere träumen. Er ist der erste Deutsche, der zweimal allein die Welt umsegelte; doch zum größten Erlebnis wurde seine dritte Weltreise, von der er hier erzählt: Kenterung vor Grönland – Kompaßkapriolen im Bermudadreieck – Das Aussteigerdrama von Floreana – Tiere hautnah auf Galapagos – Die Rätsel der Osterinsel – Sturm im Pazifik ... Ein spannender, faszinierender Reisebericht mit herrlichen Farbfotos.

Römische Zahlen: Masten etc.

- I Bugspriet
- II Vor-/Fockmast aus drei Teilen: Untermast Marsstenge Bramstenge
- III Großmast aus drei Teilen: Untermast Marsstenge Bramstenge
- IV Besan-/Kreuzmast aus drei Teilen: Untermast Marsstenge Bramstenge
- V Galion
- VI Anker
- VII Bordwand mit Stückpforten
- VIII Einlaß-/Fallreepspforte
- IX Heckfenster
- X Ruder
- XI Kiel
- XII Vorsteven/Bug

Arabische Zahlen: Stehendes und laufendes Gut

1. Vorstagen
2. Groß-Bramstag
3. Groß-Marsstag
4. Kreuz-Bramstag
5. Vor-Bram-Toppnant
6. Vor-Bram-Brassen
7. Vor-Mars-Brassen
8. Fockbrassen
9. Groß-Bram-Toppnant
10. Groß-Bram-Brassen
11. Groß-Mars-Brassen
12. Großbrassen
13. Vor-Bram-Geitau
14. Vor-Mars-Geitau
15. Fockgeitau
16. Groß-Bram-Geitau
17. Groß-Mars-Geitau
18. Großgeitau
19. Kreuz-Bram-Geitau
20. Kreuz-Mars-Geitau
21. Kreuz-Bram-Toppnant
22. Flaggleine zum Besantopp
23. Flaggleine zur Besangaffel
24. Besanschot

HMS

Flaggschiff des Oberb

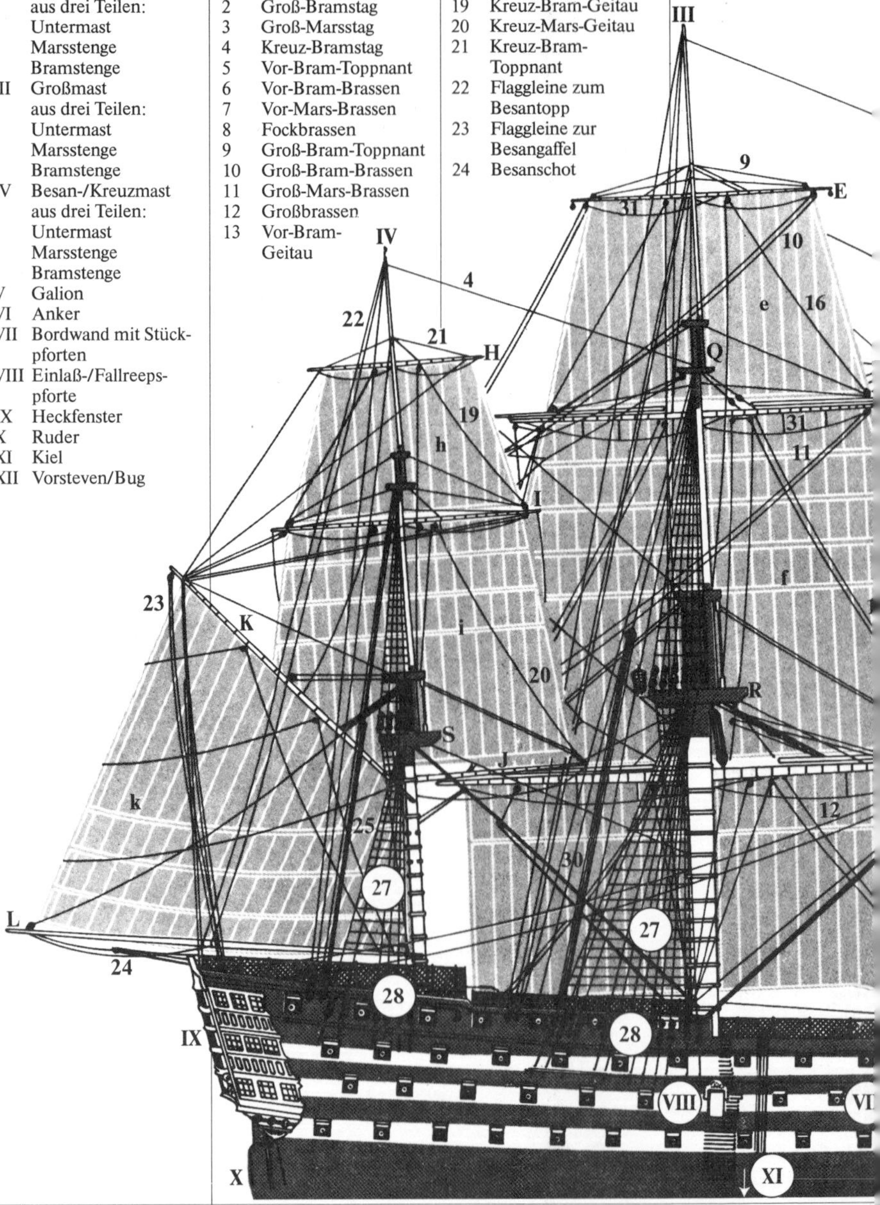

20/22